이름   없는   여자의

여덟   가지   인생

이름 없는 여자의

여덟 가지 인생

이미리내 장편소설

정혜윤 옮김

8 Lives of a
Century-old
Trickster

위즈덤하우스

일러두기

* 본문의 각주는 모두 옮긴이 주이다.
* 원서에서 이탤릭으로 강조한 곳은 볼드로 표기했다.

나의 뮤즈이자 내 책 속의 가장 멋진 남자 주인공,
나의 남편에게 이 책을 바친다.

한국어판 서문

/

나는 종종 한국계 미국인 작가로 오해를 받는다.

아마도 내 첫 장편소설《이름 없는 여자의 여덟 가지 인생》을 영어로 썼고, 그래서 미국, 영국 등 영어권 나라에서 먼저 출판했기 때문일 것이다.

내가 한국인임을 아는 사람들은 그럼 왜 모국어인 한국어 대신에 영어로 소설을 쓰느냐고 묻는다.

나는 지금 이 서문을 한국어로 쓰고 있다. 나는 서울에서 태어났고, 20대 초반까지 쭉 한국에서 살았다. 그동안 일반 한국 교육을 받았고, 영어로 수업을 하는 특수학교는 다녀본 적이 없다. 부모님 두 분 모두 한국인이다. 성인이 된 후에야 대학교 공부를 하러 미국에 갔고, 약 4년간 그곳에서 살았다.

영문학을 전공했지만, 영어로 문학작품을 쓸 생각은 처음엔 전혀 하지 못했다. 소설 쓰기도 당연히 한국어로 시작했다. 일반적인 논픽션과는 달리, 문학적인 글을 외국어로 쓰는 것은 거의 불가능하다고 생각했기 때문이다. 어렸을 때 해당 언어를 잠시라도 깊게 접한 적이 있다면 모를까. 나는 당시 내가 가졌던 이런 편견을 수년 뒤 스스로 깨리라고는 전혀 상상하지 못했다.

변화의 기회는 우연히 찾아왔다. 남편이 홍콩으로 발령을 받으면서 홍콩에서 살게 되었고, 영어가 공식 언어인 현지 대학원 문예 창작 프로그램에 등록한 나는 당연히 영어로 소설을 쓸 수밖에 없었다. 처음엔 '이게 될까'와 '안 될 게 뭐람'이라는 두 가지 마음이 공존했다. 하지만 일단 시작한 이상, 쓸데없는 생각은 접고 그저 나름대로 열심히 썼다. 그리고 반응은 생각보다 빨리 왔다. 영어로 쓴 첫 단편소설을 미국의 여러 문예지에 보낸 지 몇 달 후, 한 곳에서 게재하고 싶다는 회신을 받았다. 그다음 달에는 두 번째 단편소설이자 《이름 없는 여자의 여덟 가지 인생》의 한 챕터이기도 한 〈북한 접경지대의 처녀 귀신〉이 또 다른 문예지의 단편 문학 콘테스트에서 대상을 수상하게 되었다는 연락을 받았다. 그렇게 계속 영어로 소설을 쓰게 되었고, 미국의 다양한 문예지를 통해 1년에 두세 편씩 꾸준히 작품을 발표했다. 첫 장편소설인 《이름 없는 여자의 여덟 가지 인생》을 끝낸 직후, 한 문예지에서 내 글을 읽고 연락을 주었던 미국 문학 에이전트 니키와 계약을 했다. 약 두 달 후, 《이름 없는 여자의 여덟 가지 인생》은 미국의 대형 출판 그룹 하퍼콜린

스의 주력 출판사인 '하퍼'로부터 억대 선인세 제안을 받았다. 《앵무새 죽이기》《모비 딕》 등 셀 수 없는 영미 문학의 고전을 하퍼 출판사의 책으로 읽었던 나에겐 잘 믿기지 않는 일이었다. 그 후에도 이탈리아, 영국, 스페인, 루마니아, 덴마크, 그리스 등 여러 나라 출판사들과의 계약이 이어졌다. 영어로 소설을 쓰기 시작한 지 약 5년 후의 일이었다.

"낙제는 면할 거다. 하지만 이걸로 먹고살 생각은 하지 마라."

미국 대학에서 공부할 때, 어느 유명한 미국인 영문학 교수님이 나에게 했던 말이다.

나는 모든 수업에서 제일 말이 없는 학생이었고, 작문도 엉터리였다. 특히 언어의 장벽이 크게 느껴지던 영문학 과목 성적이 제일 나빴다. 하지만 나는 영문학을 전공으로 골랐다. 그저 문학을 좋아한다는 단순한 이유에서였다. 당시 크게 고전하던 한 수업의 담당 교수님을 직접 찾아갔고, 그는 나에게 위와 같은 뼈 때리는 조언을 주었다. 그 솔직함에 놀라긴 했지만 기분이 나쁘지는 않았다. 내가 영문학으로 미국에서 먹고살 수 있을 거라는 기대 자체가 없었기 때문이다. 내게 그런 재능이 있다고 생각하지도 않았다.

10년이 넘는 세월이 흐르고, 결과적으로 나는 '성공한 덕후'가 되었다. 영문학을 쓰는 일로 먹고살게 되었기 때문이다. 유명하고 똑똑한 교수님의 말씀이라고 항상 옳은 건 아니라는 것도 배웠다. 또 나의 개인적 육감과는 별개로, 함부로 누군가에게 예술적 재능이 없다고 말하지 않게 되었다. 개인마다 처한 상황이 다르고 발전의 속도도 다르다는 것을 나 자신을 통해 배웠기 때문이다. 아주 천천히, 조용히 발전하는 예술가도 있다는 것을 안다. 또 세상에는 거의 불가능한 것처럼 보이지만 해보면 의외로 되는 것이 꽤 있다는 사실도 깨달았다.

어떻게 모국어가 아닌 영어로 소설을 쓰느냐의 물음으로 다시 돌아가자면, 사실 나도 답을 잘 모르겠다. 영어로 소설을 써서 미국과 영국에 출판한다는 것은 원래 계획에 전혀 없던 일이었고, 할 수 있다고 생각한 일도 아니었다. 그저 우연한 기회에 생긴 변화를 따라가 열심히 잘 버텨서 이루어낸 일이었다. 지금 생각해봐도, 왜 성인이 될 때까지 사용했던 유일한 언어인 한국어가 아닌 영어가 나에게 조금 더 잘 맞는 문학적 도구인지는 나 자신에게도 미스터리다.

만약 이 질문에 대한 현명한 대답이 있다면, 그것은 아마도 "왜 소설을 쓰는가?"라는 흔한 질문에 대한 답과 비슷할 것이다.

내가 존경하는 소설가 스티븐 킹은 한 인터뷰에서 왜 소설을 쓰느냐는 질문에 약간의 농담을 섞어 대답했다.

"왜 나한테 선택권이 있다고 생각하죠(What makes you think I have any choice)?"

이미리내

차례

프롤로그

/

그 생각이 처음 떠오른 건 내가 이혼을 겪고 있는 동안이었다. 나는 마흔일곱 살에 과체중이었고, 외롭고 조용한 나날들을 채워줄 자식은 없었다. 나는 일찌감치 아기를 낳지 않기로 결정한 독립적이고 현대적인 여성들 중 하나가 아니었다. 아기를 갖고 싶었지만 남편은 그럴 수 없었다. 정자부족증 때문이라고 그는 내게 말했다. 나는 인공수정을 시도하고 싶었지만 남편은 그 과정 전체가 너무 **치욕적인 일**로 느껴진다며 거부했다. 나중에 우리의 이혼이 마무리되기 한 달 전 남편이 자신보다 열두 살 어린 새로운 여자와 강남의 한 유명 불임 클리닉에 이미 등록한 사실을 알았을 때, 나는 분노가 치밀었다. 몇 주 동안 남편을 망치로 때려죽이는 꿈을 꾸곤 했다. 물론 내게는 그런 폭력을 휘두를 용기도 없었고 그럴 만한 성향도 아니었다. 그러나 아침 드라마에 등장하는 화난 **아줌마**처럼 바람난 남편을 공격하기 위해 광화문에 있는 그의 사무실로 난입하는 상상을 하기는 했다. 드라마 속의 아줌마는 남편의 외도를 상세히 적은 전단지를 손에 쥐고 허공에서 열심히 흔들며 동료들 앞에서 남편이 지은 죄의 목록을 큰 소리로 읊는다. 그녀의 남편은 자신이 한 짓 때문에 동료들에게 따돌림을 당하게 될 것이다. 물론 나는 이런 판타지를 결코 실행에 옮긴 적이 없다. 그런 히스테릭한 일련의 행동에 굴복하는 것은 너무 **치욕적인 일**일 것이다. 그러나 그런 생각을 하는 것은 무척 짜릿했다.

나는 필사적으로 삶의 변화를 추구하고 있었다. 헬스클럽에 등록해 일주일에 3일 한 시간씩 운동했다. 살이 빠지고 건강해진 느낌이 들기 시작했지만, 육체적인 변화만으로는 충분하지 않았다. 어렸을 때부터 나는 책을 읽고 생각에 잠기고 몰스킨 노트에 이것저것 끄적거리기를 좋아하는 사색적인 존재였다. 단지 건강해진 몸 이외의 무언가가 필요했다. 나의 정신까지 사로잡을 변화가 필요했다.

나는 정신과 의사와의 상담을 기다리며 여성 잡지를 휙휙 넘기다가 그 기사를 보게 되었다. 죽음을 앞둔 환자들이 죽기 전에 본인의 장례식을 준비하고 부고 기사를 쓸 수 있도록 돕는 싱가포르 호스피스 의사에 관한 내용이었다. 그 의사는 일반적인 믿음과 달리 많은 시한부 환자들이 죽음을 두려워하지 않는다고 했다. 죽음보다는 죽음 이후, 그러니까 자신의 사후에 사랑하는 사람들이 견뎌야 할 슬픔과 혼란에 대한 걱정이 더 크다고 했다. 그의 새로운 프로그램은 놀라울 정도로 뜨거운 반응을 얻었다. 많은 환자들이 본인의 장례 준비에 참여하면서 정신적, 신체적으로 상태가 더 좋아진 것 같다고 했다. 그것은 통제감과 안도감, 그리고 지구별에서의 짧은 여정으로부터 자신만의 의미를 이끌어낼 소중한 기회를 제공했다.

나는 직장 상사인 함 원장에게 이 기사를 보여주면서 우리 환자들을 위한 비슷한 프로그램을 시작하고 싶다고 말했다. 사실 나는 황혼요양원에서 일하는 것에 대해 불평할 입장이 아니었다. 임금도 꽤 괜찮고 유급휴가도 제법 많이 보장되는 데다, 일정과 업무도 빡빡한 편이 아니었다. 내가 주로 하는 일은 간단한 수준의 회계 업무였지만, 공식적인 직함은 원장의 개인 비서였다. 함 원장은 두 번의 이혼을 겪고 성이 다른 세 자녀를 키우고 있는 성격 좋은 50대 초반의 여자였다. 그녀는 황혼요양원에서 하는 일에 그다지 큰 열정을 가진 것처럼 보이지 않았고, 자신이 이 일을 선택한 이유는 세 아이를 둔 싱글 맘에게 절실히 필요한 안정성을 제공하기 때문이라고 말했다.

함 원장은 새빨간 손톱으로 초조한 듯 책상을 톡톡 두드리다가 황혼요양원은 맞춤식 장례 준비를 할 만한 여력이 없다고 선언하듯 말했다. 나는 부고 쓰기 프로그램만으로도 충분히 가치 있는 변화가 될 거라고 했다. 그 일이 나의 주된 업무의 성과에 영향을 미치지 않을 것이며 필요하면 추가 근무도 감수하겠다고 약속한 뒤에야, 함 원장은 내게 시작해보라고 말하며 승낙했다. 사무실을 떠나기 전에 그녀는 내게 걱정스러운 시선을 던졌다. 마치 **나도 겪어봐서 알아**라고 생각하는 것 같았다. 대신 그녀는 이렇게 말했다. "혹시 가끔 술친구가 필요하면 전화해." 또각또각 그녀의 구두 소리가 멀어져가는 것을 들으며, 나는 두 번째 이혼은 더 쉬워질까 생각했다.

부고 쓰기 프로그램은 처음에는 실용적인 차원에서 내게 도움이 되었다. 그것은 이혼에 쏠려 있던 나의 관심을 딴 데로 돌려주었다. 그때까지 마치 충성스러운 개처럼 오직 남편과 파탄난 우리의 결혼 생활만을 향해 질주하고 또 질주하던 생각들이 이제 다른 사람들의 삶에 머물기 시작했다.

"부고 쓰시는 일을 도와드리러 왔습니다." 나는 낼 수 있는 가장 차분한 목소리로 노인들에게 말했다. "살아오신 이야기를 간략하게 들려주시고, 어르신을 행복하게 하는 것들, 자랑스러운 것들, 후회되는 것들을 말씀해주세요. 다른 사람들, 어르신을 아끼고 사랑하는 사람들에게 어떤 사람으로 기억되고 싶으신가요?" 대개의 사람들은 몇 번 깊은 숨을 들이쉰 뒤 꽤 자연스럽게 마음을 터놓기 시작했다. 자신에게 남은 시간이 제한되었다는 자각이 평소라면 삶을 혼탁하게 했을 배경의 잡음들을 차단하고, 놀라울 정도로 솔직하게 말할 수 있게끔 해준다. 자기 이야기를 하는 것을 어려워하는 소수의 사람들에게는 언제나 통하는 방법으로 입을 열도록 유도했다. "어르신이 어떤 분인지 정의하거나 어르신의 인생을 설명할 수 있는 단어 세 개만 골라주세요. 명사든 동사든 형용사든 상관없습니다." 3은 사람들이 쉽게 받아들이는 경향이 있는 마법의 숫자다. 한 단어는 너무 제한적이고 둘은 마치 이중생활을 암시하는 것처럼 뭔가 꺼림칙하게 느껴질 수 있다. 그러나 셋은 삼두정치와 3부작, 삼위일체에서처럼 완벽한 균형을 암시한다. 사람들은 너무 작지도 너무 크지도 않은 3이라는 숫자에서 편안함을 느낀다.

삶의 끝을 내다보며 사람들은 이 세상에 자신의 흔적을 남기고 싶은 충동을 느낀다. 그 흔적이 아무리 작더라도 말이다. 그리고 부고를 쓰는 것 자체가 그들의 삶이 그들 자신과 그들이 자기 꿈을 기꺼이 희생할 만큼 사랑했던 사람들에게 중요했다는 것을 확인해준다. 젊은 사람의 마음속에서는 부고가 슬프고 경건한 것이지만, 노인들은 부고가 일종의 특권이라는 점을 이해한다. 신문지를 넘기는 데 익숙한 노인이라면 공식 부고란은 누구라도 알 만한 사람들에게만 할애된다는 것을 알고 있다. 유명인들조차 점점 비좁아지는 지면을 두고 다퉈야 한다. 극소수의 운 좋은 사람들은 한 문단 전체를 차지하지만, 대부분은 그저 두어 줄 실리는 것으로 만족해야 한다. 가령 전직 대통령이나 국제적으로 영향력 있는 군사 지도자가 아닌 이상, 한 면을 다 채우는 것은 불가능하다. 그러나 황혼요양원에서는 모든 죽음이 한 면 전체를 차지할 가치가 있다. 그것이 내 프로젝트의 핵심 발상이었다. 우리 모두 자신의 삶에 대한 온전한 부고를 가질 자격이 있지 않을까? 모든 삶과 죽음이, 가장 눈에 띄지 않고 민폐가 되는 삶조차도, 말해야 할 중요한 이야기를 품고 있다고 믿고 싶었다. 그리고 나는 굴러다니는 풀들의 마지막 휘파람에 귀 기울이고 그것을 받아 적기 위해 그곳에 있었다.

내가 묵 할머니를 처음 만난 건 음력설 명절 이틀째 날이었다. 나는 이혼 후 처음 맞는 대규모 가족 모임을 마주할 엄두가 나지 않아서 근무를 하겠다고 자청했다. 삼촌과 숙모들, 그리고 특히 여전히 아이들과 함께 행복한 결혼 생활을 누리고 있는 사촌들에게서 어떤 질문들을 받게 될지 알았기 때문이다. 나는 아직 남들이 내 상처를 들쑤시는 것을 감당할 준비가 되어 있지 않았다.

공립 요양원은 아마도 국가적인 명절에 세상에서 가장 외로운 장소일 것이다. 황혼요양원 입소자의 3분의 1은 직계 가족이 없었다. 소수의 운 좋은 사람들, 건강 상태가 양호하고 돌봐줄 친척과 연락이 닿는 사람들은 하루나 이틀 동안 외출을 나갔다. 운 좋은 몇 명이 시설을 떠난 후에는 비참한 적막이 공간을 장악했다. 평소 병적으로 날뛰는 치매 환자들마저 혼수상태 같은 우울감에 빠지게 할 만큼 조용했다.

그날 저녁 적막하고 조용한 내 사무실에서 나는 A 구역 관리팀장으로부터 전화를 받았다. 그곳은 치매 진단을 받은 황혼요양원 노인들의 거의 절반을 수용하고 있었다. 평소 나는 그

구역에 별로 용무가 없었다. 정신이 멀쩡하고 조리 있게 말하는 사람들만 부고 작성 과정에 참여하기 때문이다. 그러나 그날은 많은 직원들이 휴무였기 때문에 주어진 일은 무엇이든 도와야 할 입장이었다.

나는 2인실 앞을 지키고 있어달라는 부탁을 받았다. 송재순 할머니가 또 사라졌다고 관리팀장은 말했다. 나의 임무는 직원들이 황혼요양원을 구석구석 수색하는 동안 기다리면서 도망자가 방으로 돌아오면 다른 사람들에게 알리는 것이었다. 나는 사무실에서 가져온 작은 접이식 의자로 문이 닫히지 않도록 받쳐두고 의자에 앉았다. 송재순 할머니의 흔적을 찾기를 바라며, 무전기를 손에 들고 복도를 위아래로 훑어보았다.

그때 방 안에서 벽에 등을 기대고 서 있는 어떤 형체를 보았다. 머리에서 발끝까지 온통 하얀색으로 뒤덮인 호리호리한 여자였다. "걱정 말아. 난 유령이 아니니까." 그 형체가 웅얼거리며 상황에 맞지 않게 웃었다. "전에 나를 본 적이 있을 텐데, 기억나나?"

그녀의 이름은 묵미란으로, 송 할머니와 같은 방을 쓰는 할머니였다. 실제로 내가 그 방에 갔을 때 본 적이 있는 할머니였다. 당시 그녀는 침대에 누워 천천히 늦은 낮잠에서 깨어나고 있었다. 나는 할머니를 알아보지 못했다. 서 있으니 키가 제법 큰데, 누워 있을 때는 조용하고 왜소한 다른 노인들과 별 차이가 없어 보였던 것이다. "자네가 **부고 담당**이로군. 안 그런가?" 그녀가 싱긋 웃자 얼굴에 혈색이 돌았다.

묵미란은 이상해 보이는 외모에 걸맞게 이상한 성을 가진 노파였다. 내가 **묵**이라는 성을 가진 한국인을 만난 건 그때가 처음이었다. 그녀는 머리 전체가 새하얀 데다 부스스하게 들떠 있어서, 마치 머리 주위로 커다란 훈륜(暈輪)이 걸려 있는 것처럼 보였다. 팔다리는 대게처럼 길고 가늘었다. 형광등 불빛 아래서 나는 그녀의 몸을 지도처럼 읽을 수 있을 것만 같았다. 투명한 피부를 통해 십자로 얽힌 산길 같은 핏줄이 자줏빛과 연푸른색으로 드러났다. 눈부신 백색광이 높은 광대뼈 밑에 한 쌍의 나비 같은 그림자를 드리웠다.

"예, 부고 담당 맞습니다." 내가 여전히 그녀를 향한 두려움을 느끼며 대답했다.

"자네가 코스모스 정원에 나가서 늙은이들이랑 얘기하고 있는 걸 봤어." 묵 할머니가 말했다.

그녀는 다른 입소자들을 **늙은이들**이라고 불렀다. 마치 자신은 그들과 다른 것처럼. 게다가 그녀의 예리한 눈썰미와 나에 대한 또렷한 기억을 보면, 나는 이 할머니가 대체 A 구역에서 뭘 하고 있는 건지 의구심이 들었다.

"내 부고를 좀 써주게." 그녀가 깨진 앞니를 보이며 말했다.

나는 당혹감을 감추고 괜찮다면 한 방을 쓰는 할머니가 돌아오기를 기다리는 동안 지금 당장 이야기를 해도 좋다고 말했다. 나는 묵 할머니의 또렷한 정신에 놀랐지만 여전히 경계하는 마음이 있었다. 행정실에서 그녀를 치매 환자들의 구역에 넣기로 결정했다면, 그럴 만한 이유가 있었을지도 몰랐다.

"A 구역에 왜 오시게 되었는지 기억나세요?" 내가 다소 무자비하게 입을 열었다. 과연 이 일을 할 가치가 있는지 알고 싶었던 것이다. 다음번에 이 할머니를 찾아왔을 때 **대체 넌 누구야?** 라고 소리치는 혼란스러운 얼굴을 맞이하고 싶지는 않았다.

묵 할머니는 처음에는 일반 구역에 있었지만, 본인이 결코 이해할 수 없는 이유로 6개월쯤 전에 이곳으로 옮겨졌다. "난 정신이 멀쩡하다고 말하겠지만, 어차피 결정은 요양원 측에 달려 있잖나?" 그녀가 뺨을 씰룩이며 속삭였다.

여전히 미심쩍어하며 첫 번째 핵심 질문을 던졌다. "어르신의 인생을 요약할 수 있는 세 단어를 골라주시겠어요?"

묵 할머니는 침대로 돌아가서 앉았다. 그런 다음 천천히 벽을 향해 고개를 돌리고 그곳을 응시했다. 그녀의 얼굴은 멍했다. 뒤에 있는 흰색으로 칠한 벽만큼이나 생기 없고 창백했다. 입이 아래로 처졌고 눈은 잿빛이었다. 나는 할머니가 정신을 놓고 있다고 생각하며 피할 수 없는 상황을 예상했다. 할머니가 곧 다시 시선을 내게 돌리고는 누구냐고, 여기서 뭘 하냐고 물을 거라고 말이다.

그런데 그 대신 나는 코웃음 치는 소리를 들었다. "사람이 자기 인생을 세 단어로 요약할 수 있다고 진심으로 믿는 겐가?" 그녀가 여전히 벽에 시선을 고정한 채 중얼거렸다.

그 질문에 허를 찔렸지만 나는 짐짓 태연한 척했다. 잠시 침묵의 순간이 흐른 뒤, 내가 그럼 몇 단어가 좋겠냐고 물었다.

"자네의 세 단어는 뭔가? 생각해봤나?"

또다시 그녀가 내 질문을 무시하고 **자신의** 질문을 했다.

나는 이상한 긴장감을 느꼈다. 마치 묵 할머니와 내가 갑자기 질문 전쟁에 돌입했고 먼저 답하는 사람이 패자가 될 것 같은 기분이 들었다. 나는 치아를 드러내지 않은 채 눈과 입으로 부드러운 곡선을 그리며 힘없는 미소를 지어 보였다. 평소 회의적인 할아버지들을 무장 해제시키기 위해 써먹는 미소였다. 그런 미소를 지은 이유는 일정 부분 할머니의 마지막 질문에 답할 수 없었기 때문이기도 했다. 나는 나의 세 단어가 무엇인지 알지 못했다. 항상 남들에게 물으면서도, 정작 나는 거기에 대해 생각해본 적이 없었다. 그리고 누가 내게 물어본 적도 없었다.

"어르신, 제가 행정실에 어르신 얘기를 해볼까요?" 나는 방패처럼 직업적인 미소로 무장한 채 물었다. 만일 그녀가 본인이 엉뚱한 곳에 와 있다고 생각한다면 내가 직원에게 그녀의 거취 문제에 대해 이야기할 수 있다고도 말했다. 그러면서 내가 부고 작성을 돕고 있는 노인 입소자들은 모두 일반 구역에 있다고 했다. 나는 이것이 묵 할머니가 쉽게 무시하지 못할 질문이라는 걸 알고 있었다.

"그럴 필요 없어." 그녀가 아무렇지 않게 말했다. 또 한 번 내 짐작이 빗나갔다. "난 A 구역에 있어도 좋아. 결국 크게 다를 것도 없지 않나? 어느 구역이든 우리가 시설 밖으로 혼자서 걸어

나가는 건 금지니까. 게다가 A 구역 사람들에게 허락된 정원 산책 시간은 한 시간 짧지만, 여긴 방마다 수용 인원이 더 적고 공간이 더 많지. 전에 일반 구역에 있을 때는 세 명의 늙은이들이랑 한 방을 썼는데 여긴 한 명뿐이야. 그러니 사생활이 좀 더 보장되는 셈이지."

"하지만 송 어르신과 같은 방을 쓰시는 게 힘들지 않으세요?"

송재순 할머니가 이런 곡예를 한다는 것을 들은 게 처음은 아니었다. 관리팀장은 송 할머니의 상태가 급격히 악화되고 있으며, 가끔은 벽에 똥칠을 한다고도 했다.

또 한 번 코웃음 소리가 들렸다. 이번에는 좀 더 부드러운 소리였다.

"내가 함께 쓰겠다고 자청했는걸." 묵 할머니가 말했다. 이번에도 내가 예상치 못한 대답이었다.

"아니 왜요?"

"누군가의 삶의 배경을 어느 정도 파악하고 있다면, 그 사람을 더 잘 다룰 수 있게 되지. 그 사람이 비록 치매 환자라도 말이야." 그녀가 내게 고개를 돌리고 내 눈을 들여다보았다. "송 할멈의 부모가 모두 일제강점기 동안 죽은 건 알고 있나?" 그녀가 물었다.

나는 이야기가 어디로 흘러갈지 궁금해하며 고개를 저었다. 그리고 어금니를 꽉 깨물었다. 조바심이 날 때 무의식적으로 나오는 버릇이었다.

묵 할머니에 따르면 송 할머니의 집안은 대대로 부유한 지주였다. 그러나 하루아침에 일본인들이, 틀림없이 거짓 구실을 내세워, 가족이 소유한 거의 모든 것을 차지했다. "그때는 그런 일들이 다반사였지." 할머니가 단조롭게 덧붙였다. "다행히 일본 형사가 들이닥쳐서 그곳을 뒤지기 직전에, 할멈의 부모님이 이웃으로부터 귀띔을 받았지. 큰 물건을 숨길 시간은 없었고 작은 물건들만 간신히 챙길 수 있었어."

묵 할머니는 나를 올려다보았다. 마치 내가 자신의 말을 넘겨받아 완성하기를 기대하는 것처럼. 어찌할 바를 몰라 나도 그녀를 빤히 쳐다보기만 했다.

"송 할멈과 여동생들은 최대한 빨리 최대한 많은 보석과 반지를 삼켜야 했지. 일본 경찰은 찾을 수 있는 모든 귀중품을 챙기고 부모님을 그 자리에서 죽였어. 아이들이 보는 앞에서 말이야. 하지만 송 할멈은 움직여야 했어. 울고 있을 시간이 없었지. 할멈은 이제 가장이었어. 다음 며칠 동안 자신과 어린 동생들의 변을 뒤져 보석을 찾아야 했지. 이제 그것이 전 재산이었으니."

묵 할머니의 목소리가 달라졌다. 할머니의 말은 더뎌지고 중간중간 끊어졌다. 할머니의 얼굴이 붉어지고, 목에서 보라색 핏줄이 꿈틀거리는 것이 보였다.

그녀는 황혼요양원에서 송재순 할머니가 치매로 시간을 거꾸로 거슬러 올라가서 부모님의 죽음을 목격하고 어린 동생들을 부양하려 애썼던 어린 시절 속에 갇혀버린 것 같다고 했다. 언젠가 묵 할머니는 송 할머니가 또 똥칠하는 것을 보고 있다가 비취, 진주, 루비 같은 단어를 중얼거리는 것을 알아차렸다. 요양보호사들은 그것이 송 할머니 여동생들의 별명이라고 생각했다. 묵 할머니는 그들이 틀렸다는 것을 알았다.

"그 할멈은 다른 치매 환자들처럼 그저 자기 똥을 가지고 노는 게 아니었어. 보석을 찾으려고 똥을 헤치고 있었던 거지. 마음속에서, 희미해지는 기억 속에서, 송 할멈은 다시 살기 위해 몸부림치는 열세 살 계집아이인 거야."

묵 할머니는 일어나서 방의 안쪽 구석에 있는 목재 서랍장으로 걸어갔다. 그리고 쪼그려 앉아 제일 아래쪽 서랍에서 어린이가 함부로 열지 못하도록 설치해둔 실리콘 재질의 안전 잠금장치를 풀고 조심스럽게 서랍을 열었다. 그런 뒤 녹슨 원형 사탕 깡통을 꺼냈다. 그녀는 그것을 내 손에 쥐여주며 열어보라는 몸짓을 취했다.

안에는 반짝이는 플라스틱 장신구 10여 개가 들어 있었다.

"어린아이들을 위한 장난감이야. 삼키기에는 너무 크지." 묵 할머니가 타원형 다이아몬드 모양의 가장 무거운 것을 집어 들며 말했다. 화려한 분홍빛으로 빛나는 장난감은 세일러문 그림이 새겨져 있었고 눈알만큼 컸다. "그 할멈이 또 똥을 뒤지려는 낌새를 보이면 내가 이걸 손에 쥐여주지. 그리고 보석을 이미 찾았다고 말해줘. 그러면 좋아하면서 하던 짓을 즉시 멈추지.

완력을 쓸 필요도 없고, 주사도 극적인 사건도 없어."

나는 할 말을 잃고 가짜 보석에 새겨진 세일러문을 빤히 쳐다보았다.

그 순간 내 눈이 묵 할머니 뒤쪽의 서랍으로 향했고, 아직 열려 있는 아래 서랍 안에서 종이 뭉치를 발견했다. 그 옆에 그 거리에서는 분명하게 구분할 수 없는 알록달록한 물건들이 작은 무더기를 이루고 있는 것이 보였다. "서랍 안에 있는 게 뭐예요?" 내가 물었다.

처음으로 묵 할머니는 조금 긴장한 것처럼 보였다. 할머니는 다시 재빠르게 서랍장으로 걸어가서 서랍을 닫았다. "금지된 물건은 없어." 그녀가 태연하게 말했지만 눈에는 불안의 빛이 감돌았다.

내가 같은 질문을 반복하려 할 때, 무릎 위에 놓인 무전기가 울렸다.

"경비원이 송 할머니를 찾았습니다." 지지직거리는 전기 잡음을 뚫고 요란하게 짖는 것처럼 울리는 관리팀장의 목소리가 들렸다. "청소용품실에서 자고 있더군요. 믿어지세요?"

멀리서 아마도 송 할머니를 방으로 데려오는 듯 분주하게 다가오는 발소리가 들렸다.

나는 묵 할머니를 쳐다보며 물었다. "또 뵐 수 있을까요?"

∞

나는 코스모스 정원에 나가 있기를 좋아했다. 심지어 꽃들
이 전부 져버린 계절에도 그랬다. 요양원 입소자들의 방과 복도
곳곳에 스민 표백제와 마른 오줌 냄새로부터 벗어나 야외에서
햇빛을 받으며 있는 것이 좋았다. 햇빛에는 마법적인 힘이 있어
서 밤에 내 발밑에서 입을 벌리고 있는 절망이 햇빛 속에서는
너무 하찮게 보여 별로 신경이 쓰이지 않을 때도 있었다.

묵 할머니도 햇살 아래서는 달라 보였다. 건조하고 바람이
없는 오후였다. 새파란 산성염료로 물들인 듯한 하늘 한가운데
태양이 이글거리는 눈처럼 박혀 있었다. 묵 할머니는 A 구역에
서 제일 나이 많은 요양보호사인 독고 여사가 끄는 휠체어를 타
고 나타났다. "목욕 시간까지 한 시간 반 남았어요." 독고 여사
가 은근한 적대감이 묻어 있는 눈길로 나와 묵 할머니를 보며
퉁명스럽게 말했다. 그런 뒤 다시 건물로 걸어 들어갔다.

햇빛이 너무 날카로워서 눈에서 눈물이 났다. 묵 할머니는
실눈을 뜨고 손을 아치형 차양처럼 만들어 이마에 댔다. 점액
이 막처럼 덮인 눈을 가늘게 뜨고 있는 그녀는 A 구역 입소자
들이 대부분 그러하듯 무력하고 지쳐 보였다. 그녀의 머리와 탈
색된 가운은 햇살 아래에 있으니 형광등 아래에서보다도 더 새
하얗게 보였다. 미동도 하지 않는 그녀는 인간 형상으로 빚은
석고상 같았다.

그러나 입을 열자마자 그녀는 완전한 존재감을 보여주었다.

"내 이야기를 쓰고 싶어 안달이 났지? 안 그래?" 그녀가 말하고는 한쪽 입꼬리를 살짝 올렸다. 이상하게도 그 노파의 얼굴에서 어린 소년의 모습이 보였다.

"어르신 말씀을 듣고 싶어 안달이 났죠. 아직 쓰는 것에 대해서는 생각도 하지 못했어요." 이것은 분명한 진실이었다.

묵 할머니는 자신의 이야기를 풀어내기 전에 침묵을 즐기는 것처럼 보였다. 이 몇 초 동안 주변의 모든 공기가 그녀의 야윈 몸속으로 빨려 들어가는 것만 같았다. 그녀의 이야기에 귀 기울이는 동안 나는 정확히 무엇 때문에 내가 그녀의 말에 이끌리는지 궁금해졌다. 분명하지 않았다. 그녀의 이야기는 대부분 느렸고 목소리는 항상 낮았다. 그럼에도 그녀는 자연스럽게 사람들의 관심을 끄는 부류, 사람들이 좀처럼 말을 중단시키지 않는 부류의 사람이었다. 나와 정반대였다. 나는 그런 카리스마를 타고나지 못했다. 남편의 말에 따르면, 나는 **남들에게 쉽게 설득당하는 사람**이었다. 너무 쉽게 감동받고 너무 쉽게 속는.

우리의 대화가 진행되면서 내가 느낀 것도 속는다는 기분이었다. 매혹적이긴 하지만, 그녀가 하는 이야기의 도입부는 허풍적인 요소들로 가득 차 있었다. 나이를 묻자, 그녀는 "내일모레면 백 살이야"라고 대답했다. 그러나 그녀가 그렇게 늙었을 리는 없었다. 기껏해야 여든일곱 정도로 보였다. 나는 황혼요양원에서 거의 한 세기를 산 옛날 사람들을 제법 많이 봤지만, 그녀처럼 신랄하거나 장난스럽게 말하는 사람은 없었다.

내가 어떤 역할을 맡아야 하는지 확신할 수 없었다. 그런 말도 안 되는 얘기를 믿을 바보로 취급당한 것에 화를 내야 할까? 탐사 보도 기자처럼 냉철하게 비논리적인 상황에서 논리를 찾아내려 해야 할까? 아니면 부조리극의 열성적인 관객이 되어야 할까? 나는 마지못해 후자를 선택하고 그녀에게 사실을 캐묻고 싶은 충동과 싸우며 계속 들었다.

그녀는 살면서 세 개의 국적을 가졌었다고 말했다.

"난 일본 사람으로 태어나서 북한 사람으로 살았고 이제 남한 사람으로 죽어가고 있지."

그녀의 세대는 일제강점기에 태어났으니 엄밀히 말해 그녀는 일본 사람으로 태어났을 것이다. 그러나 **북한 사람으로 살았다**는 말은 이해할 수 없었다. 나는 한국전쟁 중에 남한으로 탈출한 거냐고 물었고, 그녀는 머리가 희끗희끗해진 다음에야 남한 국적을 얻었다고 말했다. "젊은 시절은 평양에서 보냈어." 그녀는 평양이 누구든 원할 때마다 방문할 수 있는 정상적인 세계의 일부분인 것처럼 태연하게 말했다.

나의 절반은 의심 때문에 눈썹을 치켜올렸지만 다른 절반은 고개를 끄덕였다. 이 배경 이야기를 통해 묵 할머니의 수수께끼 중 적어도 하나는 풀렸다고 느꼈기 때문이다. 바로 그녀의 억양이다. 희미하긴 해도, 그녀는 예상치 못한 곳에서 올라가고 내려가는, 퉁명스러우면서도 노래하는 것처럼 들리는 독특한 억양으로 말했다. 나는 그것이 강원도 억양이 약해진 것인지 궁금했지만 잘 분간할 수 없었다.

"일본 사람. 북한 사람. 남한 사람." 내가 그녀의 말을 되풀이했다. "부고에 쓰실 세 가지 핵심 개념이 이미 있네요. 그것이 어르신의 인생을 매우 간결하게 요약해준다고 생각하지 않으세요?" 내가 억지 미소를 지었다.

"왜 그렇게 '세 가지 개념'에 집착하는 거지?" 그녀가 까마귀처럼 머리를 갸우뚱하며 물었다. "그 뒤에 어떤 신성한 의미라도 있는 건가?"

나는 어색하게 어깨를 으쓱하고 아니라고 대답했다. "그냥 실용적이라고 생각해요. 그뿐이에요. 하나나 둘은 너무 제한적이고, 반대로 아홉은 너무 많고, 그래서 지루한 느낌을 주죠. 셋이 누구나 어느 정도 만족할 만한 가장 완벽한 숫자예요."

묵 할머니가 마치 고개를 주억거리며 방향을 트는 비둘기처럼 갑자기 고개를 옆으로 돌렸다. **하.** 그것은 웃음과 코웃음이 섞인 소리였다. 그녀는 이제 코스모스 정원을 비스듬히 내리쬐는 허니골드빛 햇살을 정면으로 향하게 되었다. 그녀는 다시 눈을 가늘게 떴다. "그럼 여덟로 하지."

"네?"

"여덟. 자네한테 여덟 개의 단어를 말하도록 하지. 우리의 절충안으로 말이야. 자네가 아홉은 너무 많다고 했고 나는 셋이 너무 적다고 생각하니까 말이야. 그러니 여덟로 하지. 이걸 내가 자네의 방법을 존중한다는 증거로 받아들이게, 작가 양반."

그녀가 나를 보고 윙크했다. 윙크라기보다 눈꺼풀 근육이 씰룩인 것에 더 가까워 보였다.

"그럼 어르신의 여덟 단어는 뭘까요?" 내가 물었고, 그녀의 얼굴에 한쪽 입꼬리만 올라간 장난스러운 미소가 다시금 떠오른 것을 알아차렸다.

"노예, 탈출 전문가, 살인자, 테러리스트, 스파이, 연인, 그리고 어머니."

나는 말없이 앉아 있었다. 그녀의 눈이 크리스마스트리처럼 반짝였다. 그녀는 나를 당황하게 만든 것에 신이 나고 내가 무슨 말을 할지 듣고 싶어 죽을 지경인 얼굴이었다.

"일곱 단어인데요. 여덟이 아니에요." 내가 말했다.

"정말 주의 깊게 들었군." 그녀가 말했다. 장난스러운 미소가 더 커졌다.

그녀는 어떤 이야기가 가장 듣고 싶으냐고 물었고 나는 대답했다. "살인자요."

그러자 그녀가 웃더니 의외라고 말했다. 내가 살인자로 직행할 사람처럼 보이지 않았다고, 제일 먼저 연인이나 어머니로 달려갈 줄 알았다고.

나는 사람을 잘못 보셨다고 하면서 물었다. "그래서 누굴 죽이셨어요?"

그녀가 혀를 차며 말했다. "그렇게 서둘지 말게."

다섯 번째 인생

북한 접경지대의 처녀 귀신

1961

그녀는 물론 진짜 귀신이 아니었다. 그녀가 진짜 처녀인지 어떤지도 우리는 잘 몰랐다. 그러나 우리는 그녀의 옷차림 때문에 그녀를 그렇게 불렀다. 그녀는 초상집 상제들이나 민간설화 속 처녀 귀신, 즉 혼인도 못 한 채 요절한 것이 사무치는 한이 되어 영원히 괴로워한다는 매혹적이고 영묘한 미인이 입을 법한 두껍고 거친 삼베로 지은 누리끼리한 한복을 입고 다녔다. 나는 그녀가 임진강 변의 키 큰 억새밭에서 강아지처럼 펄쩍펄쩍 뛰어다닐 때 풀 먹인 삼베옷에서 나는 서늘한 사각사각 소리가 좋았다. 그녀는 정돈되지 않은 숱진 머리에 자신이 선택한 꽃을 항상 꽂고 다녔다. 그녀는 가을이 되어서야 마을에 나타났기 때문에 그 꽃은 대개 코스모스였다. 드물게는 이미 꽃이 져서 따끔따끔한 솜털 같은 씨앗으로 변해버린 민들레를 선택하기도 했다. 그럴 때면 바람 때문에 그녀의 머리는 꼭 누군가가 묽게 쏜 흰쌀죽을 토해놓은 것처럼 보였다. 하지만 나는 그녀의 그런 별난 면이 좋았다.

누구도 대놓고 인정하려 하지 않았지만, 그녀가 예쁘다는 것을 우리 모두 알고 있었다. 사내아이들은 그녀를 두려워하는 동시에 매혹되었다. 그녀가 귀신을 볼 수 있으며, 심지어 귀신과 이야기를 한다고도 말했다. 내 짐작에 그것은 그녀의 살짝 나른한 눈, 마치 양귀비를 한 시간 동안 씹기라도 한 것처럼 유달리 홍채가 큰 눈 때문인 것 같다. 종종 숨이 막혀 캑캑거리는 게 아닌가 싶은 고음의 스타카토성 웃음을 동반한 그녀의 섬뜩한 시선은 보는 사람을 곧바로 통과하여 그 뒤에 도사리고 있는 으스스한 존재를 멍하니 바라보는 듯했다. 그래서 임진강 변의 억새밭에서 그녀를 마주칠 때마다, 우리의 가슴은 두방망이질 치기 시작했다. 물론 그녀를 둘러싼 수수께끼는 너무도 많았다. 아무도 그녀의 나이를 알지 못했다. 전반적으로 신비스러운 분위기 때문에 열다섯 살부터 서른다섯 살 사이 그 어디쯤으로도 볼 수 있었다. 아무도 그녀의 부모가 누구인지, 그녀가 어디에서 왔는지 몰랐다.

그러나 당시에는 낯선 사람들이 그 지역에 흘러들고 흘러나가는 것이 드문 일은 아니었다. 전쟁은 수많은 고아를 낳았다. 나라가 둘로 쪼개지면서 부모가 죽거나 북에서 빠져나오지 못하게 된 아이들이었다. 내 가장 친한 친구였던 용은 불행의 본

보기였다. 형인 완은 용의 유일한 혈육이었고, 용에게는 어머니
와 아버지, 하느님을 합쳐놓은 전설적인 인물이었다. 용은 친구
로 선택할 만한 부류가 아니었다. 반에서 키가 제일 작고 제일
시끄러운 데다 이유 없이 왼쪽 귀에서 피가 나곤 했다. 우리 아
버지는 용을 **서커스단에서 도망쳐 나온 간나새끼**라고 불렀다.
용은 항상 기름진 더벅머리에 제 형의 포마드를 덕지덕지 쳐바
르고 다녔다. 아마도 지저분한 머리를 가릴 요량인 듯했지만, 그
때문에 하수구와 도축장을 합친 것 같은 지독한 악취를 풍겼
다. 나는 2학년 때부터 용과 운명을 같이하게 되었다. 내가 북
한에서 태어났다는 이유로 나를 공산당이라고 부르며 괴롭히
던 5학년생 다섯 명에게 용이 맞섰기 때문이다. 우리는 용의 이
하나, 내 이 하나가 흔들거릴 때까지 함께 두들겨 맞았다. 나는
용도 북한에서 태어났다는 사실을 알게 되었고, 우리 둘 다 국
경 저편에 대한 아무런 기억이 없는데도, 이 공통의 수치스러운
과거가 우리를 결속시켜 의형제로 맺어주었다.

'금파리'라고 하는 우리 마을은 임진강 상류에 있었다. 삼팔
선과 너무 가까워서 바람 없는 맑은 날이면 북한의 선전 선동
방송까지 들렸고, 용과 나는 선웃음 치듯 이상한 연극조의 억
양을 흉내 내곤 했다. 용은 내게 판문점 근처 임진강에는 아이
들도 충분히 건널 수 있을 만큼 얕고 비밀스러운 여울목이 있
다고 말했다. 여울목을 건넌 다음에는 군인이 겨우 두어 명 있
을 뿐이고, 그다음에는 비무장지대가 나온다고 흥분해서 설명

했다. 용은 언젠가 북한으로 비밀 여행을 떠날 거라며 내게 함께 가자고 말하곤 했다. 나는 늘 그러겠다고 했지만, 그것은 우리가 결코 실행에 옮기지 못할 계획들 중 하나라는 것을 잘 알고 있었다. 어쨌든 임진강은 우리의 보물 창고였다. 우리는 그곳에서 여름 내내 헤엄을 치며 진흙투성이의 물고기와 개구리로 배고픔을 달랬다. 가을에는 처녀 귀신을 보게 될지도 모른다는 손끝을 찌릿하게 하는 기대로, 강둑을 뒤덮은 우리 턱 높이의 키 큰 억새밭을 이리저리 기웃거리고 다녔다. 어머니는 여러 차례 내게 강둑 가까이에 가지 말라고 경고하며 폭우가 내린 뒤에는 양키들이 예전에 심어놓은 지뢰가 가끔 나타난다고 했지만 그런 경고가 내가 그곳을 자주 드나들지 못하게 막지는 못했다. 당시 나는 하지 말라고 하면 오히려 더 호기심이 발동하는 인생의 단계에 있었다.

용은 처녀 귀신에 대해 누구보다 잘 아는 사람인 척하기를 좋아했다. 하루는 귀퉁이가 접힌 제 형의 《플레이보이》 잡지를 휙휙 넘겨보며 처녀 귀신이 어디서 왔는지 안다고 말했다.

"요전에 그 여자가 사실은 문산 미군 기지 근처에 있는 레드 하우스에서 왔다는 얘기를 들었어. 아주 어렸을 때 거기로 팔려 갔다가 몇 년 뒤에 탈출했다고. 그때부터 미친 척하거나 모자란 척하며 전국을 돌아다닌대. 알잖아. 다시 그곳으로 끌려가지 않으려고 말이야."

용은 열성적으로 진심을 다해 이렇게 주장했고, 나는 용의 근거 없는 믿음에 거의 넘어갈 뻔했다.

"**우라질**, 아니야! 그년은 레드하우스에서 온 게 아니야!" 용의 형은 동의하지 않았다.

완은 양키들 다음으로 가장 중요한 고객인 자신이 이미 레드하우스의 늙은 마담에게 물어봤다고 했다. 마담은 자기가 거느리고 있는 아가씨들 중에 운이 좋아서 미군과 결혼해 미국으로 건너간 경우를 제외하면 레드하우스에서 걸어 나간 여자는 아직 한 명도 없다고 말했다. "그러니까 그 계집은 아직 싱싱해서 따먹기에 딱 좋다는 거지!" 완이 입맛을 다시며 말했다. 그와 용은 미국 만화책에 나오는 삼류 악당처럼 뒤틀린 웃음을 웃었고, 나는 처음으로 내 가장 친한 친구를 경멸했다.

용의 기분을 상하게 하고 싶지는 않지만, 나는 항상 용의 형을 싫어했다. 뾰족한 턱과 좁고 찌그러진 코, 노상 소주 냄새와 불길한 분위기를 풍기는 그의 족제비 같은 얼굴이 싫었다. 그는 모든 부모의 악몽 같은 존재, 입버릇이 상스러운 데다 낮 시간에는 싸구려 럼주를 벌컥벌컥 마시고 대마초를 피우면서 빈둥빈둥 시간을 보내고 양공주들과 놀아나는 불량배였다. 나는 그가 낮에 일하는 것을 본 적이 없었기 때문에, 술과 레드하우스에 탕진하는 돈이 다 어디서 났을지 궁금해하곤 했다.

오래지 않아 나는 아버지로부터 진실을 알게 되었다.

폭우가 쏟아지던 날이었다. 아버지는 지나치게 발효된 막걸리와 토사물의 시큼한 냄새를 풍기며 밤늦게 귀가했다. 그러더니 말 한마디 없이 나를 앞마당으로 끌고 가서 처마 밑의 희미한 외등을 켜고는 다짜고짜 내 귀며 쇄골이며 흉골, 무릎을 둔탁하게 때리기 시작했다. 놀라서 잠에서 깬 누이동생이 이제 희미하게 불 밝힌 처마 밑에서 웅크리고 앉아 차가운 맨발을 부여잡고 조용히 지켜보고 있었다. 나와 동생 모두 이럴 때 어떻게 해야 하는지 알았다. 우리는 소리를 지르지도 울지도 않았다. **내가 말했지, 이 멍청한 아새끼야. 한 번만 더 그 서커스단에서 도망친 간나새끼랑 있다가 들키면 목을 부러뜨리겠다고!** 아버지가 고함쳤다. 우리는 그럴 때 아버지의 분노가 수그러들 때까지 입과 마음을 단속하고 그저 받아들여야 한다는 것을 경험을 통해 배웠다. 보통의 경우 내가 두 곳 이상의 신체 부위에서 피를 철철 흘리며 가망 없는 권투 선수 같은 몰골이 되면 멈추었다.

아버지는 미군 기지에서 일했다. 아버지의 임무는 그들의 쓰레기를 관리하는 것이기 때문에 폐기 관리자라고 불렸다. 모두가 꿈꾸는 직업이었다. 미군은 쓰레기라고 부르지만 우리에게는 보물인 역설적인 미제의 낙원에 온전히 접근할 권리를 갖게 되기 때문이었다. 무엇이든 배고픈 우리 손에 들어오면 새로운 용도와 용처를 찾을 수 있었다. 소위 꿀꿀이죽이라는 미군이 먹고 남긴 잔반을 모아 끓여낸 냄비에서 최고의 단백질과 칼슘 공급원이 나왔다. 소시지 조각과 통통 불은 연자주색 스팸 덩어리는 어머니의 말처럼 보기에는 형편없지만 맛은 좋았다. 어머니는 우묵한 부분에 아직 육즙 많은 고기가 붙어 있는 소뼈로 우리의 뼈가 덩치 큰 양키만큼이나 튼튼하게 자라도록 도와줄 진한 곰탕을 끓여냈다. 미군의 해진 군복은 까맣게 염색되어 우리의 교복이 되었고, 두꺼운 모직 안감이 겨울의 매서운 북풍을 막아주었다. 그들이 읽다가 귀퉁이를 접어놓은 《슈퍼맨》과 《배트맨》 만화책은 우리가 잠자리에서 읽는 이야기책이 되었다. 나는 해독할 수 없는 본문을 멋대로 지어낸 이야기로 바꿔서 동생에게 들려줌으로써 동생이 깊은 만족의 한숨을 내쉬며 잠에 빠져들게 했다. 요컨대, 우리는 미군의 쓰레기와 함께 성장했다.

용의 형이 하는 일은 그 쓰레기를 훔치는 거였다. 아마도 그는 우리 아버지가 일하는 쓰레기 처리장에 침입하여 먹을 것과 누더기를 조금씩 빼돌리는 것으로 시작했을 것이다. 시간이 흐르면서 그런 좀도둑질은 위험한 형태의 강도질로 커져갔다. 하는 일 없는 다른 놈팡이들 몇 명을 모아서 무기를 탈취하기 시작한 것이다. 물자를 가득 채운 군용 트럭이 금파리의 가파르고 구불구불한 산길에서 속도를 줄일 때, 완이 유령 원숭이처럼 트럭 뒤로 몰래 숨어들었다. 그의 바람잡이 꼬붕이 앞으로 뛰어들어 운전병의 주의를 돌리는 동안, 완은 재빨리 트럭 밖에서 기다리는 다른 일행들에게 최대한 많은 총기를 넘겼다. 운전병이 낌새를 알아차리고 서둘러 적재함으로 달려갈 때쯤에는 쥐 새끼 같은 도적 떼가 이미 손바닥 안처럼 훤히 꿰고 있는 금파리

계곡 덤불숲 속으로 사라진 뒤였다.

완의 이득은 아버지의 손실을 뜻했다.

아버지는 미군 기계 부품에도 손을 댔다. 네 달에 한 번씩 아버지는 한밤중에 나를 깨워 뒷간 뒤쪽에 구덩이를 파라고 시켰고 거기에 쨍그랑거리는 차가운 금속성 소리가 나는 큼지막한 자루를 묻었다. 그러고 나면 어김없이 군복 차림의 남자들이 들이닥쳐 후줄근한 우리 집 구석구석을 샅샅이 뒤지고 다녔다. 그래서 아버지가 완을 신고하겠다고 협박하면 완 또한 우리가 뒷간 뒤에서 한 은밀하고 추잡한 일을 암시하듯 이를 드러내고 웃으며 자신도 신고하겠다고 맞받아쳤다.

욕을 하며 두들겨 팸으로써 아버지는 내게 가르쳐주고 싶었던 것 같다. 북한 국경 지역에서 우리의 삶은 제로섬 게임이라는 것을. 때리거나 맞거나, 도둑질하거나 도둑질당하거나 둘 중 하나인 전쟁의 연속이라는 것을.

어느 시점에 사내애들은 그녀를 더는 처녀 귀신이라고 부르지 않고 야다다라는 호칭으로 바꾸었다. 처녀 귀신은 그렇게 초현실적인 누군가에게 붙이기에는 너무 평범한 별명이라는 것을 인식하게 되었기 때문이다. 우리는 적절한 호칭을 원했다. 우리가 직접 만들어낸, 다른 무엇과도 혼동할 수 없는 뭔가를.

야다다다다는 사내애들이 쫓아다닐 때, 혹은 사내애들을 쫓아다닐 때 그녀가 내는 소리였다. 그녀는 첫 음절 **야**를 울림이 있는 바리톤으로 시작해서 속도를 높여 거세 가수 카스트라토처럼 정교하게 최고 음역으로 치고 올라갔다가 마지막으로 스라소니의 앞발처럼 신경을 할퀴는 금속성의 날카로운 새된 소리로 **다**를 두서너 번 외치는 것으로 끝맺는다. 사내애들은 이 소리를 무서워하면서도 재미있어했고, 그녀의 목소리에 남자와 여자의 목소리가 다 들어 있다고 말했다. 아이들은 단지 그 소리를 듣기 위해 그녀를 자극할 새로운 방법을 찾으려 했다.

야다다가 그들이 그녀에게 들을 수 있는 유일한 소리였기에, 그들은 그것이 어떤 의미를 전달하는 그녀의 유일한 언어 표현이라고 말했다.

나는 그들의 단순함을 남몰래 비웃었다.

남들이 그녀를 괴롭히려고 뻔한 수법을 쓰려 할 때 나는 그녀를 보호하기 위해 그곳에 있는 경우가 많았다. 그들의 수법 중 하나는 그녀의 머리에 꽂은 꽃을 훔치는 것이었다. 그날은 그녀가 가장 특별한 꽃으로 장식한 날이었다. 가운데는 피처럼 진한 자줏빛이지만 가장자리로 가면서 솜사탕 같은 분홍색으로 점차 옅어지고 꽃잎이 아버지 가운뎃손가락보다도 긴 거대한 코스모스였다. 그 꽃의 초자연적인 크기와 그것이 드리운 그늘 때문에 그녀의 부풀어 오른 머리가 이례적으로 작아 보이고 섬뜩한 얼굴이 더 섬뜩해 보였다. 아이들은 그녀의 입에서 **야다다** 소리가 나오기를 기대하며 그녀가 은빛 억새밭에서 낮잠을 자는 동안 코스모스를 낚아채 갔다. 그러나 실패였다.

그날 오후 그녀의 눈동자는 전에 없이 텅 비어 있었다. 피곤에 흠뻑 젖어든 몽롱하고 낯선 눈빛이었다. 왜 그렇게 됐는지 나는 알 수 없었지만 꽃을 되돌려주면 그녀의 기분이 좀 나아지지 않을까 하고 바랐다. 나는 아이들이 그녀를 귀찮게 하는 데 흥미를 잃고 마침내 헤어질 때까지 기다렸다. 그리고 그들이 강둑 진흙밭에 던져놓고 간 꽃을 주워서 꽃송이에 묻은 작은 흙 자국을 조심스럽게 긁어냈다. 꽃이 웬만큼 깨끗해지자 나는 억새밭으로 달려가 처녀 귀신이 졸고 있던 장소에서 그녀를 찾았다. 그녀는 이제 똑같이 공허한 눈으로 졸졸 흐르는 임진강을 응시하고 있었다. 그녀는 나를 보자마자 눈살을 찌푸렸다. 그러나 내가 코스모스를 살며시 건네자, 마치 아버지가 몰래 집에 가지고 온 초코바를 본 세 살배기 내 누이동생처럼 그녀의 얼굴이 곧바로 환해졌다.

내가 그녀의 눈부신 미소를 포착하고 행복해하는 그녀의 모습에 흠뻑 빠져 있는 동안, 그녀가 휘청거리며 다가와 내 손을 잡아당겼다. 그녀가 내 눈을 들여다보자 내 심장이 요동쳤다. 그녀의 눈은 몽환적인 빛을 발하고 있었다.

이 세상에서 생각할 수 있는 가장 부드러운 가성으로 그녀가 말했다. **얄루, 얄루.***

그녀는 내 코끝으로부터 겨우 1센티미터 거리에서 또 한 차

---

*   압록강의 영어식 발음.

례 섬뜩한 미소를 잠시 짓고는 키 큰 억새밭으로 더 깊이 뛰어 들어갔다.

나는 그녀가 누워 억새가 납작하게 눌린 자리에서 마치 발이 땅에 붙어버린 듯 죽은 개구리처럼 꼼짝없이 그대로 서 있었다.

그녀의 한복에서 나는 사각사각 소리가 **얄루 얄루** 소리와 함께 여전히 뇌리에 울려 퍼졌다.

그래서 나는 이제 그녀를 **야다다**라고 부르지 않았다. 내게 그녀는 항상 얄루였다. 나만의 얄루.

얄루에 대한 나의 감정이 강해짐에 따라, 나와 용의 우정은 약해졌다. 어쩌면 그것은 사람들이 성장의 일부라고 말하는, 서서히 또는 갑자기 어린 시절 친구를 잃게 되는 과정인지도 몰랐다. 전적으로 내 쪽에서만 그런 것은 아니었다. 용도 점점 더 제 형을 우러러보고 형의 패거리에 들어가려 애쓰면서 멀어지기 시작했다.

용은 더 자주 학교를 빼먹었다. 전에는 전국 각지에서 상인들이 모여들어 성난 황소부터 이쑤시개까지 온갖 물건을 사고 파는 문산 장날에만 결석을 했었다. 그러나 용의 결석은 내가 얄루 주변에서 더 많은 시간을 보낼 수 있음을 뜻했기 때문에, 나는 외로움을 느끼는 대신 소중한 사생활을 누리기 시작했다.

하지만 얄루는 한층 더 신출귀몰해졌다. 나는 은빛 억새밭이며 판문점 근처의 황금빛 논, 그리고 훗날 임진각이 세워지는 곳 부근에 버려진 돼지 농장 같은, 그녀가 평소에 다니는 장소를 모두 누볐다. 귀신 붙은 농가는 얄루가 밤에 피난처로 삼는 곳이었다. 그 집은 남북이 휴전에 들어가고 몇 년 지나 금파리에 정착한 가족의 소유였다. 그런데 전염병으로 돼지를 모두 잃은 뒤 아버지가 자살을 했고, 남은 가족은 얼마 후 금파리를 영영 떠났다. 사람들은 역병과 떠도는 원혼이 두려워서 그곳에 가까이 가지 않았다. 얼마 안 되는 떠버리들만이 해가 진 뒤 그곳에 가봤다고 주장하며 거기서 얄루가 돼지 농장의 귀신이 들린 듯 도통 알아들을 수 없는 말로 뭐라고 지껄이는 것을 보았다고 소문을 퍼뜨렸다.

얄루에 대한 애정에도 불구하고, 나도 해가 진 뒤에는 농장에 결코 가지 않았다. 나는 이미 그곳에 대한 끔찍한 악몽을 꾼 적이 있었다. 피투성이 돼지들이 사지가 잘린 채 이리저리 뒹굴며 우레 같은 꿀꿀 소리와 바늘처럼 날카로운 비명으로 대기를 채우는 악몽이었다. 그래서 나는 그곳이 상쾌한 가을 햇살에 잠긴 낮 동안에만 갔다. 안에는 절대 들어가지 않고 그냥 입구에 얄루를 위한 작은 선물을 두고 왔다. 금파리 둔덕에서 따 온 매혹적인 민들레와 코스모스, 임진강에서 잡아 내장을 빼고 소금에 절인 메기와 참개구리 따위였다.

그녀가 다시 나타나기까지 몇 주가 걸렸다.

늦장마가 마침내 끝난 다음 날이었다. 나는 돌발 홍수로 물이 불어난 강에서 잡은 통통한 메기가 가득 담긴 양동이를 들고 운수 좋은 날이라고 생각하며 버려진 돼지 농장 입구를 향해 달려갔다. 오팔을 연상시키는 파란 하늘에 구름 한 점 없이 청명한 날이었지만 농가 입구 주변의 공기는 여전히 서늘했다. 근처에 서 있는 수양버들의 폭포처럼 늘어진 암녹색 가지들이 산들대는 가을바람에 춤추며 햇빛을 막고 있는 탓이었다.

그 순간 나는 햇볕이 내 두개골에서 산산이 부서지며, 더뎌지는 내 심장박동에 맞추어 물결치고 울렁이는 네온빛 페이즐리 문양들이 내 시야를 채우는 것을 느꼈다. 천천히 온 세상이 시계 방향으로 왈츠를 추는 듯하더니 오른쪽 귀가 땅속으로 가라앉는 느낌과 함께 혀에서 녹슨 금속을 연상시키는 찌릿한 맛이 났다. 귀가 먹먹한 금속성의 날카로운 소리가 굶주린 말벌처럼 왼쪽 귀로 윙윙거리며 들어왔다.

그리고 고통이 찾아왔다. 송곳처럼 날카로운 고통이었다. 굶주린 듯 내 모든 감각을 삼켜버린 그 고통은 단속적으로 다시 찾아왔다. 정신이 오락가락하는 가운데, 두 개의 작은 발이 나를 향해 미끄러져 오는 것이 보였다. 그녀는 말랐지만 강단 있는 두 팔로 나를 들어 올려 가슴에 꼭 안은 뒤 달리기 시작했다.

곁눈으로 금파리의 풍경—마치 은판사진에 담긴 듯 어쩐지 이국적으로 느껴지는 강과 둔덕과 논들—이 빛의 속도로 지나가는 것이 느껴졌다. 그러나 나의 시선은 얄루에게 계속 머물렀다. 숨을 쉴 때마다 벌렁거리는 얄루의 콧구멍, 내 뺨을 스치는 앙상한 쇄골, 햇볕에 검게 그을린 근육질의 목. **세상에 이 속도 좀 봐! 악력 좀 봐!** 나는 머릿속으로 중얼거리며 그 조그만 체구에서 나오는 엄청난 힘에 경탄을 금치 못했다. 그리고 그녀는 가끔 특유의 섬뜩한 시선을 내려 나와 눈을 맞췄다. 그녀는 눈물을 흘리면서 미소 짓는 얼굴로 모든 게 잘될 거라고 안심시키듯 묘한 카운터 테너의 목소리로 속삭였다. **얄루, 우리 아가. 얄루, 얄루.** 맙소사. 정말 맹세하건대, 나는 **얄루**라고 말하는 사이사이에 밤에 울리는 사찰의 종소리처럼 청아하고 낭랑하게 울리는 **우리 아가**라는 소리를 들었다. 우리 아가. 그녀가 내게 중얼거렸다. 정말 그랬다. 아니, 고열 때문에 나의 뇌가 듣고 싶은 소리를 만들어낸 게 아니었다. 그건 그녀의 입에서 나온, 그녀의 진짜 목소리였다. 그때 나는 눈부시게 하얀 옷을 입은 두 개의 형체가 나를 향해 뛰어오는 것을 보았다. 내 기억은 그걸로 끝이었다.

그들은 나를 기적의 아이라고 불렀다.

그들은 내가 왼쪽 종아리를 영영 잃을 수도 있었다고 말했다. 왼쪽 귀의 청력을 완전히 잃을 수도 있었다고 했다. 그리고 최악의 경우 내가 죽을 수도 있었다고, 돼지 농장 옆에서 의식을 잃은 채 피를 흘리며 축 늘어져 있을 수도 있었다고 했다.

내가 깨어났을 때 눈물로 얼룩진 어머니의 얼굴이 눈에 들어왔다. "내가 비가 많이 온 다음에는 거기 가지 말라고 했잖아,

이 머저리야." 어머니가 웅얼거렸다. 어머니의 목소리에 담긴 나무라는 기색에도 불구하고, 나는 어머니가 온전한 의식과 온전한 상태로 나를 되찾게 된 것에 황홀할 만큼 기뻐하고 있다는 것을 알았다. 의사는 나의 회복이 기적에 가깝다고 말했다. 그는 감염을 예상했었다. 만일 그랬다면 내 왼쪽 다리는 으스러지고 왼쪽 귀는 영영 소리를 들을 수 없었을 것이다. 그러나 나는 기적적으로 되살아났다. 물론 아직도 왼쪽 다리를 절고 왼쪽 귀의 청력을 70퍼센트 잃었으며 다양한 크기와 질감의 흉터로 뒤덮였다. 그러나 그럼 뭐 어떤가? 어쨌든 나의 왼쪽 다리와 왼쪽 귀는 대인지뢰의 폭발을 겪고도 살아남았고, 그래서 나도 살아남았다. 의사는 자신이 아는 한 내가 사지를 하나도 잃지 않고 멀쩡하게 병원에서 걸어 나간 유일한 지뢰 사고 희생자라고 자랑스럽게 단언했다.

그러나 나는 알았다. 기적의 주인공은 내가 아니라는 것을. 그것은 얄루여야 마땅했다. 그들은 그녀가 내 피로 흠뻑 젖은 저고리 차림으로 들짐승처럼 몸을 들썩이며 병원에 도착했다고 말했다.

그녀는 나를 가슴에 꼭 안고 금파리에서 문산까지 약 12킬로미터에 이르는 길을 쉼 없이 달렸다. 그것도 힘센 괴물 같은 미군 트럭 운전병조차 버거워하는 험난하고 구불구불한 산길을 말이다. 마을 사람들은 그녀의 몸속에 들어앉은 남자 귀신이 근성을 증명한 거라고 말했다. 그러나 내게 그녀는 연약한 체구로 위장한 작은 신처럼 보였다.

요양 기간은 달콤했다. 나는 학교에 갈 필요가 없었다. 그리고 참으로 오랜만에 어머니의 관심의 중심이 되었다. 마을 사람들은 나를 일종의 전쟁 영웅처럼 취급했고, 나의 회복을 바라며 갓 쪄낸 떡이며 달콤 쌉싸름한 인삼즙 따위를 들고 찾아왔다. 유일한 단점은 외출이 금지되어 얄루를 볼 수 없다는 것이었다. 어머니는 내가 또 강 가까이 갈까 봐 걱정했고, 그래서 그러지 못하게 단속하려고 있는 힘을 다했다. 그럼에도 아버지는 그 강에 간다는 얘기를 들었다. 아버지는 내다 팔 수 있는 상당량의 구리 조각과 화약을 수거하러 다시 폭발 현장으로 갔다.

이상하게도 나는 얄루를 보려고 조급하게 굴지 않았다. 왠지 그녀와 내가 이제 서로에게 돌이킬 수 없게 연결되어 있으며 우리의 앞길이 어떻게든 서로 겹쳐질 운명이라고 느껴졌다. 나는 일단 몸을 회복하면 그녀에 대한 감사와 애정을 표현하기 위해 얄루에게 전할 말들을 정성껏 다듬으며 희망 속에 시간을 보냈다. 다시는 그녀를 볼 수 없을 거라고는 꿈에도 생각하지 못했다.

보름달이 뜬 어느 밤에 용이 나를 보러 왔다. 긴 추석 연휴가 시작되기 직전의 가을밤이었다. 용은 우리 아버지가 야간 근무조인 것을 알았고, 이제 자신과 형이 이 지역의 군부대에 관한 한 **모든 것**을 안다고 자부심 넘치는 목소리로 말했다.

우리는 집 뒷마당의 나무 걸상에 앉아 있었다. 마치 한 쌍의 거북이처럼 잠시 동안 아무 말 없이 둥실둥실한 달을 바라보며 금색의 빛을 쬐고 있었다. 내색하지 않으려 했지만 용을 보게 되어 기뻤다. 나는 용이 그리웠고, 그가 나를 보러 오지 않아 서운했었다.

내가 이렇게 고백하는 동안, 용의 얼굴이 굳어지고 그의 윗입술에 맺힌 땀이 번들거리는 것이 보였다.

그럼 넌 무슨 일이 있었는지 쥐뿔도 모르는구나.

무슨 말이야?

서울 사람들이 우리 마을을 쑤시고 다니는 거 말이야.

나는 고개를 절레절레 저으며 그의 눈에서 뭔가 불길한 번뜩임, 불안과 흥분이 담긴 흔들리는 누런 번뜩임을 포착했다.

아무한테도 얘기하지 않겠다고 약속해. 씨팔 아무한테도, 엄마와 누이동생한테도 안 돼. 용이 희미하게 떨리는 목소리로 속삭였다.

나는 갈라진 입술을 깨물었다. 혀를 적시는 피의 맛이 느껴졌다. 나는 용에게 계속 말해보라고 재촉했다.

소문이 돌고 있긴 하지만 상황을 전부 아는 건 나랑 형뿐이야. 우리 형이 한동안 야다다에게 눈독을 들였던 거 알지?

그가 몇 분간 말을 멈추고 곁눈질로 내 표정을 살폈다. 진정한 고해자가 보일 법한 회한과 호기심과 잔인함이 뒤섞인 눈빛이었다.

어느 날 밤, 형은 그 여자와 어울리려고 돼지 농장으로 갔어. 술에 취한 날에는 종종 그래.

용이 말을 멈추고 킬킬거렸다. 용의 머릿속은 형과 공유한 혐오스러운 기억들로 가득했고, 나는 그런 것에는 조금도 관심이 없었다. 내가 알고 싶은 건 얄루에게 무슨 일이 일어났냐는 것이었다. 계속 말해봐. 내가 건조하게 말했다.

다행히 그날 밤 야다다가 거기 있었고, 그래서 형은 대화를 시도하려 했지. 그러면서, 알잖아, 그 여자 몸을 조금 더듬었거든……. 그 불쌍한 여자는 지독히 외로울 게 분명해. 거기 혼자 살고 있으니 말이야.

용의 목소리는 완의 목소리를 쏙 빼닮아 있었다. 나의 얼굴이 화강암 석판처럼 굳어졌다. 혀를 움직일 수 없었다. 마음속으로 내 손이 완의 것인지 용의 것인지 모를 목을 조르고 있는 모습이 보였다.

둘은 조금 승강이를 벌였고, 우리 형은 그 말라빠진 년이 쇠심줄처럼 질겼다고 했어. 마침내 그년의 속바지에 손을 넣었을 때, 기절초풍할 일이 벌어졌어! 씨발, 완전 미쳤어! 글쎄, 거기 뭐가 있었냐면…….

혹시 그 여자가 남자였어? 내가 절박한 마음에 말을 끊었다.

아니! 용이 숯 검댕이 같은 눈썹을 찌푸리며 소리쳤다. **뭔 개소리야?** 아냐, 이 변태야. 용은 오랫동안 의도적으로 나를 노려보았다. 형은 차갑고 묵직한 금속이 손에 닿는 걸 느꼈어. **권총**

이었어.

권총?

용이 몸짓으로 내게 조용히 하라는 신호를 보냈다. 고개를 움츠리며 마치 관목 숲에 누군가 숨어서 우리의 대화를 녹음하고 있을지 모른다는 듯한 불안한 눈으로 주변을 두리번거렸다. 둘은 다시 몸싸움을 벌였고, 물론 우리 형이 이기고 있었는데 글쎄 그 교활한 년이 몰래 돌을 집어 들고 그걸로 우리 형 머리를 내리쳤어. 그러고는 달아났지. 하지만 형은 이미 권총을 빼앗았고 그걸로 그년을 쐈어. 그년의 비명 소리를 들었다고 했어.

비명. 그 말에 내 목구멍에 자갈이 들어간 듯했다.

그년이 가진 권총은 평범한 총이 아니었어. 알잖아. 우리 형은 어둠 속에서 잡아만 봐도 M1900과 M1911을 구분할 수 있어. 하지만 그건 심지어 미제도 아니었어. 손으로 잡아보니 그 총에는 가운데 조그만 별이 새겨진 이상한 작은 원이 있었어."

용은 숨을 깊이 들이쉬었다. 그러더니 어떤 반응을 기다리며 재촉하는 듯한 눈으로 나를 빤히 쳐다보았지만, 나는 너무 당황해서 아무 반응도 보일 수 없었다.

이해가 안 가? 그가 한숨을 쉬었다. 씨팔 **공산당**이 만든 거였어. 그 **씨팔년은 북에서 온 거라고.**

바늘처럼 날카로운 정적이 감돌았다.

나는 코끼리를 보았다. 벌거벗은 채 내던져진 진실이라는 기괴한 코끼리가 거대한 엉덩이로 지금 내 시야를 막고 있었다.

나는 입을 벌렸지만 아무 말도 나오지 않았다.

용이 담배를 꺼내서 불을 붙였다.

그자들이 그러는데 그건 마카로프 권총이래. 씨팔 소련 공산당이 만든 거 말이야. 우리 형조차도 그렇게 생긴 건 한 번도 본 적이 없었어. 용이 초조하게 담배를 깊이 한 모금 빨았다. 형하고 나는 말이야. 우린 말하자면 애국자야. 그래서 우리가 모두 말했지. 하루 만에 마을 전체가 서울서 온 남자들로 넘쳐났어. 대부분은 군복 차림도 아니었지. 씨팔 장난이 아닌 사람들이야. 우리에게 이 얘기는 한마디도 하지 않겠다는 약속을 받아냈어. 그러니까 너도 입단속 잘 해. 용은 대성당 안에 있는 것처럼 엄숙한 목소리로 읊조리며 두 손으로 내 어깨를 꼭 쥐었다.

하지만 이해를 못 하겠어. 그 여자가 여기서 정확히 뭘 할 수 있었는데?

내가 어떻게 알겠어? **씨팔**.

용은 초조하게 손가락으로 나무 걸상을 두드리며 씩씩거리는 숨소리를 냈다. 그러면 적어도 그 쪼끄만 년이 어떻게 그렇게 힘이 세고 그렇게 빠르고 그런지가 설명이 되지. 그자들은 그년을 찾지도 못했어.

이 말에 나의 눈꺼풀이 나방의 날갯짓처럼 빠르게 퍼덕였다.

우리 형이 총을 쐈을 때 그년의 비명 소리를 들었지만, 그년은 다시 달아났어. 그리고 그자들은 그년을 찾지 못했지. 핏자국도 없었어. 아마 총알이 그년을 살짝 스치기만 한 걸 수도 있어. 우리가 그년을 잡았어야 했는데. 망할 놈의 공산당 첩자. 하마터면 그년이 우리 형을 죽일 뻔했다고. 알아?

용을 보며 나는 죄책감을 느꼈다. 그 순간 나는 완이 총에 맞아 죽는다 해도 전혀 관심이 없었다. 설령 용이 천 개의 불타는 바늘로 서서히 죽어간다 해도 전혀 관심 없었을 것이다. 얄루만 살아 있다면.

바로 그 순간 그곳에서 나는 내가 믿는지도 몰랐던 하느님과 거래를 했다. 그녀를 살려만 준다면 우리의 앞길이 서로 겹치지 않아도 상관없다고. 그녀의 소식을 다시는 듣지 못한 채로 기꺼이 평생을 살아갈 수 있을 거라고. 그녀가 살아만 있다면.

나는 당시 분단을 가져온 정치나 이데올로기 따위에는 조금도 관심이 없었다. 그녀가 설령 적이라 해도, 나는 그녀가 살아남기를 바랐다.

용은 자신이 형과 함께 가담하고 있는 거래들과 그동안 사귄 많은 여자들에 대해 한동안 지껄였고, 그 말을 들으며 내 안에선 시시각각 그에 대한 위화감만 커져갔다.

용이 작별 인사를 할 때에야 비로소 나는 다소 어리고 여린 그의 모습을 얼핏 볼 수 있었다. 그는 내가 잘 지내는 걸 봐서 기쁘다며 아마도 앞으로는 학교에서 자신을 자주 볼 수 없을 거라고 했다. 나는 그를 보내는 것이 슬프면서도 기뻤다.

용이 떠난 뒤 나는 한동안 뒷마당에 홀로 남아 있었다. 잿빛

실안개에 감싸인 달을 지그시 바라보았다. 이곳 접경지대에 사는 우리 같은 인간들의 드라마에는 관심도 없이 고요히 떠 있는 보름달을. 나는 폐가 쿡쿡 쑤실 때까지 그 창백한 광휘를 빨아들였다. 이 아래에 있는 우리가 사라지고 서로에게서 멀어지거나 혹은 그냥 변하는 동안, 다음 해, 그다음 해에도 달은 항상 똑같이 아름답고 무심할 것임을 알기에.

나는 다시 안으로 들어왔다. 그리고 흐느끼기 시작했다.

창자 밑에서 꿈틀대던 작은 괴물이 이제 명치에서 요동치는 것을 느꼈다. 그것은 내가 마땅히 누릴 자격이 있지만 빼앗겨버린 유년기라는 작은 새였다. 그 순간부터 나는 더 이상 아이가 아니었다.

일주일 뒤면 네 살이 되는 누이동생이 깜짝 놀라 잠에서 깨어났다. 그 아이는 입을 반쯤 벌리고 꿈꾸는 듯한 멍한 표정으로 나를 보았다. 그리고 내 무릎에 쪼그리고 앉아 재빨리 집 안을 한번 훑어보며 자동으로 아버지가 있는지 살폈다. 그러더니 이제 더 어리둥절해진 얼굴로, 여전히 조용히 위아래로 흔들리는 내 어깨에 작은 손을 올리고 다른 한 손으로 초조하게 자신의 차가운 맨발을 쥐었다. 나는 그 아이의 눈에 익숙한 공포가 차오르는 것을 보았다. 이제 내가 동생을 달래줘야 할 차례임을 알았고 모든 게 잘될 거라고 말해줬다. 동생을 재울 때 늘 그러는 것처럼 품에 안고 머리를 쓰다듬어주며 말했다. 얄루, 우리 아가, 얄루, 얄루.

첫 번째 인생

내가 흙 먹는 것을 멈추었을 때

1938

나는 어렸을 때 흙을 먹었다.

가난 때문도 호기심 때문도 아니었다. 내가 흙을 먹은 이유는 목마를 때 물을 갈망하게 되는 것과 똑같은 순수한 충동 때문이었다.

어쩌다 한 번씩 내 몸이 흙을 갈망했고, 나는 몸의 요구에 응하는 것 외에 달리 선택의 여지가 없었다.

그렇다고 내가 단순히 배를 채우기 위해 흙을 먹는다는 의미는 아니다. 나는 흙의 맛을, 그 찌릿한 맛과 이 세상의 그 무엇과도 다른 질감을 음미했다. 그리고 미묘하고 세부적인 것들을 감식하는 능력 덕분에 어린 나이에 흙을 먹는 기술을 터득할 수 있었다. 토식증, 그러니까 흙을 먹는 습성이 없는 사람들에게는 이것이 이해하기 힘든 일이라는 것을 나는 안다. 그들은 우리가 흙을 먹을 때 배고픔에 눈이 멀어 고기를 한입 가득 게걸스럽게 씹는 하이에나처럼 먹을 거라고 가정한다.

그러나 나는 한입 가득 흙을 먹은 적이 없다. 그것은 항상 크기로 치면 내 새끼손톱보다 크지 않고 무게로 치면 10원짜리 동전보다 무겁지 않은 아주 작은 덩어리였다. 이런 식으로 먹어야만 녹슨 금속을 연상시키는 찌릿한 맛을 온전히 음미할 수 있다. 그래야 미세한 입자들 하나하나가 혀에 퍼지게 하여 입천장으로 부드러운 동시에 까칠한 특유의 질감을 파악하기 쉬워진다.

나는 항상 완벽한 흙을 찾을 때까지 기다렸다. 쌀밥처럼 뭉치기에 충분할 정도의 점성이 있으면서 동시에 훅 하고 세게 불면 흩어질 만큼 파삭파삭해야 한다. 습기가 너무 많으면 낭패인데, 입안에서 진흙으로 변해서 똥을 연상하게 될 것이다. 색은 첫눈에 보면 밀크초콜릿색이어야 한다. 그러나 좀 더 자세히 들여다보았을 때 여러 색의 작은 입자들을 발견할 수 있어야 한다. 보기 좋은 밤색이 주를 이루는데 그런 색의 흙은 구슬 같은 흙덩어리에 특유의 따뜻하고 견과류 같은 풍미를 준다. 거무튀튀한 흙은 말하자면 다크호스로, 거친 말발굽 같은 질감과 블랙커피처럼 쌉싸름한 맛으로 혀를 자극한다. 보석처럼 반짝이지만 부싯돌처럼 단단한 흰색 입자들은 제일 희귀하다. 그것은 마치 입술에 나는 피처럼 매끈하고 짜릿한 금속성의 쾌감을 준다. 이런 모든 요소들이 적절히 조합되면 한 꼬집의 흙이 입안에서 한 꼬집의 천국으로 바뀐다. 나는 마치 고양이 혀가 애무하듯 흙이 입천장 아래에서 미끄러지고 바지직하며 부서질 때의 느낌을 좋아했다. 그런 행위로 내 치아가 조금씩 깎여나간다는 것을 알았지만 멈출 수가 없었다.

아버지는 그것이 원귀의 소행이라고 생각했다. 마을의 노인들도 같은 생각이었다. 그들은 굶주린 아이의 혼령이 살아 있는 아이에게 붙어서 흙을 게걸스럽게 먹음으로써 굶주림을 달래려는 거라고 말했다. 아버지는 내 몸에서 귀신을 몰아내야 한다고 했다. 그래서 내가 흙 먹는 것을 볼 때마다, 나를 죽어라고 팼다. 그러나 몽둥이도 돌멩이도 나를 막지 못했다. 오히려 흙을 먹는 것에 대한 짜릿함, 금지된 것을 몰래 하는 은밀한 즐거움까지 더해져 상태가 악화될 뿐이었다.

아버지는 나를 몰랐다. 우리는 혈관에 흐르는 피 말고는 공통점이 전혀 없었다. 아버지 스스로 그렇게 말했다. 아버지는 교육의 중요성을 믿지 않는 문맹의 어부였다. 아버지는 모든 것을 흑과 백으로만 볼 수 있는 단순함의 세계에 살았고, 회색의 다양한 색조들을 이해하지 못했다. 아버지는 취하기 위해 마셨고 배를 채우기 위해 먹었다. 음식과 음료의 수없이 다양한 맛들을 감식할 수 없었다. **미묘함, 미묘한 차이** 같은 단어는 아버지에게 결코 존재하지 않았다. 사실 무엇이건 감별할 수 있는 사람이 아니었다. 아버지는 나와 달랐다. 엄마와도 달랐다.

반면 엄마는 섬세한 사람이었다. 맛과 향을 구별하는 재주가 있었다. 엄마는 약초를 비슷한 독초와 구별하는 방법을 내게 가르쳐주었다. **사화**는 씁쓸한 냄새가 나는 반면, **사낙**은 마치 발효된 대두처럼 퀴퀴하면서도 견과류처럼 고소한 냄새가 난다고 엄마는 얼굴을 찌푸리며 말했다. 엄마는 또한 만져보지 않고도 잘 익은 감과 땡감을 구분하는 방법도 내게 알려주었다. 잘 익은 것은 줄기가 시들시들하고 갈색이지만, 과실 자체는 거의 다홍색으로 변한다는 것이다. 나는 엄마의 제자로서 온갖 색들로 가득한 세상을 관찰하고 그 세계에서 살며 눈을 크게 뜨고 다양한 색조들을 보았다. 우리의 세상에서 빨간색은 결코 그냥 빨간색이 아니었다. 그것은 익은 감 같은 다홍색이거나 초가을 단풍잎 같은 주홍색이거나 끈적하게 말라가는 피 같은 암적색이거나 이제 막 생긴 멍 같은 자홍색이었다.

엄마와 내가 풍부한 어휘를 구사하는 것도 놀랄 일이 아니었다. 우리는 그래야만 했고, 우리가 우리의 세상에서 인식하는 모든 미묘한 차이와 다양한 색과 맛과 냄새와 감각을 묘사해야 했다. 그래서 내가 열두 살이 될 무렵에는 이미 어휘 수준이 아버지의 세 배는 되었다. 아버지가 **배고프다**고만 말할 수 있을 때, 나는 **허기진다**거나 **아사 직전**이라고까지 말할 수 있었다. 아버지는 자신이 모르는 단어를 쓰는 여자를 좋아하지 않았다. 내 입에서 자신의 귀에 난해하게 들리는 용어가 나오는 것을 들을 때마다 엄마에게 따귀를 날려서 뺨에 **자홍색** 손자국을 남겼다.

엄마는 완벽한 여자였다. 똑똑하고 아름답고 교양 있고 자애로웠다. 그러나 엄마는 자신의 유일한 단점 때문에 호되게 대가를 치러야 했다. 그 단점은 동정심이 지나치게 많다는 것이었다. 나는 그것이 엄마가 아버지 같은 무지렁이 술주정뱅이와 결혼 생활을 유지하는 이유였을 거라고 생각했다. 모두 정 때문이라고, 뒤틀린 애착과 쓸데없는 동정심 때문이라고 말이다. 엄마는 원래 부유한 집안 출신이었다. 외할아버지는 서울에서 유명한 한의사였고, 엄마는 읽고 쓰는 방법과 문헌과 미식을 제대로 인식하는 방법, 수천 가지 질병을 다스리기 위해 달여낼 적절한 약초를 선택하는 방법을 외할아버지로부터 배웠다. 그러나 일본의 점령은 모든 것을 엉망으로 만들어놓았다. 외할아버지는 독립운동에 가담했다는 혐의를 받았고, 일본은 외할아버지가 가진 모든 것을 몰수했다. 이러다가 딸까지 잃게 될까 우려한 외할아버지는 북쪽 지방에 사는 시골 농부의 아들과 혼인시켜 서울에서 멀리 떠나보냈다. 엄마는 부모님을 다시는 보지 못했고, 두 분 다 옥사하셨다. 그리고 얼마 지나지 않아 엄마는 나를 낳았다.

우리는 평양의 북쪽 교외 인근에 위치한 허구리라는 작은 농촌에 살았다. 허구리는 서울 중심과는 딴판이어서 도서관과 극장에 갈 수 없었지만, 엄마는 모든 것을 최대한 활용하는 방법을 항상 알았다. 참치나 고래잡이 철이면 아버지는 바다에 나갔고, 아버지가 없는 그 몇 개월이 내 유년 시절에서 가장 행복했던 때였다. 매일 엄마와 나는 평양과 평안남도의 경계에 위치한 고아원 겸 성냥 공장 '성심'까지 걸어갔다. 성심은 북한에서 가장 **현대식**인 건물 중 하나였다. 단층 초가집들로 이루어진 밋밋한 우리 마을에서, 이 3층짜리 콘크리트 요새는 각진 회색 몸체의 위용을 과시하며 모든 것들 위로 우뚝 솟아 있었다. 그것은 캐나다 선교사들에 의해 건립되었고, 엄마는 그들을 위해 허드렛일과 집안일을 해주고 용돈을 벌었다. 하지만 돈이 주된 목적은 아니었다. 엄마와 나는 거기서 고아, 공장 노동자들과 함께 영어 회화 수업을 들었다. 우리의 영어 선생님은 아르노 펠티에라는 이름의 캐나다 퀘벡 출신 선교사로 불어와 한국어도 자주 사용했다. 그를 처음 보았을 때 나는 몇 초 동안 숨을 쉴 수 없었다. 그는 내가 처음 본 서양인이었으며, 눈이 흑갈색이 아니고 머리가 새까맣지도 않고 직모도 아닌 첫 번째 인간이었다. 그의 머리 위에는 이글이글 타오르는 **다홍색** 불꽃이 꼬불꼬불한 모양으로 자리 잡고 있는 것처럼 보였다. **뽀글뽀글 홍당무.** 목사는 스스로를 그렇게 불렀다. 그의 괴상한 외모에도 불구하고 나는 거의 바로 좋아하게 되었다. 그는 지구 반대편에 대한 이야기를 우리에게 끝없이 들려줄 수 있는 열성적인 여행자였으며 인간 백과사전이었다. 나는 구약성서 이야기, 그중에서도 특히 노아의 방주와 삼손 이야기를 좋아했고, 셰익스피어의 이야기는 거의 모두 좋아했다. 나는 셰익스피어가 《로미오와 줄리엣》《오셀로》에서처럼 늘 사랑과 배신과 죽음으로 자신의 드라마에 생기를 불어넣는 대단한 이야기꾼이라고 생각했다.

황량한 탑 같은 높은 잿빛 시멘트 건물에서 머리에 불을 이고 다니는 외국인과 함께, 엄마와 나는 세계를 여행했다.

몇몇 마을 사람들은 우리를 나쁘게 말하며, 양놈들의 말을 배움으로써 우리가 그들에게 영혼을 팔고 있다고 악담했다. 엄마는 그들의 말을 무시하라고 했다. 그런 마을 사람들은 언어의 중요성을 이해하지 못한다고 했다.

"말이란 건 그냥 말이 아니란다, 아가. 말은 우리의 의도를 전달하기 위한 단순한 도구 이상이야. 말은 그 자체로 우리가 생각하는 방식에 영향을 줄 수 있고, 말로 다른 사람들이 생각하는 방식에 영향을 줄 수 있지. 그건 절대 일방통행이 아니야."

나는 엄마의 말을 완벽하게 이해하지는 못했지만 열심히 고개를 끄덕였고, 자랑스러움에 가슴이 부풀어 올랐다. 나는 이보다 더 똑똑한 엄마를 기대할 수 없었다.

"말을 부드러운 무기라고 생각하면 된단다, 아가. 네가 아버지가 모르는 말을 썼을 때 아버지가 왜 상처를 받았다고 생각하니? 알겠니?"

나는 계속 고개를 끄덕였지만 **상처**라는 단어가 짜증스럽긴 했다. 이게 무슨 아이러니인가. 아버지가 지금까지 한 일이라고는 엄마를 벌준 것뿐인데 자기가 상처를 받았다고? 하지만 나는 엄마 말에 반박하고 싶지 않아서 입을 다물고 있었다. 그리고 영어 수업에 계속 참석했다. 그것이 중요한 무기라고 생각했기 때문이 아니라, 그냥 즐거웠기 때문이다.

엄마는 또한 세상에서 흙을 먹어도 괜찮다고 말해준 유일한 사람이었다. 엄마는 우리는 저마다 다른 취향을 갖고 있으며, 때로는 특이한 취향을 갖게 되기도 한다고 했다. "하지만 **특이하다고** 꼭 **잘못된** 것은 아니란다, 아가." 엄마는 초승달 같은 눈으로 미소 지으며 덧붙였다. 나는 남들이 어떤 종류의 이상한 것들을 먹는지 물었다.

"펠티에 목사님이 그러시는데, 아, 글쎄 프랑스 사람들은 달팽이를 별미로 먹는다는구나!" 엄마가 접시에 담긴 삶은 당근과 양파를 보는 아이처럼 미간을 찌푸리며 대답했다.

"역겨워요!" 나는 그 가래처럼 미끈미끈한 생명체가 내 배 속으로 미끄러져 들어가는 것을 상상하며 두 손으로 입을 막고 속삭였다. 그러고는 내가 훨씬 덜 괴짜처럼 느껴져 안도감에 잠시 킬킬거렸다. 엄마는 나와 함께 킬킬거리고는, 흙을 먹는 것은 건강상의 문제를 일으키지 않는 한 괜찮다고, 자라면서 어린 시절의 옷을 못 입게 되고 어린 시절에 내던 짜증도 내지 않게 되듯이 결국은 그런 습관을 버리게 될 거라고 말했다.

그러나 아버지는 동의하지 않았다. 아버지는 그 문제를 해결하는 나름의 방식을 찾았고 그것을 강요했다. 그리고 항상 그랬듯이, 아버지는 누구의 허락도 필요로 하지 않았다.

아버지로 하여금 그런 생각을 하게 만든 건 어떤 한심한 부두 일꾼이었다. 아버지만큼이나 상스럽고 우매한 막노동꾼이었다. 그리고 나에 대해 아무것도 모르는 생판 남이었다. 아버지는 부산에 정박했을 때 이 바보와 친구가 되어서는 함께 항구의 선술집과 창녀촌에 드나들곤 했을 것이다. 뻔하다. 알고 보니 이 늙은 부두 일꾼에게도 흙을 먹는 누이동생이 있었다. 그는 누이동생이 어렸을 때부터 흙을 야금야금 먹기 시작하더니 시간이 지나면서 완전히 중독되어 매일 몇 주먹씩 게걸스럽게 먹게 되었다고 했다. 상황은 악화되었다. 그녀는 거미줄과 매미 애벌레, 심지어 자신의 분변 같은 다른 이상한 것들도 먹기 시작하더니 점점 더 미쳐서 인간의 옷과 급기야 인간의 언어에도 흥미를 잃게 되었다.

그는 자신이 누이동생에게 해줄 여력이 없었던 치료법을 아버지에게 은밀히 알려주었다.

바로 **굿**이었다.

아버지는 나와 엄마에게 아무런 말도 해주지 않았다. 우리는 박수무당이 빨강, 노랑, 파랑 줄무늬로 이루어진 눈부시게 번쩍이는 비단 색동 무복을 입고 도착했을 때에야 비로소 무슨 일이 일어나고 있는지 알게 되었다. 그러나 내가 어떤 일을 당할지 알게 되면 숲으로 달아날지도 모른다는 것을 아는 아버지는 무당이 나타나기 전에 나를 꽁꽁 묶어두었다.

곧 펼쳐질 구경거리에 신이 나서 눈을 반짝이는 10여 명의 동네 사람들에 둘러싸여, 나는 마치 백숙에 들어가는 닭처럼 뒷마당 가운데로 던져졌다. 나는 그 사람들 사이에서 꼭 의족처럼 무생물 같은 무감각한 얼굴로 서 있는 아버지를 보았다. 아버지는 엄마를 붙잡고 있었다. 엄마는 뒤로 팔짱을 낀 자세로 아버지의 손아귀에서 벗어나려고 몸을 꿈틀대고 있었다. 엄마는 조용히 울고 있었다.

무자비하게 정수리를 내리치는 정오의 뙤약볕에, 내 온몸은 땀으로 흠뻑 젖었다. 박수무당이 데려온 세 남자가 마치 초상집의 곡소리처럼 높고 날카롭고 꽐꽐한 목소리로 무가를 부르기 시작했다. 그들이 연주하는 징과 장구와 피리 소리의 시끄러운 불협화음에 고막이 갈기갈기 찢어질 듯했다.

음악이 잦아들자 박수무당이 양손으로 번쩍이는 긴 칼을 휘두르며 더 높은 목소리로 무가를 부르기 시작했고, 그가 대동한 재비들의 울부짖는 듯한 목소리 위로 야옹거리는 수고양이 같은 무당의 고성이 맴돌았다. 무당은 나를 향해 쉭쉭거리며 위협하는 소리를 내더니 내게 침을 뱉었다. 그런 다음 표독스러운 어린아이 목소리를 내며 가장 위협적인 말로 저주의 말을 퍼부었다. 몸이 뼛속까지 떨리고 눈에서 뜨거운 눈물이 왈칵 쏟아졌다.

그때 아버지가 내게 왔다. 팔을 활짝 벌리고 있었지만, 얼굴은 여전히 차가웠다. 나는 아버지의 손에서 번뜩이는 칼을 보았고, 아버지는 내 손과 다리를 묶고 있던 밧줄을 끊었다. 사지가 자유로워지자마자, 나는 등에서 뼈가 부서질 듯한 무게를 느꼈다. 올려다보니 아버지가 내 위에서 무릎으로 내 상체와 허벅지를 짓누르고 있었다. 아버지가 내 오른손을 오른쪽 허벅지에 딱

붙였다. 그러더니 내 왼손을 부여잡고 내 머리 위쪽으로 끌어당겨 손바닥이 하늘을 향하도록 하여 땅에 댔다.

박수무당은 나를 향해 유유히 걸어왔다. 그러더니 칼 하나를 땅에 내려놓고, 나머지 칼을 마치 허공에 글자를 쓰듯이 내 머리 위에서 원형으로 휘둘렀다. 그리고 칼끝으로 내 손바닥을 갈랐다.

아지랑이와 시큼한 냄새를 풍기는 땀과 흐르는 눈물 사이로, 내 손바닥에서 뿜어져 나오는 응어리진 황토색 액체가 보였다. 시큼한 토사물 같은 냄새가 났다. 나는 흙탕물처럼 탁한 핏덩어리가 흘러넘쳐 땅을 물들이는 모습을 망연자실 지켜보았다. 눈앞이 캄캄해질 때까지.

한밤중에 축축한 냉기에 감싸인 채 의식을 회복했다.

왼손을 내려다보았다. 끈적거리는 피로 물든 칙칙한 암적색의 삼베 천에 겹겹이 싸인 손이 마치 임시변통으로 만든 권투 글러브 같았다.

아버지와 엄마는 깊이 잠들어 있었다. 아버지는 천천히 코를 골며 숨을 통해 술 냄새를 풍기고 있었다. 팔은 엄마의 목에 감겨 있었다. 엄마의 얼굴은 마른 눈물 자국으로 얼룩지고 퉁퉁 부어 있었다.

나는 물속에서 나온 피라미처럼 숨을 헐떡이며 밤의 어둠 속으로 몰래 나갔다. 그리고 허구리의 남쪽 경계에 있는 자작나무 숲에 이를 때까지 내달렸다. 제멋대로 비틀린 나뭇가지와 무성한 이끼색 잎들이 사시사철 토양을 촉촉하고 따뜻하게 유지시켜 양치류와 버섯류, 각종 독초 같은 어둠의 생물체들을 초대하는 그곳은 은밀히 사색하기에 안전한 장소였다. 그리고 내가 입자 고운 밀크초콜릿색의 완벽한 흙을 찾을 수 있다는 것을 확실히 알고 있는 곳이기도 했다.

숲의 어둠 속에서, 나는 이전에 한 번도 한 적 없는 뭔가를 했다.

무릎을 꿇고는 보드라운 흙 속에 손가락을 쑤셔 넣어 움켜쥐었다. 나는 흙 한 주먹을—작은 한 덩이가 아니라—입속으로 밀어 넣고는 맛도 보지 않고 꿀꺽 삼켰다. 이어서 한 줌, 또 한 줌, 그리고 또 한 줌을 밀어 넣었다. 심장이 부풀어 올라 무더운 덩어리를 밀어낼 때까지.

한차례 큰 떨림이 지나간 뒤, 나는 고개를 들고 애써 눈의 초점을 잡으려 했다. 눈앞에 게워낸 흙더미가 보였다. 그것의 표면은 내 담즙으로, 그리고 혈관에서 고동치는 피 말고는 나와 공유하는 것이 하나도 없는 그 괴물에 대한 신랄한 증오와 경멸로 인해 비취색으로 번들거렸다.

한 달 뒤에 괴물이 집을 떠났다. 그를 몇 개월 동안 먼 바다에 붙잡아둘 고래잡이 철이었다. 그를 배웅할 수밖에 없는 엄마와 나는 마을 어귀에 한동안 서 있었다. 이따금 그는—마치 우리가 얼마나 거기에 머무는지로 우리의 복종 정도를 가늠하려는 듯—뒤를 돌아보았는데, 그럴 때면 우리는 의무적으로 손을 흔들었다.

그의 등이 점점 작아져 점이 되는 것을 지켜보며, 나는 난생처음 기도라는 것을 했다. 펠티에 목사가 끝없는 이야기를 들려주며 열렬히 칭송한 캐나다의 신, 세상을 관장한다는 유일한 창조주라는 신에게 기도했다.

제발 아버지가 돌아오지 않게 해주세요. 그러면 당신을 영원히 신봉하겠습니다.

파국의 시작을 가져온 것은 그 백인 신의 언어였다.

참 얄궂은 일이다. 그것은 하나의 단어일 뿐이었다. 단 하나의 음절, 겨우 세 글자로 된 단 하나의 단어였다.

결정타가 된 것은 그것이 **영어** 문자라는 사실이었다.

SEX

마을 사람들은 허구교 밑의 콘크리트 교각에 쓰인 그 단어를 발견했다. 허구교는 마을의 유일한 현대식 다리로, 캐나다인들이 성냥 공장과 함께 지은 것이었다. 비록 크기는 작았지만 소를 끌고 논밭으로 오가는 농부들부터 오후의 뙤약볕을 피해 아치형 구조물 밑에서 낮잠을 자는 아이들에 이르기까지 모든 마을 사람들이 이용하는 다리였다.

그것을 처음 본 것은 한 어린 소년이었다. 아마도 석탄 조각으로 쓴 듯한 시커먼 색깔의 불가사의한 단어는 글자 하나하나가 소년의 작은 몸집만큼 컸다. 그리고 소년은 그 뜻을 알고 싶어 안달이 난 채로 그것을 친구들과 어머니와 아버지에게 보여주었다.

며칠 뒤 나는 그곳에 갔고, 글자의 형태를 알아볼 수 있었다. 대문자 S와 E와 X. 나는 그것이 백인의 말인 영어라고 다른 아이들에게 말해주었다. 누군지 몰라도 그것을 쓴 이는 단어가 그 자리에 오래 머물도록 해놓았다. 글자들은 형태가 깔끔했지만 자세히 보면 곡선을 여러 번 겹쳐 그려서, 썼다기보다 **채색**을 한 듯 보인다는 것을 알 수 있었다. 나는 그것이 어린아이의 소행이라고 생각하지 않았다. 마을에서 그런 정교한 작업을 해낼 만큼 똑똑한 아이는 나 말고는 없었다.

나는 그 단어를 전에 본 적이 없어서 무슨 뜻인지는 모른다고 아이들에게 말했다. 실제로 수업에서 그 단어를 배운 기억이 없었으므로 내가 거짓말을 한 것은 아니었다. 그러나 마음 한 구석에서는 그것이 무슨 의미인지 이미 간파했다. 글자들의 모습 자체로 그 의미가 자명하다고 느껴졌다. S의 관능적인 곡선, 엄격한 금지의 X, 그리고 가운데에 있는, 오른쪽의 이웃을 찌르기 직전의 삼지창 같은 형태의 E. 나는 나의 육감을 최종적으로 확인받기 위해 엄마에게 의견을 구했다. 그런데 놀랍게도 엄마는 내게 그 이야기를 하지 않으려 했다. 그래서 결국 나는 엄마가 펠티에 목사에게 선물로 받아 반짇고리에 감춰둔 영어 사전을 찾아보았다.

내게는 엄마가 말하기를 거부한 것이 그 단어의 의미 자체보다 더 큰 충격이었다. 엄마는 내게 거의 비밀이 없었다. 나중에야 나는 엄마의 의도를 이해했다. 그것은 나를 보호하기 위한 엄마 나름의 방식이었다. 우리가 살고 있는 세상의 현실을 엄마는 너무도 잘 알았다. 허구리는 죄가 되는 언어를 아는 것이 죄가 될 수 있는 장소, 외국어를 습득하는 것이 곧 양놈에게 영혼을 파는 것을 의미하는 곳이었다.

표면적으로는 마을에서 누구도 그 이야기를 하지 않는 것처럼 보였다. 그러나 조용한 들불처럼 소문이 퍼지며 사람들의 호기심과 의심, 그리고 누군가에게 손가락질을 하고 싶은 욕망에 불을 지폈다. 주말이 되기 전에 마치 마법처럼 마을 전체가 그 낙서가 무엇을 의미하는지 알게 되었다.

엄마 말이 맞았다. 말은 힘을 가지고 있다. 심지어 마법적인 힘까지.

그리고 그 한 단어의 마법이 마을 전체를 장악했다.

그것은 사람들을 사라지게 했다. 건설된 이래로 허구리의 번화한 메카였던 그 다리는 하룻밤 사이에 황량해졌다. 논에서 일하는 남편들을 위해 새참을 이고 가는 마을 아낙네들은 한 시간이나 더 걸리는 우회로를 택했다. 마을의 모든 어머니들은 아이들에게 거기서 노는 것을 금지했다. 낙서를 쳐다보다가 걸리면 아이들을 회초리로 때리는 엄마들까지 있었다. 그들은 다리가 운이 다한 것처럼 취급했다. 마치 그것이 양놈의 추잡한 말에 의해 유린당하고 훼손된 것처럼. 마치 그 다리와 어떤 식으로든 연관되는 순간 도덕적 나환자라도 될 것처럼.

이 광란의 분위기 속에서 비난이 마치 보이지 않는 단검처럼 허공을 가르며 날아다니는 와중에 그 괴물이 돌아왔다. 엄마는 광기에 휘말릴 마음이 없었으므로 침묵을 지켰다. 침묵은 도움이 되지 않았다. 그러나 돌이켜보면 그 상황에서는 무엇도 도움이 되지 않았을 것이다. 이것이 바로 의심의 웃긴 점이다. 의심은 사실 의심이 아니다. 그것은 다소 온화한 가면을 쓴 **확신**이다. 필요한 것은 시간일 뿐이며, 의심은 결국 완전한 확신으로 커지기 마련이다.

오래지 않아 아버지의 의심은 본격적인 형태를 띠게 되었다.

영어 수업을 듣는 서른 명—스물두 명의 고아와 여덟 명의 공장 노동자—이 더 있다는 사실은 왜 그런지 아버지에게 중요하지 않았다. 그 서른 명은 꼬치꼬치 캐묻는 부모들에게 제약받지 않고 자유 시간에 마을을 자유롭게 돌아다닐 수 있었는데도, 그들은 아버지의 의심 레이더에 결코 들어오지 않았다. 아버지의 불타는 눈은 처음부터 엄마와 내게 맞춰져 있었다.

나는 아버지가 엄마에게 물어볼 때마다 푸른 눈의 괴물이 자라서 구체적인 형체로 진화하는 것을 보았다. 시작은 보통의 탐정소설식 질책이었다. **대체 어떤 미치광이가 그따위 짓을 한**

거이야? 누가 됐든, 그 더러운 걸 산 채로 태워야 해. 에미나이를 다리 근처에 얼씬이라도 하게 됐다가는 눈물이 쏙 빠질 때까지 두들겨 맞을 줄 알라. 임자가 안다는 걸 내가 다 아니까, 누가 그런 짓을 했는지 바른대로 말하는 게 좋을 거이야." 주말 무렵에는 의심이 확신으로 변해 날카로운 이빨을 드러냈다. "임자, 지금 당장 전부 말하라. 그럼 너그럽게 용서해줄 테니까. 벌주지 않을 거이야. 어떻게 하면 내가 임자를 다치게 하지 않으면서 입을 열게 만들 수 있갔어? 내가 임자와 그 양놈을 죽여야갔어? 그걸 바라는 거이야?"

그리고 아버지는 사전을 발견했다.

진실을 말하자면 그 하드커버 영어 사전 자체가 증명해주는 건 아무것도 없었다. 아버지는 우리가 영어 수업을 듣고 있고 엄마가 성심 교회의 목사들을 도와주면서 돈을 벌고 있다는 사실을 이미 알고 있었다. 아버지가 어부 일로 번 돈은 자기 술값을 대기에도 충분하지 못했기 때문에, 그 돈으로 우리가 집세며 식비를 감당해온 것이었다. 오셀로에게 아내의 손수건이 필요했던 것처럼 아버지에게는 그저 시각적인 계기가 필요했던 것이다. 아무리 빈약한 계기일지라도. 엄마가 완강히 혐의를 부인하자, 아버지는 버럭 고함치며 그렇다면 왜 그것을 반짇고리 바닥의 실패와 바늘겨레 밑에 숨겼냐고 다그쳤다.

엄마는 굽히지 않았고 아버지는 폭발했다.

그는 엄마의 머리채를 잡고 다리로 질질 끌고 가며 마치 성경을 든 거리의 설교자처럼 다른 손으로 사전을 들고 허공에 흔들었고, 내가 엄마를 구하기 위해 그의 손을 깨물고 발목을 찰 때마다 나를 연석 쪽으로 걷어찼다.

"안 보여? 그럼 내가 보게 해주지." 괴물이 말하고는 사전으로 엄마의 얼굴을 계속 내리쳤다. 표지가 엄마의 피로 미끌미끌해지자, 그것을 개울에 던져버리고는 맨주먹으로 계속 엄마를 때렸다.

그는 엄마와 내가 아무 소리도 낼 수 없을 지경이 되어서야 비로소 멈추었다.

그리고 나는 그가 엄마의 귀에 대고 헐떡이며 속삭이는 소리를 들었다. **한 번만 더 나를 바보로 만들면, 임자를 왜놈에게 넘기갔어. 그럼 임자 딸은 에미 없이 자라갔지. 잘 생각하라.**

엄마는 그날 다리 밑에서 한쪽 시력을 잃었다.

그리고 나는 하느님이 도와줄지도 모른다는 마지막 희망을 잃었다.

그때부터 나는 우리의 미래를 위해 믿을 거라고는 나 자신뿐이라는 사실을 깨달았다.

엄마가 의식을 완전히 회복하기까지 사흘이 걸렸다. 그리고 그 사흘째가 되는 날, 나는 구역질 나는 광경을 다시 목격해야 했다. 그 괴물이 엄마와 동침을 하고 팔을 엄마의 목에 단단히 두른 채 굶주린 거머리처럼 착 달라붙어 있는 광경을.

나는 잠에 빠져 있는 한 쌍을 내려다보았다. 그 순간 속이 뒤틀리는 경멸을 느꼈다.

괴물의 평온한 얼굴에는 희미한 웃음이 떠올라 있었다. 그 얼굴이 내가 가져본 적 없는 탐욕스러운 남동생처럼 독기 가득한 아기 목소리로 속삭이는 것 같았다. **잘 보라. 니 에미는 내 거야. 내 소유야. 너는 절대 내 손아귀에서 니 에미를 빼앗아 갈 수 없어.**

그리고 나는 난생처음으로 엄마를 향해서도 경멸감을 느꼈다. 그 악마의 팔을 치워버리지 못하는 엄마가 미웠다. 그토록 무력한 엄마가 미웠다.

그때 거기서 나는 내가 해야 할 일을, 그 괴물이 엄마로부터 밝은 빛을 쥐어짜내서 고갈시키기 전에, 괴물이 내게서 엄마를 향한 사랑을 질식시키기 전에 수행해야 할 의무를 깨달았다.

나는 축축한 어둠 속으로 뛰어나갔다. 그리고 내 집보다 더 내 집처럼 느껴지는 자작나무 숲을 향해 쏜살같이 내달렸다. 이끼와 버섯 같은 작고 음침한 생명들이 번성하는 녹색의 장소, 내가 완벽한 흙을 찾을 수 있다는 것을 분명하게 아는 곳.

그러나 내가 찾으려 한 건 흙이 아니었다. 나는 냄새를 찾고 있었다.

햇빛에 달궈진 쓰레기처럼 살짝 달큼하면서도 역겨운 냄새. 변질된 참기름의 냄새, 그리고 발효된 대두의 냄새. 나는 뱀 땅콩, **사낙**을 찾고 있었다. 독특한 향 때문에 별명이 붙여진 그 독초는 뱀의 꽃을 뜻하는 약초 **사화**의 사촌 격이다.

엄마와 나처럼 냄새와 맛에 대한 감각이 고도로 발달된 사람들만이 그것의 독성을 알아차릴 수 있다.

그러나 그 일을 할 수 있는 건 **나뿐**이었다. 엄마는 지나친 동정심 때문에 그런 일을 할 수가 없었다. 그래서 결국 내가 아버지에게 고마워할 수 있는 작은 한 가지가 있었다. 따지고 보면 나는 결국 그의 딸이었고 우리의 혈관에는 같은 피가 맥동하고 있었다. 그리고 내 안에 있는 그의 피가 엄마에게 물려받은 지나친 동정심을 상쇄해서, 그럴 가치가 없는 악마, 숨 쉴 때마다 술 냄새를 뿜어내는, 내가 제거하려는 악마에게 자비를 보이는 것을 막을 터였다.

나중에 살면서 나는 모든 살인자에겐 그들 관점에서 범죄를 저지를 만한 정당한 이유가 있다는 말을 들었다. 나도 예외가 아니었다. 나는 내 판단이 용서받지는 못하더라도 정당화될 수는 있을 거라고 믿었다. 그리고 사실은 죄책감조차 별로 느끼지 않았다.

그러나 짐작건대 나와 사이코패스 살인자의 차이는 적어도 나는 죄책감을 느끼지 않는다는 사실에 죄책감을 느낀다는 것이 아닐까 싶다. 게다가 나는 그 과정을 즐기지도 않았다. 사이코패스는 살인의 목적이 순전히 과정 때문이라고, 희생자가 고통스럽게 죽어가는 모습을 지켜보는 것 자체가 목적이라고 들었다.

나는 아무리 그 작자를 혐오해도 죽는 모습까지 보고 싶지는 않았다. 그래서 아침 일찍 그에게 아침을 차려주고는 엄마를 데리고 나가서 오랫동안 버섯을 채취했다. 우리는 오후 늦게 집으로 돌아왔다.

우리가 마주한 광경은 결코 아름답지 않았다.

그의 입술은 피와 거품이 거미줄처럼 뒤엉켜 분홍빛으로 번들거렸다. 눈도 흉측하기는 매한가지였다. 검은자가 안쪽으로 말려 들어가 흰자만 보였다. 툭 튀어나온 두 개의 충혈된 안구가 눈을 감기려는 내 손가락에 저항했다. 결국 나는 그의 누비 조끼를 벗겨 머리 위로 씌웠다.

엄마는 우둔하지 않았고 어떻게 된 일인지 즉시 알아차렸다. 엄마는 이틀 동안 나와 말하려 하지 않고 멍하니 있었다. 그러나 결국은 괜찮아진다는 것을 나는 알고 있었다. 그저 새로운 현실이 우리 삶 속에 자리 잡을 때까지 시간이 조금 필요할 뿐이었다.

우린 장례식을 치를 수 없었고, 그래서 마을 사람들에게 아버지가 또 고래잡이를 나갔다고 말해야 했다. 사흘째 되던 날 마을 전체가 한밤중의 어둠에 잠겨 있을 때, 우리는 시신을 감자 포대에 넣어 자작나무 숲으로 질질 끌고 가서, 할 수 있는 한 가장 깊이 땅속에 묻었다.

아무 말 없이 터덜터덜 걸어서 나란히 집으로 오는 길에, 나는 시신이 사라질 때까지 시간이 얼마나 걸릴지 생각했다. 빽빽한 자작나무 숲을 덮고 있는 토양은 따뜻하고 습하기 때문에 시신이 땅과 하나가 되기까지 오랜 시간이 걸리지는 않을 것 같았다. 그와 흙 사이에는 삼베로 된 포대밖에 없으므로 반년이 채 걸리지 않을지도 몰랐다.

나는 땅속에 묻힌, 눈을 지그시 감은 얼굴을 상상했다. 그의 뺨과 입술이 먼저 사라져서 마치 그가 흙을 먹는 것처럼 흙을 턱 안으로 불러들이게 될 것이다. 부패한 살점이 떨어져 나가 흙과 섞여서 나의 완벽한 흙을 더럽히고 오염시킬 것이다.

그때 나는 마음의 눈으로 가장 큰 두려움이 되살아나는 것을 보았다.

나는 자작나무 숲의 부드러운 흙 속으로 손을 찔러 넣고 한 움큼 움켜쥐었다. 그것을 입속에 밀어 넣을 요량이었다. 그런데 땅에서 손을 뺐을 때, 손가락이 아버지의 피로 검게 물든 것을 보았다.

그 순간, 내가 내 죄의 색에 직면한 바로 그 순간이 내가 흙 먹는 것을 멈춘 때였다.

세   번째   인생

하우스를 뒤집어놓다

1950

우리는 지붕 있는 집에서 잠을 잔 적이 거의 없었고, 우리가 선택할 수 있는 유일한 잠자리는 불에 타서 무너진 폐가일 때가 많았다. 인상을 찌푸린 채 잠에 빠져 있는 우리의 얼굴 위로 별빛이 오래 머물렀다. 심하게 훼손된 천장을 통해 쏟아져 들어오는 밤의 한기에도 불구하고 우리는 잘 잤다. 우리는 먹을 수 있는 것을 먹었다. 우리는 생존했다.

한국전쟁 동안 **우리**는 정의하기 어려운 모호한 개념이었다. 그것은 북한 사람과 남한 사람 모두를 의미할 수도 있었고, 공산주의자냐 자본주의자냐는 중요하지 않았다. 매일 밤 나는 체온을 유지하고 외로움을 견뎌내기 위해, 낯선 사람, 창백한 어둠 속에서 내 옆에 누워 있는 또 다른 인간과 **우리**를 이루려 했다. 처음에는 몸을 웅크리고 팔뚝과 정강이를 옆 사람의 등에 살포시 대곤 했다. 그리고 상대가 움찔하지 않으면, 천천히 두 손으로 그의 어깨를 감싸며 따뜻한 벽 같은 그의 등에 배를 댔다. 놀랍게도 대부분의 사람들은 저항하지 않았다. 다음 날 아침이면 도라지 한 뿌리를 두고 필사적으로 싸웠지만, 집 없이 보내는 밤이면 우리는 그저 조금이라도 더 인간의 체온을 필요로 하는 따뜻한 몸뚱이들일 뿐이었다. 때때로 남들이 죽은 듯이 잠에 빠지면, 나는 그들의 안주머니에 슬그머니 손을 넣어 사탕이며 은화, 작은 엉터리 장티푸스 약병 같은, 값어치 있는 물건은 무엇이건 슬쩍했다.

나는 이 전쟁이 시작되기도 전에 전쟁에 대한 이야기가 오 갔던 것을 기억했다. 그때 나는 어리고 순진했다. 나는 북녘의 고향에서 고아원 겸 성냥 공장을 운영하던 캐나다 선교사 펠티에 목사가 가르치던 영어 수업을 듣고 있었다. 우리에게 미국 역사에 대한 특강을 해주는 동안, 그는 형제들끼리 서로 등을 돌리는 특별한 종류의 전쟁에 대해 이야기했다. 전쟁이 항상 다른 나라 사람들 간의 싸움인 것은 아니라고, 새끼 돼지의 엉덩이처럼 연분홍빛이 나는 뽀얀 얼굴의 무슈 펠티에는 말했다. 서양인들은 이런 종류의 전쟁, 즉 내전을 **시빌 워**라고 부른다고 그가 말했고, 나는 어린 마음에 백인들의 멍청함을 몰래 비웃었다. 동족 살해에 정중하다는 뜻의 '**시빌**'이라는 단어를 붙이는 것도, **시빌** 워가 보통의 전쟁보다 훨씬 더 잔인하다는 것도 참 어리석은 아이러니로 보였다.

처음에는 전쟁이 그저 귀찮은 골칫거리 정도로만 보였다. 내가 몇 년간 고향을 떠났다가 다시 귀향했을 때, 붉은 완장을 찬 공산당원들이 이미 마을 사람들의 일상생활에 침투하여 의무적인 모임과 주간 집회 따위로 사람들을 성가시게 하고 있었고 가끔은 유부녀까지 동원해 보초로 훈련시켰다. 그것이 마을 사람들을 사라지게 만들었다. 이남 지역은 날씨가 더 따뜻하고 공산당이 부과하는 강제 의무가 없다는 소문이 이북의 몽상가들을 유혹하기 시작했고, 이웃들의 말에 따르면 우리 엄마와 여동생도 오래전에 남으로 내려갔다고 했다.

더 많은 사람들이 증발하기 시작했다. 이웃 마을의 한 일가가 공습 오폭으로 하룻밤 사이에 몰살되었다고 사람들이 수군댔다. 두어 달 동안 머리 위에서 불꽃놀이가 계속된 끝에, 마을 사람들은 마침내 양키들이 도착하는 것을 보았고, 그들이 **톱질***이라고 부르는 것이 시작되었다. 마을은 생존하려면 누구 편에 서야 할지 아직 확신하지 못한 채 두 명의 서방을 섬기는 가난한 첩처럼 둘로 나뉘었다. 낮에는 양키들이 남한 군인들과 함께 군용 트럭을 타고 마을을 돌아다니며 먹을 것을 나눠주고 이것저것 물었다. 해가 지면 숲속에 숨어 있던 수척한 빨치산들이 내려와서 굶주린 귀신처럼 몰래 마을을 돌아다니며 먹을 것과 정보

---

*   전사(戰史) 연구자들은 한국전쟁을 교착된 전선에서 톱날을 밀고 당기는 것처럼 점령과 수복을 반복한다 하여 '톱질 전쟁'이라고 불렀다.

를 얻어 갔다. 그런 이상한 환경에서 가족 간의 불화나 이웃들 간의 사소한 말다툼은 쉽게 피비린내 나는 재앙으로 번졌다. 햇빛 아래서 어떤 마을 사람이 이웃을 공산당 동조자라며 비난했고, 달빛 아래서 희생자의 아들이 상대를 양키의 괴뢰라고 고자질했다. 공산당이라는 혐의로 양키 군용 트럭에 실려 간 사람들은 돌아오지 않았고, 양키 찬미자라고 소문난 많은 사람들이 현장에서 처형되었다. 하루가 멀다 하고 빨갱이 사냥과 반역자 사냥이 반복되었고 날마다 낯선 전쟁의 칼날을 양쪽에서 휘둘러 마을 사람들을 닥치는 대로 도륙했다.

나는 무력한 희생자가 되기를 거부했다. 나는 여전히 마음 한구석에 살아 있는 엄마와 여동생과 상봉하겠다는 철없는 꿈을 꾸며 남으로 향했다.

낮에는 먹을 것을 찾아 걸어 다니며 보리죽에서 야생 능금, 쐐기풀에서 나무껍질에 이르기까지, 나날이 먹을 것의 정의를 넓혀갔다. 밤에는 폭격으로 불탄 집에 스며드는 창백한 달빛 아래서 낯선 사람의 온기를 훔쳤다.

그러나 내가 남자가 되기로 결심한 날 밤, 그곳은 집이 아니었다. 거기는 한때 학교였던 곳으로, 그때까지 묵었던 곳 중 가장 큰 야간 숙소였다. 해방 전 일본군에 의해 건설된 현대식 학교 건물이 양키들에 의해 임시 숙소로 리모델링되었다가 한국 전쟁이 한창인 지금은 임시 피난민 수용소로 사용되고 있었다.

나는 한 교실에 누워 얼기설기 이어 붙인 천장을 올려다보았다. 포탄의 충격으로 생긴 깊은 틈을 골함석 판이 덮고 있었다. 그러나 함석지붕 아래에서 나는 여전히 창백한 달의 냄새를 맡을 수 있었다. 유리 없는 창문은 차가운 숨결을 불러들여 또다시 내 몸이 인간의 온기를 몹시 그리워하게 만들었다.

나는 완벽한 등을 발견했다. 그것은 젊지도 늙지도 않은 여인의 것이었다. 그녀는 통통하게 살이 붙은 둥근 어깨를 가졌다. 그녀가 몸을 뒤척이고 돌아누울 때마다 풍만한 엉덩이가 요동쳤다. 나는 그녀의 꿈틀거림이 잦아들 때까지 기다렸다. 그리고 그녀가 잠들어 있는 동안에도 여성스러운 부드러운 숨결로 그녀를 무장 해제시키기 위해 부드러운 고음의 한숨을 그녀의 귀 뒤에 내뱉었다. 나는 사마귀처럼 두 팔을 굽히고 그녀 뒤에 최대한 바싹 붙었다. 그러나 창문을 통해 밤의 포식자들이 연달아 들어왔다. 그들은 빠른 호흡으로 웅얼거리고 있었다. 나는 그 속삭임의 성질을 이해했다. 나는 그들의 언어를 알아들었다. 그들은 양키였다. 두 명. 한 명은 백인, 한 명은 흑인이다. 그들이 공처럼 뭉친 헝겊을 여자의 입속으로 밀어 넣었다. 그들이 그녀를 끌고 가자, 여자는 격렬하게 온몸을 뒤틀며 저항했고 그때마다 엉덩이가 움직였다. 그러다가 양키들이 주먹으로 얼굴을 치자 그녀는 잠잠해졌다. 유리 없는 학교의 창문을 통해 숨죽인 겁탈의 팽팽하게 긴장된 소리가 들려왔다.

다음 날 아침 나는 거리를 돌아다니며 죽은 사내아이의 시신을 찾았다. 체격이 나와 비슷한 시신 하나를 쉽게 발견했다. 나는 아이의 옷을 벗겼다. 내복과 두꺼운 조끼, 삼베 바지. 적갈색과 쿠쿠한 홍어 냄새. 면 스카프로 가슴을 납작하게 동여매고 사내아이의 옷을 입었다. 다행히도 머리를 짧게 자른 상태였다.

나는 여자치고는 컸고 남자치고는 작았다. 소년으로 변장하기에 완벽했다.

어차피 나는 반만 여자일 뿐이잖아. 나는 자궁이 없는 배를 생각하며 싱긋 웃었다.

아버지는 엄마나 나에게 폭력을 휘두르기 전에 여자들은 어떤 면에서 사내아이와 같아서 영원히 미성숙한 상태로 머물고 결코 배우지도 온전히 성장하지도 못한다고, 그래서 평생 맞아야 한다고 말하곤 했다. 아버지가 살아 있다면, 나는 사내아이가 강제 징집될 일은 없다고, 다 큰 남자들만 징집된다고 조용히 말해주고 싶다. 게다가 사내아이 아랫도리는 계집아이 아랫도리보다 무사할 가능성이 크다고.

나는 스스로에게 말했다. 전에는 훨씬 더한 악조건에서도 살아남았으니 이번에도 살아남을 수 있다고.

북에서 남으로 향하는 여정 동안, 나는 폭격을 맞지 않고 멀쩡히 남아 있는 집을 한 번도 보지 못했다.

하늘은 그곳을 영구적으로 점유하고 있는 전폭기들의 소음으로 가득했다. 전폭기가 비교적 여유롭게 공기를 스쳐 갈 때는 가볍게 우르릉 소리를 냈고, 멀리서는 고양이처럼 가르랑 소리를 내기도 했으며, 관목이 무성한 야산 바로 위에서는 사냥개처럼 으르렁 소리를 냈다. 그러다가 전혀 예상하지 못한 순간 우렁찬 천둥 방귀로 고막을 울리며 눈에 보이는 모든 초가지붕에 불을 붙였다.

며칠이 지나자 나는 포효하는 비행기와 맹렬하게 쏟아지는 폭탄들 사이에서도 눈 하나 깜짝하지 않고 숲에 들어가 똥을 쌀 수 있었다. 폭격이 워낙 도처에서 일어났으므로 일정한 시점이 지난 후에는 생존이 그저 운의 문제일 뿐이라고 느껴졌다.

그래서 피난 열차를 처음 보았을 때는 놀라움에 심장이 뛰었다. 그렇게 많은 사람들이 그런 지옥 불을 겪고도 살아남았다는 사실이 충격적으로 다가왔다. 열차는 피난민들로 바글거렸고, 마치 침몰한 선체를 뒤덮고 있는 따개비처럼 열차 표면에 꼼지락거리는 사람들의 몸이 빽빽하게 달라붙어 있었다.

나는 유개차 지붕에 앉아 있는 수백 명의 사람들 중 하나였다. 열차가 밤의 한기를 뚫고 속력을 높일 때면 얼굴을 때리는 바람이 더 매서워졌다. 그러나 다른 몸에서 온기를 훔치는 것은 생각조차 할 수 없었고, 그저 지붕에 매달려 있기 위해 온 힘을 쥐어짜야 했다. 매달리는 데 실패하면 그것은 곧 사라짐을 의미했다. 덜컹거리는 야간열차에서 작은 몸들이 떨어져 사라지는 것을 수차례 보았다. 한때 그 작은 몸들이 차지했던 좁은 띠 형태의 빈 공간들이 이제 엄마들의 애끓는 울부짖음으로 채워졌다.

나에게 남한은 티끌 하나 없는 집들이 있는 곳이었다.

부산은 헤아릴 수 없이 많은 전쟁고아들의 종착지였다. 한국의 최남단 도시들 중 하나인 부산은 공산군에게 점령되지 않았고, 그래서 폭격을 피한 유일한 지역이었다. 부산의 집들은 벽과 지붕이 화염에 희생되지 않았고, 공산당의 통치에서 탈출해 이곳에 막 도착한 피난민들처럼 살아남았다.

그럼에도 기존에 있던 집들로는 물밀듯 밀려오는 생존자들을 수용하기에 충분하지 않았다. 아미동 바위 언덕은 빠르게 판자촌으로 바뀌었다. 매주 새로운 판잣집들이 우후죽순처럼 줄줄이 들어섰다. 주택가 언덕에 자리 잡지 못한 후발 주자들은 묘지로 몰려갔다. 일제강점기에 조성된 일본인들을 위한 공동묘지가 녹슨 양철 판으로 지붕을 만들고 버려진 나무 상자와 흙으로 벽을 만든 한국인 피난민들의 **판잣집**으로 바뀌었다. 한때 피점령자였던 사람들이 이제 죽은 점령자의 안식처를 점령하여 죽은 자들의 마지막 기댈 곳을 산 자들의 마지막 기댈 곳으로, 비석을 초석으로 만들었고, 그곳에 비석 마을이라는 새로운 별명을 붙였다.

배고픈 피난민들이 거리에 모여 구할 수 있는 물건은 무엇이건 사고팔고 물물교환을 하고 흥정을 벌이면서 시장이 우후죽순처럼 생겨났다. 가장 인기 있는 시장은 깡통 시장이었다. 거기서 피난민들은 미제 통조림을 거래했다. 미군의 전투식량은 몇 안 되는 안정적인 식량 공급원 중 하나였다. **최고 중의 최고**

는 토마토소스 미트스파게티였고, 프랑크소시지와 리마콩은 항상 가장 인기 있는 상품 중 하나였다. 당의를 입힌 껌과 럭키 스트라이크 담배의 수요는 끝이 없었다. 한편 죽은 미군들에게서 훔친 인식표는 전시의 괴짜들이 기념품과 통조림 오프너 용도로 찾는 희귀한 물품이었다.

첩은 이제 생존을 위해 누구에게 의지해야 하는지를 두고 혼란스러워하지 않았다. 적어도 허리 아래, 삼팔선 아래에서는 각계각층이 미군들을 중심으로 돌아갔다. 나는 누구를 섬길 것이냐 따위에는 전혀 관심이 없었다. 따뜻한 식사를 제공하고 나를 때리지 않는다면 자본주의자건 공산주의자건 상관없었다. 내게는 무엇보다 생존이 중요했다.

하루는 내가 그들에게 다가갔다. 소년 같은 옷차림이 나를 보호해주고 있다고 믿었다. 나는 억양이 거의 없는 영어로 그들에게 간단명료하게 물었다. "혹시 제가 할 일이 없겠습니까?" 이런 내 행동이 당시 깡통 시장 입구에서 잠시 담배를 피우며 휴식을 취하던 많은 미군들의 허를 찔렀다. 그들은 말없이 몇 초간 나를 빤히 쳐다보았고, 그중 두 명의 떡 벌어진 입에서 연기가 회오리치며 나왔다. "저리 가, 꼬마야." 그들 사이에서 한국인 남자 하나가 마치 각다귀를 쫓듯 허공에 손을 내저으며 한국어로 말했다.

"저는 영어를 잘합니다. 그리고 일자리가 필요합니다." 내가 다시 천천히 말했다. 이제 얻어맞는 것 따위는 두렵지도 않았다. 나는 나흘 동안 속이 빈 상태였다.

"너 어디서 영어를 배웠니?" 그들이 한바탕 웃음과 신기한 듯한 시선을 교환한 끝에 마침내 물었다. 여전히 입꼬리에 불붙은 담배를 물고 있는 한 백인 병사가 한국인 남자에게 가까이 오라고 몸짓을 하더니 그의 귀에 대고 알아들을 수 없는 말을 웅얼거렸다.

나는 입술이 얇고 눈이 올빼미처럼 생긴 한국 남자를 따라갔다. 그는 한쪽 입꼬리를 비스듬히 올리고 싱긋 웃으며 내가 군인이 되기에는 너무 어리고 너무 말랐지만 그럼에도 할 일이 있다고 말했다. 영어를 잘하니까 통역을 할 수 있을 거라고 했다. 대신 먹여주고 재워주겠다고 약속했다. 입에서 좋다는 말이 나오기도 전에 배에서 나는 꼬르륵 소리가 벌써 그렇게 말했다. "너 전쟁고아 맞지? 이름이 뭐냐, 꼬마야?" 그가 물었다.

"용말입니다." 내가 말했다. 그건 내 이름이 아니었지만, 남자아이의 이름도 아니었다.

그들이 나를 군용 트럭으로 데려갔다.

"어디로 가는 겁니까?"

그가 나를 보지 않고 운전병에게 말했다. "하우스로."

"어디로 가는 겁니까?" 내가 백미러에 비친 운전병의 눈을 보며 물었다.

운전병은 대답 대신 희미하게 미소를 짓더니 이상한 소리를 냈다. 숨을 헐떡이는 동물처럼 뚝뚝 끊기는 깍깍 소리였다. 그러면서 오른손으로 잠시 뺨을 긁는 시늉을 했다.

하우스는 집이 아니었다. 거기는 한때 학교였던 곳이었다.

건물은 멀쩡했다. 지붕에는 갈라진 틈 같은 상흔도 없었고 창문도 빠짐없이 멀쩡하게 달려 있었다.

유리창은 엄지손가락만큼이나 두꺼웠고, 남자의 손목처럼 굵은 쇠창살로 보호받고 있었다. 쇠창살에서 흘러나온 녹물이 빼삐용 죄수복의 줄무늬처럼 콘크리트 벽에 기다란 자국들을 만들었다.

이것 역시 일본인들이 지었으나 한국전쟁 중에 다른 용도로 바뀐 현대식 학교 건물이었다.

그들은 그냥 하우스라고 줄여서 불렀지만, 원래 이름은 멍키하우스였다. 인근 마을 사람들은 그것을 트럭이라고 불렀는데, 비둘기색의 직사각형 건물이 마치 거대한 군용 트럭처럼 보였기 때문이다.

2층 창문을 통해 여자들의 얼굴이 보였다. 그들은 소리 없는 탄식이 가득한 눈으로 손가락에 힘을 주고 창문 안쪽에 용접된 철망을 붙들고 있었다.

우리 철창에 매달린 원숭이들 같았다.

그들은 연신 고개를 까닥거리고 경련하듯 어깨를 들썩였다. "보기 좋은 광경은 아니겠지만 곧 익숙해질 거야." 남자가 내게 속삭였다. 그는 그들이 아픈 여자들이라며 하우스 2층에서 치

료를 받고 있다고 말했다. 나는 거기서 말하자면 '질병 통역자'
로서 그들을 돕게 될 거라고 그가 설명했다. 나의 임무는 간단
했다. 여자들과 두 명의 의사, 그리고 방문하는 병사들 사이에
서 한국어를 영어로, 영어를 한국어로 옮기는 일이었다.

사실 하우스는 굳이 소개할 필요가 없었다. 내 눈이 그들의
눈과 마주친 순간부터 나는 모든 것을 알았다. 그들이 겪는 고
통이 어떤 것인지 알았다. 그들은 하나같이 몸을 까닥이고 경련
했으며 땀을 흘리고 비명을 질렀다. 나는 그것이 페니실린 과다
주입에 의한 것임을 알았다. 그들이 걸린 **질병**들의 목록을 처음
부터 끝까지 이미 알았다. 나는 하우스의 정체가 무엇이며 그곳
의 목적이 무엇인지 이미 알았다.

작은 떨림이 목덜미와 등줄기를 타고 내려와 골반 근처에서
멈춰 한동안 머물렀다. 나는 한때 자궁이 있었던 배 위에 양손
을 올렸다.

안에서부터 불타 없어지는 느낌이 들었다.

나 자신의 존재처럼 하우스의 구조는 아이러니했다.

현대식 회색 시멘트 외관과 대조적으로, 바닥과 서까래, 대
들보, 기둥을 포함해 거의 모든 인테리어 요소들은 따뜻한 색
조의 나무로 되어 있었다. 삼나무로 만든 쪽모이 세공 마루는
항상, 심지어 네 귀퉁이에 구릿빛 핏자국이 생긴 뒤에도, 기분
좋은 매캐한 향을 뿜어냈다. 여자들은 건물이 애초에 학교로

쓰려고 지은 게 아니라고 했다. 원래 일본인 도지사의 현지처를 위한 별장이 될 예정이었다고 그들은 속삭였다. 그 관료는 자신의 혼혈 연인을 위해 호화로운 목조 주택을 짓고 싶어 했지만, 그가 태평양전쟁*(내가 보기에 내전을 '정중한 전쟁'이라고 부르는 것만큼이나 역설적인 명칭이었다) 초기에 사망하면서 별장은 미완성으로 남게 되었다. 전쟁이 일어나고 한참 뒤에 급히 다른 목적으로 개조되어 결국 근대식 학교로 완성되었다. 일본인들은 거기서 코홀리개 식민지 아이들을 충성스러운 일본 제국의 수호자로 만들겠다는 꿈을 꾸었다.

그리고 이제 그곳은 하우스, 열두 명의 집 없는 여자들을 위한 집이었지만 그 숫자는 들쭉날쭉했다. 올빼미 얼굴의 한국인 관리인에 따르면, 그들의 진짜 집은 전쟁 통에 파괴되었거나 그들의 양다리 행태 때문에 살기 힘들어졌다고 한다. "말로는 자유를 사랑하는 남한 사람이라면서 뒷구멍으로 공산당에게 무료 쌀 배급을 받고 있었어. 이제 저 여자들은 하우스에서 우리의 가장 큰 우방인 미군에게 진짜 자기 나라를 위해 도움이 될 두 번째 기회를 얻게 된 거지. 미군은 공산당의 마수에서 우리를 구해주러 온 영웅들이니까 말이야." 관리인은 여자들의 **건강**은 이곳에 들락거리는 미군들의 건강에 직접적으로 영향을 미치기 때문에 중대한 문제라고 강조했다. "그래서 2층이 있는 거

---

*   'Pacific War'를 문자 그대로 번역하면 '평화로운 전쟁'이 될 수 있다.

야. 전염될 수 있는 병의 징후가 조금이라도 보이면 애초에 싹을 잘라내려 하는 거라고."

2층은 그 건물에 멍키하우스라는 별명이 붙게 한 장소였고, 내가 제니를 처음 본 장소이기도 했다. 그녀의 진짜 이름은 재순이었지만, 병사들은 모두 그녀를 제니라고 불렀고 이윽고 우리 사이에서도 그 이름으로 통하게 되었다. 나는 처음부터 그녀의 나체를 보았다. 새가슴에 새 다리. 그녀는 한 마리 커다란 새처럼 보였다. 다른 여자들과 달리, 그녀는 바닥을 향해 눈을 내리깔고 있지 않았다. 진찰을 하는 내내 그녀의 눈은 뻔뻔하게 계속 내 눈과 미군 의사들의 눈을 좇았다. 마치 우리의 행동 뒤에 숨어 있는 어떤 비밀스러운 암호를 읽으려고 애쓰는 것처럼. 그것이 나를 불편하게 했다. 마치 그녀가 나를 꿰뚫어 보고 남장 뒤에 숨은 사기꾼을 쿡쿡 찌르는 것처럼 느껴졌다. 나는 마음속으로 그녀를 **매의 눈 제니**로 인식했다. 내 손에 들려 있는 의료 차트에, 그녀를 **통과**로 표시했다.

제니는 비록 실패로 끝나긴 했지만 하우스를 탈출하려 했던 유일한 여자였다. 어느 날 밤 관리인이 나를 깨워서 경보를 울리라고 했다. 관리인은 2층으로 뛰어 올라갔고 나는 그를 따랐다. 쇠창살이 쳐진 창문을 통해 나는 제니를 보았다. 그녀는 어떻게 해서 뒷마당까지 나갈 수 있었고 이제 맨발로 숲을 향해 뛰어갔다. 트럭 운전병이 느긋하고 큰 보폭으로 그녀를 성큼성큼 좇아가는 것이 보였다. "런 베이비, 런!" 지퍼가 반쯤 열린

바지를 한 손으로 추켜올리면서, 그가 웃으며 소리쳤다. 곧 그들은 거의 동시에 어두운 숲속으로 사라졌다. 그들이 돌아왔을 때, 제니는 곧바로 2층으로 보내졌다. 그녀는 이후 사흘을 멍키 룸의 어스름한 구석에서 보냈다. 강제로 주입한 혼합 주사제들로 허벅지 혈관이 꺼멓게 부풀어 올랐고, 그녀의 비명이 끝나지 않는 공습경보처럼 하우스 전체를 가득 채웠다.

제니는 내 옛날 친구를 생각나게 했다. 그래서 그녀에게 감탄하는 동시에 안쓰러움을 느꼈다. 나는 그녀의 용기와 무모함에 반했다. 그러나 하우스에서 탈출하는 것이 정말로 가능한지는 의문이었다.

그 순간 나는 나 또한 탈출한 적이 있다는 걸 떠올렸다.

하우스 전에 스테이션이 있었다. 나의 청소년기를 송두리째 앗아 간 장소. 파편화된 기억의 편린들만 존재하는 폐품 처리장, 또는 도살장.

스테이션은 줄임말이고, 컴포트 스테이션, 즉 위안소가 정식 이름이다.

우리는 값비싼 대가를 치르고 **위안**의 의미를 배웠다. 고국을 떠나 일본으로 향한 배고픈 한국의 10대 소녀들. 그들이 약속했던 공장은 물건을 만드는 공장이 아닌, 모기와 피와 고약한 땀 냄새가 가득한 남자들의 공장, 일본인 병사의 공장이었다.

매일같이 몰려드는 병사들. 맨정신이거나 술에 취한 남자들. 때로는 눈 한쪽이나 손가락 한 마디가 없는 남자들. 그들 손의 기름기. 땀의 번들거림. 물고기처럼 짠맛이 나는, 뚝뚝 떨어지는 정액. 처음에는 비명이 나왔다. 다음에는 자포자기의 침묵이 뒤따랐다. 그들은 아편과 페니실린과 수은이 우리의 혈관에서 헤엄치도록 만들었다. 그들은 우리를 때린 뒤 자장가를 불러주었다. 여자들이 한 명 한 명 잇따라 죽어 나갔다. 말라리아로. 채찍질과 질식으로. 그리고 사타구니를 검은색, 자주색으로 물들이는 온갖 질병들로. 강제 자궁 적출로. 전신마취도 없이 피묻은 작은 주먹을 움켜쥔 채 따뜻하고 팽팽한 덩어리가 몸에서 빠져나가는 것을 반쯤 뜬 눈으로 지켜보며.

자살은 우리에게 금지된 꿈이었다.

위안소에서 나는 용말을 만났다. 내 가명의 주인이다. 용과 말을 뜻하는 문자가 합쳐진 이상한 이름. 사실 이 두 글자는 여자 이름에 좀처럼 쓰이지 않는다. 용말은 어릿광대였고 익살꾼이었다. 밤마다 우리를 잠 못 들게 하는 이야기꾼이었다. 그들은 그녀의 앞니 두 개를 부러뜨린 후에도 결코 그녀를 입 다물게 할 수 없었다. 소등이 되면 그녀는 속삭이며 이야기로 우리를 숨 막히게 했다. 거침없이 이야기가 쏟아져 나왔다. 어머니의 이름, 아버지의 한숨, 그녀의 첫 번째 조랑말이 태어난 해, 처음 월경을 한 날, 처음 술을 맛본 날, 말을 타고 강아지를 좋아했던 거짓말 같은 이야기들, 어린 시절의 달콤함과 명청함, 집 이야기. 매일 밤 그녀는 이야기로 우리의 환호성을 이끌어냈고, 시쳇말로 위안소를 **뒤집어놓았다.**

그곳에 있는 동안 우리 마음속에서는 집 생각이 희미해져 갔지만, 용말은 그것을 계속 되살렸다. 그녀는 위안소에서 죽었지만 내가 살아남기를 바랐다. 내가 그 빌어먹을 곳에서 탈출하여 집으로 가기를 바랐다. 나는 어떤 면에서 그녀가 운이 좋았다고 생각했다. 그녀가 집이라고 부르던 곳이 거기 없다는 것을, 또 다른 전쟁에 집어삼켜졌다는 사실을 결코 알지 못할 테니 말이다. 나를 구해주었던 손과 똑같은, 태평양전쟁에 종지부를 찍은 동맹군인 미군의 손에 의해 내가 다시 이 안으로 던져지게 된 것을 그녀는 결코 알지 못할 것이다.

시간이 지남에 따라 왜 양키들이 내게 하우스의 비공식적 관리자 겸 통역자 일을 맡겼는지가 분명해졌다. 그들의 눈에 나는 어린 소년일 뿐 남자가 아니었고, 그래서 자신들의 고기에 더러운 작은 발을 올려놓을 고양이로 생각되지 않았다. 그들은 미군만을 위해 준비된 양식을 최대한 신선하게 유지하고, 그래서 군인들의 몸을 일할 수 있는 건강한 상태로 유지하는 데 골몰했다. 하우스가, 그것이 간직한 비밀과 함께, 안전하고 건강하다고 생각한 것이 분명했다. 그들은 자신이 벌레를 안으로 들였다는 것을, 그것도 날카로운 작은 이빨로 서서히 네 귀퉁이를 갉아 먹는 몹쓸 벌레를 들였다는 것을 알지 못했다.

제니가 멍키 룸에 갇힌 지 사흘째 되었을 때, 나는 그녀가 또다시 탈주나 자살을 시도하지 않도록 지켜보는 임무를 맡았다. 대부분의 시간 동안 그녀는 온전한 정신이 아니었고 신음하거나 비명을 지르는 정도만 할 수 있을 뿐이었다. 그러나 가끔 아주 짧은 순간 그녀가 자신의 진짜 모습을 보여줄 때면 우리는 이야기를 나눴다. 나는 그녀에게 끌린 것만큼이나 그녀에게 경악했다. 그녀의 대담함이 그녀를 어디로 데려갈지 알았다. 나는 그것을 전에 본 적이 있었고 또 한 번의 상실을 겪고 싶지 않았다. 그럼에도 우리는 여전히 이야기했다. 그리고 나는 그녀를 위해 음식과 물을 몰래 넣어주었다. 나는 주로 듣는 쪽이었고, 이야기하는 쪽은 그녀였다. 나도 누설할 이야기가 좀 있었지만, 되도록 침묵을 지키려 했다. 그렇게 하는 편이 우리 둘 다에게 좋다는 것을 알았기 때문이다. 용말과 마찬가지로 제니는 집에 대한 이야기를 많이 했다. 또한 자신이 어떻게 하우스에 오게 되었는지도 말했다. 그녀를 이곳으로 이끈 건 겨우 보리 두 가마니였다. "동생들이 며칠 동안 굶어서 나는 기꺼이 그자들이 주는 음식을 받고 명단에 이름을 썼지. **남로당**이 뭔지 대체 내가 어떻게 알았겠어? 학교 근처에도 가보지 못한 여자애가 말이야." 그녀가 소리쳤다.

시간이 지나면서 나는 하우스의 일과에 익숙해졌다. 또한 제니는 내가 하우스의 구석구석을 알아가는 데 도움을 주었다. 하우스에는 두 명의 의사가 번갈아 방문했다. 한 명은 한국인,

다른 한 명은 미국인이었다. 한국인 의사가 더 자주 왔는데, 그때마다 주삿바늘과 작은 유리병이 가득한 상자를 든 간호사 한명과 함께였다. 백인 의사는 한 달에 한 번만 나타났다. 그는 치료에 직접 관여하는 법이 없었고, 차트를 읽거나 병의 호전이나악화를 기록하는 관찰자에 가까웠다. 그리고 한 달에 한 번, 위안소에서 그랬던 것처럼, 그들은 모든 여자들을 데리고 나가서트럭 뒤에 태워 시내에 있는 대형 군 병원으로 갔고, 거기서 여자들은 좀 더 철저한 검진을 받았다.

나는 그들이 의료용품을 어디에 보관하는지 알았다. 그것들은 2층의 멍키 룸 입구 근처에 있는 임시 저장실에 쌓여 있었는데, 내게는 그곳에 접근할 권한이 없었다. 밤마다 어슬렁거리며돌아다니는 한국인 관리자가 항상 열쇠를 몸에 지니고 있었다.나는 그가 내게 여자들이나 귀중품을 결코 완전히 맡기지는 않을 것임을 알았지만 그건 문제가 되지 않았다. 나는 수치심 없이 물건을 훔쳐서 전쟁에서 살아남은 타고난 소매치기였다. 나는 타인의 몸에서 온기를 훔쳤을 뿐 아니라 그들의 귀중품도 취했다. 밥과 돈, 약, 그 밖에 뭐든지. 그들이 가슴에 숨겨놓은 모든 것이 나를 하루하루 버티게 해주었다.

독약은 나에게 낯선 얼굴이 아니었다. 전혀. 그것은 군중 속에서 내게 은밀한 미소를 보내는 익숙한 얼굴이었다. 또는 어두운 비밀들로 가득한 내 주머니를 지키는 작은 보초병이었다. **난너와 함께 이미 두 남자를 쓰러뜨렸어.** 그녀가 내 귀에 대고 속삭였다. 그렇다. 독은 **그**가 아닌 **그녀**였다. 사람들은 독살을 **여성스러운** 살인 방법이라고 말하니까. 은밀하고 교활해서 결코 남자답지 못한 수단이라고. 내게 독살은 예전과 마찬가지로 선택과 존엄성을 박탈당한 무력한 상태에서 생각해낼 수 있는 유일한 방법이었다. 당신을 보호해야 할 손들이 당신의 목을 졸라 생명을 빼앗으려 한다면, 당신도 자신에게 남은 유일한 이빨에 의지하는 것을 부끄럽게 여기지는 않을 것이다. 빌어먹을, 독이야말로 진정한 민주주의다. 그것은 아무도 차별하지 않는다. 부자건 가난뱅이건, 공산당이건 자본주의자건, 여자건 남자건, 누구나 해치운다.

　나는 유혹을 느꼈지만, 제니를 비롯해 하우스의 어떤 여자에게도 진짜 내 모습을 드러낼 수 없었다. 그들을 구하고 싶은 마음은 간절했으나 나는 애써 애착을 피했다. 그들과 잡담을 나누지 않았고, 애원하는 눈길을 피하거나 무시했다. 포화의 냄새가 사라지고 한참 뒤에도 그 얼굴들이 내 꿈속에 나타날 것임을 알았기에. 나는 그들의 이름을 기억하지 않으려고 애썼다. 그렇게 하지 않으면 언젠가 내 혀에서 자연스럽게 굴러 나오게 될 익숙한 2음절의 이름들을. 물론 제니는 예외였다.
　나는 제니가 용말과 마찬가지로 통제할 수 없는 어떤 힘에 의해 내 삶 속으로 들어왔음을 느꼈다. 그녀의 매의 눈, 불온하고도 자극적으로 상대를 노려보는 그 작은 눈빛이 항상 반역적이고 항상 투지 넘치는 채로 남아 있기를 바랐다. 내가 항상 그 녀를 그렇게 기억하기를 바랐다. 그래서 여자들이 시내에서 한 달에 한 번 있는 검진을 받으러 가는 날 새벽에 동이 트자, 나 는 제니의 속바지에 관리자의 권총을 넣은 뒤 눈속임으로 모든 여자들의 손목에 한 번만 길고 부드럽게 당기면 쉽게 풀리도록 매듭을 묶었다. 그러고는 제니에게 가파르고 구불구불한 산길 에서 트럭이 속도를 줄일 때 총을 뽑아서 그녀와 다른 여자들 이 매듭에서 손을 풀자마자 운전병의 뒤통수에 대고 쏘라고 말 했다. 그 총에 장전된 탄환 중 한 발은 이미 비어 있었고, 그 한 발은 잠자고 있던 경비원의 양쪽 귀 사이 어딘가에 박혀 있었 다. 내가 트럭 운전병에게 관리자가 **또 술에 취해** 뻗어버렸다고 반만 진실인 거짓말을 한 그날 아침, 행운이 계속된다면 마지막 탈출 시도가 될 대망의 그날 아침, 나는 제니에게 계획에 없던 행동을 했다. 나는 그녀를 끌어안았다. 등 뒤에서 그녀를 내 쪽 으로 당겨 꽉 끌어안으며 그녀의 온기를 조금 훔치고 나의 온기 도 조금 나눠주었다. 그래서 이제 나는 그녀의 일부를, 그녀는 나의 일부를 갖게 되었다. 내 두 팔에서 새처럼 돌출된 가슴팍 의 나지막한 울림이 느껴졌다. 우리는 둘 다 움직이지 않았다. 비록 짧은 순간이었지만, 세상의 어떤 불행도 우리를 건드릴 수 없었다.

가장 큰 문제는 하우스 내부에 있었다. 관리자와 운전병과 경비원이 죽는다 해도 하우스는 항상 거기 있을 것이며, 그렇다면 우리가 담장 밖으로 빠져나온 한참 뒤에도 그곳으로부터 벗어나는 것은 불가능했다. 그래서 나는 연료를 조금씩 빼돌리기 시작했었다. 사실 불길에 부채질을 해줄 것이면 무엇이건 가리지 않았다. 트럭용 가솔린, 난로용 등유, 의사의 흰색 상자에서 슬쩍한 소독용 알코올, 심지어 관리자가 부엌 선반 뒤에 숨겨둔 악취 나는 독주까지. 나는 그의 술병에 뿌연 독약을 아주 조금 붓고, 주사기에 모르핀을 채웠다. 나는 의사와 관리자에게 아이러니한 고마움을 느꼈다. 다른 많은 노예들과 마찬가지로, 나는 칠뜨기 같은 모습으로 위장한 채 눈과 귀를 크게 열고 계속해서 주인이 흘린 지식의 부스러기를 주워 담는 법을 배웠다. 평소의 잔뜩 긴장한 듯한 느낌과 끊임없이 배회하는 불안한 큰 눈, 날쌔게 지나가는 쥐 새끼 한 마리도 놓치지 않고 지체 없이 공격할 준비 태세와는 대조적으로, 마치 깊은 잠에 빠진 듯 편안한 얼굴로 누운 관리자를 보는 것이 얼마나 이상했는지. 그가 절실히 필요로 했지만 스스로에게 줄 수 없었던 안식. 나는 그것을 그에게 주었다.

나는 단단한 가죽 속에 숨어 있는 하우스의 연약한 내장을 알고 있었다. 철회색 외관은 향긋한 목재 프레임을 보호하는 베니어판 같은 것이었다.

나는 생각했다. 우리가 정말로 하우스에서 탈출할 수 없다면, 그것을 뒤집어놓으면 어떨까?

나는 훔친 액체를 하우스의 골격에 조심스럽게 부어 모든 기둥과 대들보와 쪽모이 세공 마루의 모든 귀퉁이를 가연성 물질의 코를 찌르는 향으로 흠뻑 적셨다. 그 달콤하고도 불길한 향에 나의 머리가 둥실 떠올라서 마치 몸이 없는 존재처럼 하우스 위를 둥둥 떠다니는 것 같았다. 입술을 일그러뜨리는 기묘한 미소를 지으면서.

나는 그곳을 즉시 떠날 수도 있었지만, 그러는 대신 하우스 뒤쪽의 산으로 천천히 걸어 올라가 빽빽한 숲속으로 들어갔다. 그리고 아침 내내 거기 숨어서 지켜보았다.

창살을 통해 불새들이 날개를 퍼덕이며 날아오르기 위해 작은 몸을 예열하는 것을 보았다. **얘들아, 불태워버려라, 다 태워버려.** 내 입술이 소리 없이 움직였다.

얼마나 아름다운가! 얼마나 큰 즐거움인가! 불태우는 것. 물건들이 연기를 내뿜으며 호박색 혀들의 춤 속으로 사라지고, 그것들이 마법처럼 급작스러운 변화를 일으킬 때마다 서로를 더욱 걷잡을 수 없이 몰아가는 모습을 보는 것이. 그것은 생각보다 훨씬 더 빠르게 일어났다. 수백 가닥의 맹렬한 혀들이 창살을 비집고 나와서 벽면을 핥으며 칙칙한 회색 위에 강렬한 검은색 칠을 했다. 잠시 후 바람의 방향이 바뀌면서 하우스는 마지막 숨을 내쉬며 펄럭이는 불새들을 내가 있는 방향으로 날려보냈고, 아름다운 불꽃의 자투리들이 내 얼굴을 간질이며 피부에 작은 어둠의 자국을 남겼다. 아마도 나는 그 자국을 결코 씻어내지 못할 것이었다. 아니, 오히려 그것을 자랑스럽게 지니고 다닐 셈이었다. 이제 대들보가 무너지기 시작하며 한차례의 갈채와도 같은 아우성을 냈다. 마지막으로, 나는 검지를 코 바로 밑에 대고 남아 있는 등유 냄새를 빨아들였다. 그 자극적인 냄새를 남김없이 들이마셨다. 그런 다음 한때 창살로 보호받는 창이었던 구멍들이 무너져가는 모습을 마지막으로 한 번 더 보았다. 그들은 아마 쇠창살이 자신들의 더러운 비밀을 영원히 지켜줄 거라고 생각했을 것이다. 그들은 자신들이 몹쓸 벌레를 들인 것을 몰랐다. 그들을 속이고 배신할 사기꾼이자 지붕에 불을 질러 빌어먹을 하우스 전체를 뒤집어놓을, **파이어버그***라는 몹쓸 벌레를 들인 것을 말이다.

---

*   firebug, 방화범, 개똥벌레라는 뜻이 있다.

두   번째   인생

이야기꾼

1942

　따지고 보면 그들은 솜씨 좋은 이야기꾼이었다. 그들은 갖가
지 이야기를 동원해 우리를 꼬드겼다.

　수리에게 그것은 아버지의 석방 약속이었다. 그들은 저지르
지도 않은 탈세 혐의로 구금된 아버지를 빼내기 위해 그녀가 해
야 할 일은 그저 일본의 센닌바리* 공장에서 2년간 일하는 것
뿐이라고 말했다. 나미에게 그것은 교육이었다. 찢어지게 가난
했지만 반에서 항상 1등을 놓치지 않았던 그녀는 구두 공장에
서 2년간 일하면 그 대가로 전문학교에 갈 장학금을 주겠다고

＊　　せんにんばり. 보통 천인침(千人針)이라고 하며, 천 명의 여자가 바느질
　　로 매듭을 지은 복대(腹帶)는 적의 총알도 막을 수 있다고 해서 전장
　　으로 향하는 군인에게 무운을 비는 일종의 부적 역할을 했다.

제안했을 때 그것을 평생 단 한 번 있을 기회로 보았다. 자영에게 미끼는 캐러멜이었다. 아들 없는 궁박한 집안에서 불행히도 넷째 딸로 태어난 그녀는 오사카에 있는 사탕 공장 일자리를 제안받았을 때 두 번 생각하지도 않고 넁큼 받아들였다. 그들은 일상적인 노역이 여자라는 이유로 비난받기는커녕 충분한 월급과 단것을 좋아하는 구제 불능 입맛을 충족시켜줄 불룩한 캐러멜 주머니로 보상받을 거라고 약속했다.

나에게 그것은 엄마의 눈이었다.

그들은 시력을 잃은 엄마의 오른쪽 눈이 회복될 수 있다고 믿도록 나를 구슬렸다. 도쿄 최고의 현대식 병원이 그런 기적을 이룰 수 있으며, 그래서 자애로운 일본 제국이 네 조선인 아버지가 파괴한 것을 되찾아줄 거라고 일본 순사 기노시타가 말했다. 의심의 여지가 없었다고 말할 수는 없지만, 나는 너무도 절실한 나머지 그런 것을 신경 쓰지 못했다. 짐승 같은 손으로 엄마를 반소경으로 만든 폭력적인 아버지가 갑작스러운 식중독으로 죽은 뒤, 엄마의 건강은 급속도로 악화되었다. 나쁜 시력과 현기증 때문에 더 이상 성냥 공장에서 일할 수 없었다. 설상가상으로 아버지가 죽은 뒤 3개월 만에 엄마는 그자가 우리에게 남긴 이별 선물을 발견했다. 엄마의 배 속에서 자라고 있는 씨앗이었다. 내 또래의 부잣집 아이들이 고등보통학교*에 들어

---

*   일제강점기의 중등교육 기관.

갈 시기에, 나는 새로 태어난 여동생과 반소경 엄마를 둔 소녀 가장이 되었다. 그러나 끝없는 노동으로도 우리 가족이 매일 세 끼 식사를 해결하기에 충분하지 않았다. 그래서 기노시타 순사가 찾아와 나고야의 직물 공장에서 2년간 일하는 대가로 두둑한 월급과 눈 수술을 제안했을 때, 나는 이보다 더 상황이 나빠질 수는 없을 거라고 생각하며 덥석 받아들였다.

때로 그들이 이야기를 지어내기 귀찮을 때는 굳이 그런 수고조차 들이지 않았다. 그냥 길에서 어리고 건강한 얼굴의 10대 소녀들을 닥치는 대로 납치해서 군용 트럭 뒤에 싣고 떠났다. 미자와 용말은 그런 식으로 위안소에 왔다. 그들은 백주 대낮에 시장에서 엿장수가 호박엿을 완벽한 황금색 직사각형으로 자르는 것을 구경하고 있었다. 미자가 엿을 사려고 동전을 세는 순간 누군가의 팔이 자신의 허리를 휘어잡고 손으로는 자신의 땋은 머리채를 움켜잡는 것을 느꼈다. 그녀는 너무 놀라 비명을 질렀고, 용말이 필사적으로 반항하며 군인의 정강이를 걷어차고 팔뚝을 깨무는 소리를 들었다. 그러나 결국 용말도 미자와 마찬가지로 트럭 뒤 칸에 내동댕이쳐졌고 누군가의 군화 위에 피 묻은 앞니를 뱉어내야 했다. 미자와 용말은 나머지 우리가 부럽다고 했다. 적어도 우리는 가족들에게 작별 인사를 할 기회라도 있었기 때문이다. 그들은 그것이 가슴 아프다고 했다. 그들의 부모님은 아마 그들이 집에서 도망쳤다고 생각했을 것이다. 그러나 나는 결국 다를 것은 없다고 생각했다. 심지어 그들의 부모가 진실을 아는 것보다 자기 딸들이 도망쳤다고 생각하는 편이 차라리 나을 거라고 보았다. 위안소에서 우리가 어떤 일을 당하게 되었는지를 아는 것보다는 말이다.

그들은 나름대로 이야기를 만들어 모든 것을 새롭게 정의했다.

첫째, 그들은 우리의 이름을 바꾸었다. 자영은 **달다**는 의미의 간나(甘奈)가 되었다. 조바상*은 그 이름이 캐러멜과 초콜릿을 좋아하는 그녀에게 안성맞춤이라고 했다. 미자는 위안소에서 가장 어리고 작아서 **아이**를 뜻하는 아키코가 되었다. 용말의 이름은 부하들보다 먼저 그녀를 취한 가네다 장교가 정했다. 그는 히죽거리며 조바상에게 명령했다. "얘를 **안즈**라고 부르도록 하게. 엉덩이에서 설익은 안즈(살구) 같은 톡 쏘는 맛이 났거든." 물론 용말은 그들이 주변에 없을 때는 우리가 자기를 그렇게 부르지 못하게 했고, 앞으로 절대 살구에 손도 대지 않겠다고 맹세했다. 수리는 이제 사오리, 나미는 나미코가 되었는데, 아마도 음성학적 유사성 때문일 것이다. 나는 새 이름을 쓰는 것을 거부하지 않았다. 그들이 지어준 가명을 받아들임으로써,

---

*　조바(帳場, ちょうば)는 숙박업소나 식당의 카운터 또는 공사 현장 관리소를 뜻하며 상(さん)은 사람을 나타내는 접미어로, 여기서 조바상은 위안소 관리인을 가리킨다.

위안소에 있는 여자를 예전의 나, 고향 허구리의 민첩하고 명랑한 어린 소녀로부터 분리하고 싶었다. 그때부터 나는 간요가 되었다. 조바상은 힘주어 말했다. "너희들은 일본 제국의 충성스러운 신민이라는 걸 잊지 마라. 그러니 예전 조선의 방식, 특히 조선말은 모두 버려라."

그들의 플롯은 우리의 이름을 새로 정의했을 뿐 아니라 우리에게 익숙한 특정 단어들의 의미도 바꿔놓았다. 그들이 **공장**이라고 말한 곳은 공장이 아니었고, 그들이 일본이라고 말한 곳도 사실은 우리가 알던 일본이 아니었다. 알고 보니 우리의 최종 행선지는 인도네시아의 스마랑으로, 아시아의 수많은 일본 제국주의 군사기지 중 하나였다. 그리고 우리는 기지 내에 있는 위안소라고 불리는 곳에서 일하게 되어 있었다. 스마랑에서 보낸 첫날 밤, 우리는 **위안**이 어떤 의미인지 본능적으로 알게 되었다. 위안소는 주로 대나무로 만들어진 가건물이었는데, 내부는 대나무 껍질을 짜개서 얼기설기 엮어 만든 얇은 벽으로 분리된 스물다섯 개의 쪽방으로 이루어져 있었다. 모두 스물네 명인 우리는 각자 한 방에 한 명씩 갇혔다. 그리고 몇 시간 뒤 장교들이 들어왔다. 그들은 우리에게 그 짓—제2차 세계대전이 끝날 때까지 수천 명의 병사들이 우리가 위안소에서 보낸 기간 내내 하루도 빠짐없이 우리에게 반복적으로 한 짓—을 했다. 첫날 밤 나는 공포에 질린 인간이 낼 수 있는 모든 범주의 목소리를 들었다. 그것은 날카로운 새된 소리와 비명으로 시작했다가 곧 구석에 몰린 야수처럼 포효하는 듯한 목구멍 깊은 곳에서 나는 소리로 발전했다. 가끔은 일본어 욕설이 동반된 희미한 금속성의 철컹임이나 갑자기 벽이 흔들리는 쿵 소리 뒤에 목소리가 갑자기 멈추기도 했다. 결국 마지막 장교가 흡족해하며 나간 뒤, 일제히 숨죽인 울부짖음이 흘러나왔다. 그리고 오래지 않아 깊고 축축한 밤의 골짜기가 그 소리를 모두 삼켰고, 이어서 헐떡이는 흐느낌을 뿜어내더니 마침내 침묵이 왔다. 기능을 상실한 엄마의 눈만큼이나 우울한 회색빛 체념의 정적이었다.

낮에는 많은 군인들이 나에게서 **위안**을 강탈했다. 주중에는 매일 50명 정도, 주말에는 2백 명 정도였다. 내가 정신을 잃을 지경이 되면, 그들은 얼음물 한 양동이를 부어 나를 깨워서 해가 질 때까지 임무를 계속하게 만들었다. 사타구니가 암적색 물집과 함께 부어올랐고 둔부에서 피가 났다. 우리는 고통스러워 걷기조차 힘들었고, 주말이면 밀려드는 수요를 감당하기 위해 그들이 우리에게 여덟아홉 번이나 아편 주사를 놓았다.

밤이 되면 우리는 은밀히 고향의 쓸쓸하면서도 달콤한 기억을 서로에게 조선말로 속삭였다. 그러면서 우리는 미소 지었고 때로는 사레들리도록 웃다가 울기도 했다. 용말은 결코 이야깃거리가 떨어지지 않는 것 같았다. 그녀는 누구도 입 다물게 만들 수 없을 정도로 말수가 많았다. 심지어 처음 며칠 동안은 조바상과 병사들 앞에서 고집스럽게 조선말로 말했다. 그들이 결국 그녀의 앞니를 하나 더 앗아 가고 왼쪽 다리를 영구적으로 절게 만들고 나서야 그만두었다. 두 개의 앞니를 잃고 나니 용말은 스나 시를 매번 쉬로 발음하게 되었고, 그런 발음 때문에 종종 우리는 킬킬거리곤 했다. 그녀는 이것을 밤 시간 수다를 떨 때 이용하곤 했다. "쉬쉬한 쉬발놈!" 한번은 그녀가 조바상을 그렇게 불러서 숨죽인 킬킬거림을 촉발했고 그것은 여자들 사이에 들불처럼 번졌다. 우리는 용말의 이야기가 지겨운 적이 없었다. 나는 그녀의 어린 시절과 그것을 묘사하는 그녀의 솜씨가 부러웠다.

그녀는 평안북도의 부농 집안에서 태어났다. 대를 이을 자식이 없는 숙부로부터 커다란 배나무 과수원을 물려받은 용말의 아버지는 소처럼 둥글고 온순한 눈과 비단결처럼 부드러운 목소리로 다정하고 나긋나긋하게 말하는 사람이었다. 집안과 과수원을 억척스럽게 관리한 용말의 어머니는 사업가의 빠른 눈과 노동에 적합한 튼튼한 팔뚝을 타고났다. 기질적인 차이에도 불구하고, 용말의 부모님은 사랑이 가득한 따뜻한 가정을 일구었다. 용말에게는 말도 있었다. 그녀는 말에게 공기의 움직임을 뜻하기도 하고 소망을 뜻하기도 하는 **바람**이라는 중의적인 이름을 지어주었다. 바람은 단것을 좋아했다. 심지어 자영보다도 좋아했다고 용말이 장난스레 웃으며 덧붙였다. 그녀는 바람의 요구를 따라잡기가 힘들었고 종종 자신의 간식을 포기하고 다음 훈련 때 쓸 요량으로 베갯잇에 숨겨두기도 했다. 때로는 부엌에서 엄마의 값비싼 백설탕을 슬쩍하거나 쌈짓돈으로 시장에서 호박엿을 사야 했다. 여자가 말에 올라타는 것이 상스럽다고 생각하는 대부분의 남자들과 달리, 용말의 아버지는 딸이 바람과 함께 있을 때 얼마나 쾌활해지는지를 보며 행복감을 느꼈다.

우리가 가장 좋아한 이야기는 용말이 혼례 날 새벽에 도망친 사건에 대한 것이었다. 셀 수 없이 듣고 또 들은 전설 같은 얘기였다. 어느 날 용말은 부모님이 자신의 혼인을 준비해둔 사실을 알게 되어 충격에 빠졌다. 미래의 남편 사진을 흘긋 보니 마음에 두려움이 가득해졌다. 아치형의 오른쪽 눈썹 바로 위에 세미콜론처럼 두 개의 마맛자국이 있는, 자신보다 열 살은 많아 보이는 창백하고 멀대 같은 남자였다. 알고 보니 그는 아버지의 어린 시절 친구의 아들이었고 평양에서 잘나가는 재단사였으며 용말보다 열세 살 연상인 홀아비였다. 용말은 배신감에 상처를 받았다. 어떻게 아버지가, 비둘기처럼 유순한 눈매의 진보적인 신사가 자신의 등 뒤에서 그런 구태의연한 계획을 생각할 수 있었을까? "왜놈들이 혼인하지 않은 처자들을 잡아간다는 소문이 돌고 있다." 용말의 아버지가 평소답지 않게 눈썹을 찡그리며 말했다. 이제는 그녀도 아버지의 말뜻을 파악하게 되었지만, 당시에는 어리고 순진해서 이해하지 못했다. 혼례일 새벽에 광택 있는 붉은 공단 혼례복을 입은 그녀에게 떠오른 생각은 반항을 시도해볼 만하다는 것이었다. 다른 모든 여자들이 잔치 음식을 준비하느라 바삐 움직이는 동안, 어두운 방의 흰색 무명

가림막 뒤에 혼자 남겨진 그녀는 붉은 혼례복을 벗었다. 허물 벗는 뱀처럼, 그녀는 뒤꼍으로 난 창문을 통해 방에서 몰래 빠져나가서 마구간으로 종종걸음으로 달려가 바람의 등에 올라탔다. 용말과 바람은 아무에게도 들키지 않고 뒷문으로 빠져나왔다. 그리고 안전한 숲길에 당도했을 때, 그녀는 전속력으로 달리도록 바람을 재촉했고, 그래서 자신의 말이 난생처음 이름값을 하게 만들었다.

용말을 태운 바람이 마을 경계까지 불과 10여 미터 못 미치는 위치에서 다리를 향해 질주하고 있는데 저 멀리서 어떤 작은 형체가 보였다. 굽은 어깨에 두 개의 커다란 갈색 꾸러미를 짊어진 땅딸막한 남자였다. 그의 시선이 용말과 바람에게 고정되었다. 이 대목에서 용말이 속삭였다. "젊은 처자가 얇은 비단 속옷 바람으로 말을 타고 천둥처럼 달려오고 있으니 눈을 뗄 수가 없었겠지!" 남자의 무릎이 후들거리더니 한쪽 어깨에서 꾸러미가 떨어지며 안에 들어 있던 가루가 다리 위에 쏟아졌다. 그녀는 속도를 늦추지 않았다. 하지만 바람이 갑자기 씩씩거렸다. 그러더니 큰 소리로 울며 갑자기 멈췄고 그 바람에 용말은 공중으로 내던져졌다. 목덜미에 부딪치는 얼음장 같은 강물이 그녀가 의식을 잃기 전 기억하는 마지막 것이었다. 나중에 그녀는 자신의 방에서 부모님과 하인들, 의사, 그리고 다리에 있던 그 땅딸막한 남자에 둘러싸인 채 깨어났다. 알고 보니 그 남자는 설탕 장수였는데, 용말의 어머니가 혼례식 잔치에 쓸 후식을 만들기 위해 주문한 백설탕 자루를 지고 오던 중이었다. 바람이 다리를 뒤덮은 눈처럼 새하얀 설탕 가루를 먹는 동안, 설탕 장수가 강에서 그녀를 구한 거였다. 다행히 용말은 가벼운 부상만 입었다. 그리고 다행히 혼례도 예정대로 진행되었다. 용말이 2분마다 재채기를 하고 윗입술이 호두만큼 부풀어 오르긴 했지만 말이다. 그리고 다음 며칠 동안 설탕 가루가 뿌려진 다리는 마을의 강아지와 지나가는 노새에게 인기 폭발이었다.

우리는 호기심과 두려움을 동시에 느끼며 용말이 원치 않는 남편과 보낸 첫날밤 이야기를 기다렸다. 그녀는 어떤 일이 일어날지 어렴풋이 알고 있었고, 그래서 방 안에 촛불이 타고 있었음에도 필요하면 격렬하게 몸싸움을 벌일 준비가 되어 있었다고 했다. "인생은 놀라운 일투성이야." 용말은 웅얼거렸다. "그이는 내게 손끝 하나 대지 않았어." 그는 부드럽고 낭랑한 목소리로 그녀가 몹시 길고 힘든 날을 보냈으니 휴식이 필요하다고 말했다. 그녀가 일어날 거라고 예상했던 일은 다음 날도 그다음 날도 일어나지 않았다. 그리고 그녀는 그의 외모가 사진을 보고 생각했던 것처럼 형편없지 않다는 것을 깨달았다. 어색하고 멀대같이 보였던 몸은 본인이 직접 만든 밤색 정장을 입은 모습을 실제로 보니 꽤나 미끈해 보였고, 가끔은 위풍당당해 보이기까지 했다. 용말은 그가 입으로 웃기 전에 눈웃음을 먼저 짓는 모습이 좋았다. 그녀는 또한 큰 나이 차이에도 불구하고 그가 자기에게 존대하는 것에 좀 놀랐다. 그와 얘기하는 게 좋았다.

그의 부드러운 목소리가 마치 시를 암송하듯 고른 어조로 흐르는 것이 좋았다. 심지어 눈썹 위에 난 두 개의 마맛자국까지 사랑스럽게 느껴졌다. 그것이 그에게 어떤 강렬함을 더해주는 것만 같았다. 마치 그가 그토록 열정적으로 묘사한 세상에 대한 호기심이나 경이로움으로 눈썹이 항상 아치형으로 올라가 있는 것처럼 보였다. 그는 평양을 좋아했고 그녀도 좋아할 거라고 생각했지만, 서두를 필요는 없다고 분명히 말했다. "언제 시작할지를 결정할 사람은 당신이오." 그가 눈을 반짝이며 말했다.

이야기가 반복될 때마다 일부 소소한 세부 사항이 조금씩 바뀌었다. 한번은 실수로 바람이 말이 아닌 **조랑말**이라고 했고, 때로는 강 위의 다리가 시냇물에 놓인 징검다리처럼 들리게 말하기도 했다. 하지만 그런 변화가 그 이야기를 좋아하는 우리의 마음을 약화시키지는 않았다. 그 이야기는 우리를 한숨짓게 만들었다. 처음에는 만족감으로, 나중에는 우리가 잃어버린 세상에 대한 갈망으로. 우리는 다음에 일어난 일에 대해서는 결코 되풀이해서 말해달라고 청하지 않았다. 용말과 용말의 몸종이지만 어려서부터 함께 자라 동생에 더 가까운 미자가 바람을 위해 당과를 사러 시장에 가던 길에 갑자기 종적을 감추게 된 사연 말이다. "그이를 안아줄 걸 그랬어." 용말이 회한에 잠겨 쉰 목소리로 숨죽여 말했다. "그리고 그렇게 짧은 기간 내 그이를 얼마나 좋아하게 됐는지 말해줬어야 하는 건데." 미자가 불규칙하게 숨을 쉬며 흑흑거리기 시작했다. 우리는 조용히 그들의 슬픔을 흡수하고 그것을 우리의 가슴속에 묻어두려 애썼다. 미자의 옆에 누운 자영이 미자를 가슴에 꼭 끌어안았다. 그런 다음 주머니에 숨겨둔 캐러멜 하나를 더듬더듬 찾아서 살며시 미자의 작은 손에 쥐여주었다.

용말과 나는 많은 면에서 비슷했다. 우리 둘 다 똑똑하고 고집이 세다고 다들 말했다. 우리는 위안을 강탈하는 자들 앞에서 눈물을 보이지 않으려 애썼다. 우리는 외모까지 닮았다. 비슷한 키에 비슷한 몸무게, 남자들의 눈길을 끄는 동시에 반감을 느끼게 하는 높은 광대뼈와 살짝 각진 턱. "너희 둘은 자매라고 해도 되겠어." 한번은 조바상이 겨우 두어 발짝 거리에서 실수로 나를 안즈라고 부른 뒤 불쑥 그렇게 말했다. 또한 우리는 이야기를 몹시 좋아한다는 공통점도 있었다.

그러나 주로 고향 집 이야기에 의존한 용말과 달리, 나는 내 고향 집 이야기를 곱씹는 것을 피했다. 특히 엄마에 대한 나의 마지막 기억들을. 아버지가 죽은 뒤 엄마가 어떻게 나날이 허물 벗듯 변해갔는지. 부풀어 오른 배가 어떻게 엄마의 온전한 정신과 번뜩이는 재치를 약화시키는 것처럼 보였는지. 이건 내가 부여잡고 싶은 엄마 이야기가 아니었다. 내가 사랑하는 엄마, 어린 딸을 외국인 선교사들이 운영하는 영어 수업에 데려가는 밝고 현대적인 엄마와 자신을 학대한 자의 죽음과 함께 살아갈 의지를 상실한 회색 눈의 엄마 사이의 간극은 내가 메우기에 너무 컸다.

나의 궁핍한 삶은 폭력으로 가득했다. 아버지는 주먹과 입으로 내 어린 시절을 파괴했다. 위안소는 나의 청소년기를 앗아갔다. 그런 일을 겪었는데도 내가 여자 같다는 느낌은 들지 않았다. 대신 나는 내 눈에서 늙은 남자를 보았다. 더 이상 어떤 것에도 놀라지 않고, 피할 수 없는 종말 말고는 인생에서 어떤 것도 기대하지 않는 쭈글쭈글하게 구겨진 존재.

그럼에도 이따금, 온전한 정신을 유지해야 한다는 절박감에 사로잡힐 때면, 나는 내 고향 허구리의 흙을 생각했다. 1년 내내 무성한 이끼색 나뭇잎이 흙을 촉촉하게 유지시켜주었던 따뜻한 그 자작나무 숲을 생각했다. 어렸을 때 나는 그 흙을 먹었다. 부드러우면서도 거칠거칠한 식감과 의외의 금속성 쌉쌀함과 자극성을 품은 맛을 음미하기를 좋아했다. 아버지가 죽고 그 시신을 자작나무 숲에 묻은 다음부터는 흙 먹는 것을 그만두었다. 그런데 위안소에서 위안부 소녀의 첫 번째 죽음이 있은 뒤 다시 먹기 시작했다. 그것은 수리였다. 향수병이 그녀를 덮쳤다. 그녀가 죽던 날 저녁, 나는 위안소에서 흙을 먹고 싶은 충동에 사로잡혔다. 그렇게 하면 한때 익숙했던 바깥세상에 대한, 내 고향 자작나무 숲에 대한 감각이 돌아오지 않을까 기대하면서. 그러나 스마랑의 흙은 허구리의 흙과 전혀 달랐다. 그것은 너무 곱고 너무 부드러워서 먼지나 분필과 질감이 비슷했고 내가 갈망한 날카로운 금속성 쌉쌀함이 빠져 있었다.

흙 먹는 것이 도움이 되지 않자, 나는 다른 누군가의 피난처로 숨어들었다. 용말의 이야기에 넋을 잃고 몰두하며 비록 일시적으로나마 내가 그녀의 어린 시절을 살고 있는 것처럼 상상했다. 그 무모하고 엉뚱한 상상에 빠져 있는 동안 나는 용말이었다. 위안소에 오기 전까지 어떤 불행도 모르는 삶을 살았던 사랑스러운 딸이었다. 나는 그녀의 이야기에 이곳에서의 죽음 대신 대안적인 결말을 부여했다. 비둘기처럼 눈매가 유순한 아버지와 강인한 어머니를 다시 만나고 그녀를 계속 기다려온 호리호리한 남편의 부드러운 품에 다시 안기는 결말을.

현실은 우리가 밤에 서로에게 들려준 이야기처럼 아름답지 않았다.

우리 중 일부는 임신을 했고, 우리의 아기와 자궁은 우리에게서 찢겨 나갔다. 기적적으로 우리는 수술에서 살아남았지만 다른 아이를 가질 기회를 잃었다.

수리의 죽음으로 우리는 모두 다음 차례가 누구일지 궁금해하게 되었다. 수리는 우리 중에 제일 먼저 현실감각을 상실했다. 그녀는 모든 군인을 **아빠**라고 부르고 오싹한 아기 목소리로 가족에 대해 일관되지 못한 이야기를 끊임없이 지껄였고 종종 헐떡이며 쉰 목소리로 킬킬거렸다. 그녀는 일본어를 잊어버린 것처럼 보였고, 사오리라는 자신의 일본 이름을 포함하여 일본어에 전혀 반응할 수 없었다. 그리고 깨어 있는 동안 잠시도 멈추지 않고 한국어로 지껄였다. 어느 날 가네다 장교가 그녀의 입을 다물게 하기로 작정했다. 처음에는 총구를 그녀의 목구멍에 밀어 넣어서. 나중에는 총의 손잡이로 그녀의 턱을 박살 내서.

우리는 수리가 이겨내지 못할 것을 알았다. 그러나 그들은 그녀를 치우지 않았다. 그냥 우리 모두가 보도록 위안소 입구 옆에 그대로 두었다. 그녀가 신생아처럼 꼴딱꼴딱 숨넘어가는 소리를 내고 피범벅이 된 납작한 얼굴의 반쪽이 간헐적으로 경련을 일으키다가 출혈로 서서히 죽어가며 조용해질 때까지 거의 이틀이 걸렸다.

그러고 나서 얼마 뒤 미자가 배를 움켜잡고 쓰러졌다. 위안소에서 가장 어리고 가장 사랑스러웠던 미자는 우리가 가장 잃고 싶지 않은 아이였다. 그러나 소용돌이 같은 허리 통증이 그녀를 무너뜨렸다. 그녀는 이른 아침 내내 새우처럼 바닥에서 몸을 웅크리고 신음했다. 실 가닥 같은 피가 무릎까지 흘러내렸다. 조바상과 위생병이 그녀를 데려갈 때, 우리 중 상당수가 울었다. 물론 용말이 가장 많이 울었다. 반시간 뒤에 미자는 돌아왔다. 팔로 여전히 배를 감싸고 어깨가 처져 있었지만 미소 짓고 있었다. 알고 보니 정말 다행스럽게도 미자는 심각한 병에 걸린 게 아니었다. 그것은 그녀의 첫 월경이었고, 첫 월경통이었다. 용말은 10분 동안이나 미자를 말없이 품에 안고 있었다. 미자는 열두 살이었다.

하지만 한 달 뒤 저승사자가 또 다른 소녀에게 들이닥쳤다. 나미였다. 나미는 우리 중에 가장 밝고 가장 일본말을 잘했고, 전쟁이 끝나면 고향에서 최초의 여성 의사가 되고 싶어 한 천재 소녀였다. 몇 주 동안 나미의 배가 부풀어 오르며 피를 흘렸다. 그러다가 열이 올라서 기절하자 위생병이 그녀를 데려갔지만 한 시간 뒤에 고통 때문에 반쯤 혼수상태가 된 그녀를 돌려보냈다. 위생병이 무엇을 했는지 모르지만 그녀의 상태를 호전시키는 데 실패했고 어쩌면 악화시켰는지도 모른다. 나미는 일주일 뒤 가랑이 사이가 마치 뇌우가 칠 때의 하늘처럼 흑자줏빛이 되어 죽었다.

전쟁이 질질 늘어지면서 안 그래도 실낱같았던 우리의 희망은 더욱더 희미해져갔고 병사들은 더욱 잔인해졌다. 강간에 구타와 폭언이 동반되었다. 그리고 술에 취해 울부짖는 장교들이 찾아오는 일이 많아지면서 밤 시간의 위태로운 평화가 침범당했다. 나는 공포의 냄새를 맡았다. 잔혹함으로 위장한 연약함의 징후. 그나마 그들이 조금이라도 인간적으로 보인 것은 바로 이런 점뿐이었다.

어느 날 밤 가네다 장교가 술이 떡이 된 채로 나를 찾아왔다. "내 옷을 벗겨, 간요." 그가 놀랍도록 부드러운 목소리로 말했다. 나는 그가 무엇을 원하는지 알았다. 내가 그의 달콤한 애첩 역할을 하며 전쟁에 찌든 옷을 벗겨주고 지친 발을 씻겨주고 그러는 내내 모든 게 잘될 거라는 사탕발림 거짓말을 해주기를 원한 것이다. 나는 거절했다. "싫어요." 나는 그들이 나를 강간하려 하면 그것을 막을 힘은 내게 없다고 생각했다. 그러나 감정적인 요구를 맞춰주는 것은 다른 얘기였다. 그러자 그는 물개

가죽처럼 까만 눈동자를 번득이며 눈을 가늘게 떴다. 다음에 뒤따른 일들은 놀랍지도 않았다. 따귀와 주먹, 잇몸을 통해 스며드는 깡통 냄새가 감돌고 따뜻한 피의 맛. 그의 일그러진 입술에서 나온 "싫어요"라고 내 말을 흉내 내는 가성의 목소리를 들었다. 그는 한 손으로 칼자루를 붙잡고 길고 부드러운 획 소리와 함께 칼집에서 칼을 뽑았다.

이제 내 차례구나. 나는 그렇게 생각하고 눈을 감았다.

그 순간 어떤 목소리에 다시 눈을 떴다. "한번 해보시지. 어서 나를 베." 어딘지 초자연적이면서도 쌕쌕거렸고 목이 쉰 듯 왱왱 울리는 익숙한 목소리였다.

"그 칼로 적군의 목을 베어야 하지 않겠어?" 그녀가 계속 말했다. "천황이 하사한 소중한 칼에 작고 힘없는 조센삐*의 피를 묻혀서야 되겠어?"

가네다는 턱을 늘어뜨린 채 미동도 하지 않았다. 그의 칼끝은 자기도 모르게 이미 바닥으로 내려져 있었다. 용말의 경직된 목소리가 계속 말했다. "대체 당신은 어떤 남자야? 그러고도 스스로 일본 제국군의 장교라고 말할 수 있어? 부끄러운 줄 알아."

야윈 몸의 용말이 내려진 칼을 향해 골반을 왼쪽으로 내밀고 내 앞에 서 있었다.

---

*　　일본군이 조선의 위안부를 일컫던 비속어. 여기서 '삐'는 여성의 생식기를 일컫는 중국어 비속어다.

가네다의 얼굴이 검푸르게 변했다. 점차 충격에서 벗어나고 있다는 것을 나는 알 수 있었다.

"**더러운 조센삐.**" 가네다가 벽을 타고 올라가는 떨리는 목소리로 날카롭게 고함쳤다. "어디 감히 그 더러운 입으로 천황 폐하를 들먹여?"

그는 손끝이 하얘질 만큼 칼자루를 꽉 쥐었다. 그리고 천천히 칼을 들어 올려 곡선의 칼날을 용말의 턱 근처로 가져갔다.

그녀는 천천히 희미한 미소를 지으며 한쪽 눈썹을 치켜올렸다. 그때 어떤 생각이 내 뇌리를 스쳤다. **용말은 죽고 싶은 거야.**

"어디 해보시지. 어떤 기분인지 좀 보게. 내 심장은 바로 여기야."

그녀가 블라우스의 헐렁한 목둘레선을 아래로 당겨 왼쪽 흉곽을 드러냈다. 양피지처럼 누런 피부가 담배빵으로 얼룩덜룩했다.

다음 날 나는 마음속으로 여러 가지 의문들에 대해 계속 생각했다. 섬뜩한 평온함이 가득한 초자연적인 목소리 때문이었을까? 용말이 정말로 죽고자 해서였을까? 왜 그가 머뭇거렸을까? 무엇보다 왜 그는 칼을 거두었을까? 용말과 나. 우리가 어떻게 간밤에 멀쩡하게 살아남았을까?

오래지 않아 나는 용말이 걸쭉한 핏덩어리를 토해내는 것을 보았다. "가까이 오지 마!" 그녀가 우리에게 소리쳤다. 결핵이었다. 그녀는 말라리아에 걸린 뒤에 결핵이 생겼다. "내게는 남은 시간이 얼마 없어. 내 몸은 내가 알아." 그녀가 중얼거렸다. 그러더니 한숨인지 코웃음인지 모를 공기를 훅 하고 내뿜었다.

"그래서 무서운 게 없었던 거구나." 내가 그녀에게, 그리고 나 자신에게 말했다.

"천만에, **무서웠어**." 그녀가 미소 지으며 말했다. "사실은 심장이 가슴 밖으로 튀어나올 것 같았다고."

"그럼 어떻게?" 내가 물었다.

"음, 어차피 죽을 몸인 걸 아는데 뭐가 달라지나 싶었어. 게다가 그 겁쟁이는 내가 결핵인 걸 알았어. 그래서 내 피가 온몸에 튀는 걸 원치 않았던 거야." 그녀는 앞니 빠진 이로 활짝 웃으며 내게 윙크했다. 어린아이 같은 장난기와 순진무구함을 발산하며 상대를 무장 해제시키는 용말의 미소는 내가 그녀의 이름과 함께 늘 간직하게 될 모습이었다. 용말은 한 달 뒤에 죽었다.

용말의 이야기가 그녀 자신을 구할 수는 없었지만 나를 포함한 위안소의 다른 많은 여자들의 목숨을 구했다.

그러나 그녀가 죽은 뒤의 삶은 예전과 같지 않았다. 우리의 밤 시간 잡담은 종종 침묵에 의해 끊기곤 했다. 용말의 절반만큼이라도 열정적이거나 재능 있는 이야기꾼이 없었다. 용말의 죽음은 미자의 말도 앗아 갔다. 미자는 말하는 것을 멈추었다. 완전한 체념에 투신한 듯 보였다. 어쩌면 그것이 미자가 할 수 있는 유일한 소극적 공격이었을 것이다.

가네다 장교는 용말의 병을 알게 된 뒤부터 밤에 나를 찾아오기 시작했다. 용말이 죽은 뒤 그의 방문은 내 일과의 일부가 되었다. 나는 알았다. 내가 그에게 차선이라는 것, 즉 최애의 대용품이라는 것을. 우리 둘은 사람을 미치게 하는 동시에 애타게도 만드는 똑같은 완강함과 똑같이 강인해 보이는 이목구비—이것이 그의 정교한 주먹을 부르기도 했지만—, 그리고 가스등 아래에서 하얗게 드러나는 높은 광대뼈를 공통적으로 가지고 있었다. 그가 괴롭히고 길들이고 관계하기를 좋아한 유형이다. 그가 술에 취해 찾아온 여러 밤들 중에 하루는 그가 용말과 나를 창조했다고 불쑥 내뱉었다. "안즈의 이름도, 네 이름도 **내가** 지었어, 간요." 그가 웅얼대더니 내 이름이 무슨 뜻인지 아냐고 물었다. 나는 알고 싶지 않다고 말했지만 어쨌든 그는 말했다. "간요(寬容)는 **관용**이야. 관용." 그는 축축한 향수에 흠뻑 젖은 눈으로 긍정의 끄덕임을 기다리는 듯이 나를 보았다. 나는 '관용'이 아마도 내가 가장 싫어하는 단어일 거라고 말했다. 가식적인 어휘, 더 정확히 말하면 허구적인 어휘라고. 그날 밤 내 가슴에는 용말처럼 몇 개의 담배빵이 생겼다.

비참함에 빠져 하루하루를 살다 보니 가끔은 전혀 의외의 틈새에서 아름다움을 찾게 되었다. 용말이 죽고 참을 수 없는 침묵의 밤들을 보낸 뒤, 당장이라도 미쳐버릴 것 같은 위기에서 나를 버틸 수 있게 해준 것은 대부분의 사람들에게는 지극히

시시해 보일 수 있는 어떤 모습이었다. 나는 일주일에 한 번 위
안소와 군 기지 담장 밖에서, 검진을 받기 위해 마을에 있는 군
병원으로 보내질 때 그것을 보았다. 덜컹거리는 군용 트럭 뒤
에 앉아, 태평양의 햇살을 받아 팔뚝의 솜털이 어른어른 빛나
는 가운데, 나는 현지인들의 모습을 뚫어지게 쳐다보았다. 그들
의 빛나는 적갈색 얼굴은 나를 기쁨에 벅차오르게 했다. 신음
하는 일본 군인들을 제외하면 내가 보는 몇 안 되는 얼굴이었
다. 그 사람들이 마치 가까운 협력자인 것처럼, 나의 어두운 비
밀과 슬픔을 말할 수 있는 절친한 벗인 것처럼 느껴졌다. 그들
이 일상의 일들을 무심하게 해나가는 모습―느긋하게 피어오르
는 한낮의 아지랑이 속에서 천천히 시클로를 모는 조그만 체구
의 이가 빠진 할아버지, 일터로 가는 길에 잡담을 나누다가 이
따금씩 걸걸하게 웃는 한 무리의 농부들, 까르륵거리는 아기를
가슴에 안고 또 다른 아이를 팔뚝에 대롱대롱 매달고 있는 땅
딸막한 엄마―은 기분 좋은 세속성의 정수였다. 이따금 무거운
짐을 나르는 물소 떼를 위해 트럭이 속력을 늦출 때면 그들이
모국어로 이야기하는 소리까지 들을 수 있었는데, 그 소리가 너
무 다정하고 위안이 되어서 눈에 눈물이 고일 정도였다. 쾌활하
고 장난스러운 목소리가 마치 어린 시절 엄마가 흥얼거리던 설
명할 수 없는 위로와 친밀함이 가득한 동요처럼 내 귀에 닿았
다. 덜컹이는 트럭을 타고 가는 그 8분 동안은 시간이 더 이상
중요하지 않았고, 그 일시적인 순간이 여전히 내 것으로 인식할

수 있는 나만의 중심을 유지한 채 또 한 주를 지옥에서 견뎌낼 수 있게 해주는 일주일 치의 힘이요 희망이요 아름다움이었다. 그 순간만큼은 진정으로 나의 것, 그들이 더럽힐 수 없고 나에게서 빼앗아 갈 수 없는 나만의 것이었다. 나는 필사적으로 거기에 매달렸다.

물론 검진은 내게 실용적인 도움도 제공했다. 기지 내에 양호실이 있었음에도, 군인들의 성병 발생이 증가하자 우리는 시내에 있는 군 병원의 의사로부터 주기적으로 검진을 받아야 했다. 내가 네 번째 방문했을 때, 미쓰야마 박사는 내게 자신의 진짜 이름을 밝혔다. 김용수. 서울에서 나고 자란 그는 도쿄에서 의과대학을 마친 뒤 일본군으로 징집되었다. "우리 모두 남의 전쟁터에서 살아남으려고 애쓰는 중이지." 움푹 들어간 슬픈 눈을 반짝이며 그가 내게 조선말로 말했다.

내가 **금계랍**이라는 알약을 모으기 시작할 수 있었던 건 그를 통해서였다. 그것은 퀴닌을 주성분으로 하는 말라리아 치료제였다. 방문할 때마다 나는 조용히 한두 알씩 부탁했다. 목표는 40알을 모으는 거였다. 용말이 죽은 뒤에야 시작된 일이었다. 나는 그것이 내가 존엄을 지키기 위해 의지할 수 있는 유일한 방법이라고 생각했다. 언젠가 그들이 내게 마지막 남은 희망마저 앗아 가는 날 목숨을 스스로 끝내는 것이다.

그때 나는 끝의 시작을 느끼게 되었다. 우리를 둘러싼 공기에 날마다 그런 분위기가 짙어졌다. 시큼하고 불길한 공포의 숨결. 우리는 그들이 술 취해 우는 모습에서 그것을 감지했다. 그들의 견고한 외관을 뚫고 가끔씩 표면으로 드러나는 풀 죽은 눈빛에서 그것을 보았다. 사병들조차 백주 대낮에 위안소에서 술에 취한 모습을 보였다. 어떤 장교들은 군사 전술을 계획하는 시간보다 아편에 취해 있는 시간이 더 많다는 소문이 돌았다. 처음으로 나는 가네다 장교가 위스키와 아편에 동시에 취해 내 앞에서 곤드라지는 모습을 보았다. 자영은 불안정한 기질을 가진한 이등병이 막사에서 **셋푸쿠**, 즉 할복을 시도했다고 말했다. 전쟁에서 패한 일본 사무라이들이 행하던 오래된 관습이었다. "미군들이 오고 있어." 자영이 흥분으로 숨 가쁘게 속삭였다.

한번은 김 박사가 눈썹을 찡그리고 철학적인 까만 눈으로, 끝은 처음에는 서서히 다가오다가 어느 순간 갑자기 닥친다고 말했다. 내게 마흔 번째 금계랍을 건넨 날, 그는 내게 이제 끝이 가까워졌다고 말했다. "곧 미군들이 기지를 습격할 거야. 내일이 될 수도 한 달 뒤가 될 수도 있어." 그가 속삭였다. 그에게 감사 인사를 하고 안녕히 계시라고 말할 때 내 가슴이 새장에 갇힌 새처럼 퍼덕였다. 그는 엷은 웃음을 지었다. 그러더니 마지막으로 내 한국 이름을 부르며 내게 가까이 오라고 손짓했다. 그는 목소리를 낮추어 한 가지 약속해달라고 했다.

"공격이 시작되면 일본군이 아마 여자들을 방공호로 몰고 갈 거야. 절대 그자들을 따라서 방공호로 들어가지 마. 그자들은 **항복**이라는 말을 받아들이지 않도록 훈련되었어. 그들은 누구도 구하지 못할 거야. 그들 자신조차도. 내 말 이해해?"

그날 밤 가네다 장교가 예상대로 반쯤 취한 채 나를 찾아왔다. 항상 그랬듯이 탁한 청록색 싸구려 술병과 술잔을 챙겨 왔다. 그의 깊은 절망을 내려다보고 그의 시큼한 불안을 흡입하며, 나는 문득 이 세상은 가네다가 모르는 것투성이라는 것을 깨달았다. 우선 그는 내가 자신이 강제로 시키지 않으면 결코 한 적이 없는 행동을 하는 것을 보고 놀랄 터였다. 나는 공손하게 눈을 내리깔고 두 손으로 그에게 술을 따라줄 셈이었다. 그는 몰랐다. 내가 용말과 영광의 나날들에 대한 그의 도취된 추억담에 조용히 고개를 끄덕여줌으로써 그가 나의 갑작스러운 굴복에 히죽거리며 정복감에 빠지도록 놔둘 것임을. 그는 이렇게 중얼거릴 터였다. "내가 널 창조한 것처럼, 넌 나의 귀여운 관용으로 죽어야 해, 간요. 안즈가 나의 달콤하고 귀여운 살구로 죽은 것처럼." 그러고는 넋이 나간 사람처럼 웃는 동시에 울면서 어린 소녀들의 피 맛에 익숙해진 작은 군용 칼로 내 옆구리에 삐뚤삐뚤한 살구 모양을 새길 것이었다. 내가 조용히 그것을 감내할 것임을 그는 조금도 몰랐다.

몇 년 동안 내 몸의 구멍이란 구멍은 죄다 파고들었으면서도 나에 대해 이토록 아는 게 없다니. 이런 깨달음은 나를 조용히 웃게 만들었다. 동정심 어린 웃음이었다. 그가 몰랐던 것은 내가 이야기꾼이라는 사실이었다. 그처럼, 그리고 용말처럼. 내

아버지의 최후를 엮어낸 장본인은 물론 나였다. 엄마를 향한 그의 폭력이 참을 수 없는 수준으로 치달아 결국 엄마의 시력까지 앗아 가자, 나는 모든 것을 끝낼 계획을 마음에 품었다. 나는 그를 독살했고 마을 사람들에게 둘러대기 위해 그의 죽음에 대한 허구적인 상황을 만들어냈다. 나는 남몰래 아버지의 시신을 자작나무 숲 깊숙이 묻고는 이웃들에게 어부인 아버지가 또 고래잡이를 나갔다고 말했고, 한 달 뒤 바다에서 폭풍우가 아버지를 덮쳤다는 가짜 전보를 내 앞으로 직접 보냈다. 내가 초래해야 했던 물리적인 죽음 자체는 혐오스러웠지만, 배경 이야기를 지어내는 것은 내게 쉬운 일이었다. 나중에 살면서 나는 혹시 나의 그런 뻔뻔함이 아버지의 죽음 이후 엄마를 그렇게 멍하게 만든 건 아닌지, 자신의 사랑스러운 어린 딸이 눈 하나 깜짝 안 하고 그런 교묘한 속임수를 쓸 수 있었다는 충격 때문에 엄마가 그렇게 된 건 아닌지 생각하게 되었다.

가네다 장교가 알지 못한 또 한 가지 사실은 간요가 내게 주어진 첫 번째 가명이 아니라는 것이었다. 그에 앞서 내게 외국 이름을 지어준 나이 든 백인 남자가 있었다. 나는 캐나다 선교사 펠티에 목사에게 '데버라'라는 이름으로 불렸다. 그는 우리 고향 마을 근처에서 영어를 가르쳤고, 엄마는 아직 똑똑하고 현대적인 젊은 여자였던 시절에 나를 매주 영어 수업에 데려갔다. 그래서 가네다가 나에 대해 결코 모를 사실이 또 있다. 일본어가 내가 아는 유일한 외국어가 아니라는 것이다. 어린 시절 데버라로 교육을 받을 때, 나는 제법 유창하게 영어로 말하고 쓸 수 있었다. 그렇다. 글을 쓰는 것이야말로 바로 나의 본질이었다. 내가 서른여덟 번째 병원을 찾았을 때 나의 비밀스러운 재주를 알게 된 김 박사는 영어로 아주 중요한 쪽지를 쓰는 것을 도와달라고 부탁했다. 그것은 미군에게 보낼 SOS가 담긴 작은 누런색 벽지 조각으로, 스마랑의 일본군 기지의 위치와 전반적 상황을 서술하고 있었다. 그는 그것을 현지 세탁부에게 은밀하게 건네서 미군 정찰병에게 전달하게 할 계획이었다.

그러나 이번에는 온전히 자발적으로 내가 엮어내려는 또 다른 이야기가 있었다. 가네다는 내게 새로운 이름을 주었다. 나는 그의 새로운 결말, 아무도 모를 숨겨진 결말을 쓸 셈이었다. 어차피 죽음이 양쪽에서 나를 향해 행진해 오고 있었으므로 내게는 선택의 여지가 없었다. 이 계획으로, 적어도 나는 미약하나마 복수와 생존을 시도할 수 있을 것이었다. 나는 그가 내게 그토록 원했던 최후의 애첩 역할을, 순종적인 게이샤 역할을 할 셈이었다. 나는 그에게 술을 따라주었고 죄악의 꽃이 가득 채워진 옥수숫대 파이프에 불을 붙여주었고, 그러면서 그가 소변을 보러 비틀거리며 나갈 때마다 가루로 빻은 퀴닌을 위스키 병에 털어 넣었다. 그의 몸이 굴복하여 서서히 질릴 정도의 긴 잠에 빠질 때까지. 김 박사는 금계랍에 의한 사망이 지저분할 거라고 했다. 열려 있는 몸의 모든 구멍에서 다량의 출혈이 생길 거라고. 그래서 나는 출혈을 감추기 위해, 그를 대신해 마지막 굴복의 행위를 수행해야 했다. 셋푸쿠, 할복이었다. 그들이 내가 독살한 것을 알아낸다면, 나는 죽음을 맞이할 것이 확실했다. 그러나 만일 그들이 그가 무사다운 방식으로 스스로 목숨을 끊었다고 믿는다면, 나는 살인을 하고도 살아남을 가능성이 있었다.

김 박사의 말이 맞았다. 그가 철학적으로 말한 것처럼, 끝은 처음에는 서서히 다가오다가 어느 순간 갑자기 닥쳤다. 가네다의 사무라이 검을 손에 쥔 채, 나는 그가 소리 없이 사지를 움찔거리며 결코 이기지 못할 술과 아편과 퀴닌이라는 막강한 3인조와 마지막 사투를 벌이는 동안 그의 몸을 내려다보고 있었다. 나는 흔들림 없이 냉담하게 칼자루를 쥐고 있는 나 자신의 냉정함에 경악하며, 칼끝을 가네다의 아랫배에 겨누고 검을 높이 치켜들었다. 지금 그가 작은 올챙이 같은 눈을 뜬다면 어떤 생각이 들지 궁금해지는 찰나 갑자기 첫 번째 천둥소리가 들렸다.

그것은 기지의 동쪽 끝 귀퉁이에서 둔탁한 파동을 일으키며 울렸다. 마치 다른 누군가를 때리는 천둥처럼 몽환적이고 불명료한 소리였다. 두 번째 소리는 마치 따귀를 맞은 것처럼 한동안 귀를 먹먹하게 만드는 날카로운 소리였다. 이번 소리는 꽤 가깝다는 것을 알 수 있었고, 맨발 밑에서 바닥이 진동하는 것이 느껴졌다. 그러더니 사이렌이 울렸다. 나는 검을 내던지고 방에서 뛰쳐나갔다.

사이렌이 울리는 와중에 소리치는 한 남자의 목소리가 들렸다. **너희 여자들, 살고 싶으면 모두 방공호로 뛰어!**

또 하나의 폭탄이 떨어졌다. 마른 진흙 덩어리들이 지붕에서 떨어지며 누런 연막이 복도를 메웠다. 발작적인 기침 소리가 메아리쳤다. 소리를 낮춰 투덜거리거나 낑낑거리는 소리. "방공호로 뛰어. 지금 당장!" 남자의 목소리가 한 번 더 꽥꽥거렸고, 이어서 딸깍하고 소총을 장전하는 소리가 뒤따랐다. 바닥으로 쓰러진 나는 목소리를 되찾기 위해 숨을 헐떡였다.

곧 작고 엉성한 발소리들이 소용돌이치듯 위안소 전체에 우다다닥 울렸다. **여자들이 살기 위해 달리고 있어.** 그런데 그들이 사실은 죽음을 향해 돌진하고 있음을 깨닫고, 내 머리가 시계처럼 째깍거렸다. 그들을 향해 진실을 외치고 싶었다. 그러나 좁아진 시야를 통해, 돌을 던지면 닿을 거리에 총을 들고 서 있는 일본인 병사가 보였다. 위안소 입구에 또 다른 병사가 부서진 문 밖으로 뛰쳐나오는 모든 여자들을 지켜보고 있었다. 나는 몸을 바짝 낮추고 중앙 통로에서 가장 가까운 모퉁이 뒤에 숨었다. 그리고 기다렸다. 다음에 나타난 작은 발에 내 발을 걸었다. 쿵 소리와 함께, 발의 주인이 내 옆으로 쓰러졌다. 그것은 자영이었다. 나는 재빨리 손으로 그녀의 입을 막았다. 그런 다음 손을 떼지 않은 채 그녀를 응시하고 천천히 고개를 저었다. 눈을 크게 뜬 자영이 고개를 끄덕였다. 나는 뒷문 근처의 뒷간을 가리켰고, 우리는 그곳을 향해 기어가기 시작했다. 자영이 쌕쌕

거리며 속삭였다. "여기서 우리가 마지막이야. 난 미자를 찾으러 다니는 중이었어."

우리가 담배 색깔 웅덩이에 몸을 담갔을 때 총소리가 울렸다. 그것은 방공호에서 들려왔다. 첫 번째 일제사격은 빠르고 거침없었다. 두 번째는 다소 느리고 간헐적이었다. 자영과 나는 뒷간의 초가지붕이 우리에게 내려앉지 않기를 바라며 쥐 죽은 듯 조용히, 말뚝처럼 가만히 있었다. 천둥 같은 소리와 쿵 소리가 또 났다. 목구멍에서도 느껴질 만큼 묵직한 소리였다. 지진이라도 난 듯 땅의 흔들림이 뒷간의 한쪽 귀퉁이를 집어삼켜 한줄기 희망 같은 강렬한 아침 햇살을 불러들였다. 핑핑 바람을 가르며 날아다니는 총알 소리와 공기를 관통하는 포탄들의 밀도 높은 흥얼거림, 죽어가는 남자들의 후두에서 나오는 비명. 우리의 귀는 영원처럼 길게 느껴지는 아우성의 시간을 견뎌낸 뒤에야 비로소 다시 진짜 정적을 포착할 수 있었다.

안개 같은 정적. 둔탁한 동시에 날카로운 유령 같은 삐 소리. 공습 뒤에만 느낄 수 있는 소리 없는 소음.

자영과 내가 옷단에서 코담배 색깔의 오물을 뚝뚝 흘리며 뒷간 귀퉁이의 벌어진 틈을 통해 기어 나왔을 때, 기지 전체가 그런 정적에 뒤덮여 있는 것처럼 보였다.

공기는 매캐한 화약 연기와 불타는 살의 지독한 악취로 가득했다. 그리고 사방에 튀고 흘러 부패하기 시작한 피에서 풍기는 구리와 사향을 연상시키는 아이러니한 냄새.

아직 서 있는 것이라고는 우리가 숨어 있던 한쪽으로 기울어진 뒷간과 위안소의 북쪽 끝부분뿐이었다. 가네다의 시체가 있던 남쪽 끝은 이제 돌덩이와 검게 그을린 나무껍질과 잔가지 조각들로 이루어진 울퉁불퉁한 산이 되어 있었다. 연기 속에서도 나는 거기서 쑥 삐져나와 있는 까맣고 뭉뚝한 팔뚝을 알아볼 수 있었다. 그 옆에는 기름이 둥둥 뜬 선지색 웅덩이가 고여 있었는데, 해가 뜨면서 보는 각도에 따라 표면의 색이 변했다.

자영과 나, 둘 다 눈물을 흘렸다. 깊은 동물적 차원에서, 나의 연약한 몸이 이 불가능한 상황을 견디고 살아남았다는 것이 몹시도 기뻤다. 그러나 동시에 마음속에서 거대한 슬픔이 터져나오기 시작했다. **서서히, 그러다가 어느 순간 갑자기.** 김 박사가 말했었다. 나는 **갑자기**라는 단어를 곰곰이 생각했다. 어떻게 우리에게 불가능해 보였던 이 노예 상태를 끝내는 것이 미군에게는 거의 눈 깜빡할 사이에 이루어질 수 있었는지 궁금했다. 난공불락의 요새였던 위안소는 그렇게 갑자기, 그렇게 쉽게 폐허가 되었다.

나는 항복의 표시로 두 손을 들고 비틀거리며 방공호를 향해 걸었다. 자영도 조용히 뒤따랐다. 일본군들이 무척 급했다는 것을 감지할 수 있었다. 입구에서 벌써 흙 묻은 발 한 쌍이 보였다. 그들은 여자들이 방공호의 어둠 속에 숨을 때까지 기다리지 않았다. 마지막 여자가 문턱을 넘자마자 사격을 시작했다. 그리고 첫 번째 일제사격 후에, 시간을 갖고 각각의 작은 몸을 확인하며 살아 있는 흔적이 보이면 또 총을 쏘았다. 그들은 죽을 때까지 자신들의 모토에 충실했다. **위안소에서 일어난 일은 위안소에서 사라져야 한다**는 것이었다. 그러나 장담컨대 그들은 최악의 쥐 새끼가 빠져나갈 것을 예상하지 못했을 것이다. 플롯을 짜는 사기꾼, 이야기꾼 말이다.

우리는 미자를 쉽게 찾았다. 나는 미자의 얼굴을 알아보기 전에 그녀의 작은 발부터 알아보았다. 치수가 큰 용말의 곰팡이 핀 가죽 부츠를 신은 발. 움직임 없이 축 늘어진 발이 창백해 보였다. 나는 부츠를 벗겼다. 내게는 부츠가 없었고, 용말과 미자를 기억하기 위한 뭔가를 갖고 싶었다. 미자의 눈이 허공을 응시했다. 자영이 미자의 시신 앞에 앉아 헝클어진 머리를 쓰다듬었다. 그런 다음 손을 미자의 주머니에 찔러 넣었다. 구깃구깃한 은박지에 싸인 마지막 캐러멜이 나왔다. 그녀는 껍질을 벗긴 다음 캐러멜을 미자의 작은 손에 쥐여주었다.

우리는 방공호에서 터덜터덜 걸어 나왔다. 입구에서부터 흘러내린 피의 개울이 이제 색이 더 진해지고 폭도 넓어져 땅을 짙은 암적색으로 물들였다. 나는 웅크리고 앉아 새로운 흙을 응시했다. 늘 유순하고 밋밋하기만 했던 스마랑의 보드라운 흙이 위안부들의 고통의 피를 빨아들여 새로운 기개를 얻었다. 여전히 투지 가득한 거친 금속성의 쓴맛. 자극적이고 날카로운 따뜻한 붉은색. 나는 손을 짙은 색 흙 속에 찔러 넣었다. 그런 다음 흙을 한 움큼 쥐고 한꺼번에 꿀꺽 삼켰다.

네 번째 인생

나, 나 자신, 그리고 볼록한 점

1955

이것은 볼록한 점에 관한 이야기다.

완두콩만 한 크기, 옅은 가지색. 그는 아직도 그것이 손에 닿을 때 어떤 촉감이었는지, 꾹 눌렀을 때는 당돌하고 팽팽하게 일어서지만 옆으로 살살 어루만지면 얼마나 나긋나긋하게 엎드리는지 기억하고 있다. 그가 그녀를 생각하면 항상 떠오르는 작은 특징이었다.

그녀의 몸이 가진 특이한 점들을 그가 얼마나 좋아했던가. 그것들이 그의 눈에 얼마나 사랑스럽게 보였던가. 그녀의 높은 광대뼈와 살짝 각진 턱. 대부분의 남자들이 여자의 얼굴에서 아름답다고 잘 느끼지 않는 특징들이다. 그녀가 깔깔 웃을 때마다 격렬하게 솟아오르는, 두 개의 파동 같았던 뼈만 앙상한 어깨…… . 웃음소리가 그의 뇌리에서 무한루프처럼 재생된다.

그는 그녀를 다시 보게 될 순간을 상상해왔고 그녀를 단번에 알아볼 거라고 확신했다. 군중들 사이에서 그녀를 찾아내는 꿈을 수도 없이 꿨다. 한 번은 평양 거리에서 함성을 지르며 위대한 수령의 생일을 축하하는 붉은색 인파들 사이에서. 또 한 번은 나환자 수용소가 있었던 대도* 계곡의 형태 없는 얼굴들 사이에서. 어떤 상황에서든 그는 그녀를 곧바로 찾아내지 못한 적이 없었다.

그러나 현실에서 먼저 알아본 쪽은 그녀다.

그녀가 그의 양복점에 도착한 순간, 매끈한 유리창 뒤로 남자 셋이 보인다. 그녀가 문을 통해 걸어 들어가자 세 쌍의 눈이 한꺼번에 그녀의 얼굴에 집중된다. 남자들은 모두 진회색의 정장 차림인데 전부 키가 크고 몸이 호리호리하다. 그러나 그녀는 남편에게 곧장 다가간다. 그녀는 무엇을 찾아야 할지 안다. 오른쪽 눈썹 위에 자리 잡은 기울어진 세미콜론처럼 보이는 두 개의 마맛자국.

그녀가 마치 연약한 동물을 쓰다듬으려는 듯 두 손으로 그의 얼굴을 감싼다. "여보. **여보.**"

그녀가 두 번 반복한다. 첫 번째는 마치 질문처럼 높이 울리는 목소리로, 두 번째는 따스하고 묵직한 안도처럼 착 가라앉

*   원산 앞바다에 위치한 섬으로 북한 지역의 나병 환자들을 위한 요양
     소가 있었다.

은 목소리로. 그녀의 눈에 눈물이 차오른다. 그러나 그녀는 크게 웃는다.

귀신인가. 유령인가. 몇 초 동안 그는 눈을 의심한다. 그러나 자신의 뺨에 닿은 손가락의 감촉을 의심할 수 없음을 이내 깨닫는다. 그는 그녀의 얼굴에서 흔적을 찾는다. 돌출된 광대뼈와 각진 턱. 그것들이 모두 거기에 있다.

그녀다. 용말. 그의 아내.

그가 사랑했으나 오래 머물지 못하고 어느 날 그의 삶에서 훌쩍 사라져버린 동반자. 마치 흩어진 백일몽처럼 제대로 된 작별 인사도, 자취도 없이. 10년도 더 된 이야기다. 그녀는 조랑말에게 먹일 당과를 사러 시장에 가겠다며 몸종과 함께 집을 나섰다.

어떤 이들은 그녀가 중매결혼을 피하기 위해 도망쳤다고 했다. 그녀가 이미 시도했던 것을 마을 사람 모두가 알았다. 혼례식 날 이른 아침, 그녀는 첫 번째 탈주를 감행했다. 몰래 창문 밖으로 빠져나간 다음 뒤뜰로 가서 원치 않는 동반자 관계가 시작되기 전에 고향에서 달아나려 했다. 하지만 이 시도는 실패로 끝났다. 그녀는 다리를 건너다가 강에 빠졌고 혼례는 예정대로 거행되었다.

그러나 그가 생각하기에 두 번째 실종은 달랐다. 모든 전통적인 혼인이 그렇듯 그들의 관계는 의무로 시작되었지만, 그들은 서로 사랑하게 되었다. 조용하고 내성적인 그는 용말의 대담함이 좋아졌고, 반면 원기 왕성한 용말은 그의 인내와 점잖음에 끌리게 되었다. 그들은 자석의 양극처럼 서로를 끌어당겼다. 하루하루 지날 때마다 점점 더 많이 마음을 공유했다. 그녀의 웃음과 요동치는 가슴을 숨기기 위한 그의 곁눈질이 늘어났다. 그리고 몇 가지 공동의 비밀. 서로 속삭이며 나누던 대화는 말하지 않아도 다 안다는 듯한 미소로 발전했다. 결혼하고 처음 3개월에 걸쳐서 그들은 연인이 되었다.

그런데 그 감정이 일방적인 것이었나? 내가 그렇게 맹목적이었나? 처음에 그는 서로의 애정을 확신했지만, 그때부터 줄곧 스스로에게 그런 질문들을 던지고 있는 자신을 발견했다.

지금까지도.

상봉한 첫날은 멍한 상태로 지나간다.

두 사람 모두 뜻밖에 굴러 들어온 행운에 어안이 벙벙하고 너무도 강렬한 행복에 멍해져서 마치 머리가 구름 속에 잠겨 있는 것 같다.

그러나 그녀는 또렷하게 생각할 필요가 있다. 이야기를 해야 할 사람은 자신이라는 것을 그녀는 안다. 두 차례의 전쟁—제2차 세계대전과 한국전쟁—을 포함해 그녀가 사라졌던 10여 년간의 공백을 메워야만 한다. 그에게 오직 진실만을 말할 것이다. 문제는 무엇을 말하고 무엇을 생략할 것인가이다.

언제 말할지도 또 다른 중요한 문제다. 다행히 그녀는 그를 잘 안다. 그녀가 가장 사랑하는 그의 특징 중 하나는 그가 기다릴 수 있다는 것이다. 그녀는 이미 그의 인내심에 익숙하다. 그는 법과 관습에 따라 모든 권리를 가지고 있음에도 어린 아내의 동의 없이 그녀에게 손가락 하나 대지 않았다. "용말 씨, 그건 내가 아니라 당신의 선택이오." 그는 말했었다. 그녀는 그를 사랑하는 것이 가랑비에 옷이 젖는 것과 같다는 것을 안다. 그런데 그녀가 그를 양복점에서 본 순간, 그녀는 자신이 이미 흠뻑 젖어 있음을 깨닫는다.

사실 그녀는 그의 의외의 모습에 흠칫 놀란다. 그는 그녀가 상상했던 것보다 훨씬 잘생겼다. 그녀는 그가 누런 피부의 나이 든 꺽다리일 거라고 예상했었다. 그런데 그는 멀대 같지도 창백하지도 않다. 그는 그녀가 언젠가 영어 교과서에서 본 홍학처럼 자세가 우아하고 등이 꼿꼿하며 몸이 호리호리한 남자다. 그녀는 그의 **나이 든 모습**이 오히려 마음에 든다. 희끗희끗한 머리는 흑연을 연상시키는 회색 정장과 잘 어울린다. 그가 생각에 잠겨 머리를 기울일 때마다 양복점 백열등 불빛 아래서 흰머리가 반짝이는 모습이 보기 좋다. 이런 의외의 모습에도 불구하고, 그의 미소만큼은 의외가 아니다. 대부분의 사람들과 달리 입에서 눈으로가 아닌, 눈에서 입으로 퍼지는 미소는 무척 사랑스럽다. 모름지기 미소가 마땅히 갖춰야 할 사랑스러움이다. 두 차례의 전쟁을 겪은 생존자로서, 그녀는 진짜 미소가 어떤 모습인지 오랫동안 잊고 있었다.

　이 사람이 내 남편이야. 그녀는 속으로 또 한 번 속삭인다. 누군가를 사랑하는 데 있어서 외모를 크게 중요하게 생각하지는 않지만, 그럼에도 그녀는 기대하지 않았던 배우자의 육체적 아름다움을 한껏 즐긴다. 자신의 행운을 믿을 수가 없다. 자신이 말씨와 따뜻함 때문에 좋아하게 된 누군가가 육체적으로도 만족스러울 수 있으리라고 상상한 적이 없었다.

　난생처음 그녀는 한 남자를 향해 욕망이 솟구치는 것을 느낀다.

　그녀는 얼마나 오랫동안 두 사람의 **첫날밤**을 미룰 수 있을지 의문이다. 그들은 혼례 후에 아직까지 초야를 치르지 않았다. 그녀는 어떻게 자신의 달라진 몸을 그에게 보여야 할지 모르겠다. 흉터가 크게 걱정되는 것은 아니다. 밤의 어둠이 가려 줄 테니까. 그녀의 진짜 걱정거리는 다른 곳에 있다. 실종되기 전에 용말의 몸은 남자를 몰랐다. 그런데 지금은 수천 명을 겪었다. 첫 번째 전쟁은 반복되는 초야를 강요했다. 어떻게 그녀의 몸이 무지한 척할 수 있을까? 어떻게 그녀가 오랜 세월 동안 강요받은 것을 의도적으로 잊을 수 있을까? 한 가지 생각이 그녀를 안심시킨다. 그녀의 몸이 사랑의 행위는 결코 모른다는 것이다. 그것은 분명한 진실이다. 그런 면에서 그녀는 뭐든 가짜로 꾸밀 필요가 없다. 그녀에겐 의도적으로 잊어야 할 것이 하나도 없다. 그런 면에서 그것은 **그녀에게** 첫날밤, 진정한 의미의 첫날

밤이다.

그녀가 또다시 그의 얼굴을 응시한다. 그녀는 벌써 눈썹 위에 있는 그의 흉터를 좋아하게 되었다. 그 질감이 마음에 든다. 그녀는 그것이 그를 **그답게** 만드는 작은 특징들 중 하나라고 생각한다. 만일 그가 알게 된다면, 그도 그녀의 흉터에 대해 같은 느낌일지 궁금하다. 아마도 그럴 거라고 생각한다. 그러나 그녀는 도박을 하고 싶지 않다. 아직은 아니다. 너무나 불편한 무언가를 밝히기 전에, 그녀에 대한 그의 감정이 다시 확실하게 강하고 견고해지도록 만드는 게 낫다.

그녀는 그가 자신의 부츠를 알아본 것에 감동한다. 그는 단번에 알아보았다. 그가 그녀의 이름을 부르게 한 것은 바로 그 부츠였다. 용말 씨! 그는 잠긴 목소리로 눈에 물기를 머금은 채 겨우 들릴 듯 말 듯 말했다. 그녀는 그 부츠가 그에게 결정타였다고 추측한다. 그가 그녀를 위해 맞춰준 부츠였다. 그는 짙은 밤색 소가죽을 골랐다. 부츠를 신고도 말을 탈 수 있도록, 당시 대부분의 여자 부츠처럼 뾰족한 스타일이 아니라 앞코를 둥글게 디자인했다. 이제 부츠는 처음과 같아 보이지 않는다. 세월과 전쟁을 겪으며 풍화되어 반짝이던 밤색은 곰팡이 핀 겨자색이 되었다. 뒤축은 구멍이 뚫리기 일보 직전이다. 그럼에도 예전의 모습 때문에, 혹은 그것이 지닌 변하지 않는 본질 때문에, 그는 그것을 알아볼 수 있다. 예상했던 대로, 그의 주의력이 그녀를 감동시킨다. 깊이 감동시킨다.

그러나 아이러니하게도, 똑같은 주의력이 그녀를 긴장시키기도 한다. 그래서 그녀는 밤에 말하기로 선택한다. 그들은 마주 보고 누워 있다. 그녀는 달빛이 그의 얼굴을 비추고 자신의 얼굴은 그림자에 잠기도록 창문을 등지고 있다. 이렇게 하면 그녀는 그의 얼굴이 보이는 모든 반응을 살피면서 자신의 반응은 읽히지 않을 수 있다. 시험해야 할 첫 번째 것들 중 하나는 그녀가 그럴듯하냐는 것이다. 그녀는 단도직입적으로 나가기로 한다. 대담하고 깔끔하게.

"나 많이 변했죠? 달라 보여요?" 그녀가 묻는다. 상냥하고 흔들림 없는 목소리지만, 심장이 흉곽 속에서 요란하게 쿵쾅거린다.

"그렇소." 그가 천천히 대답한다. 그는 그날 일찍 그녀의 얼굴에서 전에 없던 작은 특징들을 본 것을 떠올린다. 마맛자국을 닮은 작고 둥근 점들. 혹은 누군가는 타다 남은 재가 튀어 생긴 작은 화상이라고 주장할 수도 있을 것이다. 전쟁의 끝없는 폭격을 여전히 고통스러울 만큼 생생하게 기억하고 있는 그로서는 후자가 더 설득력 있게 생각된다.

그녀는 목소리도 달라졌다. 전보다 부드러워진 것 같다. 예전의 괄괄함을 조금은 잃었다. 그러나 그녀가 실종되었을 때 그녀는 10대 소녀였다. 지금 그녀는 완전히 성장한 여인이다. 특정한 변화들은 자연스럽고 불가피하다고, 그는 스스로에게 말한다. 중요한 건 그가 그녀를 어떻게 느끼느냐는 것이다. 그녀가 없는 동안 계속된 기다림 속에서 애정은 더욱더 깊어졌다.

"전보다 더 고와졌소." 그가 말한다.

그녀는 또다시 심장이 쿵 내려앉는 것을 느낀다. 기쁨과 슬픔이 동시에 덮친다. 마치 어린아이처럼, 행복한 아이처럼, 그녀의 입에서 이상한 킬킬거림이 새어 나온다. 그녀는 실제로 행복감을 느낀다. 그리고 동시에 심한 불안감도 느낀다. 자신이 이런 행복을 누릴 자격이 있는지 스스로에게 묻는다. 그렇다고 믿고 싶다.

그녀는 배움이 빠른 사람이다. 전후의 평양은 그녀 같은 사람에게 좋은 장소다. 불과 2~3년 전만 해도 평양은 완전히 폐허였다. 한국전쟁 중에 있었던 미군의 융단폭격으로, 이따금 보이는 불타버린 구조물 외에는 아무것도 남지 않았었다. 만족스러운 종전도 흡족해할 만한 승자도 없었다. 피비린내 나는 교착상태는 미국과 북한 간의 휴전협정으로 이어지며 나라가 두 동강 나는 결과를 낳았다. 그러나 형성 과정에 있었던 조선노동당은 아직 젊고 멋졌고, 당의 이데올로기와 선전 선동에 취한 북한 사람들은 의기충천했다. 노동당은 자신들이 벌써부터 외국의 원조, 특히 양키들에게 의존하는 불충실한 남한의 형제들과 달리 스스로의 힘으로 당을 만드는 데 열중하고 있다고 말했다. 조국을 세상에서 가장 위대한 나라로 만들기 위해 사람과 기계가 한마음으로 일했다. '노동자들의 지상 낙원'이라는 문구가 그들의 위대한 수령 김일성을 찬양하는 다른 슬로건들과 함께 공장과 농장들 출입구 위에 불타는 붉은색으로 새겨졌다. 당은 한때 형제였던 적을 향한 적대적인 말들과 이미지들을 인민에게 일관되게 전파했고, 사람들은 서울 거리가 여전히 굶주린 고아와 걸인들로 가득한 반면 자신들의 놀라운 도시 평양에는 완전히 새로운 현대식 건물이 날마다 올라가고 있다는 것을 사실로 믿는다. 다른 많은 사람들과 마찬가지로, 그녀는 평양을 좋아하지만 모든 도시 풍경에 관한 선전을 정말로 믿지는 않는다. 그것을 전적으로 믿기에는 그녀는 외국어를 너무 많이 알고 이미 세상을 너무 많이 보았다. 그러나 이 도시가 그녀가 결코 가져본 적 없는, 사랑이 충만하고 안정적인 가정을 위한 피난처로 남는다면 얼마든지 동조하는 척할 수 있다.

그들은 평양의 많은 **하모니카 아파트** 중 하나에 살았다. 수많은 직선들이 네모반듯하게 이어진 모습이 꼭 하모니카 리드를 닮았다. 사생활 보호는 전혀 염두에 두지 않은, 전적으로 효율성을 위한 구조다. 마치 옥수수 속대의 낱알들처럼, 거주지들이 얄팍한 벽으로 나뉘어 있어서 의도치 않은 도청이 일상생활의 자연스러운 일부분이 된다. 햇빛이 거의 닿지 않는 유개화차처럼 길고 비좁은 복도의 곰팡내 나는 공기를 들이마시는 것도 마찬가지다. 가끔 밤바람이 복도의 한쪽 끝에서 반대쪽 끝으로 통과할 때면 마치 하모니카처럼 높은 가성으로 울부짖는 소리를 낸다.

그럼에도 그녀에게 그곳은 행복한 집이다. 그곳은 매일 저녁 일터에서 돌아오는 다정한 남편을 해맑은 눈망울의 아내가 반갑게 맞아주는 그들만의 집이다. 공적으로 그는 말이 거의 없는 사람이다. 사실 양복점의 주요 고객인 많은 조선노동당 간부들은 그의 근면함, 그리고 무엇보다 과묵함 때문에 그를 존중한다. 직장의 승진을 추구하는 아첨꾼들 집단에 넌더리가 나서다. 그러나 집에 와서 불을 끄고 잠자리에 들면, 그는 가장 유쾌하게 이야기를 잘하는 사람이다. 그는 그녀에게 자신의 솔직한 (때로는 조금 위험한) 인생관과 세계관을 말해준다. 어느 날 밤 그는 진짜 영화관이 얼마나 그리운지에 대해 속삭인다. "옛날에는 영화가 어떤 내용이든 다룰 수 있었소." 그가 목소리를 낮춰 부드럽게 웅얼거린다. 그리고 자신이 젊었을 때 본 유럽 영화와 심지어 미국 영화에 대해서도 이야기한다. 스칼렛 오하라의 매혹적인 이야기, 꿀처럼 달콤한 목소리의 도로시와 그녀의 마법사 이야기, 메트로폴리스라는 이름의 가상의 지하 도시 이야기. 그런데 아이러니하게도 그녀는 그 도시 이야기가 그들이 친애하는 수도의 상황과 별반 다르지 않게 들린다고 생각한다. "좋은 영화는 우리를 다른 시간과 장소로 쉽게 데려다줄 수 있소." 그녀의 남편이 향수 어린 한숨을 내쉬며 말한다. 요즘 당이 모든 영화를 자신들의 정치적 목적에 맞게 천편일률적으로 찍어내고 있는 것이 얼마나 슬픈지. 그녀는 그의 불경스러운 회상에 고개를 끄덕이며 자기 자신의 영화 이야기를 누설하고 싶은 충동과 싸운다. 서울에서 자란 엄마에게서 들은 이야기들이다. 대체로 그녀는 조금의 어려움도 없이 그의 이야기에 밤새 귀 기울인다. 그녀는 그가 말하는 방식이 좋다. 그는 글을 쓰듯 말을 하며, 남들이 일상적인 대화에서 좀처럼 사용하지 않는 어휘와 은유들로 문장에 활기를 불어넣는다. 그의 이런 면은 그녀에게 어머니를 생각나게 한다. 당대의 여성으로서는 보기 드물게 세련된 말투를 구사하고 책을 많이 읽었던 그녀의 어머니는 말하자면 언어의 수집가였다. 이 새롭게 찾은 가족의 의미는 그녀에게 매혹적이다. 어떻게 한 남자와 한 여자의 좋은 결합이 단지 두 개인의 합 이상이 되는가.

가족. 그것을 설명할 다른 단어는 없다고 그녀는 생각한다.

매일, 매주 반복되는 틀에 박힌 일상들. 이전의 삶에서는 그녀가 혐오했던 것들이다. 그런데 이제 그것들은 아무리 흡입해도 결코 질리지 않을 기쁨의 작은 입자들이다. 주중에 그녀의 남편은 대부분 짙은 청색 스리버튼 정장이나 실키한 회색 더블 정장을 입는데, 둘 다 허리 부분은 잘록한 반면 어깨 부분은 넓어서 그레이하운드처럼 매끈하고 우아한 몸매를 부각시켜준다. 휴일에는 종종 헐렁하고 팔꿈치가 해진 낡은 트위드 재킷을 입는다. 그녀는 그 재킷의 계피색이 마음에 들고 드라이클리닝을 해서 생긴 희미한 석유 냄새를 쿵쿵거리는 것을 즐긴다. 주중에 그녀는 여느 아내들처럼 그를 **여보**라고 부른다. 주말에는 영민 씨라고 이름으로 부른다. 그녀는 두 사람 이름의 첫 자음이 똑같이 이응과 미음인 것이 좋다.

그녀가 하루 중 가장 좋아하는 시간은 해 질 무렵이다. 때로
는 이 시간에 집에서 영민을 기다리지만, 그녀가 직접 그의 가
게로 가서 함께 집으로 걸어올 때가 더 많다. 그녀는 이미 남편
밑에서 일하며 수련 중인 맞춤 양복 재단사 미스터 신과 친구
가 되었다. 미스터 신은 조용하고 남편처럼 키가 크고 호리호리
하며 웃지 않을 때는 얼굴이 꽤 근엄해 보인다. 하지만 웃을 때
면 마치 대도시에 방금 도착한 귀여운 시골 소년처럼 순박하고
속이기 좋아 보인다. 그녀는 열심히 일하는 두 남자가 알아차리
기 전에 양복점 안을 들여다보는 순간을 좋아한다. 마침내 그
녀의 존재를 알아차리면, 그들은 잠시 하던 일을 멈추고 싱긋
웃는다. 그러면 그녀는 뒤에서 자신의 목덜미를 간질이는 나른
한 캐러멜빛 저녁놀을 느끼며 유리문으로 걸어 들어간다. 그녀
와 남편이 팔짱을 끼고 나오며 미스터 신에게 작별 인사를 할
때, 그녀는 그의 얼굴이 황금빛 저녁놀에 흠뻑 젖어 벌꿀처럼
환하게 빛나는 것을 본다. 그녀는 미스터 신의 미소에서 약간의
무해한 부러움을 알아보고, 조금 더 행복감에 들뜬다. 그들이
북녘에 있음에도, 세상의 이쪽에서 햇볕이 더 따뜻한 것처럼 느
껴진다. 이런 반복을 통해, 그녀는 날마다 새로운 삶의 의미를
본다.

그녀는 남편의 연줄로 일자리를 찾았다. 그녀는 평양의 외
화 상점에서 일한다. 그것은 대부분의 평양 명문가 여인들에게

꿈의 직장은 아니지만, 조심스럽게 외화와 고급 상품에 손댈 수 있기 때문에 그녀는 만족한다. 그녀의 외국어 지식이 일하는 데 도움이 된다. 어린 시절 캐나다 선교사로부터 배워 영어에 능통한 데다 불어도 곧잘 하는 그녀는 스페인어와 이탈리아어로 쓴 매뉴얼을 읽고 이해할 수 있고, 덕분에 쿠바산 시거를 보관하고 음미하는 방법과 이탈리아 캐시미어 니트의 부드러움을 손상시키지 않고 세탁하는 방법 따위를 설명할 수 있는 유능한 관리자가 될 수 있었다. 강제적으로 일본어를 습득하게 된 것마저 당 고위 간부의 상류층 아내들에게 일제 TV를 팔 때 제법 유용하다. 그러나 이것은 그녀로 하여금 큰 아이러니를 돌아보게 만든다. 자급자족을 표방하는 그들의 국가에서 표면적으로는 일본과 관련된 모든 것이 죄악시되지만, 권력자들 사이에서 일본 제품은 대체로 수요가 높고 중국이나 소련 제품보다 품질 면에서 훨씬 월등하다고 여겨진다.

한 달에 한 번 그녀와 남편은 중국과의 국경 근처에 있는 최북단 도시 혜산에 간다. 출장 겸 가족 여행이다. 그들은 혜산에서 당이 통제하는 무역 회사를 관리하는 영민의 누나 영심을 만나러 간다. 그곳을 통해 영민은 수입 직물을 빠르게 접할 수 있다. 거리낄 것 없이 최신 패션을 추구할 특권을 누리는 유일한 계급인 당 간부 고객들과의 연줄 덕분에 영민은 쉽게 여행 허가를 얻을 수 있었다. 그녀는 혜산이 매혹적인 곳이라고 생각한다. 국경을 건너고 싶은 마음은 없지만, 그럼에도 국경 근처에 있다는 것이 짜릿하게 느껴진다. 그녀는 이런 흥분이 어디서 나오는 것인지 안다. 자유로운 이동의 느낌. 그것이 환상에 불과하건 아니건. 문자 그대로도 은유적으로도 한때 월경(越境) 전문가였던 그녀는 탈출의 느낌, 새로운 가능성에 근접한 느낌에 익숙하다. 그녀가 가장 좋아하는 지점은 압록강의 좁은 여울목으로, 영심의 집에서 100미터도 채 안 되는 거리에 있는 한국과 중국을 가르는 자연적 경계다. 특히 중국과 북한 상인들 간에 수없이 많은 교역이 이루어지는 현장이다. 한번은 영민이 장난꾸러기 같은 웃음을 띠고, 그곳은 합법적인 도둑들의 사당이라고 말했다. 그녀같이 현실적인 여자에게도, 이 나라에 존재하지 말아야 할 외국 제품을 뇌물과 약간의 행운만 있으면 얼마나 쉽게 손에 넣을 수 있는지를 목격하는 것은 충격적이다.

이따금 그녀는 밤에 몰래 나가서 압록강을 멍하니 응시한다. 보름달 아래서 그 강은 그 자체로 하나의 생명체가 된 것처럼 보인다. 달빛이 강 표면에 닿으면 물이 수천 개의 검게 빛나는 몸들로 분열된다. 검고 윤기 나는 잉어나 단순히 한 무리의 뱀처럼 보일 수도 있고, 아니면 한 방향으로 끊임없이 움직이는 작은 물개 떼 같기도 하다. 강은 제 갈 길로 흘러가며 날카롭게 흥얼대고 수천 개의 검고 유연한 아가미로 숨을 쉰다. 그녀는 그 광경과 소리가 마법 같다고 생각한다. 그러나 아침이 오면 햇빛은 강물을 다시 평소처럼 암록빛이 감도는 칙칙한 황갈색으로 바꿔놓는다.

그녀는 시누이 영심이 자신을 탐탁지 않게 여긴다고 생각한다. 영심은, 남동생과는 딴판으로, 튼실한 몸과 날카로운 눈을 가진 지극히 현실적인 여자다. 영심은 올케가 수상하다고 생각하고 동생에게 이미 그렇게 말했다. 그녀는 밤에 몰래 나가는 자신의 모습을 영심이 포착했을지 모른다고 짐작한다. 하지만 그녀는 거기에 대해 법석을 떨려고 하지 않는다. 그녀는 그들의 나라가 피해망상이 만연한 곳임을 인정한다. 그것은 국민 스포츠와 같다. 남들을 의심하고 염탐하고 고자질하는 것. 그들은 어린 시절부터 그렇게 하도록 훈련받는다. 그것은 소학교 때부터 **생활총화**라고 하는 자아비판 시간에 시작되며, 거기서 아이들은 당을 향한 자신의 모든 불순한 행동이나 생각을 고백한 다음 그들이 면밀히 관찰하도록 되어 있는 친구와 이웃들의 잘못에 대해 보고해야 한다. 그러나 그녀는 자신이 남을 비난할 입장이 아니라고 생각한다. 그녀도 가끔 영심과 영민의 대화를 엿듣기 때문이다. "올케가 너무 많이 변했어." 한번은 영심이 속삭이는 소리를 들었다. "그 오랜 세월 동안 올케가 무슨 짓을 했는지 우리가 어떻게 알겠니?"

"걱정 마세요, 누이." 그녀의 남편은 부드럽게 대답했다. "난 아내를 잘 압니다. 나쁜 의도 따위는 없는 사람입니다."

그의 말이 옳다. 그녀에게 나쁜 의도 따위는 없다. 그녀가 한 일은 자신과 남편을 위한 것이다(그것을 싫어할 만한 유일한 주요 인물은 이미 죽었다). 그들은 서로 사랑한다. 함께 있으면 행복하다.

이런 동반자 관계는 그녀가 전에 가져본 적 없는 것을 그녀에게 준다. 지속 가능한 행복이다. 어머니에 대한 어린 시절 기억은 사랑과 기쁨으로 가득하지만, 그런 좋은 기억은 시간이 지나도 선명하게 남아 있는 아버지의 수많은 구타와 소주 냄새, 퀴퀴한 피 냄새의 어두운 기억에 의해 중간중간 끊겨 있다. 그녀는 영민과의 관계를 통해 일상생활이 일련의 꾸준한 기쁨이며 우리가 만족스러운 미소를 띠고 불평할 수 있는 행복한 무료함일 수 있다는 것을 알게 되었다. 그녀에게는 평생 그런 행복이 허락된 적이 없었다. 이제 마침내 그것을 얻었고, 모든 면에서 그것을 만끽하고 있다. 날이 아직 따뜻할 때면 그들은 해 질 녘에 대동강을 따라 산책을 한다. 겨울에는 마구 퍼붓는 눈에 그들 내면에서 잠자고 있던 어린아이들이 깨어나 강 위에서 스케이트를 탄다. 매서운 북풍에 그들의 하모니카 주택이 덜걱덜걱 흔들리는 밤이면, 그들은 담요를 뒤집어쓰고 밀수해 온 미국 영화나 남한 영화를 거의 음 소거 상태로 본다. 그럴 때면 손이 땀에 젖어 축축해진다. 그리고 수없이 많은 밤 그들은 똑같은 담요 밑에서 사랑을 나눈다.

첫날밤. 그녀가 얼마나 그 순간을 두려워하고 또 갈망했던가. 그녀는 첫날밤까지 처음 3개월을 그냥 보내기로 다짐했다. 용말이 떠나기 전 그와 함께 보낸 기간이다. 그러나 그녀는 두려움 때문에 두어 달 더 그 순간을 피했다. 그리고 여전히 겁이 사라지지 않아 한 달 더 미루었고, 그러다가 어느 날 문득 더 이상 미룰 수 없다는 달갑지 않은 각성이 그녀를 덮쳤다. 현재의 삶을 추구하고 싶다면, 그녀는 그 순간에 직면해야 한다. 그녀의 달라진 몸을 드러낸다는 것은 그녀의 과거를 드러내는 것을 의미했고, 그녀는 과거에 대해 오직 진실만을 말할 참이었다. 불가피하게 선택한 공백과 빈칸들이 동반되겠지만 말이다.

그날 밤 이후, 그녀는 그를 더욱더 사랑하게 되었다. 그는 빈칸을 빈칸으로 남게 해주었다. 기억의 공백들을 파고들지 않았다. 행위 후에, 그는 울었다. 소리 없이 그저 두 뺨에 눈물만 주룩주룩 흘러내렸다. 그는 구타의 흔적이 여전히 남아 있는 그녀의 발을 잡고 슬픈 눈으로 가만히 들여다보았다. 그러다가 발에 입을 맞추었다. "나중에 발이 더 커지면 새 신을 사주겠다고 했던 거 기억하오?"

그녀가 고개를 끄덕였다. 그는 말수가 적어졌고, 이후 며칠 동안 계속 그랬다. 그러나 전보다 더 많이 그녀를 안아주었다. 그의 말과 미소가 돌아올 무렵, 그는 그녀를 이름 대신 **여보**라고 부르기 시작했다.

그녀가 잠자리를 즐기게 될 때까지 시간이 좀 걸렸다. 그녀는 그것을 사랑을 나눈다고 표현함으로써 과거의 행위와 분리하려 했지만, 그 방법이 항상 통한 것은 아니었다. 그 행위를 할 때마다 그 장소에 대한 기억이 그녀의 살갗에서 되살아나는 것 같았다. 정글의 음탕한 맛, 몸의 모든 구멍을 헤집고 들어오는 질식할 듯한 축축함. 그 감각의 기억이 결코 무뎌지지 않는 것 같았다.

그러나 용말의 은유는 여기서도 절묘하게 적용되었다. **가랑비에 옷이 젖는 것과 같다.** 어떤 것은 아주 서서히 그 진가를 인식할 수 있게 된다. 폭격처럼 퍼붓는 소나기가 아니라 꾸준히 내리는 가랑비는 바로 그녀의 몸이 필요로 하는 것이었다. 그것은 엉덩이의 움직임에 익숙해지는 것 같은 작고 미묘한 변화로 시작했다. 전에는 남자 엉덩이의 규칙적인 상하 운동이 역겨움만을 불러일으킬 뿐이었다. 그런데 시간이 흐르면서 영민과 함께하다 보니 그것은 두려움의 허물을 벗었다. 언제부턴가 좀 어색해 보이기 시작하더니 나중에는 바보처럼 보이고…… 조금 웃겨 보였다. 그리고 그녀의 귀에 부드럽게 속삭이는 그의 음성과 결합되니 친밀감까지 불러일으켰다. 곧 그녀는 그런 움직임의 일관성에서 최면을 통해 사람을 안심시키는 듯한 묘한 진정 효과를 느끼기 시작했다. 1년이 지날 무렵에는 그 행위에 완전히 열중할 수 있었다.

그녀는 날카로운 쾌락의 첫날밤을 기억한다. 그들이 국경 근처 혜산에서 보낸 많은 날들 중 하나였다. 어떤 환상이 그녀를 깨웠다. 밤의 주술로 마법에 걸려 검게 요동치는 압록강의 모습. 그녀는 그것을 다시 보고 싶었다. 그녀는 그럴 때 어떻게 해야 하는지 알았다. 조용히 다리를 하나씩 담요에서 빼내야 했다. 그러나 그러는 대신 담요 속으로 더 깊이 파고들었다. 그녀의 손가락이 그의 배꼽 위쪽의 폭신한 털을 더듬어 찾았다. 그리고 천천히 쓰다듬었다. 그가 깨어났다. 그녀는 손가락으로 그의 입술을 눌렀다. 옆방에서 자고 있는 그의 누나와 누나의 어린 딸을 깨울 수는 없었다. 팽팽한 정적 속에서, 마치 아무도 펼치지 않아 시간 속에 잊힌 채 먼지만 뽀얗게 쌓인 책의 책장들처럼 두 사람의 살갗이 서로에게 달라붙었다.

이제는 펼쳐진 책처럼 나는 그를 알고 그는 나를 안다. 거의. 그녀는 속으로 미소를 지으며 생각한다. 이제 그녀는 용말 대신 여보라고 불리는 게 더 행복하다. 지금까지 이름은 그녀에게 별로 중요하지 않았다. 지금까지 세 개의 이름이 있었는데, 그녀에게 이름이 던져질 때마다 저항 없이 그냥 받아들였다. 그러나 용말은 달랐다. 용말은 자신에게 주어진 것이 아니라 자신이 취한 첫 번째 이름이었다. 그녀는 그 이름을 갖기를 갈망했다. 그 이름이 되기를 갈망했다. 그러나 이제 그렇게 되고 나니 그 이름을 원망하기 시작했다. 스스로 놓은 덫에 걸려버린 느낌이 들기 시작했다. 자신이 받아 마땅한 사랑을 자신이 만든 그림자와 나눠 갖는 것처럼 느껴진다.

그녀는 그가 얼마나 아는지 궁금하다. 그들은 어둠 속에서만 사랑을 나누었고, 그래서 그가 흉터를 분명하게 보지는 못했지만 감촉으로 느끼기는 했을 것이다. 그녀는 그 일의 시작에 대해 엄연한 진실을 그에게 말했다. 그들이 저잣거리에서 일본인들에게 납치되었다는 것. 그런 다음 그녀는 전적으로 거짓말은 아니지만 살짝 수정된, 단순화된 버전의 이야기를 했다. 일본의 강제 노동 수용소로 끌려가서 날마다 끝없는 육체노동에 시달렸고, 그것이 자신의 몸종 미자를 포함해 수많은 포로들의 목숨을 앗아 갔으며 소수의 생존자들이 미군에 의해 풀려나서 고향으로 돌아왔다고. 위치는 거짓이 아니라고, 그녀는 속으로 주장한다. 우리의 위치는 인도네시아의 스마랑이었지만, 대부분의 동남아시아가 제국주의 일본의 통치하에 있었다. 그러니 그곳을 일본이라고 부르지 못할 이유가 뭔가? 노동의 성격에 대해서도 마찬가지라고 그녀는 생각한다. 그녀가 빼먹은 것은 세부 사항이었다. **너무나 커서 아직 건드릴 수 없는 상처**라고 말하며 나머지는 다음으로 미뤘다. 그는 참을성 있고 다정한 남자답게 의심 없이 그녀의 말을 받아들인 듯했다. 그녀는 이제 안전지대에 있다고 느낀다. 누구도 그녀를 허풍쟁이라고 부를 수 없다. 가장 설득하기 어려운 상대인 부모님은 두 번의 전쟁 사이에 세상을 떠났다. 그녀는 이미 게임에서 가장 중요한 패를 얻었다. 용말의 관점에서는, 얻었다기보다 **되찾았다**는 게 맞을 것이다. 그 패는 바로 남편의 신뢰다.

그녀는 이 **게임**이 정말로 시작된 시점이 언제였는지 생각해 본다.

그녀가 영민의 양복점으로 걸어 들어갔을 때는 아니었다.

그것은 그녀의 이름이 간요였을 때 시작되었다.

간요는 그녀가 용말을 만났을 때의 이름이었다. 용말에게도 안즈라는 새로운 이름이 주어졌지만 그녀는 그 이름을 쓰기를 거부했다. 어쩌면 처음부터 씨앗이 뿌려졌는지도 모른다. 한국인 동료 **위안부**들이 그녀와 용말을 **친자매** 같다고 말하기 시작했을 때 말이다. 그녀와 용말은 10대 소녀치고 살짝 큰 키도 비슷했고 둘 다 말랐지만 어깨가 넓었다. 다른 소녀들은 그 둘이 어깨로 웃는다고 말했다. 깔깔대는 스타카토식 박자에 따라 어깨가 위아래로 힘차게 들썩이는 경향이 있었던 것이다. 무엇보다 중요한 점은 두 사람이 완강해 보이는 턱과 높은 광대뼈를 공통적으로 가지고 있다는 것이다. 나중에 이런 특징들은 거슬리는 고집의 상징이 되었으며 수많은 주먹을 불렀다. 언젠가 조바상이 1미터도 떨어지지 않은 거리에서 그녀에게 **"안즈!"**라고 소리쳤던 것도 놀랄 일이 아니다. 용말을 거의 매일 찾아가 괴롭히던 일본인 장교 가네다가 용말이 죽은 뒤 매일 밤 그녀의 방을 찾아온 것도 놀랄 일이 아니다.

그녀는 용말을 좋아했다. 용말은 본인이 결코 상상하지 못했을 여러 가지 방식으로 그녀의 목숨을 구했다. 집에 대한 용말의 이야기는 그녀에게 이 세상에 여전히 어떤 아름다움이 남아 있다는 것을 가르쳐주었다. 단순히 생존의 수단이 아니라 삶의 목적이 될 만한 가치 있는 무언가 말이다. 그녀는 또한 어떤 목소리는 결코 멈추게 할 수 없다는 것도 배웠다. 그런 사람들은 끽소리도 못 하게 되느니 차라리 죽을 것이다. 그리고 결국은 용말이 그편을 선택했다고 그녀는 짐작했다. 어떤 면에서 그녀는 자신이 세상에서 용말과 가장 가까운 사람이라고 느꼈다. 용말의 마지막 몇 년을 함께 이야기를 속삭이며 보냈기 때문이다. 위안소 담장 안에서 용말은 그들의 현자였고, 그녀는 용말의 이야기를 열정적으로 기록하는 필경사였다. 그녀는 그 역할에 전념하여 용말의 모든 즉흥적인 이야기들을 빠짐없이 기억 속에 새겨두려 했다. 용말의 과거에 몰입하며 자신이 용말의 입장이 되는 몽상에 빠지는 것. 그것이 간요가 위안소에서 살아남은 방식이었다.

그러나 그녀가 용말의 가죽 부츠를 챙길 때까지만 해도 아직 그런 생각에 사로잡히지는 않았었다. 용말은 죽기 전에 사랑하는 남편에게 결혼 선물로 받았다는 유명한 맞춤 부츠를 자신의 어린 친구 미자에게 주었다. 그리고 미자가 공습으로 죽었을 때, 그녀는 미자의 작은 발에서 부츠를 벗겨 자신이 신었다. 그녀는 그저 자신이 간직할 수 있는 징표, 용말과 미자를 기억할 수 있는 뭔가를 원했을 뿐이었다. 그 생각이 싹튼 것은 그녀 앞에 던져진 두 번째 전쟁 중에 주변의 모든 것이 또다시 온통 지옥 불로 바뀌었을 때였다. 그녀는 또다시 스스로에게 줄 한 조각의 희망이 필요했고, 이번에는 더욱 강력한 무언가여야 했다. 그녀는 자신이 알고 있는 가장 큰 행복을 추구하겠다고 다짐했다. 설령 그것이 영원히 누군가의 대리로 사는 것을 의미한다 할지라도. **난 용말의 부츠를 차지했어. 용말의 인생이라고 차지하**

지 못할 이유가 뭐지? 이 게임을 제대로 수행한다면 여기서 피해자는 없고 모두가 승자가 될 거라고 생각했다. 그것이 용말의 궁극적인 선물이라고 생각하고 싶었다.

그러나 이제 그녀는 묻는다. 내가 이 행복을 용말의 껍데기와 나눠 가져야 할까? **죽을 때까지?**

전에는 용말이 죽고 오랜 뒤에도, 마치 사랑받으며 사는 바꿔치기한 아이처럼, 용말의 일부가 여전히 자신 안에 살고 있다고 느끼는 것이 기뻤다. 그런데 이제 그토록 갈망해온 사랑을 얻고 나니, 축복으로 보였던 것이 벽장에 쌓여가는 또 다른 해골처럼 무거운 짐이 되기 시작한다.

∞

이것은 볼록한 점에 관한 이야기다.

완두콩만 한 크기, 옅은 가지색. 그는 아직도 그것이 손에 닿을 때 어떤 촉감이었는지, 꾹 눌렀을 때는 당돌하고 팽팽하게 일어서지만 옆으로 살살 어루만지면 얼마나 나긋나긋하게 엎드리는지 기억하고 있다. 그가 그녀를 생각하면 항상 떠오르는 작은 특징이었다.

그래서 그들이 불을 끄고 옷을 벗은 뒤, 그의 손가락은 예전처럼 그녀의 특징, 그녀의 작고 **아름다운 알갱이**로 기어가려 한다. 그의 손은 그의 머리가 혼란스러워하는 것을 분명하게 기억한다. 그의 손은 쇄골과 봉긋한 작은 가슴 사이의 계곡을 미끄러지듯 빠르게 지나친다. 그녀의 배꼽 주변에 소용돌이처럼 펼쳐진 사포 같은 흉터들이 만들어내는 과속방지턱에 멈추거나 움찔하지 않는다. 그리고 마침내 그녀의 오른쪽 두덩뼈 주변을 어슬렁거린다. 정확히 말하면 두덩뼈의 아래쪽 끝이 사타구니를 만나는 지점이다. 거기서 더 내려가면 솜털로 덮인 덤불까지 이어질 것이다. 거기에 그녀의 사랑스러운 볼록한 점이 자리 잡고 있다.

그런데 볼록한 점이 없다.

그의 손이 왼쪽 두덩뼈를 향해 미끄러지며 주변을 더듬어 발칙하게 튀어나온 작은 혹을 찾는다. 그러나 이번에도 실패한다.

그는 스스로에게 묻는다. 내가 정말로 줄곧 눈이 멀었던 것인가?

그리고 그는 답을 이미 알고 있다.

그녀는 같은 듯 달라 보였다. 같은 형태의 얼굴과 어깨, 같은 웃음, 익숙한 명민함. 하지만 그녀는 이상하게 수줍어했다. 그는 그녀가 자신을 흘긋흘긋 훔쳐보는 것을 알아차렸다. 그러면서 가끔 얼굴을 붉히기까지 했다. 게다가 그녀는 잘 차려입은 그의 모습을 한 번도 본 적 없는 사람처럼 양복점에서 정장 차림의 그를 입을 헤벌리고 쳐다보았다. 벌어진 입술 사이로 깨진 앞니가 엿보였다. 그럼에도 그의 머릿속에서는 시간이 유일한 범인이었다. 그는 그 문제를 이렇게 생각했다. 10년이면 강산도 변한다고 하지 않는가. 사실 그는 그녀의 새로운 면들이 오히려 매력적이라고 생각했다. 또한 그녀가 더 예뻐졌다고 생각했다. 그녀의 피부가 햇볕에 단련되어 더 까맣고 더 반짝이는 것이 마음에 들었다. 양복점 문을 통과해 조용히 들어올 때 숨길 수 없는 환희가 가득한 얼굴로 어린아이처럼 자신을 내려놓고 해맑게 웃는 그녀의 미소를 즐겼다. 그녀의 에너지는 전염성이 있는 것 같았다. 과묵한 미스터 신조차도 자기도 모르게 그녀의 미소를 습득해서 얼굴에 미소를 띠곤 했다. 그가 보이는 질투로 인한 약간의 동요는 놀라우면서도 짜릿했다.

그녀는 전보다 상대의 말을 더 잘 들어주었다. 전에는 나이가 어린데도 듣기보다 말하기를 좋아했고, 종종 자신의 기분에 따라 대화를 이끌었다. 그는 기꺼이 키를 넘겨주고 자신의 생각이 용말이 주도하는 흐름 속에 표류하도록 놔두었다. 그녀는 상대를 무장 해제시키는 솔직함과 무해한 과장의 재능을 타고난 재치 있는 이야기꾼이기 때문이었다. 그러나 다시 돌아온 그녀는 말을 많이 하지 않았다. 오히려 그의 말을 듣는 것, 그의 단조로운 삶과 현재 또는 과거의 잡다한 소망들에 대한 수없이 많은 이야기들—어쩌면 한 나이 든 남자의 발작적인 향수이거나 부조리한 세상에서 나름의 의미를 찾기 위한 작은 언어적 반란의 행동일지도 모를—을 듣는 것에 만족하는 듯했다.

속삭이며 대화하는 동안, 그는 그녀의 눈에서 동경의 빛을 포착했다. 그녀의 눈이 점점 더 커지더니 빠르고 확고하게 두 번 깜빡였다. 그는 그녀가 간절하게 말하고 싶은 것들이 있음을 느낄 수 있었다. 그러나 그녀는 늘 억눌렀다. 그는 그녀에게 터놓고 얘기하라고, 자신이 그녀의 짐을 나눠 지게 해달라고 사정하고 싶었지만 그럴 엄두가 나지 않았다. 그가 절대로 원치 않는 것은 그녀를 두려움에 뒷걸음질 치게 만드는 것, 이미 상처 입은 마음에 압박을 더하는 것이다. 또다시 그녀를 잃을 수는 없었다. 만일 그랬다가는 자신을 절대 용서하지 못할 터였다. 그는 자신이 해야 할 일은 기다리는 것이라고 결론 내렸다. 그녀가 스스로 결정할 때까지. 그리고 그녀가 말하기로 선택한 진실이 무엇이건, 언제 말하기로 선택하건, 그것을 기꺼이 있는 그대로 받아들일 참이었다. 어떤 질문도 조건도 달지 않으리라. 그녀가 부재한 동안 그가 항상 생각해온 것이었다. 그녀가 살아 돌아오기만 한다면 아무것도 중요하지 않을 것이다.

그는 자신이 안다는 것을 그녀가 알면 어떻게 할지 궁금했다. 어쩌면 마음속 깊은 곳에서는 그녀도 알고 있는데 너무 두려운 나머지 인정하지 못하는 게 아닌지 궁금했다. 그는 현실을 부정하는 것, 현실 직시를 지연하는 것이 주는 달콤한 위안에 익숙했다. 그는 처녀들이 잡혀갔다는 것을 어렴풋하게나마 알았다(그것이 애초에 용말의 아버지가 그녀를 서둘러 혼인시킨 이유였다). 여자들은 살아남지 못했지만 어찌어찌해서 소문은 살아남았기 때문이다. 탈출에 성공해 돌아와서 자신의 몸이 겪은 본능적인 진실을 퍼뜨릴 만큼 운 좋은 여자는 없었다. 설령 있다 해도, 그런 얘기를 털어놓을 엄두가 나지 않았을 것이다. 사회, 그들의 조국조차 그들의 입을 막고 매춘부로 낙인찍을 게 뻔하니까. 그녀들을 매춘부 취급하는 편이 진실을 직시하는 것보다 훨씬 더 쉽고 알량한 자존심에도 상처가 덜 날 것이다. 국가가 국민을 보호하지 못했다는 진실 말이다. 그리고 희생자가 없다면 범죄는 존재하지 않는다. 그는 그것을 모두 알았다.

그러나 그가 낌새를 알아차리지 못한 것은 어쩌면 그녀가 문자 그대로 예전의 그녀가 아닐지도 모른다는 거였다.

사실 그는 볼록한 점의 부재를 발견하기 전에도 또 하나의 분명한 증거가 있음을 알아차렸다.

하지만 그것을 얼마나 간과하고 싶었던가.

그는 아무리 낡아빠졌어도 그것을 알아볼 수 있었다. 자신이 용말을 위해 준비했던 가죽 부츠 말이다. 그는 그녀를 기쁘게 해주기 위해, 10대 소녀인 그녀의 필요에 맞도록 실용적 측면과 심미적 측면을 모두 고려하여 부츠를 디자인했다. 최고의 제품으로 그녀를 행복하게 해주고 싶었기 때문에 값비싼 소가죽을 선택했다. 그리고 밤색의 단일 염료를 선택했다. 그녀가 현란한 색상의 조합은 너무 **소녀 취향**이라며(마치 자신이 소녀가 아닌 것처럼) 퇴짜 놓을 것을 알았기 때문이다. 그는 그녀가 부츠를 신은 채 말을 타고 조랑말과 함께 숲속을 거닐 수 있도록 굽이 낮고 앞코가 둥근 형태를 선택했다.

그리고 발에 완벽하게 맞게 만드는 쪽을 선택했다. 그녀는 아직 어리기 때문에 앞으로 발이 더 자라서 그 값비싼 선물이 그저 가죽 조각을 꿰맨 쓸모없는 물건으로 전락할 수 있다는 것을 모르는 바 아니었다. 그러나 그것이 바로 이 결혼 선물의 요지였다. 그는 자신이 항상 곁에 있을 것이며, 그녀와 함께 성장하고 변화하며 그녀가 어른이 되어가는 과정의 모든 중요한 단계마다 그녀를 도와줄 것임을 용말에게 알리고 싶었다.

"나중에 발이 더 커지면 기꺼이 새 부츠를 만들어주겠소." 그가 기쁨으로 빛나는 그녀의 눈을 들여다보며 말했다.

그래서 닳아빠진 부츠를 보았을 때, 그는 슬픔보다 기쁨을 느꼈다. 그리고 새로운 부츠 디자인을 그리기 시작했다. 그녀가 출근할 때나 함께 대동강 산책을 할 때 매일 신을 수 있는 단순하고 매끈하면서도 튼튼하고 유연한 검은 가죽 부츠를 만들 참이었다. 그 선물을 통해 그는 이제 그들이 새로운 출발을 했으며 과거에 무슨 일이 있었건 중요하지 않다고 그녀에게 말할 셈이었다.

그는 깜짝 선물을 하고 싶었다. 그래서 그녀가 태아처럼 몸을 웅크리고 깊이 잠들기를 기다렸다. 그런 다음 쪼그리고 앉아 고통스러울 만큼 천천히 한쪽 담요 자락을 들어 올리고 그녀의 오른쪽 발 가까이로 자를 가져갔다. 그리고 변화를 발견했다. 예상하지 못한 변화는 아니었다. 그가 기억하는 처음 발 치수를 쟀을 때의 수치와 한 사이즈 반이나 차이가 났다. 그가 예상하지 못한 사실은 그 수치가 커진 게 아니라 작아졌다는 것이었다.

그는 세 번이나 확인했고, 그동안 가슴이 야간열차처럼 차갑고 무겁게 쿵쾅거렸다.

그가 그동안 다른 맞춤 재단사와 제화공들과 함께 일하며 경력을 쌓는 동안 알게 된 사소한 사실들 중 하나는 그렇게 어린 사람의 발 크기가 커질 수는 있어도 절대 작아지지는 않는다는 것이다.

그리고 이제 볼록한 점까지 가세했다.

그의 상상력으론 또 다른 배경 이야기를 만들어낼 수는 없을 것 같다.

그는 그녀의 발을 한 번 더 본다. 발은 전쟁에서 살아남은 용말의 부츠만큼이나 지쳐 보이고 발톱도 세 개나 빠져 있다. 처음에 그는 그것을 발이 자란 결과라고, 어떻게든 그들의 사랑의 징표를 신은 채 전쟁에서 살아남겠다는 달콤한 고집의 결과라고 생각했다. 그리고 그에게 그 사랑은 결코 훼손될 수 없는 것이었다. 그러나 기억은 필요하면 훼손될 수 있었다. 그는 노화되는 자신의 머리가 잘못된 수치를 기억해냈을 수 있다고 스스로를 설득했다. 신발 치수가 작아지는 건 불가능하지만, 나이든 남자의 기억이 흐릿해지는 것은 가능하니까. 그런데 이제 그런 제멋대로의 합리화가 더는 통하지 않는 것처럼 보인다. 다시한번 말하지만 그의 손은 머리가 혼란스러워하는 것을 분명하게 기억하기 때문이다.

이 여자는 누구란 말인가? 그의 머리가 묻는다. 그러나 몸의 나머지는 이미 그녀를 너무도 친밀하게 안다. 따지고 보면 그는 용말을 알았던 것보다 더 오랫동안 그녀를 알았다.

그는 그녀가 용말의 삶에 대한 이야기와 그들의 결혼에 관한 이야기를 모두 알 정도로 용말과 아주 가까운 누군가일 게 분명하다고 생각한다.

그러나 볼록한 점에 대해, 영민과 용말 간의 작은 비밀에 대해 알 만큼은 가깝지 않다고.

첫날밤을 보낸 뒤 용말이 영민의 방에서 몰래 빠져나오기 전에, 그녀는 이것을 둘만 아는 비밀로 하자고 속삭였다. 그러고는 그에게 맹세까지 받았다.

그들이 혼인한 뒤 한 달이 지났을 때였다. 그날 그들은 자작나무 숲에서 긴 산책을 했었다. 그들은 미래에 대해 이야기했다. 그녀는 그에게 말을 타는 것에 대해 말했고, 그는 그녀에게 평양에서의 삶에 대해 말했다. 그녀는 처음으로 아주 열심히 얘기를 들었다. 그는 그들의 눈이 계속해서 마주치는 것을 느꼈다. 그녀의 손을 잡고 싶었다.

그날 밤 용말이 그에게 왔다. 이부자리 옆에서 깜빡이는 등유 램프를 제외하면, 모든 것이 어둠 속에 잠겨 있었다. 귀뚜라미마저 울음을 멈추었다. 바스락거리는 단풍잎과 나른한 부엉이 울음소리만이 이따금 밤의 정적을 깼다.

그녀는 처음에는 검지를 자기 입술에 살포시 댐으로써, 그런 다음 손으로 그의 입을 막음으로써 다시 한번 그에게 조용히 하라는 몸짓을 했다. 그는 자신의 입술을 누르는 소금기 있는 손바닥의 감촉이 너무 좋아서 숨 쉬는 것마저 잊었다.

물론 그는 여자의 몸을 모르지 않았다. 여자의 몸속으로 들어가는 방법과 쾌락을 함께 나누는 방법을 알고 있었다. 그녀의 나이는 그의 절반 수준이었다. 그러나 그녀의 대담함은 그를 마치 10대 소년처럼 수줍고 긴장하게 만들었다. 그는 자신의 손이 떨리는 것을 보았다. 그리고 그녀의 손이 등유 램프 가까이로 가는 것을 보았다. 그런데 용말은 불을 끄는 대신 램프를 더 가까이 가져왔다. 그녀는 호기심 많고 거침없는 어린아이처럼 천진난만한 대담함이 가득한 눈으로, 순진무구한 동물처럼 머리를 살짝 오른쪽으로 기울인 채 지켜보았다. 그녀는 동그란 눈으로 그의 얼굴과 벗은 상체를 더듬고 샅샅이 훑었다. 그러더니 고통스러울 만큼 천천히, 땀으로 번들거리는 그의 머리카락을 손가락으로 쓸어 넘겼다. 마치 첫 경험인 것처럼 그는 오래가지 못했다.

그러나 그녀는 신경 쓰지 않았다. 어차피 그녀가 성교 행위 자체를 썩 좋아하는 것은 아니었다. 그들은 사랑에 빠진 청소년들처럼 서로의 몸을 자세히 보고 애무하는 데 훨씬 더 많은 시간을 보냈다.

"다시 해요." 용말이 밤의 어둠 속으로 나가기 직전에 속삭였다. 그리고 그들은 다시 했다. 거의 매일 밤.

그들은 결혼한 사이였고 감정적으로도 육체적으로도 서로 사랑했지만 각방을 썼다. 용말이 그러자고 했다. 매일 밤 그녀는 밤손님처럼 그의 방으로 몰래 들어왔다가 몰래 나갔다. 그는 이유를 묻지 않았다. 그냥 어쩌면 10대 소녀의 수줍음 때문일지도 모른다고 짐작했다. 아니면 아버지가 계획한 혼인에 무관심한 척하는 일종의 반항 행위인지도 몰랐다. 어쩌면 단지 작은 비밀을 간직하는 것, 남들을 속이며 밀회를 즐기는 것의 짜릿함 때문인지도 몰랐다.

예측할 수 없고 책략적인 것. 그것이 바로 용말이었다.

그런데 그녀는 누구인가?

그는 머리를 들어 눈앞에 있는 여자를 다시 본다.

그가 알기도 하고 모르기도 하는 친밀한 이방인.

발에 구타의 흔적이 남아 있고 둔부에 흉터가 있는 여자. 깨진 앞니. 작은 화상의 흔적이 있는 콧마루.

어린아이처럼 자신을 내려놓은 듯한 해맑은 미소.

그가 스스로에게 묻는다. 그녀를 잃을 위험을 감수할 수 있겠어?

그가 소리 없이 눈물을 흘린다. 그리고 그녀의 발에 입을 맞춘다.

"나중에 발이 더 커지면 새 신을 사주겠다고 했던 거 기억하오?"

그녀가 고개를 끄덕인다.

그는 속이는 것도 사랑을 나누는 것과 마찬가지로 상대가 있어야 이루어지는 행동임을 깨닫는다. 어떤 농락도 농락당해 줄 사람이 없이는 완성되지 않는다. 그리고 그는 얼마나 믿고 싶었는가. 얼마나 기꺼이, 얼마나 절실하게.

그는 자신이 어떻게 해야 하는지 안다.

그가 제일 잘하는 것. 항상 해왔고 앞으로도 항상 할 것.

그는 기다릴 것이다.

여섯   번째   인생

노란색 글씨의 공작원

2005

"그래서 어떻게 공작원이 되는 겁니까?" 박 수사관이 특유의 단조로운 톤으로 묻는다.

나는 그가 철학자나 시인처럼 말한다고 생각하며 미소 짓는다. 그리고 시간이 지나면서 내가 아주 높이 평가하게 된 그의 침착함에 또 한 번 감탄한다. 그는 이미 내게 같은 질문을 열 번 넘게 했지만 항상 처음인 것처럼 말할 수 있다. 나는 그 비결이 어휘에 있다고 짐작한다. 그는 말수는 적지만 어휘가 풍부한 사람이다. 같은 개념을 말할 때도 같은 단어를 반복해서 쓰는 것을 좋아하지 않는다. 그런 점이 나를 미소 짓게 한다. 그것이 너와 내가 그토록 사랑하는 누군가를 떠올리게 하기 때문이다.

"엄마가 되는 것과 같은 방식이죠, 수사관님." 내가 미소를 억누르지 않고 답한다.

얼음처럼 미끄러운 침묵이 우리 사이의 공기를 둘로 가른다.

나는 그의 표정을 읽고 미소를 거둔다. 그는 표정을 읽히지 않도록 훈련받았지만, 3개월간의 관찰이 내 쪽에서는 시간 낭비가 아니었다. 나는 그의 귀 주변 턱 근육이 잠시 굳어지고 관자놀이의 힘줄이 살아 움직이는 것을 본다. 그의 검지가 천천히 책상을 톡톡 두드린다. 한 번, 두 번.

그는 내가 또 장난을 치고 있다고 생각한다. 하지만 아니다. 나는 내가 생각할 수 있는 최고의 은유를 쓰고 있는 것뿐이다. 그가 그것을 이해하지 못하다니 슬프다. 그러나 나는 그의 취지를 파악하고 선을 넘지 않을 정도의 머리는 있다.

"그냥 비유적인 표현입니다, 수사관님. 전통적인 방식의 대답을 원하신다면, 이미 수없이 들으셨잖아요."

그의 입에서 얕은 한숨이 새어 나온다. 나쁜 징조는 아니다.

"여기가 어떻게 돌아가는지 아시잖습니까, 최 선생? 다시 말해주세요."

다시 말해줘.

그건 1년 동안 계속되었던 '**왜?**' 이후에 한동안 네가 가장 좋아한 문장이었다.

너는 내게 똑같은 이야기를 몇 번이고 반복해서 말해달라고 조르곤 했다. 이미 모든 세부 사항과 모든 기본적 서사 구조, 쉼표 하나, 한숨 하나까지 속속들이 다 알고 있으면서, 단순히 그것이 네가 제일 좋아하는 이야기이고 그래서 듣고 또 듣고 싶었기 때문에 말이다. 그것은 너에게는 훌륭한 오락의 형태였고 나에게는 힘겨운 인내심 테스트였다. 그리고 다시 말해줄 때마다 점점 더 힘들어졌다. 그때마다 너는 어김없이 나를 성가시게 하는 새로운 질문을 꺼냈기 때문이다. 놀부의 아내는 어째서 밥주걱으로 흥부를 때려? 왜 키나 몽둥이가 아니야? 왜 까치나 비둘기는 도와줄 수 없어? 왜 꼭 제비여야 해? 흥부가 그렇게 배가 고픈데 수령님은 왜 먹을 것을 주지 않았어? 수령님은 항상 우리를 먹이잖아?

처음에는 그런 말들이 매혹적이었지만, 두어 달이 지난 뒤에는 사람을 미치게 했다. 이따금 노골적인 두려움도 느꼈다. 우리 사회에서는 질문하는 것 자체가 총살 집행대나 강제 노동 수용소로 향하는 지름길이 될 수 있음을 알기 때문이었다.

질문. 아, 너는 질문을 좋아했다. 두 개의 단어를 조합해 하나의 문장을 만들 수 있게 되자마자 질문하기 시작했다. 그리고 10대가 될 때까지 결코 질문을 멈추지 않았다. 그때부터는 네가 더 멋지고 똑똑한 정보의 출처를 찾기 위해 또래들에게 의존하기 시작했던 것 같다.

모든 엄마들이 자기 아기가 천재라고 생각하지만 결국 그냥 평범한 아이로 밝혀진다고들 말한다. 나는 달랐다. 나는 네가 천재라고 생각하지 않았다. 그러나 네가 대부분의 아이들보다 많이 똑똑하다는 걸 알았다.

대체 어떤 세 살배기 아이가 죽음에 대해 질문하겠는가?

어느 날 너는 우리에게 자기는 왜 할아버지, 할머니가 없냐고 물었다. "금주는 할아버지가 둘인데, 어째서 난 영이야?" 네가 투덜댔다. 나는 돌아가셨다고 대답했다. 이 대답은 우리를 새로운 질문의 무한루프로 빨아들였다. **"돌아가신 게 뭐야?"** 그건 죽은 걸 뜻한단다. **"죽었다는 게 무슨 뜻이야?"** 더 이상 여기에 우리와 함께 있지 않다는 뜻이란다. 하늘나라로 가서 돌아올 수 없다는 뜻이야. "하늘나라에서는 뭘 해?" 누구도 확실히 알지는 못한단다, 미희야. "왜?"

나는 죽음을 완곡하게 표현하는 그 오래된 문구를 쓰지 말아야 한다는 것을 알았다. 하늘나라로 간다. 그들은 그 표현이 종교적 함의를 담고 있다며 금지했고, 물론 종교는 우리 사회에서 설 자리가 없었다. 그러나 나는 여전히 그 은유를 썼다. 그러면 너의 어린 마음이 죽음이라는 개념을 이해하기 더 쉬울 거라고 생각했다.

몇 개월 뒤 너는 난생처음 비행기를 가까이에서 보았다. 우리가 혜산 비행장 정문을 지나가고 있을 때였다. 파국이 시작되기 한참 전이었고, 아직 정기적으로 들어오고 나가는 비행기들이 꽤 많이 있을 때였다. 너는 소리부터 감지했다. 그것은 멀리서 들리는 천둥의 우르릉 소리처럼 시작해서 너를 즉시 긴장하게 만들었다. 너는 고개를 푹 숙이고 내 손을 꼭 붙잡았다. 다음 순간 우리는 거대한 비행기 바로 밑에 서서 그것의 매끈한 회색 복부를 올려다보았고, 비행기가 미끄러지듯 더 높이 하늘로 올라가서 꼬리가 햇빛을 반사하며 침대처럼 푹신한 구름 속으로 사라질 때까지 계속 지켜보았다. 비행운이 사라지고 한참이 지난 뒤까지 너는 꼼짝도 안 하고 거기 서 있었다.

그날 하루 종일 너는 조용했다. 너답지 않은 일이었다.

그러다가 밤에 내가 너에게 이불을 덮어주었을 때 너는 담요 가장자리를 움켜쥐고 불쑥 질문을 내뱉었다.

"엄마, 할아버지가 하늘나라로 갔다고 하지 않았어?"

"그래. 사실 할아버지와 할머니가 모두 그래. 네가 태어나기 전에."

"비행기는 하늘 높이 날 수 있어."

"그래. 오늘 네가 본 것처럼."

"그럼 언젠가 내가 비행기를 타면 거기서 할아버지를 만날 수 있을까?"

"아시다시피, 저는 날아가는 비행기나 불타는 건물에서 뛰어내린 적이 없습니다. 대부분의 사람들이 상상하는 것과 달리, 사실은 신체적인 적성이 우선순위가 아닙니다. 대부분의 우리에게 그것이 출발점은 아니죠." 내가 박 수사관에게 말했다.

"그럼 당신들의 출발점은 뭔가요? 첫 번째가 뭡니까?"

"언어죠."

박 수사관이 고개를 오른쪽으로 살짝 기울인다. 얘기를 계속하라는 뜻이다.

"전형적인 출발점은 평양외국어대학교입니다. 거기서는 가장 똑똑한 학생들, 외국어에 능통한 학생들을 선발하죠. 그리고 철저한 배경 조사를 합니다. 학생들은 좋은 상류층 집안 출신이어야 하고 대부분의 가족 구성원이 생존해 있어야 합니다. 밖에 나가서 일하는 동안 적국에 전향하려는 유혹을 느끼는 상황을 방지하기 위해서죠."

"하지만 최 선생의 경우는 다르잖습니까. 대학에 다니신 적이 없잖아요."

"물론 없죠. 저는 이단아였어요. 언제나처럼."

이단아. 나는 그 단어를 발음할 때 짐짓 자랑스러운 척 콧소리로 말한 것을 알아차린다.

나는 그의 시선이 내게서 떠난 것을 깨닫는다. 시선은 이제 공중을 떠다니며 회색 곰팡이가 작게 피어 있는 방의 오른쪽 구석 근처에 머문다. 그의 얼굴은 여전히 무표정하다. 이번에는 그의 의도를 읽을 수 없다. 골똘히 생각하는 중인지 아니면 지루해진 건지 모르겠다. 어쨌든 나는 계속한다.

"제가 이북으로 돌아갔을 때 10년 동안 보지 못한 남편과 상봉해서 무척 기뻤습니다. 제 인생에서 최고의 시간이었죠. 평양에서의 생활 말입니다. 그때는 경제도 좋았죠. 거리에서 아이들을 보면 아직 뺨이 불그스레하고 통통했어요."

나도 모르게 눈물이 차오른다. 이처럼 자제력을 잃은 것이 화가 난다. 나는 탁자 밑에서 주먹을 꽉 쥔다. 손톱이 손바닥을 파고들며 작은 초승달 모양의 자국을 남기는 것을 느낀다. 나 자신을 다시 지금 이곳에 단단히 붙들어두기 위해 스스로에게 가하는 작은 고통이다.

이것이 박 수사관의 정신도 깨운 것처럼 보인다. 그는 여전히 말이 없지만, 그의 눈이 그의 속내를 드러내준다. 한밤의 고양이처럼 홍채가 더 크고 진해진다.

"아마 우리가 **너무** 행복했고, 그래서 조금 멍청했던 것 같습니다. 너무 행복하면 그렇게 될 수 있거든요. 마음이 느슨해져서 경계를 늦추게 되죠. 돌이켜보면 그들이 처음부터 나를 수상쩍게 여기지 않았다면 오히려 이상했을 거예요. 제가 어떻게 그렇게 눈이 멀 수 있었을까요? 10년 동안 사라졌다가 그렇게 갑자기 나타나는 여자라뇨?"

"그들이 최 선생에 대해 가장 수상하게 여긴 건 뭐였습니까?"

박 수사관이 건조하게 묻는다. 그는 이미 답을 안다. 그는 이 대화를 자신의 목적지를 향해 더 빨리 몰고 가기를 원한다.

"물론 언어죠."

"언어가 왜요?"

"저는 영어를 할 줄 알았습니다. 유창하게 말할 수 있었죠."

"전에는 못 하셨고요."

"예, 전혀 못 했죠. 게다가 일본어도 했습니다. 전에도 일본

어를 조금 알기는 했지만, 돌아온 뒤에는 완벽하게 읽고 말할
수 있었죠."

"그들이 어떻게 그런 새로운 언어 능력을 알게 되었나요?"

"아마도 제 허영심 때문이었겠죠. 저는 상류층만 합법적으
로 외국 제품을 구입할 수 있는 평양의 외화 상점에서 일했습니
다. 그러면서 종종 고객을 위해 외국어로 쓰인 사용 설명서를
우리말로 번역해주었죠. 무해하게 제 지식을 자랑하면서 고객
들을 도와주고 있다고 생각했습니다. 그런데 어떤 고객들이 그
사실을 보위부에 신고한 모양입니다. 제가 순진했다는 점을 인
정합니다. 아니면 완전히 멍청했거나."

공항. 네가 처음 비행기를 본 장소. 그곳은 또한 너의 천진난
만함을 앗아 간 장소이기도 했다. 그날 이후 너는 더 이상 아이
가 아니었다.

혜산 비행장에서 너는 처음으로 공개 처형을 목격했다. 네가
열한 살이 되어갈 무렵이었다.

그들은 모든 아이가 어릴 때부터 처형 장면을 보게 만들었
다. 그것은 공포심과 복종심을 불어넣기 위해 고안된, 그들이
선호하는 교육 방법이었다.

태양 아래서 죽음을 보는 것은 이상했다. 한낮의 햇빛은 바
삭바삭하고 선전 선동 스피커만큼이나 시끄러웠다.

나무 기둥에 머리와 가슴, 발목이 묶인 두 명의 젊은이가 있

었다. 눈은 가려져 있었다. 한 남자는 미국이 만든 포르노, 다른 한 명은 남한에서 밀수한 로맨스 영화를 보았다는 이유로 체포되었다. 둘 다 똑같이 총살형에 처해지게 되었다.

사수들이 각각의 총알이 젊은이들의 몸을 기둥에 묶은 밧줄을 산산조각 내도록 조준하여 세 발을 쐈다. 첫 번째 총알에 머리가 터졌다. 두 번째 총알은 시신들이 마치 용서를 비는 것처럼 앞으로 넘어져 무릎 꿇게 만들었다. 세 번째는 시체들을 땅에 눕혔다. 순식간에 일어난 일이었다. 따뜻한 피로 줄무늬가 생긴 나무 기둥 주위에 분홍빛 안개가 여전히 떠다니고 있었다.

정신이 온전한 사람들의 세상에서라면 나는 너의 눈을 가렸을 것이다.

두어 달 뒤에 너는 열한 살이 되었다. 너는 우리에게 원하는 선물을 선언하듯 통보했다.

자전거. **이상, 끝.** 네가 말했다.

우리는 자전거 대신 반짝이는 빨간 로퍼 한 켤레를 사주었다. 너는 잔뜩 성이 났다. "이게 얼마나 귀한 건지 아니?" 아버지가 말했다.

"네 또래 다른 여자애들은 이런 빨간 구두를 갖고 싶어 안달이 났을 텐데." 내가 말했다.

우리는 여자가 자전거를 타는 것은 금지라는 사실을 너에게 굳이 말해주지 않았다. 네가 이미 알고 있고, 오히려 그래서 이 특정한 선물을 그토록 고집하는 거라고 생각했다. 우리가 살던 세상에서는 여자의 몸으로 자전거를 타는 것이 뻔뻔스럽다고 말했다. 말에 탄 농부 소년처럼 허벅지를 쩍 벌리고 안장에 앉아 페달을 밟기 위해 느리게 춤을 추듯 작은 엉덩이를 좌우로 흔드는 모습이 끔찍하고 음란한 광경이라고 사람들은 생각했다.

어쨌든 너는 자전거를 탔다. 너는 네가 타기에는 너무 큰 아버지의 일제 자전거를 몰래 가지고 나갔다. 그러다가 압록강 강변에서 심하게 넘어져 하마터면 쇄골이 부러질 뻔했다. 네 아버지와 나는 너를 말릴 수 없다는 걸 잘 알았다. 그래서 결국 네가 원한 작은 자전거를 사주었다. 우리는 너에게 사람들이 있을 때는 자전거를 타지 않겠다는 약속을 받았다.

하지만 너는 탔다. 사람들이 자전거를 탄 너를 보고 이런저런 말을 하기 시작했다. 어떤 남자아이들은 너에게 욕을 했다. 네가 큰길에서 사람들 옆을 쏜살같이 스쳐 지나갈 때 몇몇 노인들이 네게 고함쳤다. 하루는 내가 학교 선생님에게 불려가서 심술궂고 낮은 목소리의 훈계를 들어야 했다. **그러다가 아랫도리가 찢어질 겁니다! 설마 자전거 안장에 딸의 처녀성을 잃게 하지는 않겠지요!**

공개 처형 장면은 너의 마음에 이상한 영향을 주었다. 그들이 바라지 않은 작은 부작용이었다. 그것은 너의 호기심에 불을 붙였다. 넌 젊은 남자들이 목숨을 걸 가치가 있다고 생각한 것을 갈망하기 시작했다. 그러나 다행히 넌 영리하기도 했다. 네가 몹시 좋아하는 것 속에 위험이 있음을 알았고, 물러설 때를 알았다. 너는 화상을 입지 않고 불장난을 했다. 내가 그렇게 가르쳤기 때문이다.

네 아버지와 나는 네가 금지된 것들에 손을 댈 거라고 생각했다. 사회적으로 금기시되지만 형사처벌의 대상은 아닌 자전거보다 훨씬 더 위험한 것들 말이다.

우리는 너에게 뭔가를 하지 말라고 하면 네가 콧방귀도 뀌지 않으리란 걸 깨달았다. 그래서 나는 너에게 걸리지만 말라고 해야 했다. 나는 가식적으로 행동하고 속임수를 쓰는 방법을 가르쳤다. 두 번의 전쟁을 통해 습득한 내 주특기였다.

네가 내게서 제일 처음 배운 것들 중 하나는 이야기를 꾸며내는 기술이었다. 학교에서 너는 똑똑해서 모든 과목을 잘했다. 딱 하나 **생활총화**만 빼고. 매주 진행되는 이 자아비판 시간에 모두들 돌아가며 자신이 당을 상대로 저지른 죄—위대한 수령 동지의 이상에 반하는 말이나 행동 또는 정신적 일탈—를 고백해야 했다. 그것은 소학교 때부터 아이들이 다른 사람뿐 아니라 자기 자신까지 염탐하도록 훈련시킨다. 당은 그것을 **반성**이라고 표현하지만, 다른 세상에서는 그것을 **자기 감시**라고 부를 것이다. **정말 골칫거리**는 너의 반응이었다. "엄마, 선생님이 고백할 게 절대 없는데 자꾸 고백하라고 강요해! 그래놓고 글쎄 내가 진실을 말하지 않고 거짓말을 해서 죄를 짓고 있다고 화를 내며 소리 지르지 뭐야!"

여섯 번째 인생

"**이야기 꾸며내기 기술.**" 내가 너에게 말했다. "미희야, 이게 그 수업의 이름이라고 생각하는 거야." 너는 열성적으로 책을 읽는 소설 애호가였기 때문에, 그 수법은 무척 효과적이었다. 자아비판 시간을 위해 이야기를 꾸며내는 것은 섬세한 작업이었다. 믿을 만하고 죄로 고백하기에 충분하면서 동시에 무거운 처벌을 받거나 블랙리스트에 오르는 것을 피할 만큼 사소한 잘못에 대한 이야기를 지어내야 했다. 너는 빨리 배웠고, 곧 어린 이야기 기계가 되었다. 오늘 아침에 학교 가려고 집에서 나오기 전에 잠에 취해서 우리의 위대한 수령 동지와 친애하는 지도자 동지의 신성한 초상화에 절하는 것을 잊었습니다. 저의 딱한 방종을 제발 용서해주십시오. 역사 시간에 우리가 위대한 수령 동지의 주체사상에 대해 배웠을 때, 저는 제 여분의 연필을 용혜 동무의 지우개와 맞바꿈으로써 큰 죄를 저지른 것을 깨달았습니다. 그리고 지금 저도 모르게 양키 자본주의의 사악한 행동에 가담한 것이 부끄러워 죽을 것만 같습니다. 제가 수령 동지의 생신날 사탕과 새 옷을 받았을 때, 너무 기쁜 나머지 이 선물이 사실은 제 친아버지가 아닌 우리 존경받는 어버이 수령님이 주신 것임을 깜빡하고 아버지와 어머니를 끌어안으며 "고마워요"라고 말했습니다.

나는 또한 너에게 우는 방법도 가르쳤다. 아이들은 나이가 들면서 생활총화 시간에 점점 더 흥미를 보여야 한다. 그 시간은 때로 울고 흐느끼는 대규모 과잉 흥분으로 끝났다. 학생들이 처음에는 죄책감에 눈물을 조금 흘리는 것으로 시작해서 종종 전신이 동원되는 전면적인 울부짖음으로 확대되어 무릎을 꿇고 상체를 앞뒤로 흔들며 주먹으로 바닥을 쿵쿵 내리치기도 했다. 너에게 가짜 이야기를 지어내는 것과 가짜 울음을 우는 것은 다른 이야기였다. "엄마, 아무것도 느껴지지 않는데 어떻게 죄책감에 울 수가 있어?"

격주로 금요일마다 너는 좌절하고 화가 나서 집으로 오곤 했다. 울려는 시도가 실패해서 속상한 심정이 여전히 네 목소리에 고스란히 드러났다. 하지만 난 네가 울 수 있는 아이라는 것을 알았다. 다만 다른 연료가 필요할 뿐. 난 너에게 너의 분노를 이용하라고 말했다. "너를 화나게 한 사람들을 생각해보렴. 예를 들어 네 자전거에 돌을 던져서 너를 넘어지게 하고 너를 **버릇 없는 년**이라고 부른 남자아이처럼. 그 폭발적인 감정을 울음으로 바꾸는 거야." 나는 또한 심리적인 방법이 실패할 경우에 대비해 생물학적인 방법도 제안했다. "우는 것처럼 고개를 숙이고 눈을 가려라. 하지만 이때 눈을 계속 크게 뜨고 깜빡이지 않는 거야. 그렇게 1분만 하면 눈이 따끔거리기 시작하다가 화끈거리고 마침내 네가 원하건 원하지 않건 눈물이 고일 거야. 처음에 몇 방울만 나오면 나머지는 줄줄 흐르게 되지. 해보면 알 거야."

울기 수업은 쓸모가 있었다. 특히 나중에 사람들이 암묵적으로 영원불멸할 거라고 생각했던 위대한 수령이 죽었을 때는. 마치 나라 전체가 주문에 걸린 듯 종말론적 과잉 흥분 상태에 빠졌다. 사람들이 4층 건물 높이의 거대한 김일성 동상 앞에 운집하여 눈이 빠져라 우는 매스게임을 수행했다. 7월의 작열하는 태양과 슬픔으로 몸부림치는 수백만 명의 몸이 뿜어내는 매캐한 열기로 아스팔트 포장이 부글부글 끓어오르는 듯했다. 수많은 사람들이 기절했다. 어떤 이들은 죽었다. 그 와중에 **인민반**은 계속 모든 것을 감시했다. 또한 모든 작업 단위와 학급의 반장이 구성원들이 얼마나 자주 공개적으로 애도했는지, 그리고 얼마나 울었는지를 기록했다. 울지 않는 것은 곧 죽음도 불사하는 위험한 짓이었다.

지금 나는 이 일기 혹은 편지—네가 이 표현이 더 좋다면—를 노란색으로 쓰고 있다. 지난주에는 보라색이었다. 그리고 그 전 주에는 빨간색이었다. 내가 박 수사관에게 빨간색에 대해 불평하며 빨간색 글씨를 보는 게 신물 난다고 하자, 그가 이해하고 내게 대신 보라색을 주었다. 나는 또다시 불평하며 보통의 검은색 펜을 요청했다. 그랬더니 그가 달래는 듯한 단조로운 톤으로 보라색은 귀족적인 색이며 충성의 상징이라고 말했다. "아시다시피 오래전에는 보라색 천연 염료가 매우 귀해서 소수의 사람들, 특정한 사회적 지위와 부를 지닌 사람들만 쓸 수 있었습니다." 그는 이런 고급스러운 이미지가 시간이 지나도 계속 이어져 결국 보라색이 귀족 혈통의 상징이 되었다고 했다. 나는 미소로 답하며 그의 이야기가 마음에 든다고 말했다. 나에게 보라색은 굶주림의 색, 혜산의 철도역과 저잣거리에 쌓인 죽은 얼굴들과 팔다리의 색이었다.

물론 나는 박 수사관이 헛소리를 하고 있다는 것을 알았다. 그가 보라색을 준 이유는 그저 그것이 남아 있는 몇 안 되는 색들 중 하나였기 때문임을 알았다. 그러나 그의 헛소리는 약간의 좋은 이야기를 곁들여 솜씨 있게 나왔다. 나는 언어를 잘 구사하는 것을 중시하는 그의 이런 측면이 좋다. 그래서 그가 보라색 연필을 건넸을 때, 순순히 그것을 쥐고 쓰기 시작했다.

그것은 연필이라기보다 색연필이었다. 연필과 달리, 이 물건의 어느 부분도 뾰족하거나 단단하지 않다. 색색의 밀랍이 흑연을 대신하고 나무 대신 얇은 종이가 겹겹이 감겨 있어서 칼로 깎는 대신 벗겨낼 수 있었다. 크레용과 연필의 혼종으로 아이들이 색칠을 하기 위한 용도로 만든 것이지만, 지금 여기서는 내게 허락된 유일한 필기도구다. 어떤 날카로운 물건도 내 방에 들어올 수 없다. 펜도 연필도 포크도 심지어 젓가락까지도. 그들은 나에 대해 터무니없는 생각을 품고 있는 게 틀림없다. 마치 내가 펜을 한 번 눌러서 사람을 쓰러뜨릴 수 있는 제임스 본드나 맥가이버라도 되는 것처럼. 나는 특정한 종류의 총을 사용하는 방법과 필요한 경우 누군가를 독살하는 방법을 알지만, 그런 거친 임무는 사실 내 주특기가 아니다.

내 주특기는 내가 지금 너에게 이 편지를 쓰는 것처럼 서사를 엮어내는 것이다. 박 수사관은 누구보다 먼저 이것을 이해했다. 내게 글을 쓰라고 제안한 것이 바로 그였다. 내가 밤에 점점 더 쉬이 잠들지 못하고 생각이 너무 많아져서 골머리를 앓고 있다는 것을 그는 알았다. "글쓰기는 자신의 혼란스러운 생각들을 이해하는 데 가장 좋은 방법입니다, 최 선생. 시간을 보내기에도 좋고요." 그가 말했다. "일기처럼 쓰거나 혹시 그편이 더 편하다면 누군가에게 보내는 편지 형식으로 쓸 수도 있겠죠."

그날 이후 나는 나 자신도, 다른 누구도 해칠 수 없는 밀랍과 종이로 만든 색연필로 편지를 쓰고 있다. 어쨌든 이건 누이좋고 매부 좋은 일이다. 나는 어딘가에 정신을 집중함으로써 평정심을 유지할 수 있고 그들은 내가 쓴 것을 읽음으로써 나를 믿어도 될지 시험할 수 있을 테니까. 그들은 내가 신뢰할 만한 자산인지 아닌지 결정하기 전에 말로든 글로든 내가 쓰는 모든 단어들을 꼼꼼히 훑으며 반복되는 증언들 사이의 어떤 허점이나 불일치를 찾을 작정이다.

처음에는 노란색이 싫었다. 안 그래도 눈이 노화됐는데 흰색 바탕에 노란색 글씨들을 쉽게 읽을 수 없다고 박 수사관에게 불평했다. 그랬더니 그가 노랑은 희망의 색이라고 말했다. "지금 우리 둘 다에게 아주 절실하게 필요한 거죠." 그가 절제된 미소를 지으며 말했다. 눈썹과 입이 다른 이야기를 하고 있는 혼란스러운 종류의 미소였다.

희망의 노랑이라. 다른 사람이 그런 말을 했다면 상투적인 문구라며 무시했을 것이다. 그러나 내가 말했듯이, 박 수사관은 말발이 먹히도록 얘기하는 재주가 있다. 가장 진부한 이야기를 할 때조차도.

대체로 간결하게 말하며 상대의 말을 듣는 편인 그는 입을 다물 때와 말할 때를 안다. 그리고 아주 부드러운 목소리와 사색적으로 보이는 눈썹을 가지고 있다. **꼭 네 아버지처럼.**

네가 두 살 때였다. 어느 날 아침 네가 내게로 와서 포동포동한 작은 손으로 내 얼굴을 잡고 살포시 뽀뽀했다. 마치 내가 세상에서 가장 연약하고 사랑스러운 존재인 것처럼. 그런 다음 너는 말했다. **아빠처럼 엄마한테 뽀뽀할래.**

네가 두 살이 되기 전까지, 우리는 너에 대한 기억이 별로 없었다. 내게는 나의 피를 온몸에 묻힌 갓난아이를 품에 안은 순간이 없었다. 원초적인 몸의 연결에서 오는 더없는 행복과 공포, 솟구치는 눈물 같은 것도 없었다. 나는 너를 알기 위해 시간이 필요했다. 그리고 너를 좋아하고 너의 가치를 인정하기 위해서도. 나는 한 번에 한 걸음씩 서서히 엄마가 되었다. 연습을 통해 엄마가 되었다. 훈련을 통해 엄마가 되었다.

우리는 너의 친엄마를 알지 못했다. 사실 너의 첫 번째 양어머니는 내 시누이인 영심이었다. 지금 네가 오래된 가족사진 속에서 영심이 고모로 알고 있는 그 사람이다. 나와 마찬가지로 그녀는 아이를 낳을 수 없었다. 내가 아는 거라고는 영심이 동네에서 자살을 생각하던 미성년 소녀의 사생아를 입양했다는 것뿐이었다. 영심이 과부라는 사실도 너를 입양하는 것을 막지 못했다. 그녀가 너를 무척 좋아했던 게 틀림없다.

영심이 혜산에서 열차 사고로 죽은 뒤 우리는 너를 받아들여야 했다. 네 아버지는 우리가 너를 자식으로 입양해서 키워야 한다고 말했다. 나는 갑작스레 부모가 되는 커다란 삶의 변화가 두려웠다. 어느 날 내가 원해서가 아니라 우연에 의해 우리의 삶으로 던져진 누군가를 사랑할 수 있을지 확신할 수 없었다. 또한 우리는 영심이 관리자로 일했던, 중국을 상대로 한 국영 무역 회사를 넘겨받기 위해 평양에서 혜산으로 이사를 가야 했다.

첫눈에 시작된 사랑은 아니었다. 조금씩 쌓은 유대감이었다. 외국어를 배우는 것과 같았다. 배우면 배울수록 점점 더 몰입하는 기분을 느끼고 점점 더 즐기게 된다. 새로운 언어를 배우는 것처럼, 많은 연습과 인내가 필요하다. 자장가를 흥얼거릴 때마다, 아이가 골을 부려서 달래줄 때마다, 이유식을 한 숟갈 떠 넣어줄 때마다—아이가 삼키건 뱉건—사랑이 안에서 조금씩 자라난다. 그 보상은 나를 깜짝 놀라게 했다. 너의 입에서 처음 나온 엄마라는 말, 네가 나를 그려서 선물로 준 '**내 최고의 동무**'라는 제목의 막대 인간 그림, 갑작스러운 숨 막히는 포옹, 특별한 이유 없이 잠자리에서 졸린 목소리로 건네는 사랑해라는 말. 살아오면서 나는 그토록 취약하면서도 그토록 무방비한 상태로 조건 없이 사랑하고 신뢰할 준비가 되어 있는 사람을 한 번도 본 적이 없다.

사랑이 많은 어머니 역할을 연기함으로써, 나는 정말로 사랑이 많은 어머니가 되었다.

그리고 네가 **아빠처럼 엄마한테 뽀뽀할래**라는 문장을 내뱉는 순간 나는 내 안에 이 사랑이 온전하게 존재하고 있음을 깨달았다. 너의 부드러운 뽀뽀와 내 얼굴을 감싼 너의 포동포동한 손과 함께.

사랑에 관해서라면 네 아버지는 나와 정반대였다. 그는 아기 같았다. 처음부터 조건 없이 항복할 준비가 된, 천성적으로 주는 것을 좋아하는 사람. 그는 아기처럼 취약하고 무방비한 상태가 될 만큼 용감했다. 네가 우리의 삶 속으로 들어온 순간, 마치 스위치가 켜진 것처럼 너를 보는 그의 눈에는 이미 사랑이 넘쳤다. 말하자면 그는 원어민이었고, 훈련이 필요 없었다.

내가 처음 그를 만났을 때 그는 내 나이의 두 배였다. 그러나 존경하는 선생님을 대하듯 내게 말을 하고 내 말에 귀 기울였다. 그는 말씨가 고상하고 겸손한 남자였다. 사람들이 많은 곳에서 아내의 손을 잡고 매일 아침 "사랑하오"라고 말하는 것도 두려워하지 않는 로맨틱한 반항아였다. 그에게 가족을 위한 희생은 아무것도 아니었다. 혜산으로의 이사는 평양의 재단사로서 특혜받은 삶을 포기하는 것과 마찬가지였지만 그는 주저하지 않았다. "나처럼 나이 든 남자가 인생의 새로운 목적을 갖기에 완벽한 시기인 것 같소." 네 아버지가 흥분해서 말했다. 당 간부들과의 약속으로 일정이 빼곡하게 차 있던 상류층 양복 재단사와 비교하면 혜산에서 무역 회사를 관리하는 일은 꽤 여유로웠다. 게다가 평양의 연줄 덕분에 상류층을 위한 외국 원단을 수입하고 유통하는 일이 어느 때보다 원활해서 가족과 함께 보낼 수 있는 자유 시간이 더 많아졌다.

내가 훈련이나 임무를 위해 출장을 가면, 네 아버지는 너에게 엄마 역할과 아빠 역할을 동시에 했다. 그는 나보다 나은 엄마였다. 솔직히 말하면, 처음에 나는 조금 질투심을 느꼈다. 그동안 독점해온 사랑을 놓칠 위기에 처한 첫째 아이 같은 심정이었던 것 같다. 나는 딸로서 너에게도 부러움을 느꼈다. 나의 아버지는 결코 주는 사람이 아니었다. 그는 고통을 수확하는 존재, 남들의 고통을 먹고 사는 존재였고, 내 어두운 측면의 근원이었다. 내가 네 아버지를 직접 만나기 한참 전에 단지 이야기를 듣는 것만으로 그 사람에게 끌렸던 것도 놀랄 일이 아니었다. 나는 그를 사랑하고 사랑받고 싶었다. 그리고 내심 그를 보호하고 싶기도 했다. 너도 알다시피 나는 네 아버지에게 거의 매일 말하곤 했다. 당신 같은 남자를 남편으로 둔 내가 조선에서 가장 운 좋은 여자라고. 그러나 동시에 나는 네 아버지 또한 **나를** 아내로 둔 것이 행운이라고 생각했다. 네 아버지 같은 남자는 이 미치광이의 세상에서 혼자서는 잘 살 수 없으며, 나 같은 누군가를 곁에 둘 필요가 있다. 선한 동시에 악한 여자. 누군가를 한없이 사랑할 수 있고 그 사랑을 보호하기 위해서라면 살인마저도 불사할 여자. 미치광이들의 언어를 아는 여자.

"130 연락소에 대해 얘기해보세요." 박 수사관이 말한다.

"제가 훈련받은 곳입니다."

"그곳이 어떤 식으로 운영되는지 말해주세요, 최 선생. 훈련 과정 말입니다."

"제가 거기 있는 모든 사람들을 대변할 수 없다는 걸 아시잖아요. 저는 지극히 특별한 사례입니다."

"다시 한번 들려주시죠. 아무쪼록."

오늘 박 수사관의 **아무쪼록**은 플라스틱으로 만든 인공 식물처럼 무미건조하고 비꼬는 소리처럼 느껴진다. 나는 내가 여기에 얼마나 상처받았는지를 느끼고 놀란다. 내가 스톡홀름 증후군의 병적인 사례가 되어가고 있는 게 아닌지 의구심이 든다. 하긴 말 상대가 딱 한 명밖에 없는 상태로 너무 오랫동안 격리되어 있었다. 그러나 나는 이 유일한 동맹군을 향한 부정적인 생각에 사로잡히지 않으려고 애쓴다. 어쩌면 그는 오늘 그저 지친 것일지 모른다. 어쩌면 아내와 아이가 있는 집으로 달려가서 일에 대해 잊고 소파에 널브러져 TV를 보고 싶은 것인지도 모른다.

"제 경우는 고문으로 시작되었습니다. 그들은 저를 한동안 지켜보았죠. 이미 어떤 사람들이 제가 매우 수상하다고 신고를 한 상태였어요. 10년 동안 사라졌다가 갑자기 돌아온 것. 그리고 외국어 지식. 그들은 저를 남한이나 일본에서 보낸 간첩으로 생각했죠. 나중에 알게 된 사실이지만, 충격적이게도 밀고자 중

에는 미스터 신도 있었습니다. 평양에 있을 때 제 남편의 양복
점에서 재단사 견습생으로 일하던 젊은 남자였죠. 알고 보니 그
남자는 비밀경찰의 정보원으로도 일하고 있었어요. 그 남자의
주된 임무는 당 간부 고객과 제 남편 간의 대화를 도청하는 것
이었죠. 저는 권력자들도 감시로부터 완전히 자유롭지 못하다
는 사실을 알고 놀랐습니다. 항상 미스터 신이 남편과 저를 유
심히 지켜본다는 것을 느꼈지만, 그것이 부러움 때문이라고 생
각했습니다. 그저 서로 무척 사랑하는 행복한 부부를 질투하는
것뿐이라고요."

내가 한숨을 쉰다. 어쩔 수 없이 코웃음도 살짝 나온다. 나
자신의 어리석음에 대해.

"어쩌면 질투도 느꼈을지 모르죠." 박 수사관이 마치 스스
로에게 말하듯 눈을 내리깔고 나지막이 말한다. 그러더니 눈을
들어 나를 본다. "계속하시죠." 그의 목소리가 다시 건조해진다.

"그들은 온몸에 시퍼렇게 멍이 들도록 저를 고문했습니다.
저는 제가 누구인지 전모를 고백했지만 처음에는 믿지 않더군
요. 그들이 듣게 되리라고 예상한 종류의 얘기가 아니었겠죠.
그들이 상황을 이해하기까지 시간이 좀 걸렸어요. 황당한 진실
을 알게 되기까지요."

"진실이요?"

"제가 간첩이 아닌 다른 사람 행세를 하는 사기꾼이라는 것
말입니다."

박 수사관이 말없이 나를 빤히 쳐다본다.

"저는 10년 전에 영민과 결혼하고 갑자기 실종되었던 용말이 아니었습니다. 저는 인도네시아 스마랑에 있는 위안소에서 진짜 용말을 만났습니다. 스마랑은 제2차 세계대전 때 일본군 기지가 있던 많은 곳들 중 하나였죠. 용말과 저, 그리고 10여 명의 다른 한국 여자들이 납치되어 위안부 역할을 하기 위해 스마랑에 보내졌어요. 성 노예를 그들이 좋게 포장한 말이죠. 그래서 제 일본어가 완벽했던 거였습니다. 위안소에 있는 사람들은 용말과 제가 자매처럼 보인다고 말했어요. 우리는 좋은 친구가 되었죠. 용말은 말이 많았습니다. 저는 그런 용말이 좋았고요. 용말은 제게 조선에 있을 때 자신의 삶에 대해 모든 것을 말했죠. 가족과 고향, 최근에 치른 혼례. 남편. 저는 용말이 좋았고 부러웠어요. 용말은 위안소에서 결핵으로 죽었습니다. 저는 살아남아서 한국으로 돌아왔고요. 그런데 제 가족인 어머니와 어린 여동생과 연락이 끊겼습니다. 용말의 가족을 찾아야겠다는 생각이 들더군요. 그래서 찾았어요. 그리고 저는 용말이 되었습니다. 용말의 남편의 아내가 되었죠. 그 사람이 제 **남편**입니다."

"그래서 성공했군요."

"그래요."

"남편은 알아차리지 못했고요."

"못 했죠." 나는 박 수사관을 빤히 쳐다보며 말했다. "저는 일 처리를 야무지게 하거든요."

8월 초. 혜산에 보기 드물게 찌는 듯한 여름날이 다시 왔다. 너의 겨드랑이에 습기가 차고 관자놀이에서 땀이 뚝뚝 떨어졌다. 나는 녹초가 되었다. 너와 네 아버지는 이미 기차역으로 가는 길에 두 구의 시신을 보았다. 너는 아버지와 함께 나를 마중 나와 있었다. 나는 평양 **출장**에서 돌아오는 중이었다. 나는 거의 반년 동안 너를 보지 못했었다.

플랫폼의 남쪽 끝에서 소동이 일어났다. 허가증 없이 여행하던 한 어머니와 아이가 사복 경찰에게 붙잡힌 것이다. 점점 더 많은 사람들이 점점 더 희소해지는 먹거리를 찾아 불법으로 여행하는 위험을 감수하기 시작했다.

젊은 경찰이 여자에게 가지고 있는 꾸러미를 넘기라고 명령했다. 그녀는 거부했다. 당황한 경찰이 권총을 뽑고 여자에게 소리치기 시작했다. 그러자 갑자기 여자가 작은 짐승처럼 네발로 그에게 달려들었다. 그녀의 뒤에서 나는 그녀의 어린 아들이 뛰어가서 보따리를 끌어안는 모습을 보았다. 총성이 울렸다. 기차역 전체에 날카로운 비명이 울려 퍼졌다.

내 머릿속에서 경고음이 울렸다. 그러자 혈관의 피가 빠르게 질주하며 쿵쾅대는 심장이 목구멍에서까지 느껴졌다. 그러나 손은 여전히 안정된 상태를 유지했다. 몸의 어떤 부분도 흔들림이 없었다. 얼굴 근육도 이완된 상태 그대로였다. 심지어 희미하게 미소 짓는 가면까지 쓰고 있었다. 곧 심장도 뒤따라 안정을 찾았다. 나는 훈련된 침착함의 갑옷을 입고 걸어서 소동의 현장을 지나쳤다.

네 아버지의 얼굴이 초점에 들어왔다. 그때 나는 네가 내 뒤에서 **엄마!** 하고 소리치는 것을 들었다.

네 아버지는 내 이름을 부르고 있었다. 나는 그의 눈에서 공포를 보았다.

나는 뒤돌아서 바닥에 있는 너를 보았다. 얼굴의 반이 흙먼지로 덮여 누렇게 된 채 울고 있는 너를. 벌어진 입에서 피가 흘러내렸다.

나는 너에게 달려가 너를 일으켜 세우려 했지만 너는 나를 밀어냈다.

네 아버지가 와서 너를 안았다. 그가 소맷자락으로 너의 얼굴을 닦아주었다. 그리고 두 사람 다 나를 보았다. 혐오의 빛이 어린 상처 입은 강아지의 눈으로.

130 연락소에서 나는 외국인인 척하도록 훈련받았다. 일본인, 중국인, 임무에 필요하면 아시아계 미국인까지도. 외국어를 완전히 익히는 것만으로는 충분치 않았다. 그들은 모국어를 부정하도록, 모국어에 반응함으로써 정체를 드러내는 일이 없도록 훈련시킨다. 몇 개월 동안 나를 외국어를 하며 살고 외국어로 꿈을 꾸고 오직 외국어로만 내 마음을 말하거나 숨기도록 만들었다. 나는 북한 말 질문에 고개를 돌리거나 눈길을 줄 때마다 벌을 받았다. **동무! 여보시오! 저기요! 안녕하십니까! 실례합니다! 조심하세요! 도와주시라요!** 다른 부름보다 무시하는 데

시간이 훨씬 오래 걸린 특정한 한 가지 부름은 **엄마!**였다.

결국 훈련은 효과가 있었다. 역에서 총이 발사되었을 때 너는 작은 팔을 벌리고 나를 향해 뛰어오며 **"엄마!"** 하고 소리쳤다. 너는 나를 보호하고 싶었다. 내가 무사하도록 만들고 싶었다. 나를 구하고 싶었다. 그리고 너는 나도 너를 구하기를 원했다.

그러나 나는 네가 안 보이는 것처럼 너를 지나쳤다. 너는 어안이 벙벙해서 가만히 서 있었다. 총성에 놀란 한 무리의 군인들이 달려왔다. 구경꾼들이 겁먹은 토끼처럼 흩어졌다. 너는 그들에게 밀려 넘어지며 얼굴을 땅에 세게 부딪혔다. 그리고 머리를 들고 피를 흘리며 목이 쉴 때까지 **"엄마!"**라고 울부짖었다.

"그들이 어떻게 마음을 바꿔 최 선생을 고용하기로 했습니까?"

"제가 영어를 어떻게 배웠는지 그들에게 말할 때 시작되었습니다. 저는 어렸을 때 북한에 있는 제 고향에서 성냥 공장을 운영하던 캐나다 선교사에게 영어를 배웠습니다. 그리고 나중에 한국전쟁 때 미군들을 위해 일하면서 영어 실력이 완벽해졌죠."

"최 선생이 미군을 위해 일할 때 업무의 성격이 뭐였습니까?"

성격을 발음할 때 박 수사관의 목소리가 살짝 떨린다. 그답지 않은 일이다.

"멍키하우스라는 곳에서 한국인 여자들과 미군들 사이에서 통역 일을 했습니다. 위안소와 크게 다르지 않은 시설이었어요. 일본 군인이 미국 군인으로, 제2차 세계대전이 한국전쟁으로 바뀌었을 뿐이죠."

내 목소리가 점점 작아진다. 박 수사관이 실눈을 뜬다.

"어떻게 멍키하우스에서 일하게 되었습니까? 전에 최 선생을 노예로 삼았던 곳과 비슷한 곳에서?"

"그들이 저를 어디로 데려가는지 몰랐습니다. 저는 당시 소년으로 변장하고 전쟁에서 살아남기 위해 고군분투하고 있었죠. 부산에서 일자리를 얻으려고 미군에게 접근해서 제가 영어에 능통하다고 말했습니다. 저는 배가 고프고 잠잘 곳이 없었어요."

나의 시선이 박 수사관의 머리 위를 표류하다가 천장 근처의 유리창에 머문다. 사실은 열리지 않지만 열리는 것으로 착각하게 만드는 강화유리로 된 작은 사각형의 이중창. 그곳을 통과해 들어오는 것은 힘을 잃은 햇빛뿐이다. 격자 형태의 쇠창살 때문에 작은 창이라기보다 큰 배수구에 가까워 보인다. 어떤 소음도 들어오거나 새어 나갈 수 없을 것 같다.

"집중해주세요, 최 선생. 우리에게 시간이 많지 않습니다." 박 수사관이 간곡히 말한다. "왜 RGB가 마음을 바꿨는지 말씀해주세요."

"제가 멍키하우스에 한 짓을 알고 나서죠."

RGB, 그러니까 조선인민군 총참모부 정찰총국을 생각하니

내 눈이 창살로, 창유리로 향한다. 그래서 눈을 감는다. **집중하
자.** "제가 불태웠습니다. 하우스를요. 그리고 다시 북으로 도망
쳤죠."

"어째서 그들이 최 선생의 이야기를 믿은 겁니까?" 박 수사
관은 집요하다.

"말씀드린 것처럼 처음에는 믿지 않았습니다. 그러다가 조사
를 통해 제 이야기와 일치하는 사건에 대한 보고서가 있다는 걸
알아냈죠. 부산 근처의 한 미군 시설이 불탔다. 그 화재로 병사
몇 명이 사망했다. 그리고 하우스에서 통역 일을 하던 한 고아
소년이 실종되었다. 알고 보니 남한에서는 저를 북에서 보낸 간
첩으로 생각했더군요. 저는 연합군에 지명 수배된 몸이었어요.
테러리스트로. 게릴라로. 그래서 북에서는 자동적으로 영웅이
되었죠. 저를 향한 그들의 태도가 하룻밤 사이에 바뀌었어요.

그들은 제가 공식적으로 그들의 스파이가 되기를 원했습니
다. 그들에게는 꽤 좋은 거래였죠. 저는 훈련이 거의 필요 없는
준비된 공작원이었으니까요. 외국어에 능통한 데다 불가능한
상황에서 생존하는 법, 속이고 위장하는 법을 알았죠. 게다가
이미 성공적으로 신원 도용까지 했고. RGB에게 저는 놓칠 수
없는 기회였죠. 그래서 **그들은 제게 거절할 수 없는 제안을 했습
니다.**"

마지막 문장은 짐짓 허스키한 음성의 테너를 흉내 낸 목소
리로 말한다. 힘든 하루를 보내고 있는 박 수사관을 위해 희극

적인 기분 전환을 시도한 것이다. 그러나 그는 나의 익살을 포착하지 못한다. 그는 요즘 점점 엄숙해지고 있다. 나로서는 이것이 나의 목적에 긍정적으로 작용할지 부정적으로 작용할지 궁금해할 수밖에 없다. 그들이 결정을 내릴 시점이 가까워진 것일까? 그 생각을 하니 맥박이 팔딱거린다.

"그들은 제 훈련 과정을 최소한으로 줄였습니다. 심지어 저와 제 남편이 중국과의 수출입 사업을 계속하도록 허락했어요. 사업가로서 제 지위가 좀 더 자유롭게 국경을 넘나들며 외국인들과 접촉할 수 있게 해주기 때문에 스파이로서 유리하게 작용할 거라고 계산한 거죠. 무엇보다 그들은 제가 그들을 위해 일하기로 선택한다면 **비밀**을 지켜주겠다고 약속했습니다. 그들이 진짜로 말하려는 건 만약 거절하면 제 진짜 정체를 사랑하는 남편에게 폭로하겠다는 거였죠. 제겐 그들의 제안을 받아들여 스파이가 되는 것 말고는 선택의 여지가 없었어요."

"여자들은." 박 수사관이 중얼거렸다. 나는 그의 목젖이 올라갔다가 다시 내려가는 것을 본다.

"실례지만 뭐라고 하셨죠?" 내가 묻는다. 빗줄기가 다시 작은 창을 두드리는 소리가 들린다. 타이밍 한번 절묘하군.

"여자들이라고 했습니다. 멍키하우스에 있던 한국 여자들 말입니다. 최 선생이 그곳을 불태운 뒤 그 여자들은 어떻게 됐습니까?"

130 연락소에서의 훈련 첫날.

그들은 나와 10여 명의 다른 훈련생들을 유리창을 검게 선팅한 버스에 태웠다. 사실 그것은 탱크와 셔틀버스를 결합한 형태의 장갑차였다. 좁다란 유리창이 선글라스처럼 검고 매끈했다. 그럼에도 그들은 우리의 눈을 가렸다. 내부에서 코를 찌르는 기름 냄새가 났다. 버스가 천천히 움직이기 시작했다. 묵직하고 차가운 덜컹 소리에 우리는 앞이 보이지 않는 상태로 돌연 경계 태세에 돌입했고, 나는 손가락과 발가락에 따끔거리는 감각이 순식간에 퍼지는 것을 느꼈다. 나는 오직 들이쉬고 내쉬는 호흡만으로 차량 내부에 있는 모든 사람의 위치를 파악할 수 있었다. 그때 또다시 둔탁한 덜컹 소리가 들렸는데 이번에는 살짝 길게 늘어지는 소리였고 메아리가 뒤따랐다. 화물용 승강기의 문이 닫혔다. 승강기가 내려가기 시작했다.

마치 한 시간처럼, 10여 킬로미터 깊이처럼 느껴졌다. 그러나 나는 어둠은 시간을 사기꾼으로 만든다고 되뇌었다. 밀랍처럼 형태가 잘 변하고 잘 속이고, 그래서 도무지 파악할 수 없는 사기꾼 말이다. 앞이 보이지 않으면 가끔 다른 감각들이 엿가락처럼 늘어나고 휘어진다. 나는 전쟁 중에 음울한 감금 생활을 견뎌내면서 그것에 익숙해졌다.

마침내 금속성의 쇅 소리가 수그러들며 다른 모든 인간적인 꼼지락 소리들 또한 잠재울 때, 나는 음침한 회색빛 냄새에 포위되어 있는 나 자신을 발견했다. 그것은 비에 젖은 콘크리트처럼 평범하고 퀴퀴한 냄새였다. 흰곰팡이 핀 책꽂이들이 가득한 지하실 냄새. 불쾌한 것과는 거리가 먼 추억. 그러나 곧 의식적인 두려움이 나를 사로잡았다. 순간 나는 정신이 번쩍 들며 이곳이 어디일 수 있는지 생각해내려 했다. 평양의 땅 밑 깊숙이 묻혀 있는 이 거대한 지하 세계. 동굴처럼 울리는 내 발소리에 바짝 긴장한 채 어둠 속을 걸으며, 나는 이런저런 추측을 하느라 분주했다. 지하 방공호가 떠올랐다. 재교육 수용소나 강제 노동 수용소처럼 상상도 하고 싶지 않은 몇몇 다른 장소들—노예제의 특정한 변형된 형태들—도 떠올랐다.

눈가리개를 벗겨내자 눈이 멀 것처럼 부셨다. 겹겹이 접은 검은 천을 통해 스며들던 은은한 암적색이 갑자기 흰색으로 폭발하며 몇몇 훈련생들의 입에서 상처 입은 새끼 고양이의 울음 같은 소리가 새어 나왔다.

내 눈앞에 투광조명이 밝혀진 서울의 명동 거리가 펼쳐졌다. 태평스럽게 쏟아지는 광휘에 머리가 어질어질하고 입이 바짝 마르고 짠맛이 났다. 거리 양쪽에 줄지어 늘어선 대형 쇼윈도들이 강한 조명을 받아서 반사하며 확산시키는 끝없는 순환을 반복했다. 빛은 사방으로 반사해 어떤 구석도 어둠 속에 남겨두지 않았다. 쇼윈도 뒤의 마네킹들은 서양의 현대식 캐주얼을 입고 있었고 잡다한 보행자들도 마찬가지였다. 그들은 물 빠진 청바지나 화려한 영문 로고가 박힌 형형색색의 티셔츠, 나이키 운동화, 새까만 선글라스, 미니스커트, 하이힐 따위를 착용하거나 새빨간 립스틱을 바른 채 어슬렁거리고 있었다. 하나같이 당에서 금지한 물건들이었고, 그런 것들을 사람들 앞에서 착용했다가는 수용소에 보내질 게 확실했다. 특히 새빨간 립스틱은. 내가 빨간 립스틱을 마지막으로 본 것은 혜산역에서였다. 기아가 엄마들을 매춘부로 전락시켰다. 출신 성분이 낮은 많은 젊은 여자들이 자식과 동생을 굶주림에 잃느니 차라리 몸을 파는 쪽을 선택했다. 매춘은 당에 대한 중대 범죄였으므로, 그 여자들은 빨간 립스틱을 바르고 역에서 남성 보행자에게 추파를 던지는 것 외에는 호객 행위를 할 다른 방법이 없었다. 그것은 생존을 위한 주홍 글씨였다.

명동 옆은 오사카였다. 도톤보리의 네온사인들이 또다시 내 시야에 쏟아져 들어왔다. 눈을 감고 한참이 지난 뒤에도 그 밝은 불빛들이 머릿속에서 둥둥 떠다녔다. 거대한 러닝맨이 환영하듯 두 팔을 번쩍 들어 올리고 있었다. 만수대에 있는 높이가 20미터에 달하는 김일성의 동상만큼이나 초현실적이고 숨이 턱 막힌다. 오사카의 건너편은 작은 뤽상부르 공원과 라탱 지구를 포함하는 파리 5구였다. 정신을 못 차리는 대학생들, 특혜 받은 서구적 삶에 권태를 느끼는 **부르주아-보헤미안**들이 여전히 공산주의 이념으로 전향하고 있는 곳이었다.

평양의 땅 밑 깊은 곳에 있는 이 지하 세계는 말하자면 세상의 모조품이었다. 하이퍼리얼 테마파크, 또는 평양외국어대학교의 최우수 학생들이 조선인민공화국의 비밀공작원으로 만들어지는 위험천만한 훈련장이었다.

그곳에 있는 동안 보통은 1970년대 초에 파리에서 납치된 퉁퉁한 프랑스인 중년 여자 아망디네와 파리에서 이른 아침을 먹었다. 점심은 열두 살의 나이에 니가타현에서 납치된 내성적인 아가씨 유키와 오사카에서 먹으면서 일본어 비속어와 속담을 배웠다. 저녁은 앨라배마주 헌츠빌 출신의 건장한 미국인 탈영병 맬컴과 워싱턴 D.C.에서 먹었다. 맬컴은 한국전쟁 중에 술에 취해 벌인 싸움에서 실수로 중사를 죽인 뒤 월북한 인물로, 내가 미국의 역사와 군대 용어를 복습하는 것을 도와주었다.

밤에는 종종 남한 사람으로 위장하는 훈련을 받았다. 나는 남한 사람처럼 말하고 먹고 걷고 생각하는 법을 배웠다(그리고 이 비참한 과정은 북한과 남한 사이의 격차가 얼마나 커졌는지 깨닫게 해주었다). 실수에는 예외 없이 처벌이 뒤따랐다. 나는 다행히 빠르게 배웠다. 그곳에 도착하고 두어 달 뒤에는 그들이 한밤중에 나를 깨웠을 때, 잠결에도 완벽한 남한 억양으로 투덜투덜 불평했다.

130 연락소에 처음 갔을 때 투광등이 밝혀진 서울의 명동 거리를 바라보며, 나는 너의 할머니를 생각했다. 내가 오래전에 죽었으리라 생각했던 나의 어머니. 전쟁과 함께 어머니에 대한 기억은 나의 의식적인 생각 뒤편 깊숙이 밀려나 있었다. 어머니는 서울 출신이었고, 극장과 도서관, 노상 시장과 아이스크림으로 채색된 서울에 대한 어린 시절 기억을 내게 무척 좋게 이야

기했다. 아버지와 결혼한 후 어머니는 현재 북한에 속한 시골로 이주했고, 거기서 나를 낳고 당신이 그토록 사랑했던 도시 생활과 단절된 삶을 살았다. 어머니가 당신 고향의 소름 끼치는 도플갱어를 본다면, 북한 중심부의 지하 깊숙이 자리 잡은 이 비밀의 아이러니를 본다면 무슨 말을 할지, 과연 어떤 느낌이 들지 궁금했다.

그리고 지금은 **네가** 130 연락소에 처음 도착했을 때 어떻게 반응했을지 궁금하다.

틀림없이 너는 겁먹거나 당황하기보다 극도로 흥분했을 것이다. 하지만 그런 전율을 숨길 만큼 영리했을 것이다.

"주말에는 130 연락소의 서울에서 다양한 임무를 수행했습니다. 자본주의 세계의 거주자들만 하는 일상적인 행동들. 계좌를 개설하거나 돈을 송금하거나 통장을 갱신하는 것 같은 은행과 관련된 모든 것들. 비디오 대여나 쇼핑처럼 비교적 쉽고 조금 더 재미있는 임무들도 있었죠. 대부분 비무장지대 주변에서 납치된 남한 사람들이 보행자와 은행 직원, 상점 직원 같은 다양한 역할을 맡아 우리의 제스처를 지도하고 어휘와 억양을 정정해주었습니다."

"그 사람들의 이름은요?"

"물론 그 사람들은 가명을 썼어요. 하지만 제가 제공한 설명에 따라 기록을 쉽게 찾으실 수 있을 겁니다. 물론 이미 찾으셨을 거라고 생각합니다만."

내가 눈을 들었다. 박 수사관이 잠시 시선을 피한다. 순간적으로 스치는 죄책감. 나는 양심의 가책을 느낄 필요는 없다고, 우리는 모두 자신에게 주어진 일을 할 뿐이라고 말해주고 싶다. 그러나 그러는 대신, 오히려 다른 것으로 그를 공격한다. 즉흥적인 돌발 질문. 지름길.

"다른 이름은 어때요?" 내가 대담하게 묻는다.

"어떤 이름 말입니까?"

내가 미소 짓는다. 내가 그의 허를 찔렀다. 그리고 나는 그가 안다는 것을 안다. 그의 입술이 아주 작은 동그라미 모양으로 다물어진다.

"수사관님, 저는 지금 수사관님의 상관들이 저를 신뢰할 준비가 되었는지 간단명료하게 묻고 있는 겁니다." 나는 고개를 오른쪽으로 돌려 벽면의 거의 절반을 차지하고 있는 넓은 회색 거울을 노려본다. 반대편에서는 창 역할을 하는 거울이다.

박 수사관이 심호흡을 한다. 그러고는 내 눈을 똑바로 쳐다본다. 계속하라고 권하듯이.

"그분들이 제가 제공할 이름들을 들을 준비가 되었냐고 묻는 겁니다, 수사관님. 저처럼 이곳 남한에서 첩보 활동을 하고 있는, 북에서 보낸 공작원의 명단 말입니다."

나는 나의 잦은 부재에 대한 너의 원망이 오래갈 거라고 생각했다.

그러나 너는 원래 똑똑하고 영리해서 그런 원망을 다른 데로 돌렸다.

세 살 때 너는 아빠와 결혼하겠다고 말했다. 여덟 살 때는 나중에 커서 나처럼 되고 싶다고 선언했다.

"난 **여자 사업가**가 될 거야. 엄마처럼." 너는 심각한 목소리로 말했다. 네가 우리의 관심을 받기 위해 쓰곤 하던 비극 배우 같은 목소리로 말이다. 나는 너에게 내가 하는 일을 하려면 어떻게 해야 하는지 아냐고 물었다. 너는 내 일이 멋진 직업이라고 말했다. 멋진 옷도 많이 입게 해주고 대부분의 사람들이 볼 수 없는 세계를 여행할 수 있게 해준다고.

나는 한숨과 함께 미소를 지었다. 그리고 아주 똑똑한 사람들만 사업가가 될 수 있다고 말했다. "그러니까 학교에서 열심히 공부해야 해. 특히 외국어를. 사업을 할 때 외국어는 목적 달성을 위해 협상할 때 쓰이는 도구가 된단다."

너는 열정적인 제자였고, 나는 성미 급한 선생이었다. 오직 아이다운 정신만 가질 수 있는 종류의 굶주린 열정으로, 너는 내가 주는 모든 언어적 지식을 흡수했다. 그리고 항상 더 달라고 졸랐다. 심지어 **주말에는 영어, 금요일은 중국어, 8월은 일본어**처럼 새로운 규칙까지 만들었다. 나는 너에게 한국어 억양을 가르친 적이 없지만, 레이더에 걸리지 않게 남한의 TV 시리즈를 시청하고 복제해서 공유하는 네 세대의 잘나가는 학생들이 대부분 그런 것처럼, 네가 이미 혼자서 남한 말을 장난삼아 해보고 있을 거라고 생각했다.

나는 네가 사업가가 되기를 원했기 때문에 이 모든 것을 가르쳤다. 나처럼 가면을 쓰고 어둠 속에서 다른 일을 하는 게 아니라 밝은 햇빛 속에서 성공을 맛볼 수 있는 진짜 사업가 말이다. 심지어 네가 외교관이 될 수도 있을 거라고 생각했다. 안 될 게 뭔가? 나는 네가 비단길을 걷기를 바랐다.

그래서 네가 평양외국어대학의 입학 허가를 받았을 때, 나는 울었다. 네가 너무 자랑스러웠다. 나의 들뜬 기분이 대리 만족이었다는 것을, 너를 통해 내가 이룰 수 없었던 학문적 성취를 즐기고 있었다는 것을 부인하지는 않겠다.

나는 그 순간 몰염치한 속물이 되는 것을 마다하지 않고 즐겼다.

그는 양손을 허리에 댄 자세로 미동도 없이 서 있다. 나는 그가 괴로울 만큼 천천히 한숨을 내쉬는 소리를 듣는다. 그것도 두 번이나.

박 수사관이 그런 감정적인 모습을 보인 건 처음이다. 하지만 예상하지 못한 모습은 아니다. 나는 그저 그가 먼저 침묵을 깨기를 기다린다.

"왜 하나뿐인 자신의 확실한 협력자를 적으로 만들려는 겁니까?" 그가 묻는다. 진이 빠진 목소리다. 그는 탁자의 내 바로 앞쪽에 종이 한 장을 놓는다.

"제 명단이 마음에 들지 않으세요?"

"장난 그만 치세요, 최 선생." 그가 내질렀다. 나는 탁자 위에 놓인 그의 오른손이 오그라들며 주먹으로 바뀌는 것을 본다. "첫째, 그건 명단이 아닙니다, 최 선생. 이름이 하나뿐이잖아요. 우리에게 약속한 다른 이름들은 어떻게 된 겁니까? 최 선생이 알고 있는 남한에서 공작 중인 모든 RGB 비밀공작원들의 이름 말입니다."

"저는 그 사람들의 실명을 안 적이 없습니다. 업무상 가명만 알 뿐이에요."

"말하세요, 최 선생. 내가 아무 의심 없이 그 헛소리를 믿을 것 같습니까?"

"그동안 제 말을 듣기는 한 건가요, 수사관님? 제가 제 나라는 첩자들의 나라라고 말하지 않았나요? 줄넘기를 할 나이만 되면 학교에서 모두를 불신하고 고자질하도록 훈련을 시킨단 말입니다. 심지어 가족들도요. 권력자들까지 항상 감시를 당한다고 말하지 않았나요? 북에서 유일하게 자유로운 사람은 김정일뿐입니다. 그들은 항상 우리들 가운데 이중 첩자가 있을 거라고 가정하죠. 그래서 빌어먹을, 마지막으로 한 번만 더 진실을 말하겠어요. 저는 그 사람들의 실명을 모릅니다."

"그렇다면 최 선생은 우리에게 쓸모가 없습니다."

"그렇지 않아요. 저는 그 사람들의 암호명과 임무, 인상착의를 제가 아는 만큼 제공할 수 있어요. 당신들은 거기서 시작해서 많은 것을 캐낼 수 있죠. 이미 그러고 있잖아요."

나는 그의 주먹이 조금 느슨해진 것을 본다. 그의 눈이 좌우로 빠르게 움직이더니 또 한 번의 깊은 한숨이 뒤따른다.

"그럼 명단에 있는 단 하나의 이름. 그건 실명이다?" 박 수사관이 말한다. 질문이라기보다 단언에 가까웠다.

"그래요."

"그건 말이 되지 않아요. 안 그렇습니까, 최 선생?"

그가 까마귀처럼 고개를 갸웃하며 다시 한번 노려본다. 나는 긴장 태세를 유지한다. 그리고 침묵이 뒤따른다. 그가 한숨과 억제된 킬킬거림 사이의 어디쯤인 소리를 낸다.

"최미희. 너무 익숙하지 않나요?"

모든 엄마가 살면서 자식의 삶을 자신이 원하는 방향으로 통제할 수 없다는 것을 분명하게 깨닫는 순간이 있다. 아이가 나이 들어갈수록, 엄마는 더 이상의 두려움과 실망을 모면하기 위해 이런 진실을 마치 주문처럼 스스로에게 되뇌곤 한다. 그러나 마치 폭풍우가 친 후에 거미줄에 매달린 물방울처럼, 마음 한구석에는 자신이 자식에게 영향력을 행사할 수 있으리라는 맹목적인 믿음이 여전히 남아 있다. 그래서 자신이 여전히 딸을 구할 수 있다는, 딸을 애초에 예정된 올바른 길로 되돌려놓을 수 있다는 희미한 모성의 신기루에 매달린다.

나는 내가 그 모든 엄마에 해당되지 않는다고 생각했다. 다른 엄마들과 달리, 나는 너에게 위험한 짓은 무조건 하지 말라고 잔소리한 적이 없었다. 난 네가 결국 이것저것 시도하게 될 것임을 알았다. 그도 그럴 것이 너는 나의 고집스러운 성격을 쏙 빼닮았으니 말이다. 그래서 대신 나는 걸리지 말라고 말했다. **걸리지 않으면 부정행위가 아니다**가 은밀한 좌우명이었다. 그리고 너는 그것을 아주 쉽게 실천했다.

평양에서 너의 대학 생활은 달콤했지만, 비밀경찰은 장난이 아니었다. 그들은 네가 가장 예상하지 못한 순간에 너에게 몰래 다가갈 수 있었다. 그들은 가끔 학생 숙소를 불시에 단속했다. 체제 전복적인 밀수품을 가지고 있다가 걸린 학생들은 총살형에 직면했다. 너는 이전 해에 너의 학우들 중 세 명이 머리에 총을 맞는 것을 보았다. 그것은 백주 대낮에 캠퍼스에서 일어나는 통상적인 공개 처형이었다. 그들은 당을 속인 결과를 모두에게 상기시키기 위해 시신을 묻지도 않고 구덩이에서 몇 날 며칠을 부패하게 놔두었다. 그러나 두어 주가 지나면 학생들은 평소에 하던 일을 다시 시작했다.

그날 밤, 너는 치명적인 애인을 잠자리에 들였다.

너는 멋진 재벌 아들과 평범한 가난뱅이 아가씨가 모든 역경에도 불구하고 사랑에 빠지는 지나치게 감상적인 드라마를 보고 있었다. (음, 한국 드라마는 항상 그렇지. 안 그러니?) 너는 영어 수업을 함께 듣는 젊은 남성 동무에게 비디오테이프를 빌렸다.

그는 불법 테이프를 복제하고 유통해서 꽤 짭짤한 용돈을 벌고 있었다. 너와 네 서클 친구들은 그를 '수도사'라고 불렀다.

비밀경찰은 한밤중에 건물 전체에 전기를 차단하는 것으로 시작했다. 그런 다음 신속하게 각각의 방을 기습 방문했다. 그들이 처음 한 일은 VCR을 찾아 거기에 손을 대보는 것이었다. 기계에서 따뜻한 기운이 느껴지면, 전기를 다시 켜고 플레이어를 작동시켜 내용을 확인했다. 비디오테이프가 깨끗한 내용이면, 즉 김 씨 일가에 대한 뻔한 선전용 헛소리를 담고 있다면 처벌을 면하게 되었다. 그러나 자정이 넘어서 재미로 선전용 영화를 보는 10대를 찾는 것보다는 차라리 매음굴에서 부처를 찾는 편이 더 빠를 것이다.

비디오테이프가 불결한 내용이면 완전 낭패였다. 전기를 끊으면 기계 안에 테이프가 갇히게 되기 때문에 테이프를 빼내서 숨길 수도 없었다. 억지로 빼내려 하면 번쩍이는 갈색 내용물이 사방으로 어지럽게 흩어질 것이고, 그것은 명백한 배반 행위의 증거였다. 어찌어찌 테이프를 멀쩡하게 빼낸다 해도, 마찬가지로 낭패였다. 그들이 처음 하는 일이 기계를 만져보는 것이라고 말한 거 기억하겠지? 그들은 이미 그것이 따뜻하다는 것을 알았다. 그것은 곧 학생이 뭔가를 보고 있었고 그것을 감췄음을 의미했다. 빠져나갈 구멍 따위는 없다.

그것이 수도사, 그 가엾은 소년의 운명이었다. 그는 적발되어 2주 이내에 처형되었다. 그는 열아홉 살이었다. 그러나 그들은 그의 죄질이 너무 나쁘다고 했다. 사상 범죄를 저질렀을 뿐 아니라 전파했다는 것이었다. 다른 아이들 몇 명도 비슷한 혐의로 총살을 당하거나 강제 노동 수용소로 보내졌다.

그러나 미희야, 너는 털끝 하나 다치지 않고 무사히 빠져나왔다.

걸리지 않으면 부정행위가 아니다를 너는 알았다. 너는 항상 새벽 급습을 경계했고 항상 VCR 두 대를 준비해두었다. 그날 밤도 예외가 아니었다. 너는 비디오 플레이어 두 대를 동시에 켜고 두 개의 다른 비디오테이프를 넣었다. 하나는 우리 빅브라더의 찬란한 삶을 부풀려 찬양하는 내용인 반면, 다른 하나는 남한의 비극적인 연가를 노래하는 내용이었다. 두 기계가 동시에 작동하여 테이프를 감는 본체에 열이 올랐지만, 네가 몰두하는 것은 후자뿐이었다. 전자는 물론 TV에 연결되어 있지 않았다.

비밀경찰이 전기를 차단했을 때 다른 아이들은 공포에 어쩔 줄 몰랐지만, 너는 침착했다. 네가 해야 하는 일이라고는 남한 로맨스물이 담긴 비디오 플레이어를 옷장에 숨기고 다른 비디오를 TV에 연결하는 것뿐이었다. 1분밖에 걸리지 않았다.

전기가 차단되고 정확히 1분 30초 만에 단속반원들이 너의 방에 들이닥쳤다. 그들은 너의 비디오 플레이어를 만져보고 온기를 느꼈다. 그들은 다시 전기를 켜고 테이프를 재생했다. 그들은 화면 가득 담긴 김정일의 자애로운 미소와 그가 손끝만 움직여도 울면서 환호하는 수천 명의 사람들을 보았다. 모든 것이 완벽했다. 모든 것이 깨끗했다.

남들이 출구가 없다고 생각했을 때, 너는 항상 구석진 곳을 찾았다. 작은 구멍. 어느 누구도 포착하지 못한 성벽의 미세한 틈을.

네가 이 무용담을 들려줄 때, 나는 네 눈에서 불꽃을 보았다. 네가 우리의 첫 영어 수업에서 흥분에 겨워 목이 쉬도록 알파벳을 복창하며 보인 것과 똑같은 불꽃이었다. 다만 이번에는 조금 더 밝고 조금 더 기묘했다. 나는 빛나던 10대 시절의 네가 이제 내 손을 떠났음을 깨달았다.

그때부터 너는 그 기묘하고 은밀한 웃음을 띠고 다녔다. 더 이상 나와 함께 공유할 새로운 비밀은 없었다.

나는 너에게 알맞은 불쏘시개를 주었고, 이제 너는 너 혼자 활활 타오르고 있었다. 그리고 그 불을 멈추는 것은 더 이상 내 소관이 아니었다.

나와 마찬가지로 너도 사기꾼이다. 그러나 생존보다는 재미를 추구하는 쪽에 가깝다. 그런 기질이 네 피 속에 있는 것은 아니었다. 네 혀에, 그리고 나를 항상 우러러보던 네 눈 주위에 있었다. 나는 그것이 사랑스럽고 자랑스러웠다.

"그리고 우리 사회에서 그것을 합법적으로 추구할 유일한 방법은 첩보 기관의 일부가 되는 것이었습니다. 미희는 최고 수준의 교과서적인 신입 공작원이었죠. 비밀경찰 기록은 미희를

위대한 수령의 선전 영화에 집착하는 열광적인 혁명가로 기억
했어요. 그 아이는 이미 몇 개 국어에 능통한 평양외국어대학교
최고의 학생이었죠. 놀랄 일도 아니죠. 최고 중의 최고에게서 모
든 것을 배웠으니.

결국 다른 정체성을 갖는다는 건 다른 언어를 말하는 것과
같아요. 외국어를 배울 때 그저 단어만을 습득하는 게 아닙니
다. 습득 과정에서 분위기와 버릇, 그리고 무심코 말하는 사람
들의 일반적인 화술도 흡수하죠. 내가 정말로 어떤 언어를 장
악하게 되었다고 느끼기 시작하면, 마법처럼 그 언어 또한 나를
장악합니다. 단순히 말하는 방식을 바꾸기만 해도 낯선 사람이
될 수 있어요. 새로운 분위기를 입게 되죠. 자기도 모르게 다른
사람의 역사 속으로 슬그머니 들어갈 수 있어요."

나는 한숨 돌리기 위해 멈춘다. 그리고 내가 그냥 이야기를
하는 게 아니라 마치 연설을 하듯, 마치 글을 쓰듯 말하고 있
음을 깨닫는다. 그것이 박 수사관에게 나쁠 리가 없다. 그는 신
중하게 구사하는 좋은 언어 표현들을 광적으로 좋아하고, 그럴
만한 자격이 있는 사람이니까. 나는 눈을 들어 그의 얼굴을 관
찰한다. 그런 다음 나의 말이 그를 장악하고 있음을 간파한다.
적어도 이 순간만큼은.

"언젠가 여자들에 대해 물으셨죠. 한국전쟁 중에 멍키하우
스에 있던 한국 여자들이요. 제가 그곳을 불태웠을 때 그 여자
들은 어떻게 되었냐고 물으셨어요. 사실은 저도 모릅니다. 그때

이후 그 사람들의 이야기를 들은 적이 없어요. 하지만 한 가지 분명하게 말할 수 있는 건 제가 그 사람들을 모두 구하려고 했다는 겁니다. 제가 그곳을 초토화한 날은 한 달에 한 번 여자들이 시내에 있는 큰 군 병원에 가서 검진을 받는 날이었습니다. 그날 아침 저는 여자들을 트럭에 태울 때 관리인에게 훔친 총을 여자들 중 하나의 주머니에 슬쩍 넣었어요. 그리고 한 번 길게 살짝 당기기만 하면 쉽게 풀어지도록 여자들의 손목에 묶인 매듭을 느슨하게 해뒀어요. 그리고 구불구불한 산길에서 군용 트럭이 속도를 늦추면 손의 밧줄을 풀고 운전병의 머리에 총을 쏜 다음 트럭에서 뛰어내려 숲속으로 달아나라고 했죠. 그들이 성공했는지 실패했는지는 모릅니다. 성공했기만을 바랄 뿐이었죠. 적어도 일부라도.

제가 지금 시도하려는 것도 크게 다르지 않습니다. 저는 저와 제 딸 모두에게 두 번째 기회를 줌으로써 자신을 구하려 하고 있습니다. 저는 그럴 자격이 있습니다. 저는 엄청난 인생의 소용돌이를 겪었죠. 지금쯤이면 수사관님도 제가 이념 따위에는 관심이 조금도 없다는 걸 아실 겁니다. 제 딸도 마찬가지고요. 그저 제가 처한 상황에서 이런저런 허튼소리들을 최대한 이용해온 것뿐이죠.

다만 이번만큼은 당신의 도움이 필요합니다. 하지만 저는 그렇게 몰염치한 사기꾼은 아닙니다. 그러니 거저 도와달라고 하지는 않아요. 당신이 저를 도와주면 저도 당신을 도울 겁니다.

저와 제 딸에게서 RGB 내부 사정에 대한 정보를 다른 누구에게서보다 많이 얻을 수 있을 겁니다. 특히 이곳 국정원에서 당신들이 만들어낸 가짜 간첩들보다는 말입니다.

제가 원하는 건 우리가 그동안 축적한 RGB에 관한 값진 정보의 대가로 저와 제 딸을 온전히 받아들이고 지금까지 우리가 저지른 일들에 대해 완전한 면책을 해달라는 것뿐입니다. 물론 어떤 언론 노출도 없이 철저히 비밀로 이루어져야 합니다. RGB가 우리의 변심을 알게 되면 우리가 아는 모든 암호와 모든 비밀공작 방식을 최대한 빨리 바꿀 테니까요.

수사관님과 수사관님의 상관들이 제 조건에 동의하고 우리의 안전을 보장하면 저는 제 딸을 불러들일 겁니다. 그 아이는 저보다도 더 가치가 있을 겁니다. 기억력도 생생하고 가장 최신 첩보를 알고 있으니까요."

우리 사이에 정적이 자리 잡는다. 지금까지 가장 긴 정적이다. 그러나 이번에는 차갑지도 날카롭지도 않다. 현기증처럼 열 띠고 초조하다. 그에겐 정리할 시간이 필요하고, 나는 시간을 준다. 나는 이미 그에게 거부할 수 없는 칼자루를 건넸다.

"이해를 못 하겠습니다."

그의 깜빡이는 눈에 스치는 수백만 가지 물음표가 보인다.

그는 마치 어떤 반응이나 동의를 구하는 것처럼 넓은 회색 거울을 향해 돌아선다.

"우선 어떻게 따님과 연락을 유지했습니까? 최 선생이 말한 것처럼 항상 감시가 있었고, 공작원들 사이에 이루어지는 모든 형태의 교신을 검열하는 부서가 첩보부 내에 따로 있잖습니까. 같은 임무를 수행하지 않는 한, 다른 공작원에게 임무에 대한 어떤 정보도 누설하지 못하게 되어 있고요."

나는 또 한 번 입가에 번지려는 미소를 애써 억눌렀다.

"우리는 가장 단순한 방법을 이용했습니다. 미희의 아이디어였죠. 말씀드린 것처럼, 미희는 남들이 간과하는 작은 틈을 찾는 데 능합니다. 냉전 시대에 온갖 새로운 기술들이 개발되는 와중에도, 우리는 가장 구식의 의사소통 방식에 의존했습니다. 편지요. 손 편지. 미희는 편지 쓰는 걸 좋아했어요. 일반적으로 중간에 편지를 가로채서 어떤 식으로든 RGB를 암시할 수 있는 모든 단어를 검열하는 제3의 숨은 공작원이 항상 있었습니다. 미희는 신중했지만 편지가 제 손에 들어올 무렵에는 가끔 단어 몇 개가 잘리거나 줄이 그어진 경우가 있었죠. 하지만 미희는 작은 실수들을 고의로 했어요. 작은 미끼죠. 학교에서 생활총화 시간에 작은 잘못을 꾸며낸 것처럼, 순전히 밀고자들을 바쁘게 하고 만족시키기 위해서였어요. 그런 다음 나에게 말하고 싶은 자신의 삶에 대한 무해하고 단조로운 이야기로 편지지를 채웠습니다. 저는 그런 내용을 읽는 걸 좋아했어요. 주로 자신의 임무와 앞으로의 계획에 대한 금지된 세부 사항들은 봉투 안쪽에 썼어요. 누런 마닐라 봉투. 어느 사무실에서나 찾을 수 있는 가장 흔한 종류의 봉투요. 미희는 봉투를 열어 펼친 뒤

봉투 안쪽에 오래된 양초로 비밀 메시지를 썼습니다. 쥐고 쓰기 쉬운 가느다란 양초였죠. 이북에서는 정전이 잦았기 때문에 집에 항상 양초가 많았어요. 그런 양초는 처음에는 흰색이지만 오래 보관하면 변질이 돼서 살짝 노란색으로 변하죠. 그 색은 마닐라 봉투의 자연색에 완벽하게 섞여 들어서 봉투를 바로 코 앞에 들이밀어도, 아무것도 알아차리지 못할 겁니다. 제가 해야 할 일은 봉투를 적신 뒤 진한 색 수채화 물감으로 붓질을 해서 밀랍 양초로 쓴 배반적인 내용이 도드라지며 드러나게 하는 것 뿐입니다."

이제 내가 깊은 한숨을 내쉴 차례다. 반쯤은 피곤함 때문에, 반쯤은 만족감에서.

그때 나는 심장이 좀 더 빨리 뛰는 것을 느낀다. 점점 더 시간에 맞지 않게 종을 울리는 낡은 괘종시계처럼.

다행히 나는 심장을 진정시키는 법, 마음이 편안해지도록 심장을 속이는 법을 안다.

이 작은 방에서 내가 쥘 수 있는 유일한 물건을 손에 쥔다. 노란색 색연필. 크레용과 연필의 중간. 나는 그것을 검지와 중지 사이에 쥐고는 일명 **연필굳은살**이라고 하는 중지의 튀어나온 단단한 부분에 대고 살살 문지른다. 마치 글을 쓰고 있는 것처럼. 익숙한 차분함의 무게가 나를 기분 좋게 눌러주고, 나는 지면 위의 단어들처럼 다시 고정되고 온전해지는 것을 느낀다.

일곱   번째   인생

평범한 결혼에 대한 고백

2006

루소

에메 아델은 결혼이 특별함에서 평범함으로 가는 여정이라고 말했다.

한때 그토록 특별하다고 믿었던 것이 사실은 진부함에 지나지 않음을 조금씩 깨달아가는 지속적인 과정. 어머니가 부부 관계의 끝을 묘사한 방식과 많이 비슷하게 들린다. 당신이 한때 독창적이고 흥미진진하다고 느꼈던 아버지의 모든 것들이 알고 보니 그저 지극히 평범한 바람둥이의 특징이었다며, **딱하고 한심하고 상투적**이라고 표현했었다.

첫 데이트 때 어머니에게 주저 없이 청혼한 자신감. 세 번째 데이트 때 팔뚝 위에 어머니의 애칭을 새기고 나타난 대담함. 다섯 번째 데이트 때 중고 캐딜락 후드 위에서 자신의 발등에 어머니의 발을 올려놓고 맨발로 〈어스 엔젤(Earth Angel)〉에 맞춰 블루스를 추던 달콤함.

그러나 그 모든 특별한 순간들은 온전히 어머니만을 위한 것이 아니었다. 알고 보니 아버지는 상당수의 다른 여자들에게도 똑같은 각본을 연기했었다. 심지어 문신한 애칭 **몽 쁘띠 샤도 네레**(나의 작은 방울새)도 적어도 네 번 이상 재탕한 것이었다. 가장 최근의 여자는 앤절라 디아볼라라는 이름의 지역 스트리퍼였다. 내가 아홉 살이었을 때 아버지는 우리를 버리고 그 이상한 이름의 여자에게 갔다.

아버지가 떠나고 얼마 되지 않아, 하느님도 나를 떠났다.

나는 종교적인 분위기의 집안에서 자랐다. 외조부모님은 젊은 시절 선교사였고 어머니는 일요일 아침마다 나를 교회에 데려갔다. 어린 시절에 나는 독실한 기독교 집안에서 자란 아이들 대부분이 그렇듯 성경을 곧이곧대로 믿었다. 내가 가장 좋아한 성경 구절 중 하나는 마태복음 17장 20절이었다. **진실로 너희에게 이르노니 만일 너희에게 믿음이 겨자씨 한 알만큼만 있어도 이 산을 명하여 여기서 저기로 옮겨지라 하면 옮겨질 것이요 또 너희가 못 할 것이 없으리라.** 하느님이 절름발을 고쳐주실 거라고 절대적으로 믿었던 서머싯 몸의 《인간의 굴레》 속 주인공 필립처럼, 나는 진심으로 기도하면 하느님이 아버지가 돌아오게 해주실 거라고 믿었다. 그래서 어린 필립이 그랬던 것처럼, 하느님의 기적을 받을 날을 정하고 하느님께 기도했다. 기다림은 신이 났다. 나는 하느님의 권능에 대한 절대적 믿음을 갖는 것이 그분이 행하시는 기적의 유일한 자격 조건임을 알았기에, 하느님이 나의 소망을 이뤄주실 것임을 믿어 의심치 않았다. 마음에 한 점의 의심이라도 품는다면 그것은 만들어지고 있는 은총을 스스로 망쳐버리는 꼴이 될 것이었다. 그리고 필립과 마찬가지로 나의 신앙은 절대적이었기에, 한 달 뒤 계획된 기적의 아침에 내가 느낀 실망 또한 절대적이었다. 소설에서 필립의 절름발은 결코 치유되지 않았고, 어린 시절에 아버지는 우리에게 결코 돌아오지 않았다.

하느님에 대한 나의 절대적인 믿음은 빠르게 해체되었다. 그러나 공동체로서 교회에 대한 믿음은 계속되었다. 조부모님의 교회 사람들은 우리가 어려운 시기를 헤쳐나가는 데 도움을 주었다. 그들은 우울증에 걸린 어머니가 대부분의 날들을 누워서 보내는 동안 우리 집을 자주 찾아와서 먹을 것이 떨어지지 않도록 챙겨주었다. 그리고 어머니가 다시 일어서서 우리를 부양하기 위해 밤낮으로 일하기 시작하자, 그들은 내가 너무 오래 혼자 있으면서 슬픈 생각에 잠기지 않도록 저녁 식사에 초대하곤 했다. 위안을 주는 교회 공동체와 함께 성장하면서, 나는 그들의 친절함에 강한 부채 의식을 느꼈다. 그리고 앞으로 내가 남을 도울 입장이 되면 선행을 나누는 것이 나의 당연한 의무라고도 느꼈다. 성경에 대한 나의 열정도 계속되었다. 성경을 진리의 원천으로 보는 것을 멈추자, 그것은 매혹적이고 흥미진진

한 이야기와 인간의 어리석음에 대한 교훈으로 가득한 훌륭한 소설로서 나를 매혹하기 시작했다. 나는 하느님의 전지전능함을 더는 믿지 않았지만, 교회 사람들과 있을 때는 계속해서 좋은 기독교인의 역할을 했다. 그들에게 동조하는 척하는 것이 내게는 자연스러웠다. 나는 그들이 말하는 방법과 성경 구절과 가스펠 찬송가의 멜로디를 이미 알았다. 그리고 남몰래 신앙을 잃었음에도, 나는 여전히 기도하는 것을 즐겼다. 그것은 다른 모든 수단이 실패했을 때 나름의 위안을 주는 습관이었다.

나는 평범한 사람들에게 결혼이 내게 아버지가 떠난 후의 종교 같은 것 아닌가 싶었다. 절대적인 믿음과 열정이 사라지고 한참이 지난 뒤에도 계속해서 기댈 언덕과 위로를 주는, 습관과 의리로 지켜내는 우정 같은 것. 짜릿하지는 않지만 변함없이 만족스러운 것 말이다. **삶의 수단으로 삼기에 나쁘지 않아.** 나는 생각하곤 했다.

그러나 나는 우리, 내 아내와 나를 평범한 사람들로 생각하기 싫다.

나는 우리 결혼의 첫 번째 미세한 균열을 찾아내기 위해 내 기억을 샅샅이 뒤졌다. 언제부터 우리 자신을 우리가 딱하게 여겼던 다른 평범한 부부들과 다름없는 존재로 보기 시작했을까. 예를 들어 식당에서 서로의 얼굴이 아닌 서로의 어깨 너머 빈 공간을 쳐다보는 부부. 이제 싸우고 싶지도 않을 만큼 서로에 대한 관심이 고갈된 부부. 마지막으로 잠자리를 한 것이 언제인지 기억조차 나지 않는 부부. 오로지 자식 때문에 함께 사는 부부처럼 말이다.

우리 주변의 세상에는 그런 불행한 부부들이 가득한 것처럼 보였고, 유달리 우울한 부부를 발견할 때마다 성미와 나는 슬픈 강아지 얼굴을 하고 조용히 서로에게 **사랑해요**라고 입 모양으로 말하곤 했다. 우리의 로맨틱한 우월감은 죄책감으로 얼룩져 있었지만 그럼에도(아니면 오히려 그렇기 때문에) 강력했고, 그것을 누리는 우리만의 방식이 있었다. "언젠가 나도 그런 슬프고 우울한 아내가 된다면, 차라리 **내 머리에 총을 대고 쏴주시라요.**" 그녀가 내게 과장된 북한 억양으로 속삭이고는 내 품에서 죽는 시늉을 했다. 나는 그녀의 이마에 부드럽게 입을 맞추고, 그러면 그녀가 깨어나서 내 입술에 제대로 된 긴 입맞춤을 되돌려주곤 했다. 성미는 그런 식으로 사람을 놀라게 할 수 있었다. 평소에는 조용하고 내성적인 성격이지만, 예상하지 못한 순간 정말로 가까운 사람에게는 대담함의 화신이 될 수 있다.

정말로 그녀를 이해한다면, 그녀를 안다면 말이다.

나는 내가 지구상에서 그녀를 가장 잘 아는 사람이라고 생각했다. 그녀가 내 서재의 컴퓨터 책상 위에 남긴 잔인할 만큼 짧고 간결한 쪽지를 발견할 때까지는.

서재는 아람이가 불쑥불쑥 들어올 수 없는 유일한 방이었다. 여름 습기가 나무문의 위쪽 귀퉁이에 잔뜩 끼어서 어른이 온 힘을 다해 밀지 않는 한 문은 거의 꿈쩍도 하지 않았다. 그래서 그 방은 이따금 우리가 기분 전환을 원할 때 어린 아들이 우연히 들어와서 우리를 목격할 위험 없이 비밀스럽게 사랑을 나누는 장소가 되었다.

모든 것에서 벗어나서 혼자 있을 시간이 좀 필요해요.
아람이를 부탁해요.

쪽지의 글씨는 아내의 필체다. 깔끔하고 명쾌하고 칼같이 야무지다. 의심의 여지가 없다.

글씨가 깔끔한 것으로 봐서, 아내는 서두르지 않았고 따라서 쪽지를 쓸 때 신체적 위험에 처해 있지는 않았던 것 같다. 정말 다행이다.

그러나 그녀가 이렇게 사라져야만 했다면, 틀림없이 일종의 위기가 있었을 것이다. 신체적인 위기가 아니라면 감정적인 위기라도.

나 자신의 감정이 온종일 수시로 변한다. 처음에는 순수한 충격이었다가 그다음에는 어안이 벙벙하고 머리가 멍해지더니, 시간이 흐르면서 그것은 분노로 발전했고, 마침내 당혹감과 불안감이 혼합된 형태가 되었다.

혹시 성미가 우울증을 앓았다면, 내가 오래전에 눈치챘을 것이다.

어떻게 내가 그렇게 아무것도 모를 수 있었을까? 나는 스스로에게 묻는다. 그러나 나는 여전히 그렇다. 여전히 내 아내가 사라진 이유를 모른다. 나는 아람이를 본다. 우리의 한 살배기 혼혈 아기 천사. 이 아이의 근심 걱정 없는 미소가 이 모든 일에서 적어도 하나의 작은 자비는 있음을 내게 일깨워준다. 어느 날 아침 엄마가 단 두 줄의 쪽지만을 남기고 갑자기 사라져버린 당황스러운 사건을 아람이가 장기 기억에 새기기에는 너무 어리다는 것이다.

내가 간밤에 이상한 점을 전혀 발견하지 못했다는 사실을 인정하는 것이 부끄럽게 느껴진다. 그리고 바로 오늘 아침에 그녀가 내게 몸 상태가 조금 안 좋다며 아람이를 놀이터에 데려가달라고 부탁했을 때조차도 아무 낌새를 알아차리지 못했다. 내가 집에 왔을 때 가사도우미 권 여사가 와 있었고 성미의 흔적은 보이지 않았다. 나는 아람이를 침대로 데려가 낮잠을 재웠다. 그리고 서재로 가서 컴퓨터를 켜다가 키보드 옆에서 성미의 쪽지를 발견했다. 나는 침실로 달려가서 그녀의 여행 가방이 사라진 것을 발견했다.

성미가 사라졌다. 신기루처럼. 그녀는 말했다. **모든 것에서 벗어나서 혼자 있을 시간이 좀 필요해요.** 내가 **모든 것**의 범주에 포함되리라고는, 어떤 식으로든 그녀를 괴롭히는 존재가 되리라고는 결코 상상하지 못했다. 나는 그녀가 어려움에 처할 때마다 의지하고 마음을 터놓을 첫 번째이자 유일한 사람이라고 생각했다. 나 자신이 그녀가 달아나고 싶은 재미없고 숨 막히는 현실의 일부일 거라고 생각한 적은 없었다.

신기루. 내가 누군가를 정말로 안다는 생각. 나에게 배우자가 마치 펼쳐진 책처럼 모든 페이지, 모든 단어가 공개되어 아무 비밀이 없을 거라는 생각. 그러나 사실은 행간에 존재하는 것들을 보지 못할 수 있다. 눈에 보이지 않는 잉크로 휘갈겨 쓴 수많은 오래된 흉터와 슬픔을.

이 여자, 이 낯선 이방인은 누구인가?

배성미. 나는 천천히 그녀의 이름을 속삭인다. 마치 전에 한 번도 들어본 적이 없는 것처럼, 그 이름을 암기할 필요가 있는 것처럼.

성미와 나는 둘 다 특별하지만 '**난 어느 누구와도 달라**'라는 식의 진부하고 낭만적인 의미에서 그런 것은 아니다. 우리는 각자 평범함과 대조되는 성장기를 겪었으며, 그 점에 있어서 그녀는 나에 비해 놀랄 만큼 월등했다.

나는 메인주 더럼에서 프랑스인 아버지와 한국인 어머니 사이에서 태어났다. 아버지는 20대 중반에 미국으로 이민 온 전직 군인이었고, 어머니는 미국인 선교사 부부에게 입양된 전쟁고아였다. 어머니가 미국에 왔을 때 열세 살 정도였지만, 우리 외조부모는 어머니의 정확한 나이를 알지 못했다. 나는 아버지로부터 날카롭고 높은 콧대와 움푹 들어간 눈을, 어머니로부터

236

는 다갈색 홍채와 칠흑 같은 머리, 그리고 강한 햇볕을 쪼이면 40분 만에 초콜릿색으로 변할 수 있는 황토색 피부를 물려받았다. 아이들 대부분이 피부색은 하얗고 머리는 연갈색인 미국 북부의 작은 시골 마을에서, 나는 웨딩케이크에 앉은 파리 한 마리처럼 도드라지는 존재였다.

우리 외조부모님은 어머니와 함께 실질적으로 나를 키워준 재치 있고 자애로운 분들이다. 나는 주말마다 뱅고어에 있는 외조부모님 댁에 갔고, 그분들은 문학에 대한 애정과 수준 높은 영어 어휘, 젊은 선교사 부부 시절에 본 세상의 이야기 같은 많은 소중한 것들을 나와 공유했다. 그분들은 나의 인종적 유산에도 불구하고 내가 거의 알지 못하는 나라 한국에 대해 열정적으로 이야기하곤 했다. 그러나 당시에는 한국에 대해 아는 것이 나의 우선순위가 아니었다. 나는 나를 주변의 다른 사람들과 구분 짓는 모든 연관성을 피하기 위해 몸부림치고 있었다. 내가 바란 것은 평범해지는 것, 그저 반에서 아무도 손가락질하지 않을 아이들 중 하나가 되는 것이었다. 그러나 나이가 들면서 상황이 조금 변했다. 이국적인 외모 때문에 여전히 더럼과 뱅고어 밖에서는 낯선 이들이 고개를 돌려 나를 빤히 쳐다보곤 했지만, 한편으로 나는 내 외모의 특정 요소들로부터 득도 보기 시작했다.

내가 그토록 경멸했던 소년, 같은 반의 다른 아이들보다 머리 하나는 더 커서 늘 어색하게 서 있던 그 소년은 호리호리하면서도 아버지처럼 상완근이 발달하여 남성스러운 남자로 성숙했다. 나는 운동, 특히 공으로 하는 모든 운동을 잘했다. 내 몸은 프로 운동선수가 될 만큼 강하지는 않았지만, 실제로 싸움을 하지 않고 학교 깡패들을 물리치는 보호용 갑옷 역할을 톡톡히 해주었다. 그리고 학교에서 어떤 여학생들이 나를 좋아한다는 것이 내게는 매우 놀랍게 다가왔다. 그럼에도 10대 시절 내내, 나는 대부분 혼자 지냈다. 또다시 사람들의 입에 오르내리고 원치 않는 이목을 끌게 될까 봐, 그리고 그런 관심이 나를 평범함이라는 영원한 안전지대 밖으로 끌어낼까 봐 불안했던 것이다.

성미는 어쩌면 내가 가까이 지내기를 갈망한 최초의 특별한 존재였을 것이다.

나는 성미를 중국 선양시에서 만났다. 내가 새생명교회에서 선교사로 일하고 있을 때였다. 외할아버지처럼 나는 고등학교를 졸업하고 코넬대학교에 입학해서 영어와 불어를 복수 전공했다. 그리고 이어서 영문학 석사와 박사 학위를 취득했다. 그렇게 장기간의 학업을 마치고, 나는 외할아버지가 추천해준 대로 **나의 지평을 넓히기 위해** 동아시아에서 1년을 보내기로 결정했다. 할아버지의 옛 선교사 친구를 통해, 중국에 있는 남한의 개신교 교회인 새생명교회에 대해 알게 되었다. 이 교회는 북한 난민들이 남한으로 탈출하는 것을 남몰래 돕고 있었는데, 원로 목사의 영어 통역자 겸 조수로 일하면서 동시에 위장용으로 현지 학교에서 영어를 가르칠 수 있는 젊은 한국계 미국인을 찾고 있었다. 그저 1년간의 자원 활동이라고 생각했던 것이 중국에서 북한 난민들을 숨겨주고 도와주는 5년간의 직업이 될 줄을 그때는 몰랐다.

성미는 우리를 찾아온 탈북자였다.

성미는 참 대단한 삶을 살아온 여자였다. 그녀는 중국과 국경을 접하는 북한의 최북단 도시 중 하나인 혜산에서 태어났다. 나보다 나이가 어렸지만 평범한 사람이 따라잡으려면 10년이 걸릴 만한 경험을 가지고 있었다. 마을 사람들의 목숨을 절반이나 앗아 간 기아를 견뎌냈고, 폭력적인 결혼을 견뎌내고 10대에 엄마가 되었으며, 마약 거래와 강제 성매매를 버텨냈다. 그러면서도 그녀는 삶에 대한 열망을 잃은 적이 없었다. 20대 중반에 세상에서 가장 전체주의적이고 고립된 국가인 자신의 조국에서 탈출하기로 결심했다.

그녀에게서 내가 발견한 가장 특별한 점은 침착함이었다. 파란만장한 인생을 살았음에도 불구하고, 그녀는 여전히 돌처럼 차가운 평정심을 지닌 사람으로 남았다. 그 모습은 1960년대에 소신공양의 불길 속에서 흔들림 없이 앉아 있던 베트남의 고승을 떠올리게 했다. 내가 만난 탈북자들 중 일부는 비슷한 평온함을 보여주기도 했지만, 그들 모두 결국은 사랑하는 사람들이나 자신이 겪은 지울 수 없는 트라우마의 기억으로 감정이 폭발하는 순간이 있었다.

우리가 처음 만났을 때, 어쩌면 내 안의 작은 일부는 이미 그녀를 사랑하게 되었는지도 모른다. 나머지는 그러지 않기 위해 치열하게 싸우고 있었지만. 나는 나 자신이 두려웠다. 내가 어쩌면 내 도움을 필요로 하는 사람의 약점을 이용하게 될까 봐 두려웠다.

기진맥진한 채로 우리 교회에 다리를 절뚝이며 들어온 낯선 여자. 그녀는 젊은 여자의 몸에 갇힌 늙은 유령처럼 보였다. 그녀가 내게 살아온 이야기를 들려주는 동안, 나는 그녀의 얼굴을 유심히 관찰했다. 눈가에 잔주름은 없었지만, 그녀의 눈은 늙은 남자의 그것처럼 고단하고 침착하고 당당해 보였다. 많은 슬픔이 담겨 있었으나 후회의 기미는 없었다. 젊은 사람들이 자신의 약점을 고백할 때 흔히 그러하듯 주위를 두리번거리거나 눈동자를 이리저리 굴리지도 않았다. 그녀가 인생의 가장 고통스러운 페이지들—남편의 폭력적인 속박에 갇혀 살던 몇 년, 중국 사창가에서 보낸 몇 개월—을 묘사할 때조차 그녀의 눈은 의연하게 침착함을 유지했다. 불안한 짐승의 발톱처럼 손을 움켜쥐고 있지도 않았다. 그녀의 손은 반쯤 개화한 연꽃처럼 살짝 안으로 말린 채 무릎 위에 놓여 있었다. 나는 그녀가 이야기하는 방식이 야단스럽지 않아서 좋았다. 그녀는 짧고 간결한 문장을 고수했고, 과장의 유혹에 굴복하는 법이 없었다. 나는 즉시 그녀의 말에서 정직함을 감지했다. 그리고 그녀의 진지한 태도가 좋았다. 그녀와 함께 있는 게 좋았다. 나는 그녀가 살아온 삶과 그녀의 고요한 태도에 절로 겸손해졌고, 그것이 기분 좋게 느껴졌다. 우리 교회는 그녀에게 숙소와 일자리를 제공했고, 곧 그녀는 내 조수로 일하기 시작했다.

에메 아델은 극한의 상황에서 꽃피운 사랑은 가을처럼 단조로운 일상을 견뎌내지 못한다고 말했다.

나는 우리가 함께 가정을 이루고 정착하기 위해 남한으로 이주한 것이 어쩌면 부부로서 성공의 시작이자 실패의 시작이 아니었을까 생각해본다.

우리가 서울로 온 이래로, 모든 것이 안정되고 제자리를 찾았다. 그녀는 이제 불법 난민이 아니었고, 우리의 사랑은 서류상으로 확인되었다. 그리고 우리는 함께 어른이 되는 것의 상징이자 안정된 삶의 상징인 부모가 되었다.

나는 그 모든 것이 시작된 날을 기억한다. 어른으로서 우리의 삶, 약속과 헌신의 삶 말이다.

서울에서 처음 만난 날, 나는 성미에게 청혼했다. 내가 여러해 동안 알고 지낸 중국인 브로커의 계획에 따라, 그녀가 다롄에서 서울로 탈출한 뒤 거의 4개월 만이었다. 그리고 그녀가 북한 난민들을 위한 정착 지원 센터인 하나원에서 3개월간의 교육을 끝마친 지 겨우 하루가 지났을 때였다. 나는 전부터 우리의 사랑을 확신했지만, 그녀가 서울에 안전하게 도착할 때까지, 그녀에게 그런 결정을 할 법적인 자유가 주어질 때까지 기다렸다. 그녀가 내 도움이 필요하다는 이유만으로 내 손을 잡아야 한다는 압박감이나 강박을 느끼게 되는 것을 결코 원치 않았기 때문이다.

그날 처음 나는 그녀의 우는 모습을 보았다. 내가 말을 꺼내자마자, 그녀는 달려들어 내 목에 팔을 둘렀다. 그리고 내 머리를 자신의 가슴에 꼭 안았다. 마치 내가 그녀의 심장박동에 귀 기울일 필요가 있는 것처럼. 혹은, 돌이켜 생각해보면, 그녀가 한 살배기 아람이를 미친 듯 웃게 만들기 위해 가슴에 꼭 안을 때와도 비슷한 방식으로. "나와 결혼하고 싶어 하다니, 이 바보." 그녀가 내 귀에 대고 속삭였다. "나 같은 비참한 여자는 안 돼요." 그녀의 얼굴은 미소 짓고 있었지만 두 뺨 위로 눈물이 계속 흘러내렸다.

"과거는 과거일 뿐이라고 말하지는 않을 거예요. 그건 사실이 아니니까." 내가 부드럽게 속삭였다. 나는 그녀의 미소와 흐느낌이 얼어붙는 것을 보았다. "당신의 과거는 나로 하여금 당신을 경외하게 만들어요, 성미 씨. 그리고 누구도 내게 이런 감정을 갖게 만든 적이 없어요." 내가 말을 마치자, 그녀의 얼어붙었던 얼굴이 다시 울기 시작했다. 그러더니 그녀가 내게 입을 맞추었다. 지나가는 행인 몇 명이 우리를 흘겨보았다. 대부분 눈살을 찌푸리고 있는 한국인 할아버지들이었다. 그러나 우리는 조금도 개의치 않았다.

그리고 또 다른 시작이 생각난다. 그녀의 특별함이 죽은 세

포들을 한 꺼풀 한 꺼풀 벗겨내고 정반대의 것, 바로 평범함으로 변하기 시작한 순간. 그것이 특정한 날이었는지 아니면 달이었는지는 확실하게 말하기 힘들다.

진부함. 에메 아델에 따르면 모든 결혼의 궁극적인 도착점.

그녀의 개성. 나를 사랑에 빠지게 만든 그녀 특유의 태연자약함.

한때 다른 모든 젊은 여자들을 재미없고 시시해 보이게 만들었던 수수께끼 같은 조용함.

처음에 나는 서울에서의 안정된 생활이 그녀의 명랑한 측면을 조금 더 끄집어내줄 거라고 생각했다. 내가 청혼했던 날 그녀가 보여준 감정 표현이 풍부한 모습 말이다. 그러나 그녀는 필요하다고 느낄 때는 언제라도 그 안에 숨을 수 있는 작은 망토처럼 보이지 않는 안개와 같은 어둠을 지니고 다녔다. 그리고 나는 그것을 느낄 수 있는 유일한 사람이었다. 그녀는 마치 누군가가 몸속의 스위치를 끈 것처럼 텅 빈 얼굴이 되곤 했고, 물속에서 움직이는 사람처럼 팔다리가 늘어지고 무거워 보였다. 그럴 때면 "성미 씨" 하는 나의 부드러운 부름에 대답하지 못하기도 했다. 그러나 몇 초간 내면의 눈보라를 겪은 뒤에는 항상 내게로 돌아왔기에, 나는 너무 많이 걱정하지 않으려고 애썼다. 그녀는 나의 두 번째 부름에는 어김없이 대답했다. 그럴 때면 그녀는 마치 신의 계시라도 받은 양 갑자기 전율하곤 했다. 그녀는 내게 걸어와서 내 목을 꼭 끌어안고는, 아람이를 깨우지 않고 나를 침대로 유인하기 전에 항상 그러는 것처럼, 내 귀에 대고 고양이가 가르랑거리는 듯한 소리를 냈다. 내가 무슨 생각을 했냐고 물었을 때, 한번은 "별거 아니에요"라고 대답했다. 또 언젠가는 옛날 예언자처럼 짐짓 심각한 척 얼굴을 찌푸리며 "모르는 게 나을 거예요, 자기"라고 대답했다.

서서히 나는 그녀의 그 끝을 알 수 없는 깊이가 조금은 원망스러워지기 시작했다. 예전에는 나를 매료시키고 그녀에게로 끌어당겼던 특징이었다. 가끔 성미는 나를 포함해 주변 사람들을 너무 단순하고 순진하고 심지어 미성숙한 사람처럼 느껴지게 만든다. 그녀가 무리 중 가장 어린 경우에도, 마치 그녀가 윗사람인 것처럼 말이다. 가끔은 그녀가 속을 터놓을 준비가 되었다고 느껴지는 순간들이 있었다. 나는 그녀가 예의 그 생각에 잠긴 듯한 눈으로 입을 살짝 벌리고 멀찍이서 나를 지긋이 바라보는 모습을 포착하곤 했다. 그럴 때면 금방 그녀가 말할 수 없는 사실을 말할 것만 같았다. 그러나 그녀는 결코 그러지 않았다. "내가 여기 있으니까 말하고 싶을 때 언제든 말해요. 기억해요. 과거에 당신이 무엇을 했든 당신에 대한 내 사랑과 존경은 변하지 않아요." 한번은 내가 최대한 부드럽게 말했다.

내가 대답으로 얻은 것은 깊은 한숨이었다. 곧이어 그녀는 조금은 과장되다 싶을 만큼 경쾌하게 그 한숨을 밀어내고 가짜 미소를 지었다. "고마워요, 자기." 그녀가 말하면서 어린 소년을 대하듯 내 머리를 쓰다듬었다. 그녀가 아람이를 진정시키거나 잠재울 때 그러는 것처럼. 다정하면서도 조금은 귀찮은 듯한 동작이었다. 나는 그녀의 마음을 읽을 수 있을 것만 같았다. **고마워요, 자기. 하지만 당신이 결코 이해할 수 없는 것들이 있어요.**

산책은 그녀가 혼자서 즐기는 취미였다. 선양시에 있을 때 중국 위조 신분증을 입수하자마자, 그녀는 항상 책 한 권을 손에 들고 주기적으로 현지 공원에 긴 산책을 나가기 시작했다. 교회에서 일을 마치고 어디로 그렇게 자주 사라지냐고 물으면, 그녀는 몇 킬로미터 거리의 전통 시장이나 공원을 배회하고 다니는 것이 좋다고 대답했다. "우리나라에서는 젊은 여자들이 할 수 없는 일이지요. 그냥 산책을 목적으로 혼자 걸어 다니는 것 말입니다." 나는 그녀가 얼굴을 붉혔다가 활짝 웃는 것을 보았다. 그녀는 또한 해가 높이 떴을 때건 지평선에 오렌지색으로 낮게 걸려 있을 때건, 햇볕을 쬐며 책을 읽는 것도 좋다고 했다. "따지고 보면 비용이 전혀 들지 않는 취미이지 않습니까." 그녀가 덧붙였다. 나는 실제로 존재하는지도 몰랐던 희귀 야생동물을 보듯 그녀를 빤히 쳐다볼 수밖에 없었다. 그녀가 들고 있는 책은 내가 제일 좋아하는 프랑스 작가 에메 아델의 반자전적 소설 《열린 천장》이었다. 그 책은 내가 사무실 캐비닛에 보관해둔 해적판이었는데, 성미는 내 조수로서 캐비닛에 접근할 수 있었다. 나는 흥분 때문에 쿵쾅거리는 가슴으로 왜 그 작가를 좋아하냐고 물었다. "팬은 아닙니다." 그녀는 곧바로 대답했다. 나로서는 놀랍기도 하고 실망스럽기도 했다. "이 사람은 자신이 설교하는 내용을 실행할 수 없는 설교자입니다. 안 그렇습니까?"
성미가 말했다. "선생님은 설교자시니까 그게 무슨 뜻인지 아실
겁니다."

일주일 뒤 나는 둥링 공원으로 산책을 나가려는 그녀에게
동행해도 되겠냐고 물었다. 그녀는 잠시 망설이다가 좋다고 말
했다. 에메 아델에 대해 그녀와 짧은 대화를 나눈 뒤로, 내 마
음에는 약간의 불편함이 남아 있었다. 학부 시절 코넬대학에
서 불어 수업을 들었을 당시, **그 누구도** 감히 에메 아델을 비난
하지 못했다. 아마 다른 어떤 아이비리그 대학에서도 마찬가지
였을 것이다. 아델은 20세기 후반 유럽에서 중요한 사상가였다.
유럽 제국주의 타파를 위해 싸우는 투사이자 모든 시민운동,
특히 페미니즘의 등대 같은 존재였다. 불어를 전공하는 학생들
은 하나같이 개방적인 결혼 생활을 즐긴 아델과 그의 파트너 상
드린 모로의 흑백사진 스티커를 가지고 있었다. 사진 속에서 아
델과 모로는 베트남전쟁 반대 운동을 지지하기 위한 단식투쟁
을 하느라 수척해진 반라의 몸으로 침대에 누워 있었다. 아델
은 제2차 세계대전 이후 철학의 신이었고 록 스타 같은 존재였
다. 누구도, 교수조차도, 분노한 혁명적 젊은 학생들 앞에서 수
업 시간에 공개적으로 그를 비난할 배짱이 없었다. **아델과 모로
는 여성들을 결혼이라는 관습으로부터 해방시켰다!** 많은 여학생
들이 이 문장을 범퍼 스티커로 사용할 준비가 되어 있었다.

그런데 내 옆에서 한가로이 걷고 있는, 학위도 지위도 없는

이 암사슴 같은 얼굴의 난민 여자는 내게 이렇게 말했다. "게다가 그 개방적인 결혼이라는 것도 순 헛소립니다. 안 그렇습니까?" 나는 그녀를 사랑했기에 그녀의 말에 상처받은 동시에 매혹되었다. 나는 어째서 더없이 위대하고 철학적인 세기의 결혼을 기만행위라고 생각하느냐고 물었다. 그녀는 웃으며 그들의 결합 조건 중에 모로가 정한 것은 없다고 말했다. "그건 그저 아델이 예술가인 체하면서 결과를 책임질 필요 없이 여러 상대와 잠자리를 갖기 위한 구실일 뿐입니다." 그녀가 깔끔하게 정리했다. "원하는 모든 여자와 관계하면서 동시에 언제라도 돌아갈 수 있는 아낌없이 주는 나무 같은 아내를 갖는 것. 모든 왕과 독재자들이 살았던 꿈의 삶이지요. 유일한 차이라면 아델이 그 일로 **페미니스트**라고 불린다는 것뿐입니다." 그녀는 옅은 경멸이 담긴 목소리로 중얼거렸다. 북한 말 특유의 무뚝뚝한 어조로. 그녀의 말은 신랄한데도 목소리는 언제나처럼 조용하고 침착했는데, 내게는 그것이 매혹적으로 느껴졌다. 그녀의 말이 작은 이빨처럼 내 가슴을 후벼 팠고 뼛속 깊이 박혀 그날 밤 잠을 이루기 어려울 지경이었다. 겨우 잠든 나는 단속적인 꿈에서 그녀의 허벅지 사이에 얼굴을 묻고 있었다. 다음 날 아침 사무실에서 나는 너무 부끄러워 그녀의 눈을 볼 수 없었다. 나는 성미 같은 여자들은 출신 국가를 고려할 때 생존과 직접적인 관련이 없는 형이상학적 문제에 대해 자기 의견이 별로 없을 거라고 생각했었다.

나는 우리가 일단 결혼하면 그녀의 혼자만의 산책이 더 이상 혼자만의 산책이 아닐 거라고 생각했다. 선양에서 어스름한 시간에 했던 이 산책, 그녀가 즐거워하며 에메 아델을 비난했던 이 산책이 우리가 함께 한 처음이자 마지막 산책이 될 줄은 꿈에도 몰랐다. 산책은 항상 책 한 권을 손에 들고 혼자 하는 게 더 좋다고, 그녀는 말했다. 그리고 지금은 혼자 살지 않으니 혼자만의 산책이 그 어느 때보다도 중요하다고 설명했다. "나는 당신 같은 서양 사람들이 **내성적인 사람**이라고 말하는 부류입니다." 그녀가 얼굴을 찌푸려 짐짓 우울한 듯한 표정을 지었다. 아람이가 태어난 뒤로 혼자만의 산책의 필요성은 더욱더 커진 것 같았다. "정신을 똑바로 차리고 살기 위해 혼자 있는 시간이 필요합니다. 좋은 엄마, 좋은 아내로 남기 위해서요." 그녀가 내게 말했다. 그래서 나는 그렇게 하게 해주었다. 그녀가 산책하는 동안 일분일초를 온전히 누릴 자격이 있다고 생각했다. 그러나 동시에 나는 그녀에게 내쫓긴 것처럼 나 자신이 초라하게 느껴졌다. 그녀가 나 없이 혼자서 하고 싶어 하는 모든 일들을 궁금해하며 외로움도 느꼈다. 그러면서도 그렇게 느끼는 나 자신을 경멸했다. 내가 결코 되고 싶지 않았던 속 좁고 질투심 많은 남편이 된 것 같았던 것이다. 불쾌한 기분이 가장 어두운 쪽으로 치닫는 순간에는 성미의 내연의 남자를 상상하는 지경에 이르렀다. 어쩌면 그녀가 자주 참석하는 탈북자 모임에서 만난 누군가일지도 모른다. 성미처럼 북한의 거친 환경에서 나고 자란 동료

탈북자. 그녀의 괴로움을 노력 없이도 이해할 수 있는 남자. 그녀가 시시콜콜 얘기할 필요가 없는 남자. 나는 마치 누구의 인생이 더 비극적인지를 두고 경쟁하는 기분이 들었고, 내가 그 경쟁에서 지고 있음을 알았다. 그 가상의 남자는 한때 복잡하다고 생각했던 나의 삶을 사소해 보이게 만들었다.

우리는 배우자에 대해 얼마나 잘 알고 있는가?
배우자에 대해 얼마나 잘 알 수 있을까?
한국에서는 가족 간의 친밀도를 측정하기 위해 '촌'이라는 개념을 쓴다. 예를 들어 부모와 자식이 1촌이라면 형제자매는 2촌이다. 그리고 부모의 형제자매와는 3촌이라면 3촌의 자식과는 4촌이다. **삼촌**과 **사촌**이라는 단어는 문자 그대로 이러한 **촌수**의 개념에서 나온 말이다. 이 정의는 면도날처럼 날카롭고 냉정하게도, 남편과 아내를 무촌이라고 선언한다. 이것은 여러 겹의 의미를 담고 있다. 첫째, 육체적, 정신적 사랑에 의해 결합된 한 쌍으로서, 부부는 친밀함의 정점에 있으며 하나와 마찬가지의 존재라는 의미이다. 그러나 둘째, 남편과 아내는 결국 서로에 대해 생물학적 관계가 없다는 의미이기도 하다. 그래서 끝으로, 그들 사이에는 촌수도 생물학적 관계도 없으므로, 아내와 남편은 결혼이라는 얄팍한 법적 구속이 깨지면 엄밀히 말해 완전한 남남이 될 수도, 심지어 적이 될 수도 있음을 뜻한다.
전에는 그 용어의 통찰력을 이론적으로만 이해했었다면 이제는 몸으로 실감하게 되었다.

미희

미희는 두 가지 신분 중 하나를 선택해야 했다.

"둘 다 실존 인물이오." 차 동지가 말했고, 그래서 미희는 그에게 왜 평소에 하듯 만들어진 인물이 아니라 실존 인물이냐고 물었다.

그는 그냥 그렇게 하는 것이 일을 하는 더 효과적인 방식이라며 눈을 부릅뜨고 나직이 말했다. "통계적으로 입증되었소." 공작원들은 진짜 삶에 뿌리를 둘 때 주어진 역할을 더 잘한다. 그들의 꾸며낸 이야기가 허구이건 비허구이건, 어차피 속임수를 쓰는 건 마찬가지지만.

차 동지의 말은 부드러웠지만, 그의 번뜩이는 눈은 그들이 이것저것 묻는 초심자를 좋아하지 않는다는 것을 상기시키며 그녀의 마음을 무겁게 짓눌렀다. 그가 말을 이었다. "게다가 동무가 능력을 성공적으로 입증하면 결국 남한으로 가게 될 것이고, 그러면 어차피 실존 인물의 신분을 취해야 하오."

첫 번째 선택지는 김철이라는 남자였다.

"성별에 지장을 받는 일 따위는 없게 하오." 차 동지가 말했다. 그녀는 지장받을 일이 없었다. 기아 때문에 많은 남자들의 몸이 성장하지 못한 채 영원한 사춘기에 갇혀버렸다는 것을 알기 때문이다. "김철은 키가 작고 마른 체형이니, 동무가 하는 일을 잘한다면 쉽게 위장할 수 있을 거요." 미희는 이것이 시험이 아닐까 생각했다. 이어서 차 동무는 만일 이 위장이 성공한다면 언젠가 그녀가 임무 수행지에서 들키지 않고 탈출해야 할 때 이것이 어떻게 큰 이점이 될 수 있는지에 대해 말했다. "그러면 그들이 헛되이 젊은 남성을 찾는 동안 동무는 다시 여자가 될 수 있소."

그녀는 김철이 처형되기 하루 전날 감방에서 그를 만났다. 그들은 그에게 그가 선택한 마지막 식사—삶은 달걀을 얹은 냉메밀국수와 담배 세 개비—를 제공하겠다고 제안했다. 그는 기꺼이 협조하기로 했다. "사실은 말이요, 아가씨." 그가 미소 지으며 중얼거렸다. "밥을 주건 안 주건 어차피 협조했을 거요." 그의 딱지 앉은 입술 사이에서 벌겋게 타들어가는 담배 끝이 춤을 추었다. **아가씨**라는 호칭이 짜증스러웠지만, 그녀는 어차피 그가 내일이면 형장의 이슬로 사라질 몸이라고 생각하며 그냥 넘어갔다. 그러나 그녀는 그가 무슨 뜻으로 한 말인지 이해했다. 어떤 삶이건 소멸 직전에 이르러서는 표식을 새기고 싶은 충동을 느끼기 마련이다. 그리고 김철이 원한 것은 자신의 인생 이야기를 들려줌으로써 이 세상에 존재의 흔적을 남기는 것뿐이었다. 이처럼 최후의 발언을 할 권리가 주어졌기 때문인지, 가끔씩 그는 마치 용감한 행동 때문에 인터뷰를 하는 전쟁 영웅이라도 되는 양 건방져 보였다.

김철이 살아온 인생의 결정적인 특징은 굶주림이었다. 그는 자신에게 주어진 제한된 시간 중에 몇 시간을 음식에 대해, 먹을 수 있는 것과 먹을 수 없는 것에 대해 이야기하는 데 썼다. 마치 세상의 모든 것이 이 두 가지 단순한 범주로 나뉘는 것처럼. "개와 고양이와 토끼는 이미 씨가 말라서, 우린 더 작은 것들에 눈을 돌렸소. 쥐나 생쥐 같은 것들. 그리고 그런 것들마저 사라지자, 개구리와 올챙이, 그다음에는 매미와 메뚜기까지 먹었지요." 입을 조금 벌린 채 텅 빈 눈으로, 김철은 향수에 빠져 헤엄치고 있었다. 미희의 어린 시절 추억의 한 조각인, 코스모스밭에서 왈츠를 추던 빛나는 고추잠자리마저 김철의 식욕 앞에서 살아남지 못할 것 같았다. "하지만 대가리를 떼어낼 필요가 있소." 그가 강조했다. "너무 쓰거든. 하지만 대가리를 뗀 고추잠자리는 팬에 볶은 멸치만큼이나 맛있고 고소하죠." 그녀는 그 남자에 대해 역겨움과 동정심을 동시에 느꼈다.

철은 **꽃제비**, 그러니까 대기근—1990년대에 북한 인구의 4분의 1을 앗아 간 대규모 기아와 경제 위기의 시기—이 낳은 수많은 고아 중 하나였다. 그는 세 살 때 자신을 두고 달아난 어머니에 대한 기억이 없었고, 출신 성분이 낮은 노동자 출신 아버지는 철과 그의 형을 고아원에 맡겼다. 형은 고아원에서 장티푸스로 죽었고 철은 이내 그곳에서 탈출했다. 그는 아버지를 다시는 보지 못했다.

열한 살 때 철은 닥치는 대로 먹을 것을 찾아 먹고, 열차 무임승차로 이곳저곳 이동하고, 동료를 얻고 잃고, 강도 짓을 하고 강도질을 당하며 근근이 살았다. 열두 살이 될 무렵에는 수렵 채집의 기술을 터득했다. 열세 살에는 물물교환이었다. 열네 살에는 인생의 결정을 내렸다. 국경을 넘기로 한 것이다. 그는 곧 자신이 아는 사람 중에 그 나이에서는 최고 부자가 되었다. 북한 사람들이 겨우 1달러를 위해 내놓은 쇳조각이나 구리 조각, 도자기, 장신구 따위로 중국인 구매자의 주머니에서 15달러를 뽑아낼 수 있었다. 이 사업은 철이 성년인 16세가 될 때까지 잘 나갔다. "그때까지 이미 열 차례나 불법으로 국경을 넘었소." 철이 자긍심에 가슴이 한껏 부풀어 올라 말했다. "난 두만강에서 국경 경비대의 경비 태세가 해이한 곳들을 알고 있소." 철은 철도역 뒤에 쌓여 있는 죽은 남자들 사이에서 훔친 신분증으로 두만강 근처에 안가를 얻어 물건들의 일부와 최후의 비상 자금을 숨겨두었다.

결국 그가 사형선고를 받게 된 결정적인 이유는 월경이 아니었다. 그는 안가에서 비상 자금을 빼내다가 비밀경찰에게 체포되었다. 그는 액자 속 김일성과 김정일의 초상화 뒤에 현금을 숨겨두었었다. 철은 그곳이 누구도 감히 뒤지지 못할 기발한 은닉처라고 생각했다. 북에서는 아버지 김일성과 아들 김정일을 시각적으로 표현한 모든 물건이 신성시되었고, 그런 물건을 훼손하는 것은 반역 행위에 해당했다. 비밀경찰이 급습했을 때, 철은 김정일 사진이 끼워진 반쯤 벌어진 액자를 바닥에 떨어뜨렸다. 유리가 깨지며 초상화의 귀퉁이가 찢어져서 위대한 영도자의 웃는 얼굴이 섬뜩하게 일그러져 보였다. "알잖소. 국경을 넘은 건 그냥 넘어갈 수 있지만 위대한 영도자 동지를 모욕한 것은 넘어갈 수 없단 걸 말이오." **절대 그럴 리 없지.** 특히 법적으로 성인이라면. 미희는 생각했다. 철을 보며 그녀는 고개를 끄덕였다. 그들의 세대는 목숨을 걸고 불타는 건물이나 침몰하는 배에서 김일성과 김정일의 신성한 초상화를 구해낸 어린 영웅들에 대한 이야기를 들으며 자랐다.

미희는 자신이 죽음을 직면했을 때 철처럼 차분할 수 있을까 생각했다. 대기근을 견디고 살아남은 다른 많은 북한 사람들처럼, 미희와 철 모두 죽음에 무감각했다. 어디서나 너무 많은 죽음을 봤으니까. 그러나 미희는 자신의 죽음에 대해서는 결코 무심할 수 없었다. 내일이면 자신의 삶이 끝난다는 것을 안다? 생각만 해도 너무나 끔찍해서 상상조차 할 수 없는 일로 보였다. 무섭냐고 물었을 때 철은 살짝 코웃음을 치더니 대답했다. "이제 나를 괴롭히는 건 아무것도 없소, 아가씨. 내가 그동안 보고 겪은 일을 생각하면 이미 천 살은 된 것 같은 기분이오." 그는 만약 자신에게 선택의 여지가 있다면 살고 싶다고 말했다. "하지만 그러지 못해도 큰 여한은 없소." 그가 어깨를 으쓱하며 덧붙였다. 그가 정말로 두려워한 것은 굶어 죽는 거였다. 천천히 고통스럽게 정신착란을 일으키며 죽어가는, 인간성을 앗아 가는 죽음.

"내 죽음은 빠를 거요. 총에 맞아 고통 없이 죽겠지. 그러니까 그리 나쁜 것도 아니오. 게다가 배를 든든히 채운 채로 죽을 테니까. 쇠고기 육수와 진짜 메밀국수로 만든 제대로 된 식사를 하고 말이오. 옥수수 껍질과 소나무 속껍질로 만든 엉터리 음식이 **아니라**."

그는 그 마지막 말을 웅얼거리며 미소 지었다. 그러나 허공에 곡선을 그리며 정지된 담배 연기처럼, 그의 얼굴 위로 슬픔의 그림자가 걸려 있었다.

두 번째 선택지는 배성미라는 이름의 여자였다.

키가 크고 깡마른 여자. 백지장처럼 창백한 얼굴. 눈꼬리가 살짝 처진 강아지 눈. 얇은 입술과 그러나 강인한 턱.

그녀는 미희보다 어렸지만 훨씬 나이 들어 보였다.

이야기를 마구 쏟아낸 김철과 달리, 그녀는 조심스러웠다. 그녀는 자신의 인생 이야기를 한 번에 조금씩만 풀어놓았다. 그러나 김철과 마찬가지로 배성미도 체포되어 강제 노동 수용소로 보내지기 전에 북한과 중국의 국경을 여러 차례 넘은 경험이 있었다. 그녀는 약물을 팔았다. **빙두**. 메스암페타민이다. "이 일이 있기 전에 저는 그냥 평범한 엄마였습니다." 그녀가 씁쓸한 미소를 지으며 소곤소곤 말했다.

성미는 결코 울지 않았다. 하지만 자기 아들을 언급할 때마다 긴 침묵이 뒤따랐다. 그녀는 억양이 거의 없는 작고 부드러운 목소리로 천천히 말했다. 이것이 미희의 관심을 사로잡았다.

성미가 아마도 강렬한 기억에 압도된 듯 중간에 이야기를 멈출 때마다, 미희는 가슴이 뛰고 감질나는 것을 느꼈다. 이런 재주 덕에 김철에게는 단 하루만 주어졌던 처형 전 인생 이야기를 들려줄 시간이 성미에게는 나흘 더 주어졌다.

미희와 마찬가지로 성미는 중국을 마주하고 있는 북한의 최북단 도시인 혜산 출신이었다. 이것은 미희에게 유리했다. 그녀가 자란 도시에 대해 새롭게 연구하거나 기억할 것들이 없었다. 이것이 미희에게 많은 시간을 절약해줄 터였다. 성미는 출신 성분이 낮은 집에서 태어나서 중상류층 집안 남자와 결혼했다. 그녀의 남편은 혜산의 공영 라디오방송국에서 일하는 선전원이었다. "그이는 호탕하게 웃는 건장하고 잘생긴 남자였습니다." 성미가 말했다. "조금 저속한 면도 있지만 말을 세련되게 잘해서 남자와 여자 모두에게 똑같이 인기가 많은 사람이었죠." 달콤한 회상은 거기에서 끝났다. "그런데 그야말로 하루아침에 사람이 변했습니다." 성미가 중얼거렸다. 결혼식 당일부터 폭음과 학대가 시작되었다. 미희는 성미가 그동안 겪어온 고통이 다른 누군가의 것인 양 남편의 폭력에 대해 그렇게 초연하게 말하는 것이 이상하게 느껴졌다. 아무튼 어느 날 갑자기 달아나야 겠다는 충동이 성미를 덮쳤다. 남편이 또다시 술에 취해 구타하고 나서 눈물을 흘리며 **다시는 안 그러겠다**고 맹세하고 열렬하게 사랑을 고백한 다음 날 아침이었다. 이제 그런 말들은 너무 익숙해져서 그녀가 암송할 수 있을 정도로 일상적인 말이 되었다. 눈과 목에 든 멍을 가리려 분을 바르는 동안, 단순한 진실이 분명해졌다. 언젠가 남편이 자신을 죽일 거라는 진실. 내가 살아 있는 한 절대 끝나지 않을 거야. 성미는 깨달았고, 그녀에게는 두 가지 선택이 주어졌다. "그 사람이 나를 죽이기 전에 내가 그 사람을 죽일 것이냐, 아니면 도망칠 것이냐." 그녀가 속삭였다. 마치 귀신에 씐 것처럼, 성미는 얇은 잠옷 하나만 걸친 채 집에서 달아났다. 그리고 다시는 돌아가지 않았다.

그녀는 압록강을 건너서 중국으로 가기로 결심했다. 어차피 그것이 그녀에게 남은 유일한 선택지였다. 그녀는 중국의 조선족 거주 지역인 창바이현에 살고 있다는 고모할머니의 아들 마조 당숙을 어렴풋이 기억했다. 마조 당숙의 가족은 그녀를 환대하지도 냉대하지도 않았다. 그저 자신들이 10년 동안 보지 못한 먼 친척에게 해주어야 마땅하다고 생각하는 만큼만 했다. 그녀가 정상적으로 보이기 시작하고 몸의 모든 상처가 희미해질 때까지 먹여주고 재워주었다. "그런 다음 저는 다시 혼자가 되었습니다. 주머니에 든 60위안과 당숙모의 옷이 가득한 여행용 가방이 전 재산이었지요." 불법체류자인 그녀는 위험하고 급료가 낮은 일자리를 전전했다. "북한 출신 불법체류 여성으로서 제게 주어진 유일한 선택은 다양한 종류의 성매매뿐이었어요." 성미가 허공을 응시하며 말했다. 퇴폐 안마부터 시작해서 장애가 있는 중국인 농부의 아내 역할을 거쳐, 전통적인 홍등가가 그녀의 종착지였다. 그러나 매음굴에서 보낸 지 2주째에 접어들었을 때, 그녀는 또다시 탈출했다. 모든 여자 종업원이 대중목욕탕에 들어가 있고 포주가 입구를 지키고 있을 때, 성미는 소변이 마려운 척 화장실로 가서 창문을 뛰어넘었다. 그러나 성매매 너머의 길 또한 결코 꽃길이 아니었고 스스로 목숨을 끊는 것에 생각이 미쳤을 무렵, 그녀에게 두 번째 기회처럼 보인 것이 다가왔다.

"저는 북한에서 약물을 밀반출하는 일자리를 제안받았습니다." 그녀가 말했다. 위험한 일이지만 수입이 아주 짭짤하다고, 얼굴에 흉터가 있는 중국인 조폭이 말했다. 수십 년 동안 북한은 아편을 대규모로 생산하고 정제해왔다. 아편은 국제 품질 기준을 충족하는 몇 안 되는 북한 상품 중 하나였다. 엄밀히 말해 외화벌이의 수단인 마약은 오직 수출용이었다. 그러나 북한의 경제는 뇌물이 임금보다 더 큰 생계유지 수단이 되는 상황이었으므로 마약이 일반 대중의 손에도 들어갔다. 서양 의약품과 의료용품의 부족 때문에, 메스암페타민은 사람들의 만병통치약이 되었다. 사람들은 포진에서 말기 암에 이르기까지 온갖 종류의 통증과 질병에 그것을 사용했다. 건강한 사람들마저 배고픔이나 현실로부터 잠시나마 도피하기 위해 그것에 의존했다. "북한 빙두는 품질이 좋고 비교적 값이 저렴해서 중국에서 수요가 높았습니다." 성미가 계속 말을 이었다. "중국 조폭들은 빙두를 손에 넣을 더 나은 방법을 찾기 위해 혈안이었지요." 그들은 평범한 외모에 어리지도 늙지도 않은 북한 여성 성미가 완벽한 밀수꾼이 될 거라고 생각했다. 그녀는 사람들 사이에서 대수롭거나 위협적인 존재로 보이지 않았으며, 여자여서 몸수색을 당할 가능성도 적었다. 덕분에 눈에 띄지 않고 북한을 오갈 수 있었다.

그녀는 대부분 겨울에 활동했다. 두꺼운 겨울옷은 마약과 함께 국경 경비대에게 뇌물로 줄 약간의 현금과 담배를 넣어둘 공간이 비교적 넉넉했다. 게다가 살을 에는 겨울 추위에 압록강이 두껍고 단단하게 얼어서, 물건을 손상시킬 걱정 없이 걸어서 강을 건널 수 있었다. "오랜만에 삶의 목적이 생겼습니다." 성미가 눈을 감고 속삭였다. 그 일은 실제로 수입이 짭짤했다. 처음 국경을 건넜을 때 남편의 연봉과 똑같은 보수가 그녀 앞에 떨어졌다. 그녀는 새로운 미래를 그리기 시작했고, 그 미래에는 열 살짜리 아들이 있었다. 전에는 그렇게 맹렬히 일한 적이 없었다. 아들에게 안전한 탈출 경로와 중국 내 괜찮은 거주지를 마련해주려면 돈이 더 필요했다. 이듬해 겨울 그녀는 몇 차례 더 북한 출장에 성공했다. 국경 경비대에게 딱 한 번 걸렸지만, 3달러와 담배 한 갑으로 쉽게 매수했다.

그러나 그녀가 이제 막 꿈을 펼칠 준비가 되었을 때, 그 꿈은 산산조각 났다. 잘못 잡아당긴 실 한 올에 그동안의 뜨개질이 전부 수포로 돌아간 것이다. 어느 날 혜산에서 예전에 살던 마을을 지나가던 그녀는 아들의 학교에 들르고 싶은 충동을 억누를 수 없었다. "그냥 멀리서 한 번만 보자고 생각했습니다."

성미의 목소리가 떨렸다. 그녀는 아들을 발견하지 못했지만 누군가 **그녀**를 발견했다. 인재라는 이름의 남자. 옛 이웃이자 남편의 아주 가까운 친구인 보안원*이었다.

성미는 자신의 운이 다했음을 깨달았다. 대부분의 보안원들과 달리, 인재 동무는 매수당하지 않았다. 그녀가 뇌물을 건네려 하자 그는 불같이 화를 냈다. **"이 더러운 탈북자, 당과 제 자식의 아비를 저버린 배신자!"** 인재는 성미에게 소리쳤다.

"그 사람은 이번에는 내가 도망치지 못하도록 보안소까지 나를 따라왔습니다." 유치장에 혼자 남겨져서 인재 동무가 전화로 남편에게 이야기를 들려주는 요란한 배경 소음을 들으며, 그녀는 자신이 막다른 골목에 이르렀음을 깨달았다. 더 이상 달아날 곳이 없었다. 그녀는 앞으로 어떤 일이 닥칠지 너무도 잘 알았다. 강제 노동 수용소. 그런 다음, 다시 남편에게 돌려보내질 것이다. 그녀는 아직 결정의 기회가 있을 때 마지막 결심을 해야 했다. 경찰이 저지하기 전에, 그녀는 온몸에 감춰두었던 빙두를 최대한 많이, 최대한 빠르게 입속으로 밀어 넣었다.

"제가 먹은 양이면 말이라도 죽이기에 충분한 정도였습니다. 하지만 어쩐 일인지 저는 죽지 않았지요." 성미가 속삭이며 머리를 앞으로 기울였다. 침묵이 공기를 채웠다. 미희는 성미가 울고 있는 게 아닌가 생각했다. "저는 재판을 받았고 사형이 선

* 북한에서 경찰을 지칭하는 말.

고되었어요." 마침내 그녀가 말하고는 조금 웃더니 한숨을 내쉬었다.

"사형의 주된 이유는 국경을 넘은 것도 마약 밀매도 아니었습니다." 이제 성미는 미희의 눈을 똑바로 보고 있었다. "자살 시도였지요."

물론 그랬겠지. 미희가 속으로 생각했다. 정부는 자살을 혐오한다. 자살은 죄악이며, 당에 대한 수동적인 저항이다. 내적인 변절의 형태다. 그들은 자신들의 영역, 자신들의 감옥, 누군가의 자유를 완전히 박탈하는 장소에서 이것이 일어나도록 용인할 수 없었다. 이 수치스러운 짓에 대해 앙갚음을 하지 않고 그냥 넘길 수 없었다.

성미는 흐느끼기 시작했다. 미희는 당황스러워서 어쩔 줄 몰랐다. 보기에 아름다운 광경은 아니었다. 그토록 헤아릴 수 없을 만큼 침착해 보였던 누군가가 무너지는 모습이라니. 그러나 그녀는 조용히 앉아 있었다. 훈련받은 그대로.

성미가 눈물을 닦아내고 미희가 예상하지 못한 말을 했다. 이 모든 일들에도 불구하고 자신은 운이 좋다는 것이었다. 자신의 인생 이야기가 증발해버리기 전에 말할 기회가 있어서 행복하다고 했다. "대부분의 사형수들에게는 이런 종류의 마지막 기회가 주어지지 않잖습니까." 그녀가 옅은 미소를 지으며 들릴 듯 말 듯 내뱉었다. 자신이 내일 죽는다는 사실을 부정하지 않지만 비록 누군가의 위장을 통해서라도 자신이 계속 존재하리란 것을 알게 되니 위안이 된다고 했다. 그것은 일종의 대리 행복이었다.

"어떤 면에서 우리는 서로에게 새로운 삶을 주고 있네요. 그렇지요?" 성미가 말했다. 미소 짓는 그녀의 두 뺨에 눈물이 흘러내리기 시작했다.

그들은 서로에게 작별 인사를 했다.

미희가 감방에서 나갈 때, 성미가 그녀를 다시 불렀다. 중요한 말을 깜빡했다고 했다.

성미는 미희의 어깨를 붙잡고 귀에 대고 속삭였다. "혹시 얼지 않은 압록강을 건너려면, 물에 발을 담그기 전에 꼭 옷을 모두 벗으세요."

미희는 뒤돌아서 걸어가는 성미의 모습을 지켜보았다.

성미의 말은 미희로 하여금 어머니를 떠올리게 했다.

어머니. 그녀의 우상. 미희가 이 직업을 택한 이유는 바로 어머니 때문이었다. 그것은 어머니의 뜻에 반하는 선택이었다. 그러나 속담에도 있듯이 **자식 이기는 부모는 없었다.** 시간이 지나면서 미희의 어머니도 마지못해 받아들였다. 그때부터 어머니는 엄격한 선생님이었다.

한번은 그녀가 미희에게 옛날에 임무 때문에 많은 강을 건너봤다고 말했다.

"압록강, 두만강, 그리고 임진강까지." 그녀가 말했다. "그들은 나를 가지고 일종의 실험을 한 거였지."

미희의 어머니는 엘리트 훈련 과정을 거친 전형적인 공작원이 아니었다. 그래서 그들은 그녀를 갖가지 더럽고 비천하고 위험한 임무를 위한 인간 시험대로 이용했고, 그녀가 살아서 나오는지 보려고 황야에 곧바로 던져버렸다.

그녀는 미희에게 모든 것을 견뎌내라고 말했다. "첫 임무가 결정적으로 중요해." 그녀는 힘주어 말했다. "내가 첫 번째 시련들을 통해 나 자신의 가치를 입증하고 나서야 여성 사업가로서 안정된 위장 신분이 주어졌어."

여성 사업가라는 빛나는 갑옷을 입기 전에, 미희의 어머니는 미친 전쟁고아 행세를 하기 위해 머리에 꽃을 꽂았다. 부랑자인 체하며 파주에 있는 미군 기지에 관한 정보를 은밀히 수집했다. 미희가 보기에 미친 벙어리 역할을 한다는 것이 끔찍하게 들렸지만, 어머니는 그것이 똑똑하고 설득력 있는 위장 전술이라고 말했다. 그녀의 말에 따르면, 남한에는 마을마다 전쟁고아가 된 미친 여자가 한 명씩은 있었다. 슬픔 때문에 현실을 외면하게 된 것이다. 그런 여자들은 너무나 비참하고 무심한 존재여서 위협으로 간주되지 않았다. 그래서 그녀는 이상한 종류의 자유를 누렸다고 설명했다.

성미가 그랬던 것처럼, 미희의 어머니도 강을 건너기 전에 옷을 모두 벗는 게 좋다고 말했었다. "특히 압록강은. 여름에도 밤이면 얼어 죽을 만큼 물이 차갑거든. 바깥세상을 훔쳐보기도 전에 저체온으로 죽고 싶진 않겠지." 그녀가 웃으며 말했다.

미희는 철과 성미, 두 가지 인생 중 하나를 선택해야 했다.

그러나 처음부터 선택은 너무 쉬워 보였다. 의심의 여지 없이 성미였다. 그때 그녀는 다시 한번 의구심을 품었다. 혹시 이모든 게 그냥 시험은 아닐까? 그들이 신참에게 좀처럼 결정권을 주지 않는다는 것을 그녀는 알고 있었다. 전설적인 인물을 양어머니로 둔 것의 특혜일까? 미희는 곰곰이 생각했다. 아니면 그들은 내가 어떤 종류의 도박꾼인지 알고 싶은 걸까?

교본을 충실히 따르는 유형인지, 아니면 배짱 좋게 위험을 감수하는 유형인지.

이 이상한 사업의 성벽 안에서 진실은 항상 알기 어려웠다.

루소

에메 아델에 대한 성미의 무심한 비난. 그것은 한때 내 마음을 할퀸 동시에 내 마음을 훔쳤다.

나는 그녀의 대담함에, 그녀가 어떻게 주류 의견에 쉽게 휩쓸리지 않는지에 놀랐다. 그 자신감이 부러웠다. 반면 나는 남들이 나를 어떻게 볼지 두려워하며 어린 시절과 사춘기를 보냈다.

그러나 나는 성미의 그런 점도 못마땅해지기 시작했다. 남들의 생각을 그렇게 쉽게 깔아뭉개다니.

그녀는《열린 천장》에 공감하는 독자가 아님에도, 서울에 있는 우리의 소박한 신혼집에서 내 책꽂이에 꽂혀 있는 에메 아델의 책을 모조리 다 읽었다. 그리고 일단 아델을 끝내자, 상드린 모로로 넘어갔다.

어느 날 나는 그녀가 모로의 《온실》을 읽고 있는 것을 보았다. 바람둥이 시인인 연인에게 평생 헌신하며 고통스러워하는 여성 식물학자의 이야기였다. 성미가 그 반자전적 소설을 다 읽었을 때, 나는 종달새처럼 희망에 부풀어 그동안 읽은 책들로 인해 아델에 대한 의견이 바뀌었느냐고 물었다. 그녀는 잠시 수수께끼 같은 미소를 짓더니 어깨를 으쓱했다.

"그 사람의 철학적 메시지는 마음에 듭니다. 많은 사람들에게 희망과 삶의 목적을 주었으니까요. 그냥 그 사람이 인간적으로 마음에 안 들 뿐이지."

"어째서?" 내 짧은 질문의 말꼬리가 너무 높이 올라갔다. 가슴이 불쾌할 만큼 쿵쾅거렸다.

"실생활에서 그 사람의 많은 행동들은 본인의 글과 모순됩니다. 아델은 백인 우월주의 타파를 위해 싸우는 투사를 자처하며, 자신이 혼혈이라는 이유로 추방자라고 말했지요. 하지만 그 사람은 파란 눈과 갈색에 가까운 금발이었어요. 그 사람의 4분의 1을 차지한다는 아프리카계 아랍인의 피는 겉으로 드러나지 않았지요. 그리고 실생활에서 인종주의를 겪은 일이 없고 오히려 눈에 보이지 않는 아프리카계 아랍인 유산에서 이득을 봤어요. 그리고 자기 아버지의 조국에 발을 들인 적이 없었고, 그냥 자신의 글에서 그렇게 혐오한다던 제1세계 유럽 백인 사회의 안락

한 특권에 빠져 살았어요. 정말 위선자죠." 그녀가 웃었다.

이야기를 하는 쪽은 내가 아닌데도, 나는 숨이 가빠지는 것을 느꼈다.

성미는 계속했다. "그리고 그 사람은 페미니스트를 자처했습니다. 자신이 제안한 혁명적인 **개방적 결혼**을 가지고 말이에요. 음, 실제로 한 가지에 있어서는 **개방적**이었지요. 결과를 책임질 필요 없이 여러 여자와 자는 거요. 정말 쉽고 영리한 용어를 만들어낸 거죠."

성미는 자기 자신의 냉소에 다시금 웃고 있었다. "미안해요." 그녀가 콧김을 뿜으며 덧붙였다. "난 남한 사람들처럼 사탕발림은 못 하겠습니다."

나는 몹시 화가 났다. 내 얼굴은 벌겋게 달아올랐는데, 말하는 내내 그녀가 냉정한 어조를 유지하고 가끔은 장난스럽기까지 한 것이 싫었다. 마치 내가 매복 공격이라도 당한 기분이었다. 그러나 정작 공격자는 아무렇지 않고 죄책감도 없어 보였다. 내 머릿속에서는 내가 어린 시절부터 쌓아온 작은 문학의 탑 한쪽이 흔들리고 있었다. 그런데 그런 폭풍을 일으킨 장본인인 성미는 이미 관심이 다른 데로 넘어간 듯 유유히 주방으로 걸어가 콧노래를 흥얼거리며 저녁으로 먹을 쌀을 씻고 있었다.

특유의 잔인한 평온함을 보여주며.

미희

그래서 미희는 압록강에 맨발을 담그는 순간 성미로 다시 태어났다. 차가운 물에 가슴까지 담그면서, 미희는 강을 건너기 전에 옷을 모두 벗으라는 긴요한 조언을 해준 어머니와 성미에게 감사했다. 그녀가 커다란 방수 비닐봉지에 담은 것들—옷가지와 작은 수건, 동전 지갑, 양말과 고무신 한 켤레씩—은 모두 신생아의 요람 속처럼 보송보송했다. 추운 물속에 있다가 마른 옷을 입으니 백야 후에 깊은 잠에 빠져드는 기분이었다. 피곤함과 안도감에 입에서 작은 탄성이 새어 나왔다.

사실을 말하자면 강을 건너는 것 자체는 실망스러울 만큼 쉽다고 그녀는 생각했다. 그녀에게 유일한 역경은 차가운 물이었지, 국경 경비대의 고함이나 날아오는 총알이 아니었다. 폭이 50미터도 채 되지 않는 짧은 거리. 물속에서 천천히 몇십 걸음을 걷는 것이 지상에서 가장 고립된 나라에서 빠져나오는 데 필요한 전부였고, 그것은 대부분의 젊은 여자들이 아무 도움 없이 해낼 수 있는 일이었다. 그러나 미희는 국경을 건너는 것이 역경의 핵심이 아님을 성미로부터 이미 배웠다. 불법체류자로 살아남는 것, 그것이 진짜 문제였다.

정말 이상한 광경이군. 미희는 생각했다. 혜산에서 나고 자란 그녀는 이미 국경 건너편의 광경에 익숙했다. 그러나 반대편에서 자신의 마을을 돌아보는 것은 그녀가 전에 경험한 적 없는 상황이었다. 어둠 속에서 낮게 그려진 회색 스카이라인이 너무도 친숙하면서도 너무도 낯설어 보였다. 그것은 마치 영혼이 몸 밖으로 빠져나와 자신의 얼굴 위에 둥둥 떠서 자신의 잠든 모습을 바라보는 유체 이탈과 같은 경험이었다. 국경을 넘기 위해 이동해야 했던 그 짧은 물리적 거리가 그녀의 마음을 무겁게 짓누르기 시작했다.

중국에 있는 대부분의 탈북자들과 달리, 미희는 어디로 가야 할지 알고 있었다. 성미로 다시 태어난 그녀는 새생명교회로 침투하게 되어 있었다. 선양시에 있는 이 한국 개신교 교회가 수백 명의 북한 사람들을 다른 나라, 특히 대부분 남한으로 탈출하도록 돕고 있다는 소문이 있었다. 교회는 남한의 사업가가 세웠으며 지금은 미국인 목사 에이드리언 루소에 의해 운영되고 있었다.

"그자는 미국에서 프랑스인 이민자 아버지와 입양된 한국인 어머니 사이에서 태어났소." 차 동무가 설명했다. "모국어는 영어지만, 불어와 한국어, **그리고** 중국어에도 능통하오." 차 동무는 아랫입술을 삐죽 내밀고 눈썹을 치켜올렸다. 적의 능력을 마지못해 인정하는 표현이었다. 그는 목사를 냉정한 남자, 곁을 잘 주지 않고 감동을 주기 어렵고 그래서 쉽게 속이기 힘든 부류라고 표현했다. 당장 그녀가 할 일은 루소 목사를 지켜보면서 당과 관련될 수 있는 그의 모든 말과 행동을 보고하는 것이었다. 적절한 때에 그녀는 루소 목사의 도움을 받아 탈북자 신분으로 남한에 입국하게 될 것이었다. "이 잡종 개가 CIA 정보원이라는 소문이 있소." 차 동무가 힘주어 말했다.

미희는 차의 단어 선택에 짜증이 났다. **잡종 개.** 그것은 미노타우로스나 프랑켄슈타인 같은 서양 괴물들의 이미지를 떠올리게 했다. 일주일에 6일 동안 온종일 지켜보기에 아름다운 존재는 아닐 거라고 그녀는 생각했다.

우선 그녀는 선양으로 가기 위해 필요한 위조 여행 문서를 받으러 창바이에 들렀다. 그녀는 차 동지가 암기시킨 주소의 건물 문 앞에 섰다. 그곳은 퀴퀴한 돼지기름 냄새와 고춧가루 냄새가 가득한 어둠침침한 뒷골목 쪽으로 나 있는, 혼잡한 향신료 시장 한가운데 위치한 훠궈 음식점의 뒷문이었다. 그녀는 약속된 대로 문을 두드렸다. 빠르게 네 번 느리게 두 번. 호리호리한 몸의 나이 든 여자가 즉시 나타났다. 피로 얼룩진 고무 앞치마를 두른 여자는 미희에게 기다리라고 말한 뒤 다시 안으로 들어갔다. 반쯤 닫힌 문을 통해 움직이지 않는 박쥐 떼처럼 일렬로 천장에 거꾸로 매달린 작은 동물들이 보였다. 가죽을 벗긴 큰 토끼들처럼 보였지만 미희는 그런 게 아니라는 걸 알고 있었다. 노파는 작은 배낭을 들고 다시 나왔다. 미희는 그것을 받아 들고 고맙다고 말했다. 여자는 아무 말도 하지 않았다. 차 동무는 미희가 여자의 이름과 여자가 무슨 일을 하는지 알아서는 안 된다고 했다. 필요한 물건들은 대부분 선양에서 비슷한 방식으로—현장 근처에서 다른 이름 모를 공작원을 통해, 최소한의 대화와 최소한의 신체 접촉으로—그녀에게 전달되었다.

미희는 내려야 할 곳보다 한 정거장 전에 기차에서 내려서 새생명교회로 걸어갔다. 7킬로미터를 더 걸어야 했다. 그녀는 신발을 바꿔 신고, 신고 있던 신발은 길가에 던져버렸다. 새로 갈아 신은 신발은 의도적으로 낡아 보이게 만든 것이었고, 왼쪽 밑창이 없었다. 도착할 즈음에는 정말로 발이 아파서 왼쪽 발을 절었다.

그녀는 입구에서 두 사람을 보았다. 말할 때 조선족 억양이 도드라지는 수위와 그가 강 집사님이라고 부르는 중년 여성이었다. 그들은 미희의 발을 보고는 즉시 안으로 들였다. 미희는 하느님을 믿는 사람들은 하느님의 도움을 필요로 하는 상처 입은 여자를 내치지 않는다는 것을 알았다. 그녀는 교회의 외관이 특별할 게 없다고 생각했다. 정문 위에 걸린 붉은색 네온 십자가만 아니면 주변의 다른 건물들—삶은 고기처럼 무미건조한 회색의 키 작은 브루털리즘* 양식 건물들—과 전혀 구분되지 않을 것 같았다. 십자가를 보니 미희의 눈에 눈물이 고였다. 고통과 안도감에 솟아난 진짜 눈물이었다. 별다른 말도 없이 그들은 그녀를 자신의 지하 기도실로 안내했다. 그곳은 옻칠한 나무와 곰팡이 냄새가 나는 창문 없는 토굴 같은 방이었다. 거기

---

* 1950년대부터 1980년대까지 유행한 건축 양식으로 거친 콘크리트나 벽돌, 철근 골조 등을 가공하지 않고 그대로 노출시키는 것이 특징이다.

서 그들은 그녀의 상처 입은 발을 치료하고는 잠시 기다리라고 말했다. 그녀는 그들이 교회에서 난민에 대한 결정을 내릴 책임자인 목사를 부르러 간 거라고 생각했다. 그녀는 자신의 발을 내려다보았다. 상당히 부은 데다 여기저기 긁힌 상처와 멍까지 있어서 다시 제대로 걸을 때까지 교회 안에서 머물 수 있는 완벽한 구실이 될 터였다. 그녀는 웃고 있는 자신을 발견했고 조금은 자신이 무서워지기 시작했다. 머리에 질문이 떠오르기 시작했다. 공작원 미희가 과연 어디까지 갈 수 있을까? 임무를 위해 필요하다면 심지어 자해를 하고 자신의 몸을 손상시키는 것을 어느 정도까지 불사할 수 있을까?

그러다가 미희는 다른 질문에 대해 생각하기로 했다. 당면한 문제, 물론 피가 나는 자신의 발보다 훨씬 더 중요하고 긴박한 문제. 루소 목사는 어떤 사람일까? 혼혈 미국인에 여러 언어를 할 줄 아는 과묵한 인물이라는 이 이상한 남자는 과연 어떤 종류의 사람일까? 미희는 자라면서 학교에서 배운 미국인들의 전형적인 모습을 떠올렸다. 일본군의 총검처럼 코가 길고 뾰족한 데다 눈 색깔이 연한 괴물. 승냥이. 교사들은 그들을 그렇게 불렀다. 조선 어린아이들의 피에 굶주린 교활한 포식자. 그러나 아이일 때도 미희는 그런 이미지들을 전적으로 믿기에는 너무 영리했다.

물론 루소 목사는 그녀가 상상한 어떤 항목에도 부합하지 않았다. 그는 젊고 키가 크고 잘생겼지만 다소 어두운 분위기를 풍겼다. 벌꿀색 피부에 검은 머리, 깔끔하게 잘 깎은 보석 같은 얼굴. 묘한 아름다움이라고 미희는 생각했다. 그녀가 혼혈인 사람을 본 것은 처음이었고, 모든 혼혈 남자들이 그렇게 보기 좋을지 궁금했다. 목사의 한국어는 '어' 소리를 낼 때마다 미국식으로 조금 끄는 것과 밋밋하게 읽어야 하는 접속조사에 임의로 강세를 넣는 것을 제외하면 거의 흠잡을 데가 없었다. 그러나 그의 말하는 방식은 퉁명스럽고 직설적이어서 그녀의 북한 상관을 떠올리게 했다. **이 남자는 허튼소리를 좋아하지 않아. 그러니까 겉으로 빙빙 돌지 말고 요점을 벗어나지 말아야 해.** 그리고 그가 그녀의 여정에 대해, 어떻게 그들을 찾아오게 되었는지에 대해 얘기해달라고 했을 때, 그녀는 딱 그렇게 했다.

미희가 성미의 인생 이야기를 차분하고 간결하게 풀어냈을 때, 루소 목사는 표정 변화 없이 그저 관찰하고 듣는 것처럼 보였다. 딱 할 말만 하는 남자. 일반적으로 미희가 미국인 개신교 목사에게서 기대하지 않은 특징이었다. 많은 전도사들이 개종의 대상으로 삼는 가난한 제3세계 사람들에게 보이는 지나친 친절함과 자기를 낮추면서 은근히 드러내는 오만함도 없다는 것을 미희는 알아차렸다. 이것이 이 남자가 종교적 사명 때문이 아니라 정치적인 목적으로 여기 있다는 증거일 수 있을까?

그는 만만치 않은 상대였지만 미희는 어느 지점을 공략해야 하는지 알았다. 루소 목사 같은 남자에게 신뢰를 얻는 방법은 낯선 개와 친해지는 방법과 같았다. 시간을 둬야 한다. 절대 선불리 쓰다듬으려고 접근해서는 안 된다. 그가 먼저 접근하게 만들어야 한다. 그의 눈을 똑바로 보면 안 된다. 그랬다가는 화가 나거나 두려워서 멀어질 수 있다. 아주 천천히, 걸을 때 거리를 조금씩 좁히거나 조금씩 가까이에 앉을 수 있다. 그러나 여기서도 핵심은 그로 하여금 당신이 자신에게 접근하는 것이 아니라 **자신**이 **당신**에게 접근하고 있다고 인식하게 만드는 것이다. 마지막 순간에 당신이 할 일은 여전히 시선을 아래로 내린 채 그의 앞으로 손을 뻗는 것뿐이다. 그러나 머리를 가까이 들이대고 코를 킁킁거리고 상대의 손가락을 핥는 것은 그여야 한다.

그래서 교회에 있는 다른 탈북자들과 달리, 한동안 그녀는 사무실에 찾아가서 목사를 귀찮게 하지 않았다. 말수를 최소한으로 제한했지만 손은 계속 바쁘게 움직였다. 기도실 청소를 자청하여 좌석과 성경책, 찬송가책을 일일이 닦고 벽에서 곰팡이 자국을 제거하고 설교단을 광나게 닦고 주기적으로 꽃병을 비우고 깨끗한 물을 채웠다. 금요일마다 모든 층의 화장실을 청소했다. "멀쩡한 손으로 제가 할 수 있는 최소한의 일입니다, 강집사님." 미희가 교회의 여자 관리자에게 말하고 있는데 마침 루소가 사무실에서 나오다가 그 말을 듣게 되었다. 미희는 목사를 마주칠 때마다 정중하게 인사했지만, 결코 대화를 먼저 시작하지 않았다.

미희가 다시 정상적으로 걷기 전에 기회가 찾아왔다. 새생명교회의 10주년 기념일이 지나고 2~3일 뒤의 일이었다. 교회의 창립 기념일을 기리기 위해 수천 명이 모였다. 남한의 사업가들, 선양시에 있는 가구 공장과 통조림 공장 사업주들이 이국적인 과일과 붉은 돈 봉투를 들고 직원들과 함께 찾아왔다. 단동과 창바이, 심지어 연변 등 주변 지역에서 다양한 조선족들이 축제 분위기와 무료로 제공되는 한국 음식을 즐기기 위해 가족과 함께 선양으로 여행을 왔다. 사흘간의 축제가 끝났을 때, 그동안 수천 명의 밝은 얼굴들에게 똑같이 큰 소리로 인사하고 수천 개의 손과 악수를 한 루소 목사는 목소리와 오른쪽 손의 악력을 일시적으로 잃었다.

"타자 칠 수 있다고 했죠?" 그날 아침 미희가 루소 목사의 사무실 문에서 커피 얼룩을 지우려 애쓰고 있을 때, 그가 불쑥 갈라진 목소리로 물었다. 그녀는 그의 아무렇지 않은 말투가 당황스러웠다. 그는 지난달 내내 그녀에게 말을 걸지 않았었다. 미희는 그 기회에 흥분했지만 머뭇거렸다. 자신은 타자를 칠 수 있다고 말한 적이 없기 때문이었다.

"예, 칠 수 있습니다." 마침내 미희가 작고 조심스러운 목소리로 말했다.

루소 목사가 미소 지었다. "좋아요. 그럼 나 좀 도와줄래요? 왼손으로는 타자를 치기가 어렵네요." 그는 파스를 잔뜩 붙인 오른손을 잠시 들어 보였다. 톡 쏘는 멘톨 냄새에 그녀의 눈에 눈물이 찔끔 맺혔다.

그녀는 목사를 따라 사무실로 들어갔다. 그는 의자를 빼고 몸짓으로 그녀에게 앉으라고 권했다. 그런 뒤 다음 일요일을 위한 설교 내용으로 보이는 것을 읽기 시작했다. 미희는 더욱더 당황했지만 입을 꾹 다물고 키보드 위로 손가락을 최대한 빨리 움직였다. 인중에 땀방울이 송골송골 맺혔다. 그녀는 무섭게 집중했다. 그에게 읽는 속도를 늦춰달라거나 방금 말한 내용을 다시 말해달라고 부탁하면 게임에서 지는 것처럼 느껴졌다. 작업이 끝날 무렵에는 마치 그들이 오랜 세월 동안 **파드되***의 파트너였던 것처럼 그의 입과 그녀의 손가락이 거의 완벽한 조화 속에 춤추고 있었다.

루소 목사는 미희의 손에서 종이를 가져가서 읽기 시작했다. 미희는 인정의 표시를 찾기 위해 절박하게 그의 얼굴을 살피고 있는 자신을 발견했다. "좋네요." 루소가 말했고, 미희는 평소에는 냉담한 어머니가 응석을 받아줄 때 긴장한 아이처럼 기쁨이 솟구치는 것을 느꼈다. "사실은 너무 잘했어요." 한쪽 눈썹을 조금 치켜올리며 루소가 덧붙였다.

미희는 심장이 요동쳤다. "**너무** 잘했다는 게 무슨 뜻인지 여쭤도 되겠습니까?"

이것이 목사에게 미희가 한 첫 번째 질문이었다.

"**므두셀라.**" 그가 작은 소리로 대답했다. "당신은 그 철자를 정확하게 쳤어요. 한 번만 말했을 뿐인데 실수 없이 빠르게 쳤죠."

---

*   pas de deux, 발레에서 두 사람, 주로 남녀가 함께 추는 춤.

그가 성경 속 인물에 이미 익숙하냐고 물었다. 그녀는 노아의 할아버지인 므두셀라는 성경에 등장하는 가장 늙은 인물이며 거의 천 년을 살았다고 말했다. 거짓말을 은폐하기 위해, 미희는 그에게 진실이 조금 붙어 있는 뼈다귀를 던지기로 작정했다. "저희 어머니는 전쟁 전에 캐나다 선교사들에게 세례를 받은 크리스천이었습니다. 어머니가 제 성경 선생님이었지요."

미희는 평소에 무표정한 그의 얼굴에서 놀란 기색을 보았다.

다시 종이들을 대충 넘겨보며 그가 고개를 끄덕였다. 미희는 그의 얼굴에 열은 미소가 번지는 것을 보았다.

"탈북자들은 성경을 배우고 싶다고, 크리스천이 되고 싶다고 주장하며 이곳에 옵니다." 그가 말했다. "하지만 물론 그들의 진짜 목적은 다른 데 있죠. 하지만 난 그 사람들을 탓하지 않습니다. 그 사람들도 더 나은 삶을 얻기 위해 필요한 시도를 하는 거니까요."

그가 입을 다물고 마치 미희에게 뭔가를 말하라고 압박하듯 그녀를 응시했다. 그러나 미희는 침묵을 지키며 더욱더 강하게 그를 응시할 뿐이었다.

"당신은 성경 내용을 **아는** 흔치 않은 사람이군요, 배성미 씨."

그가 다시 미소 지었다. 그러나 미희는 그 미소에 화답하지 않고 대신 이렇게 말했다. "저는 나머지 사람들과 다를 것이 없습니다, 목사님. 제가 궁극적으로 원하는 건 똑같습니다. 차이가 있다면 저는 빚지는 걸 좋아하지 않는다는 것뿐이지요."

미희는 더 이상 길게 말하지 않고 곧 사무실을 나왔다. 한 달 동안 자신이 쓸고 닦고 광을 내며 보낸 시간이 이미 말보다 더 나은 메시지를 전달했음을 그녀는 알았다.

저녁에 루소 목사가 미희를 다시 사무실로 불렀다.

그는 그녀가 원하는 것이 당장 이루어질 수는 없을 것이며, 길면 1년까지 기다려야 할 거라고 말했다. "북한 정부가 중국에 은신하고 있는 탈북자에 대해 최대 규모의 강력한 단속을 이제 막 시작했어요." 그는 한숨을 들이쉬고 자신이 이미 탈북자 대여섯 명을 거절했다고 털어놓았다. 지난달 성미가 오기 직전에 도착한 사람들이었다.

그녀가 자신은 서두르지 않는다고 말했다. "제 목적은 시간이 얼마나 걸리건 탈출에 드는 비용을 대기에 충분할 만큼 돈을 모으는 겁니다." 그녀가 인내심 있게 말했다. "저는 결코 연루시키고 싶지 않았던 사람들에게 빚을 졌습니다. 그리고 다시는 그런 일이 없도록 하겠다고 스스로에게 약속했지요."

이 대화 이후, 루소 목사는 그녀를 자신의 조수로 앉혔다. 다음 날 아침 일찍 미희는 그의 사무실로 가서 교회 후원자들에게 보낼 창립 기념일 감사 편지를 타이핑했다. 전에는 허드렛일의 부담을 덜어줘서 미희를 좋아했던 강 집사가 이제 그녀를 지나칠 때마다 곁눈질로 째려보며 적대적인 침묵을 허공에 뿜어냈다. "목사님께 대체 어떤 종류의 **기술**을 보여주셨나?" 나중에 집사가 미희를 화장실에서 마주쳤을 때 두어 차례 물었다.

당신이 전혀 모르는 기술이지. 미희는 속으로 속삭였다.

미희는 목사의 지하 사무실에서 일하는 게 좋았다. 그곳은 혜산에 있는 아버지의 작은 서재를 떠올리게 했다. 오래된 책들과 불법 레코드판이 가득했던 방. 그녀는 그 냄새를 남몰래 즐겼다. 아버지의 서재처럼, 사무실은 살짝 퀴퀴한 공기를 뿜어냈다. **회색 냄새.** 어린 그녀는 그것을 그렇게 표현했다. 낡은 양장본 책 더미와 빗속에 혜산 비행장으로 들어가는 입구. 오직 두 곳에서만 맡을 수 있는 마음을 진정시키는 냄새. 어린 미희는 단지 잿빛 아름다움을 간직한 냄새를 흡입하기 위해, 하늘에 먹구름이 몰려들 때마다 비행장으로 달려가곤 했다. 비에 흠뻑 젖은 광활하고 반들반들하고 뿌연 콘크리트 포장.

못 말리는 책벌레 미희는 목사의 책꽂이와 캐비닛 속의 모든 책들을 살펴보았다. 그러나 다시 읽고 싶었던 미국 문학은 거의 발견하지 못해 실망했다. 세계는 북한이 미국의 모든 문화적 영향을 차단했다고 생각했지만, 사실 그렇지가 않았다. 미희는 TV에서 〈톰과 제리〉를 보고 자랐다. 당은 작은 존재가 영리한 지략으로 거대한 적을 앞지르는 메타포를 인정하고 그것을 당에 유리하게 이용했다. 미국이라는 거대한 깡패에 대한 북한의 승리. 그리고 북한 엘리트 대학의 우등생으로서, 미희는《손자병법》에서 조언하는 것처럼 **적을 알기 위하여** 금지된 미국 문학의 일부를 읽을 특권을 누렸다. 그리고 공작원으로 훈련받을 때는 서구화된 아시아의 내부자 역할을 하는 법을 배우기 위해 미국과 유럽, 심지어 남한의 문학에도 거의 무제한으로 접근할 수 있었다.

그녀는 자신이 대학생 때 좋아했던 《바람과 함께 사라지다》 《위대한 개츠비》 《에덴의 동쪽》 같은 양키 소설들을 기대했다. 그러나 목사는 그런 책은 하나도 가지고 있지 않았다. 대신 대부분 유럽 학자들이 쓴 수많은 철학 관련 서적과 소설책 몇 권이 있었다. 그녀는 책꽂이 두 칸을 가득 채운 에메 아델과 상드린 모로의 책을 발견하고 충격을 받았다. 이들은 서양에서 가장 유명하고도 **유용한 바보**들이었다. 공산주의를 향한 공감을 선언했던 순진한 좌파 지식인들. 그들은 소련과 북한으로 초대도 받았다. 무대 뒤에서 진짜 시민들이 굶주림과 학대에 시달리는 동안, 그들은 공산주의의 안정성을 보여주는 무대용으로 연출된 현장들을 순회했다. 그리고 그 카나리아들은 다시 부유한 서양 국가로 돌아가서 공산주의의 미덕을 큰 소리로 또렷하게 노래했다. 20년 뒤 그들은 자신들의 발언을 철회했지만, 그 철회는 부분적인 수준에 그쳤다.

참 아이러니하군. 미희는 생각했다. 공산주의 정부의 블랙리스트에 오른 미국인 개신교 목사가 공산주의 동조자의 팬이라니. 그녀는 아델의 유명한 소설 《열린 천장》의 복제본을 집어 들었다. 이미 읽은 책이었지만, 목사에 대한 호기심과 호감이 그 책에 두 번째 기회를 주도록 그녀를 설득한 것이다. 그러나 이번에도 그녀는 그 책에서 감흥을 느끼지 못했고, 그 책의 순진함에 코웃음을 쳤다. 공산주의를 책으로만 아는 사람들 같으니라고. 미희는 생각했다. 그들에게 가난은 책 속의 단어일 뿐, 결코 몸으로 겪는 고통이 아니었다. 그들은 종종 그런 주제들에 대해 가장 큰 목소리를 내는 가두연설자였다. 미희는 혀를 차며 씁쓸한 미소를 지었다.

사무실에서 미희와 목사는 대부분의 시간을 말없이 일했다.
그러나 그들이 일단 말을 시작하자, 대화는 빠르게 사적인 주제들로 깊숙이 들어갔다. 이것은 루소의 특별한 기술들 중 하나로 보였다. 자신이 쳐놓은 대화의 거미줄로 사람들을 자연스럽게 끌어당겨 속내를 다 털어놓게 만드는 것.
"당신이 타자를 칠 수 있다는 걸 내가 어떻게 아는지 궁금하지 않았나요, 미스 배?" 하루는 목사가 말했다. 그는 그녀가 찾아온 첫날 그렇게 말했다고 했다. 하지만 그녀는 그런 말을 한 기억이 없었다. "당신이 결혼하기 전에 지역 라디오방송국 선전원의 비서였다고 했지요. 거기서 비서의 주요 업무는 교정과 타이핑이고. 맞나요?" 루소가 말했다.
미희는 고개를 끄덕였다.
그녀는 그에게 자신의 비밀스러운 생각들을 털어놓음으로써 만족감을 줄 생각은 없었다. 물론 없었다. 그녀의 목적은 먼저 행동을 통해 그의 신뢰를 얻고, 그런 다음 과묵함을 유지함으로써 더 많은 신뢰를 얻는 것이었다. 그녀는 고백을 하는 쪽과 듣는 쪽의 통상적 역할을 뒤집을 셈이었다. 하루가 끝났을 때 모든 정신과 의사에게는 **자신의** 이야기를 들어줄 사람이 필요한 법이니 말이다.

일주일 뒤 미희는 신뢰라는 주제에 관한 목사의 일요 설교문을 타이핑하고 있었다. 창세기에 나오는 롯의 아내 이야기에 기반한 내용이었다. 롯의 아내가 소돔을 돌아본 뒤 소금 기둥으로 변하는 악명 높은 장면을 묘사하다가, 그가 갑자기 멈추었다. "내가 당신을 믿을 만한 사람 같다고 처음 생각한 게 언제인지 알아요?" 그가 미소 지으며 물었다.

미희는 그의 시선을 피했다. 죄책감에 가슴이 찌릿했다.

그는 그들이 처음 만난 날 그녀가 자신의 인생 이야기를 간략하게 들려줬을 때였다고 말했다.

"당신은 첫 만남에서 자신이 성매매에 의지했음을 고백한 첫 번째 탈북자였어요." 그는 성매매가 중국에서 탈북 여성에게 주어진 얼마 안 되는 생존 수단 중 하나라는 것을 안다고 말했다. 그는 그런 일을 하도록 내몰린 사람들을 재단하려는 생각이 없으며 같은 상황에서라면 자신이라도 아마 그렇게 했을 거라고 했다. 그러나 그는 그녀의 정직함과 자신이 할 수밖에 없었던 일을 변명하거나 후회하지 않는 대담함에 감명받았다. 비슷한 경험을 가진 다른 사람들에게서 거의 볼 수 없는 특징이었다.

"정말 용감한 일이에요. 그렇잖아요? 자신의 과거와 현재 모습을 부끄러워하지 않으면서 사는 것." 루소가 읊조리듯 말했다.

"하느님은 모두를 사랑하시지요." 그녀가 대답했다. "막달라 마리아도 예외가 아니었고요."

목사가 팔짱을 낀 채, 그녀에게 등을 돌렸다. 그는 깊이 한숨을 쉬었고 어깨가 조금 내려갔다. 미희는 성미가 자신의 앞에서 울면서 무너졌을 때처럼 마음이 불편했다. 그날 저녁 퇴근하기 전에 목사는 활짝 미소 지으며 그녀의 어깨를 꽉 쥐고 작별 인사를 했다.

미희는 그가 떠난 뒤 한참 동안 꼼짝도 하지 않고 그 자리에 앉아 있었다.

머릿속에서 많은 생각들이 복잡하게 얽혔다.

처음에는 방금 일어난 일을 어떻게 해석해야 할지 확신할 수 없었다. 그녀는 분명 루소 목사로부터 일종의 신뢰를 얻었다. 그러나 이 모든 것을 말함으로써 그는 내게 무엇을 기대하는 걸까? 미희는 궁금했다.

진짜로 내 몸이 더럽혀졌어도 내가 매음굴에서의 과거에 대해 그렇게 솔직할 수 있었을까? 이 생각이 미희를 새생명교회에 처음 도착한 날로 다시 데려갔다. 그녀가 자신의 상처 입은 발을 내려다보며 스스로에게 던졌던 질문. **공작원 미희가 과연 어디까지 갈 수 있을까? 임무를 위해 필요하다면 심지어 자해를 하고 자신의 몸을 손상시키는 것을 어느 정도까지 불사할 수 있을까?** 그녀는 목사가 어깨를 꽉 쥐었을 때 가해졌던 압박을 다시 한번 피부로 느꼈다. 허공에서 풍기는 종이들의 곰팡이 냄새, 그녀가 그토록 좋아했던 익숙한 냄새가 갑자기 메스껍게 느껴졌다. 미희는 목사의 사무실에서 나갔다.

다음 날은 화요일, 그녀의 휴일이었다. 그녀는 도보로 거의 한 시간 거리에 있는 선양 둥링 공원으로 향했다. 둥링은 선양시에서 가장 큰 공원 중 하나였으며, 인적이 가장 드문 곳이어서 교회에서 아는 사람을 마주칠 위험이 적었다. 낮 시간에는 자전거를 타는 몇몇 무리의 어린아이들과 태극권을 하는 노부부들이 있었다. "밤에는 공원의 북서쪽 귀퉁이가 호모들로 북적거리지." 차 동무가 그녀에게 말했었다. "게이들이 자기들끼리 작은 파티를 열기 위해 공중화장실 뒤쪽의 소나무 숲에서 모인단 말이오." 그래서 그녀는 공원이 대체로 비어 있는, 밤과 낮의 중간인 저녁 시간에 첫 번째 꾸러미를 찾으러 갔다.

소나무 숲 뒤쪽으로, 북서쪽 돌담을 따라 사람들의 눈에 잘 띄지 않는 나무가 우거진 좁은 오솔길이 있었다. 그녀는 접선 장소인 길의 북쪽 끝에서 다섯 번째 벤치에 앉았다. 그리고 벤치 아래로 손을 뻗어 마닐라 봉투에 감싸인 작은 꾸러미를 찾았다. 그녀가 무인 포스트에서 처음 회수한 물건이었다. 차 동무는 이 공원이 그들의 비밀 교신의 대부분이 일어날 장소이므로 구석구석을 잘 알아두라고 말했다. 그리고 혹시 언젠가 비상 접선이 필요해질 경우, 아이러니하게도 그녀에게는 공원이 야간에 가장 안전한 장소라고 덧붙였다. "호모들은 동무를 내

버려둘 거요." 차 동무가 퉁명스럽게 중얼거렸다. 미희는 심야 접선은 비밀공작원들이 의지할 최후의 수단이라는 것을 알았다. 양쪽 모두 위험에 빠뜨릴 수 있는 필사적인 행동인 것이다. 미희는 그 수단에 의지할 일이 없게 해달라고 기도했다.

그녀는 서면 지령을 기대하지 않았다. 그녀는 물건을 보고 무엇을 할지를 즉시 알아야 했다. 누런 종이 안에는 마스크 하나와 작은 금속 캔 하나가 들어 있었다. 루소 목사는 사흘 뒤 새생명교회와 제휴 관계인 다른 신생 개신교 교회들을 방문하기 위해 연변으로 떠날 예정이었다. 그리고 출발 전날 밤 미희는 마스크를 쓰고 깡통의 내용물을 목사의 옷과 여행 가방과 구두에 뿌려둬야 했다. 차 동무는 그녀에게 가르쳐줬었다. "인체에 독성 반응을 일으키지 않으면서도 정찰총국의 방사능 측정기가 작동하기에 충분한 강도의 저농도 방사능 분진이오." 그것은 연변을 비롯해 그가 가는 어디든 그를 미행한다는 말일 거라고 미희는 생각했다.

그녀는 이후 사흘 밤을 방문을 바라보며 뜬눈으로 보냈다. 사무실에서 목사의 행동은 전과 다름이 없었다. 그러나 전에는 알아차리지 못한 그의 사소한 신체적 특징들이 눈에 들어오기 시작했다. 어색하게 굵은 근육질의 손목, 하품을 하며 팔을 뻗을 때마다 로트바일러처럼 단단하고 넓어지는 뒷목. 역겨운 동시에 눈을 뗄 수 없는 성인 남자의 묘한 신체적 세부 사항이었다. 그녀는 자기 또래의 북한 미혼 여성들 대부분과 마찬가지로

성에 대해 거의 알지 못했다. 그녀의 성 경험은 차 동무가 건네준 병과 한 것이 전부였다. 좀처럼 동요하지 않는 남자인 차 동무도 그것을 건네줄 때는 얼굴이 머리끝까지 빨개졌다. 작은 와인 병처럼 보이지만 목과 입구 부분에 말랑한 고무가 씌워져 있는 기다란 물체였다. 그는 그녀에게 연습하라고 했다. "처음에 그것을 이용해 처녀막을 뚫고 나서 감각을 익히시오." 마치 자신이 손에 쥐고 있는 것이 병균이라도 되는 것처럼, 그는 그 물건으로부터 고개를 살짝 돌리며 중얼거렸다. 미희는 어떤 질문도 하지 않고, 그저 들은 대로 행했다.

매일 저녁 목사는 여전히 서류 더미가 흩어져 있는 책상에 앉은 채로 그녀에게 작별 인사를 했다. "나는 여행 전에 끝내야 할 일들이 좀 있어요." 그가 간결하게 말했다.

침대에 누워 그녀는 방문을 응시했다. 작은 창고를 되는대로 개조해서 만든 그녀의 방은 루소 목사의 사무실에서 겨우 스무 발자국 정도 떨어진 복도 끝에 있었다. 아주 작은 소리라도 들릴 때마다, 그녀는 방문 위로 육중한 그림자가 보이는 것만 같았다. 그러나 그녀가 그동안 목사를 향해 남몰래 품어온 존경심을 화장실 물에 쏟어버리듯 단숨에 쏟어버릴 그 끔찍한 괴물은 언제나처럼 그녀의 작은 방문을 그냥 조용히 내버려두고 곧 연기처럼 사라졌다. 지령을 받은 지 사흘째, 목사가 떠나기 전 마지막 밤 예상했던 일이 일어나지 않을 것임을 마침내 깨닫고 나자 그녀의 몸은 정신없이 깊은 잠에 빠져들었다. 그녀가 잠을 잘 때 지배적인 감정은 안도감이었지만, 그 아래에는 너무도 미묘해서 그녀 자신도 의식하지 못한 희미한 실망감도 숨어 있었다.

그녀는 동트기 전에 잠에서 깨어나 첫 번째 임무를 수행하기 위해 루소 목사의 사무실로 들어갔다. 그녀는 지급된 마스크를 쓰고 강 집사의 캐비닛에서 집어 온 고무장갑을 끼었다. 깡통 뚜껑을 열기 전에 그녀는 잠시 머뭇거렸지만, 결국 임무를 수행했다. 평소대로 상황을 봐가며 융통성 있게 처리했다. 방사성 분진을 코트 전체에 뿌리는 대신, 행여 코트 주인이 실수로 분진을 흡입하거나 만지는 일이 없도록 아래쪽 등판에만 뿌렸다. 같은 이유로 여행용 가방의 손잡이와 구두끈도 분진이 닿지 않게 남겨두었다.

루소 목사가 없는 동안 미희는 자유 시간이 많아졌고, 목사의 캐비닛에서 빌려 온 많은 책들을 읽었다. 그리고 일주일에 세 번 둥링 공원을 찾았다. 또한 위조 여행증을 소지하고 가까운 중국 시장도 자주 들러서 중국어 실력이 녹슬지 않도록 갈고닦았다. 공원을 산책하면서, 암기해야 할 길고 긴 교신 암호 목록을 복습했다. 접선 장소에 밀감 껍질을 남겨두는 것은 **위험에 빠졌음**을 의미했다. 빈 리치 껍질은 **내일 이 나라를 떠남**을, Y 모양의 나뭇가지는 **오늘 밤 비상 접선 필요**를 뜻했다. 그녀는 자신의 교신 장소인 북서쪽 돌담길 북쪽 끝에서 다섯 번째 벤치를 항상 예의 주시했는데, 혹시 있을지 모를 신호나 물건을 찾기 위해서일 뿐 아니라 다람쥐처럼 음식 찌꺼기로 현장을 어지럽혀서 교신을 방해할 수 있는 불청객들을 쫓아내기 위해서이기도 했다.

공원을 산책하며 그녀는 루소 목사에 대해 생각하기도 했다. 자신이 그에 대해 아는 것이 얼마나 적은지 깨달았다. 그녀는 그의 사생활에 대해 아는 게 거의 없었다. 그가 자유 시간에 어떤 부류의 사람을 만날지 궁금했다. 지금쯤 정찰총국의 누군가는 그것을 알 것이다. 미니 방사능 측정기로 그를 긴밀하게 추적함으로써 말이다. 그녀는 이 얼굴 없는 공작원들에 대한 묘한 질투심을 느꼈다. 날마다 그녀는 에이드리언 루소를 마주보고 일하지만, 그에 대해 아는 것은 그의 일부에 불과하다. 정찰총국은 모든 공작원을 각자의 비밀 칸에만 머물게 해서 각자 그 칸에 해당하는 코끼리의 일부분만을 만져볼 수 있게 했다. 여기서는 커다란 부채 같은 귀 하나, 저기서는 구불거리는 호스 같은 코, 저 아래쪽에서는 거대한 기둥 같은 다리 하나. 전체 그림은 오직 상부에게만 맡겨졌다. **믿을 만한 간첩은 무덤 속에 있는 간첩이다.** 차 동무가 그녀에게 말해준 정찰총국의 농담이다. "확실하게 변절하지 않을 간첩은 죽은 간첩뿐이니 말이오." 그가 차갑게 빙긋 웃으며 말했다.

한번은 미희가 어머니에게 금지된 누군가와 엮이게 된 적이 있냐고 물었다. 그녀의 어머니는 고개를 끄덕였다. "물론 첫 임무 때였어. 보통 시작할 때는 그런 일이 일어나곤 하지." 그녀가 말했다. 남한 삼팔선 근처에 있는 파주 지역에서였다. 거기서 그녀는 남한 쪽 국경 지역에 주둔한 미군에 관한 첩보를 수집하고 있었다. "나는 여기저기를 자유로이 오가고 대부분의 시간을 혼자 있을 수 있도록 미친 전쟁고아로 위장하고 있었지." 그녀가 말했다. 그런데 마을의 남자아이들 몇몇이 그녀를 가만히 내버려두지 않았다. 그들은 그 나이의 소년들만이 할 수 있는 방식으로 그녀에게 잔인하게 굴었다. 전쟁으로 피폐해진 부모에게 어린 시절을 빼앗긴 불쌍한 영혼들. 미희의 어머니는 그들을 그렇게 표현했다. "하지만 거기 한 아이가 있었단다. 우리 아버지만큼이나 야만적인 아버지를 두었으면서도 어쩐 일인지 순진 무구함이 손상되지 않은 아이였지." 그녀가 속삭였다. 비록 성공적이지는 못했지만, 그 어린 소년은 날아오는 돌로부터 그녀를 보호하려 애썼고, 그녀가 굶주리지 않도록 임진강에서 잡은 물고기를 집 앞에 가져다 놓았다. 심지어 들꽃으로 만든 꽃다발까지 가져다주었다. "하루는, 장마가 끝났을 때 내 은신처 앞에서 의식을 잃은 채 피를 철철 흘리고 있는 그 아이를 보았어." 그녀는 이 일에 개입함으로써 정체가 노출될 위험이 있다는 것을 알면서도, 소년을 안고 한복을 소년의 피로 붉게 물들이며 마을에서 가장 가까운 병원으로 달려갔다. "정말 다행스럽게도 그 아이는 살았고 나는 곧 마을을 떠나야 했지." 그 어린 소년을 다치게 한 것은 한국전쟁 때 미군이 설치한 대인지뢰였다고 그녀는 말했다. 폭우에 강둑으로 휩쓸려 온 것이었다.

미희는 어머니의 이야기를 자신의 재량대로 문제를 처리하는 것에 대한 은근한 허락이라고 해석했다. 그것이 작고 알아차리지 못하는 수준으로 머문다면 말이다. "너나 나나 꼭 당의 영광을 위해 일하는 건 아니잖니." 어머니는 목소리를 낮춰 속삭였다.

어머니가 옳다고 미희는 생각했다. 미희는 당이 생각하는 것처럼 젊은 혁명 전사가 아니었다. 표면적으로는 미희가 본인의 선택으로 정찰총국 요원이 된 건 아니었다. 정찰총국은 사람들이 그냥 지원하는 회사가 아니기 때문이다. 선택은 정찰총국이 했다. 그러나 그들이 그녀에게 관심을 갖게 만든 것은 미희였다. 미희는 그들이 탐낼 만한 완벽한 엘리트 후보자였다. 평양외국어대학교의 최우등생인 24세 미희는 이미 세 개의 외국어에 능통했다. 그리고 그녀의 도덕적 기록은 흠잡을 데 없이 깨끗했다. 그녀의 어머니는 중요한 **여성 사업가**였고, 아버지는 주요 당 간부들을 위해 양복을 만들던 전직 재단사였다. 그녀는 자신이 그들에게 놓칠 수 없는 기회라는 것을 알았다.

미희에게 스파이라는 직업은 그녀가 오랫동안 갈망해온 반항의 합법적인 허가증이었다. 스파이 활동의 두 가지 핵심 요소인 비밀과 기만은 이미 그녀의 핏속에 있었다. 그녀 주위의 사람들은 모두 좋건 나쁘건 비밀을 가지고 서로를 속이며 살았다. 그녀는 어린 나이에 부모님이 자신이 생각했던 사람들이 아님을 깨달았다. 어린 미희는 어느 날 아버지의 서재에 있는 호두

나무로 만든 낡은 책꽂이 뒤쪽 벽에서 붙박이 금고를 발견했다. 여러 해에 걸쳐서 그녀는 많은 물건들이 금고로 들어가고 거기서 나오는 것을 목격했었다. 러시아 책으로 표지를 바꾼 금지된 미국 소설이며 불법 복제한 남한 대중가요 테이프, 어머니가 매년 출장을 갔다가 아버지의 생일 선물로 구해 온 영국 밴드의 진짜 레코드판. 부모님과 마찬가지로, 그녀도 조용한 반항아였다. 그리고 그것을 처음 알아본 것은 그녀의 어머니였다. 그녀는 미희의 어린 마음을 꿰뚫어 보고 그녀의 호기심이 억누를 수 없을 만큼 커질 것임을 알았다. 그래서 그녀에게 호기심을 죽이기보다 통제하는 방법을 가르쳤다.

스파이라는 직업은 그녀에게 여행의 기회와 심지어 해외에서 살 기회까지 약속했다. 다른 북한 사람들이 누리지 못하는 혜택이었다. 그것은 또한 미지의 권력으로 가는 관문이었다. 그것은 증인도 비판자도 필요하지 않고, 따라서 상대적으로 큰 책임도 요구되지 않는 영향력이다. 미희 같은 사람에게는 완벽한 직업이었다. 자신의 지적인 우월성을 내심 자랑스러워하고 주변의 보통 사람들이 전혀 보지 못하는 대단히 중요한 것들을 안다는 느낌을 남몰래 간직하고 사는 이중적인 속물. 그리고 기만은 유혹적이었다. 비록 기만의 피할 수 없는 그림자로 죄책감이 따르긴 했지만.

루소

하지만 그녀는 나에 대해 얼마나 많이 알고 있을까?

내가 그녀에게 얼마나 많은 진실을 알려주었는가?

루소. 나의 성.

선양에서 우리가 만난 초창기의 어느 날. 성미가 느닷없이 내게 혹시 장자크 루소와 관련이 있냐고 물었다. 처음에 나는 그녀의 순진함에 거의 웃음을 터뜨릴 뻔했다. 그녀를 더욱 호감 가는 사람으로 느끼게 만든 귀여운 오해였다. 그런데 곧 나는 다른 무언가를 깨닫고 감명을 받았다. 그녀가 대부분의 북한 사람들이 모를 가능성이 큰 서양 철학자를 안다는 사실이었다. 사실 나도 그녀에게 감명을 주고 싶은 유혹이 살짝 들었고, 그녀의 추측이 사실임을 확인해주고 있는 나 자신, 즉 나보다 더 큰 누군가의 영광을 대신 누리며 **네, 맞아요**라고 말하는 나 자신을 상상했다. 그러나 물론 결국은 내가 가장 진실하다고 느끼는 답을 해주었다. 루소는 아주 흔한 프랑스 성이라고. 그녀가 프랑스에 산다면 자연스럽게 루소라는 성을 가진 사람을 상당히 많이 만날 거라고 말이다. 그녀는 어깨를 으쓱하고는 또 다른 루소를 만나고 싶지는 않다고 작은 목소리로 말했다. 그녀는 내 놀란 눈을 보지 않고 곧 사무실에서 나갔다.

목사. 내 직함. 선양의 교회에 있는 모든 사람들이 나를 목사님이라고 불렀다.

그러나 나는 엄밀히 말해 목사가 아니었다.

이런 혼동은 **전도사**라는 한국어 용어에서 시작되었다. **전도사**는 한국 개신교 교회에만 존재하는 포괄적인 용어로, 상황에 따라 복음 전도자와 선교사, 설교자를 뜻할 수 있었다. 이론상 전도사는 신학 학위를 받은 목사가 되기 위해 훈련 중인 사람을 일컫지만, 현실적으로 많은 교회 청년 단체의 지도자들이 공동체에서 열심히 일함으로써 또는 때로 강력한 원로들의 지지를 얻음으로써 그 직함을 얻었다. 내가 청년 단체와 북한 난민 공동체에 관여하고 있었기 때문에, 교회 사람들은 나를 전도사로 불렀다. 나는 탈북자들이 임시 거처를 찾고 성경을 배우는 것을 도와주었고, 그 일을 잘했다. 그 소문이 빠르게 퍼졌고, 점점 더 많은 사람들이 교회를 찾았다. 어떤 이들은 호기심 때문이었고, 다른 이들은 탈출과 새로운 삶에 대한 희망에 필사적으로 매달리는 사람들이었다. 2~3년이 지난 뒤 사람들은 자연스럽게 나를 목사라고 부르기 시작했다. 한국 교회에서는 대부분의 전도사가 어느 정도 시간이 지나면 목사가 되기 때문이었다. 그러나 나는 목사 안수를 받지 않았고 신학대학조차 다닌 적이 없기 때문에 그 호칭을 사양했다. 처음에는 그 잘못된 호칭으로 불릴 때마다 오해를 정정해주려 했다. 그러나 별칭의 흥미로운 점은 당사자가 그 호칭을 통제할 수 없다는 것이다. 나의 반대에도 불구하고, 사람들은 그 호칭을 고수했고, 그래서 그들에게 나는 **루소 목사님**이었다. 그러나 성미에게 나는 이 엄연한 진실을 일찌감치 고백했다. "난 엄밀히 말해 목사가 아

닙니다." 아마도 우리가 내 사무실에서 함께 일한 지 이틀째 되
는 날이었을 것이다. 그녀는 내 설교를 한글로 타이핑하고 교정
하고 있었다. "그러니까 나를 루소 씨라고 불러요. 아니면 그냥
루라고 불러도 좋고. 한국 스타일로 짧고 다정하게요. 거의 모
든 한국 성이 한 음절이니까, 맞죠?" 내가 그녀에게 말했다. 놀
랍게도 성미는 사무실에서 단둘이 일하고 있을 때 정말로 가끔
나를 루라고 불렀다. 그러나 남들 앞에서는 항상 루소 목사님이
라는 호칭을 고수했다. 나중에 우리가 본격적으로 사귀고 있을
때, 그녀는 나를 이름인 에이드리언으로 부르기 시작했다. 그다
음부터는 좀처럼 나를 루라고 부르지 않았다. 나는 딱 한 번 그
애칭이 그녀의 입에서 부활한 것을 기억한다. 우리가 장만한 서
울의 첫 아파트에서 사랑을 나눈 뒤 침대에서였다. 우리는 서로
를 안고 정신이 혼미한 상태로 누워 있었다. 그녀가 천천히 손
가락으로 내 젖은 머리를 빗질하기 시작하더니 이마에서부터
코를 거쳐 턱 끝까지 간지럽게 선을 그렸다. "루-우-우-우-우." 고양
이가 가르랑거리듯 그녀가 그 하나의 음절을 마치 맛있는 캐러
멜처럼 길게 늘였다. "당신 아름다워요." 그녀가 희미한 미소를
띠며 말했다. 내가 **지금 당장 죽어도 좋아**라고 느꼈던, 인생에서
얼마 안 되는 순간들 중 하나였다.

호연. 나에게 후회로 남은 이름.
가장 큰 후회. 그리고 내가 너무 두려워서 묻지 못한 마지막

질문.

나는 성미에게 호연에 대한 진실을 말하지 않았다. 그것이 내가 그녀에게 가진 유일한 비밀이었다.

적어도 나는 그렇게 생각했다.

혹시 성미가 호연과 나 사이에 있었던 일을 알게 된 것일까? 그것이 그녀가 사라진 이유였을까?

미희

둥링 공원으로 걸어가면서 그녀는 자신이 이 일을 위해 어디까지 갈 수 있을지 생각해보았다. 접선 장소인 다섯 번째 벤치 밑에 테이프로 붙여놓은 또 다른 작은 꾸러미를 마음속에 그려보았다. 봉투 안에는 흔히 콜트 거번먼트라고 부르는 소음기가 장착된 45구경 6연발 M1911이 들어 있다. 미희는 생각했다. 그것이 그들이 나를 밀어붙일 수 있는 최대치일 것이다. 하지만 내가 정말로 루소 목사의 머리에 총알을 박을 수 있을까? 그녀는 대답할 수 없었다. 그저 그 무기가 결코 그 벤치에 오는 일이 없기만을 바랄 뿐이었다.

그녀는 그날 저녁 벤치 밑에서 다른 것을 발견했다. X 자 형태로 겹쳐져 있는 두 개의 나무 이쑤시개. 그녀가 예상하지 못한 메시지였다. 특히 루소 목사가 아직 출장 중인 그날은. **내일 밤 접선.** 그녀는 그 암호를 분명하게 기억했다. 심장박동이 빨라졌다. 접촉 없이, 또는 스치면서 정보나 물건을 전달하는 것이 항상 선호되는 방법이었다. 대면 접선은 절대적으로 필요한 경우에만 이루어졌다. 벌써 열 가지 남짓한 가능성들이 그녀의 머릿속을 휘젓고 있었다. 좋은 가능성, 나쁜 가능성, 그리고 특히 끔찍한 가능성. 마치 그녀의 상상이 두려움을 현실로 만들어버린 것 같은 불길한 **기시감**. 차 동무는 그녀에게 대면 접선은 드물 것이며, 극비 브리핑이 있거나 중대한 물건을 전달해야 할 경우에만 이용될 거라고 말했었다. "우리가 잃어버리면 감당이 안 될 만한 거액의 돈다발이나 값비싼 무기 같은 것 말이오."

대체 연변에서 무슨 짓을 한 거죠? 미희는 궁금해지기 시작했다. 스스로를 해치기에 충분할 만큼 위험한 뭔가를 한 건가요? 그날의 나머지 시간을 그녀는 콜트 권총이 마치 다래끼처럼 자신의 눈 한쪽에 자리 잡고 있는 생생한 상상을 하며 참을 수 없는 불안함 속에 보냈다. 걱정해봐야 도움이 되지 않는다는 것을 알면서도, 자꾸만 자신에게 주어진 제한된 선택지들을 훑으며 앞서 생각하는 것을 멈출 수가 없었다. 루소 목사에 대한 최종 계획이 정말로 제거라면, 그 일을 마친 뒤 그녀는 평양으로 소환될 가능성이 컸다. 결코 원치 않는 상황이었다. 이것은 새생명교회의 도움도, 가까운 미래에 남한에서의 삶도 없을 것임을 뜻했다. 증거는 부족하지만, 그녀는 자신의 탈출을 돕겠다는 루소 목사의 약속을 믿었다. 자신이 차 동무를 설득해서 마음을 바꿔 그들이 계획하는 일의 비용과 결과를 재고하게끔 만들 수 있을지 생각해보았다. 그것은 불가능해 보였다.

미희는 밤 10시 정각에 접선 장소에 나타났다. 그녀의 예상과 달리 다섯 번째 벤치는 비어 있었다. 그녀가 벤치 밑을 확인하기 위해 가까이 다가가고 있을 때, 두 개의 검은 팔이 그녀의 허리를 안듯이 붙잡았다. "길의 반대쪽 끝으로 가시오." 저음의 여자 목소리가 말했다. 미희와 그 낯선 여자는 마치 자매나 가까운 친구인 것처럼 말없이 팔짱을 끼고 돌담길의 남쪽 끝에 도착할 때까지 걸었다. 여자는 미희에게 벤치에 앉으라는 몸짓을 했다. 올블랙 차림을 한 그 여자는 찻주전자처럼 땅딸막했다. 넌 지금 저 여자의 매력적이지 않고 하찮아 보이는 체격에 속고 있는 거야. 미희가 생각했다. 만일 버스 안이나 일요 예배 중에 신도석에서 그 여자의 옆자리에 앉게 되었다면, 다른 정찰총국 공작원과 함께 있다고 결코 의심하지 않았을 것이다.

소개 한마디 없이 여자는 곧장 본론으로 들어갔다. 그녀는 사진 한 장을 꺼내 미희의 무릎 위에 놓았다. 흐릿한 흑백사진이었다. "이 얼굴을 본 적이 있소?" 여자가 사진에 잠시 손전등을 비추며 물었다. 미소 짓고 있는 짙은 색 생머리의 젊은 남자였다.

"본 적 없습니다." 그녀가 대답했다.

"머리는 다를 수 있소. 색이 더 옅고 곱슬머리라면?" 공작원이 다시 물었다. 미희는 여전히 그 남자가 기억나지 않았다. "그럼 이 얼굴을 기억해뒀다가 나중에 보게 되면 이자가 말하고 행동하는 모든 것에 주목하시오."

"이자가 누굽니까?"

공작원이 그녀를 냉랭하게 노려보았다.

"이자가 누군지, 무슨 일을 하는지, 루소 목사와 무슨 관계인지 안다면 임무를 수행하는 데 도움이 될 것 같습니다." 미희가 덧붙였다.

여자는 여전히 매섭고 차가운 눈으로 과장되게 성가신 기색을 보이며 천천히 입술을 움직였다. "동무가 묻건 묻지 않건, 내가 할 수 있는 말은 정해져 있소. 그리고 지금 내가 할 수 있는 말은 이거요. 이자는 기자고, 한때《워싱턴 포스트》에서 일했고 현재는《뉴욕 타임스》에서 일하고 있소. 네이선 저커먼이 그의 이름이오."

"미국인인가요?" 미희는 혼란스러워하며 사진을 얼굴 가까이로 가져갔다.

"아버지는 유대계 미국인이고 어머니는 중국계 이민자요." 여자가 말했다. "이 사진에서는 머리를 펴고 검게 염색해서 동양인에 더 가깝게 보일 거요. 원래 머리는 회갈색에 곱슬머리요."

기자. 외교관이나 사업가와 마찬가지로 합법적으로 해외에 보내는 공작원들의 전형적인 위장 신분 중 하나지. 미희는 생각했다. 중국인처럼 보이려고 머리색을 바꾼 미국인 혼혈 기자. "그래서 이자가 루소 목사의 배후고, 루소 목사가 이자의 끄나풀이라고 의심하고 있는 겁니까?"

"루소 목사는 출장 중에 이 남자를 세 번 만났소." 여자가 말을 계속했다. "우리는 카페에서 그들 가까이 다가가 대화를 들으려 시도했지만, 그들은 뭔가 낌새를 채고 자리를 떴소. 그들은 아주 조심하고 경계하고 있었소. 그들은 호텔 방으로 갔고, 그래서 우리는 더 이상 미행하는 데 실패했소. 매번 비슷한 패턴이오. 카페나 식당에서 만나지만, 우리가 접근하려 하면 항상 자리를 떠서 추적할 수 없는 은밀한 어딘가로 갔소. 동무가 할 일은 이거요." 여자가 미희에게 하얀색 작은 플라스틱 상자를 건네며 말했다. 미희가 상자를 열었다. 안에는 작은 은색 금속이 들어 있었다. 손톱처럼 작고 가장자리가 매끈한 직사각형이었다. 미희는 그것을 보고 자신이 이 마이크를 루소 목사의 전화기 송화구에 삽입해야 한다는 것을 알아차렸다.

"동무를 뭐라고 불러야 할까요?" 미희가 벌써 돌아선 여자의 등에 대고 불쑥 물었다.

여자가 미희를 향해 천천히 고개를 돌렸다. "질문이 많을 거라더니." 그녀가 중얼거렸다. "그런 습관을 버리는 게 좋을 거요. 동무 어머니의 이름이 더 이상 동무를 구해줄 수 없는 순간이 올 테니까."

미희는 여자의 넓은 등판을 지켜보았다. 여자가 멀어질 때 코트 뒷자락이 벤치 가장자리에 쓸려 바스락거렸다. 여자의 작고 튼실한 몸이 펭귄처럼 뒤뚱거리며 밤의 어둠 속으로 사라지는 모습이 코믹하고도 기괴했다.

다음 날 루소 목사가 사무실로 돌아왔다.

미희는 교회에서 그를 다시 볼 수 있다는 사실에 자신이 얼마나 흥분했는지에 놀랐다. 그의 귀환은 그녀가 더는 그의 비밀을 정찰총국의 낯선 사람들과 공유할 필요가 없음을 뜻했다. 그녀는 다시 그의 일상생활의 주된 목격자가 될 터였다. 그의 얼굴을 응시하며 미희는 자신이 구사하는 완벽한 미국식 영어를 그가 듣게 된다면 얼마나 놀랄지 상상했다. 이 이상한 생각에 그녀의 얼굴에 은밀한 미소가 떠올랐다.

루소 목사가 커다란 빨간색 종이 상자를 건네며 기념품이라고 했다. "그런데, 정품은 아니에요." 그가 수줍게 덧붙였다. "요즘 이 나라에서는 정품을 찾는 게 불가능하답니다."

그것은 나이키 운동화였다. 측면에 붉은색 스우시 로고가 들어가 있고 밑창 가운데 부분에 점점 가늘어지는 파란색 선이 둘러진 전형적인 흰색 운동화였다. 미희는 평양의 지하 훈련 캠프에서 나이키 운동화를 봤던 것을 기억했다. 명동 거리의 모형에서 남한 행인 행세를 한 단역배우가 신고 있던 운동화는 반짝반짝한 새것이었다. 그녀의 아버지도 나이키를 한 켤레 소유했다. 흰색 스우시 로고가 들어간 까만색이었다. 엄마가 출장 갔다가 몰래 들여온 정품이었다.

"성미 씨 신발이 너무 과로를 했더라고요."

루소가 그녀의 발을 보며 조용히 말했다. 미희는 신발이 실제로 낡았다는 것을 처음으로 깨달았다. 처음에는 흰색이던 운동화가 이제 누리끼리해졌다. 고무 밑창과 앞코 부분이 다 쓴 지우개처럼 얇아져서 그 밑에 있는 발톱의 형태를 알아볼 수 있을 정도였다. 그것은 그녀가 열심히 일한 것에 대한, 수없이 둥링 공원까지 걸어갔다가 돌아온 것에 대한 은밀한 증인이었다. 이러한 인식은 놀라운 동시에 감동적이었다.

"이해를 못 하겠어요." 미희가 얼굴을 붉히며 속삭였다.

"뭘 말입니까?" 루소가 그녀를 강렬하게 쳐다보았다.

미희도 똑같이 강렬한 눈빛을 되돌려주었다. "사람들은 당신이 탈북자들을 도와서 탈출시키는 데 능하다고 했지만, 다들 당신이 냉정한 남자라고 했습니다." 미희는 눈을 가늘게 뜨고 입을 꾹 다물었다. "하지만 아니에요."

"내가 모두에게 이렇게 말을 많이 한다고 생각하나요?" 루소가 목소리에 조용하게 날을 세우며 물었다.

아니요. 미희가 생각했다. 강 집사마저도 그녀에게 어떻게 그가 입을 열게끔 만드는 거냐고 물었었다.

"내가 한때 개들을 상대하는 일을 한 적이 있다고 말했었나요?" 루소가 불쑥 말했다.

미희가 천천히 고개를 저었다.

짙은 정적이 그들을 감쌌다. 그녀는 숨을 내쉴 때마다 숨이 코를 통과하며 내는 휘파람 소리를 들었다.

루소는 집게손가락을 구부려 윗입술 가까이로 가져가더니 마치 담배를 피우듯 숨을 깊이 들이마셨다. 미희는 조금 놀랐고 혹시 그가 전에 흡연자였을까 생각했다. 그녀가 그동안 보지 못한 그의 또 다른 면모였다.

"내가 10대였을 때는 항상 돈이 부족해서 루이스턴에 있는 동물 보호소에서 일하기 시작했습니다. 그때는 그곳이 그 지역에서 외국인처럼 보이는 청소년을 아르바이트생으로 써주는 유일한 곳이었거든요. 보호소에 있던 유기된 동물들은 대부분 개들이었어요. 내 일은 개 우리를 청소하고 먹이를 주는 거였죠."

그의 목소리에서 평소의 목사 같은 특징이 사라졌다. 살짝 근엄한 분위기가 사라지고, 목소리가 자장가처럼 부드럽고 소탈해졌다. 그녀는 태아의 자세처럼 몸을 둥글게 말고 싶은 기분이 들었다.

"동물 보호소에서 삶에 대해 너무 많은 값진 것들을 배웠죠. 나는 거기서 그곳을 운영하던 제이슨을 만났어요. 아일랜드계 미국인인데, 당근처럼 붉은 머리에 픽업트럭처럼 튼실한 사람이었죠. 제이슨은 돼지 사육업자 같은 냄새를 풍겼고 악수를 할 때면 손이 항상 축축하고 두툼했어요. 일할 때 남을 거의 보지 않고 말도 거의 하지 않았고요. 내가 상상하던 것과 **전혀** 다른 모습이었죠. 난 강아지를 품에 안은 채 치아가 다 드러나도록 따뜻한 미국식 미소를 짓는 40대 초반의 금발 여자를 상상했거든요. 시리얼 상자나 보험회사 팸플릿 표지에서 볼 수 있는 그런 얼굴이요."

그가 부드럽게 웃었다.

"제이슨이 내게 왜 거기서 일하고 싶어 하냐고 물었을 때 나는 개를 사랑한다고 말했죠. 그런데 제이슨은 이 보호소에 사랑을 위한 장소는 없다고 차갑게 말하더군요."

끝으로 가면서 루소의 목소리가 작아졌다. 미희는 머리 위에서 윙윙 돌아가는 전기 선풍기의 소리를 들을 수 있었다. 선풍기의 불평과 신음 소리가 조용히 오르락내리락했다. 미희는 그의 무릎을 베고 눕고 싶었다.

"제이슨의 말에 따르면 사랑을 보여주는 건 견주에게나 주어지는 사치라는 겁니다. 매일 먹이고 씻기고 산책시키며 관리해야 할 개들이 수백 마리나 되는 상황에서는 사랑을 위한 공간 따위는 없다는 거죠."

루소의 목소리는 이제 저 멀리서 나오는 것 같았다. 미희는 대형견에게 하듯 그의 머리를 쓰다듬고 어루만지는 자신을 상상했다. 눈꼬리가 살짝 처진 그의 부드러운 눈매는 늘 그녀에게 골든리트리버를 떠올리게 했다.

"제이슨은 말했어요. 따뜻한 눈물과 천사 같은 미소, 구조 센터나 유니세프 광고에서 우리가 보는 그런 이미지들은 할리우드 배우들이나 고작 1년에 한 번 아프리카 고아원을 찾는 사람들만을 위한 것이다. 하루도 빠짐없이 죽음과 학대와 질병을 봐야 하는 실제 일꾼과 구조원들은 **눈물을 흘리는 데** 시간과 에너지를 낭비할 여유가 없다. 날마다 먹이와 포옹과 생존을 원하는 수백 개의 작은 눈들이 자신만을 바라보고 있다. 최대한 많은 생명을 구하고 돌보기 위해서는 로봇처럼 기계적이어야 한다. 감정을 보일 수가 없고, 모든 개들에게 사랑을 보일 수는 없다. **모두를 사랑하는 건 아무도 사랑하지 않는 것과 같기 때문이다.** 그리고 소수를 사랑하는 것은 나머지를 모두 포기하는 것을 뜻한다고 했죠."

그는 한동안 조용히 앉아 있었다. 눈가와 코끝이 조금 불그스레해졌다. 목소리가 거칠어지더니 매력적인 바리톤으로 급격하게 낮아졌다. 듣기 좋은 목소리였다.

그녀는 그가 이마에서 머리를 쓸어 넘길 때 그의 목젖이 올라갔다 내려가는 것을 지켜보았다.

시나몬. 그가 사용하는 암녹색 병에 든 프랑스산 애프터셰이브 로션. 그것 때문에 그의 피부에서 은은한 계피 냄새와 감귤 냄새가 난다고 그녀는 생각했다.

"하지만 제이슨도 인간이었죠. 제이슨에게도 제일 좋아하는 개가 있었어요."

그 맛은 어떨까?

"제이슨이 결국 맥시라고 이름 붙여준 골든리트리버였죠. 지나칠 정도로 친화력이 좋은 개였어요. 주인한테 오랜 시간 학대를 받았는데도. 제이슨은 맥시를 입양했고, 결국 다섯 마리를 더 입양했죠."

그녀는 그의 옷깃을 붙잡고 그의 몸 전체에 얼굴을 문지르고 싶었다. 그에게 자신의 냄새를, 자신에게 그의 냄새를 묻히고 싶었다.

"왜 다섯 마리뿐이었나요?" 두 갈래의 생각을 오가느라 마음이 분주한 채로 그녀가 물었다.

"제이슨은 동시에 사랑해주고 제대로 보살필 수 있는 최대치가 일곱 마리라고 생각했어요. 그보다 많으면 결국 대책 없이 모아두기만 하는 무책임한 주인이 되거나 아니면 제대로 된 개 보호소를 운영해야 한다고."

"그럼 맥시 전에 개가 한 마리 더 있었나요?" 그녀가 짐짓 침착한 척하며 물었다.

"그래요." 루소가 미소 지으며 말했다. **정말로 귀 기울여 듣고 있었군요.** 이렇게 생각하는 것 같았다.

그녀의 관자놀이가 시계처럼 재깍거렸다. 그녀는 생각에서 벗어나고 싶었다.

"웃기는 게 뭔지 알아요?" 루소가 물었다.

그녀는 다음 이야기를 듣는 데 열중하고 있지 않았다. 그녀의 손이 그의 얼굴을 감쌌다. 그녀는 자신과 그의 입술이 얽히는 순간을 갈망했지만 어떻게 해야 할지 알 수 없었고, 그가 웃을까 봐 겁이 났다. 대신 그들의 시선이 얽혔다. 사지가 액체처럼 녹아내리는 기분이었다. 목사의 팔이 없었다면, 미희는 바닥에 쓰러졌을 것이다. 그녀는 추락하는 도중에 잡혔지만, 여전히 추락하고 있는 기분이었다. 그녀가 숨을 헐떡였다. 루소의 양어깨가 그녀의 몸을 폭 감싸서 흡사 포옹하는 모양새가 되어 있었다. 심장이 쿵 내려앉은 듯 배꼽 아래에서 격렬하게 고동쳤다.

"기도실로 데려가주세요, 목사님. 거기 아무도 없어요."

이제 그녀는 그의 심장도 고동치는 것을 느낄 수 있었다.

루소

호연. 나에게 후회로 남은 이름.

나는 호연을 코넬대학의 첫 프랑스 철학 수업에서 만났다.

우리는 즉시 가까워졌다. 우리 모두 불어를 전공했고, 문학과 음악 취향도 비슷했으며, 무엇보다 우리는 그 수업을 듣는 유일한 혼혈 학생들이었다.

나는 키가 크고 어깨가 넓은 반면 호연은 긴 갈색 곱슬머리에 키가 작고 마른 체형이었다. 그래서 우리가 캠퍼스에서 나란히 걸으며 서로에게 머리를 기울이고 대화를 나눌 때면 사람들은 우리를 연인으로 오해하곤 했다. 호연은 중국인 이민자 어머니와 캘리포니아에서 의류 공장을 운영하는 폴란드계 유대인 아버지 사이에서 태어났다. 그는 나만큼이나 언어에 재능이 많았다. 우리가 처음 만났을 때, 그는 이미 중국어와 히브리어를 유창하게 구사했고 대학에 다니는 동안 불어에도 능통하게 되었다. 나중에 우리가 다시 중국에서 만났을 때, 그는 한국어를 완벽하게 구사했고 자신의 새 여자 친구가 한국인이라고 했다. 호연은 내가 살면서 만난 사람들 중에 눈을 휘둥그레 뜨고 내게 **어떻게 외국어를 그렇게 잘하세요?** 라고 묻지 않은 몇 안 되는 사람 중 하나였다.

호연은 내가 만난 다른 누구와도 달랐으며, 내가 아는 혼혈 청년 중에 유일하게 자신이 물려받은 두 가지 색의 피부를 편하게 여기는 것처럼 보였다. 사실 편하게 여기는 것 이상이었다. 그는 자신의 이질성을 오히려 즐기는 듯 보였고 항상 그것을 십분 활용할 준비가 된 것 같았다. 그의 본명은 아버지가 지어준 유대계 미국인 이름 네이선 저커먼이었지만, 그는 내게 자신을 왕호연이라고 소개했다. "한국인들이 그렇게 발음하는 거 맞지?" 그가 윙크하며 말했다, "한인 학생회 파티에서 만난 귀여운 한국 영계한테 배웠지." 그는 중국 학생들 사이에서 왕하오란으로 통했다. 하오란은 그의 어머니가 그를 부르기 위해 지어준 중국 이름이고 왕은 어머니의 결혼 전 성이었다. 유대계 학생들에게는 항상 네이선 저커먼이라는 정식 이름을 썼지만, 다른 사람들에게 그는 그냥 네이트였다.

그는 인간 카멜레온이었다. 어느 인종 집단과 함께 있냐에 따라 매너와 분위기가 극적으로 바뀌었다. 백인 학생들과 있을 때면 훨씬 더 큰 소리로 천천히 말했고 종종 큰 손동작을 썼으며 터널 속의 기러기처럼 우렁차게 울리는 목소리로 껄껄 웃었다. 중국어로 말할 때는 훨씬 더 빠르게 더 높은 음으로 노래하듯 말했지만 손은 비교적 한가했다. 히브리어로 넘어가면 그는 갑자기 시무룩해지고 다소 비밀스럽고 조금 우울해 보였다. 어쩌면 이런 인상은 그가 구사하는 언어들 중에 히브리어가 내가 전혀 알아듣지 못하는 유일한 언어이기 때문일지도 모른다고 생각했다. 각각의 집단과 있을 때, 그는 그 자리에 없는 다른 집단에 대한 가벼운 농담을 하며 일시적인 거리를 두었다. "재치 있는 인종적 농담을 교환하는 건 미국에서 낯선 사람과 친구가 되는 좋은 방법이지." 호연은 내게 말하곤 했다.

그는 세 곳의 학생 클럽에 소속되어 있었다. '파이(Φ)'로 시작되는 이름의 백인 남학생 사교 클럽과 중국인 학생회, 그리고 유대인 학생회인 힐렐이었는데, 그는 그 모든 단체에서 편안해 보였고 어디서건 적응을 잘하는 것 같았다. 처음에는 이처럼 항상 변하는 호연의 정체성이 불편하게 느껴졌다. 그러나 시간이 흐르면서, 나는 그것이 주는 자유를 인식하기 시작했다. 분열된 존재로 살면서 거기에 만족하는 것. 나는 혼혈의 운명은 어느 한쪽을 택해서 평생 고수하는 것이며 그렇지 않으면 어느 집단에서도 완전한 구성원의 자격을 획득하지 못할 거라고 늘 생각했었다. 그래서 어린 시절에는 나의 미국적 측면을 확실하게 고수하기로 선택하고 한국이나 프랑스의 유산을 어떤 식으로든 드러내는 것을 피했다. 그러나 호연에게 이중성은 숨겨야 할 것이 아니었다. 오히려 십분 활용해야 할 것이었다. 그는 그것을 받아들이고 이점으로 누렸다. 그는 현재의 필요에 따라 어떤 존재든 될 수 있었으며, 거기에 대한 부끄러움이나 혼란을 느끼지 않았다. 나는 이런 편안하고 당당한 자신감이 항상 여자들을 그에게 끌어당긴다고 생각했다. 그는 어딜 가든 가장 외모가 돋보이는 부류의 남자와는 거리가 멀었음에도 데이트 상대를 찾기 어려운 적이 없었다. 호연은 에메 아델이 자신에게 새로운 가능성을 열어주었다고 말했다. "에메 아델은 그 시대에 혼혈 혈통임에도 불구하고 유럽에서 자기 분야에서 큰 성공을 거두고 사람들의 경청과 존경을 이끌어낸 최초의 지식인들 중 하나였어." 호연은 말했다. "그는 국외자와 잡종견, 너와 나 같은 사람들로 하여금 자신이 중요한 존재라고 느끼게 만들었어, 에이드리언."

그러나 나는 아델의 사진을 보며 혼란스러웠다. "하지만 아델은 너나 나처럼 **보이지** 않잖아." 내가 호연에게 말하고는 호기심에 어떻게 아델이 아프리카계 아랍인일 수 있는지 물었다.

호연은 백인 사교 클럽 친구들과 있을 때 그러는 것처럼 우렁차게 울리는 목소리로 껄껄 웃고는, 아델이 얼마나 이국적인지가 핵심이 아니라고 말했다. "핵심은 본인이 적절하다고 생각하는 방식으로 본인의 정체성을 이용하려는 아델의 의지와 기발한 재주지. 중요한 건 **그거**란다, 애송아."

대학을 졸업하고 몇 년 뒤 중국에서 호연을 다시 만났을 때, 나는 그의 얼굴을 알아보지 못했다. 특유의 헤어스타일이었던 쇄골 주위에서 까닥거리던 긴 갈색 곱슬머리는 귀 위쪽까지 짧게 잘려 있었고, 많은 동아시아 남자들의 머리처럼 삐죽삐죽한 검은색 생머리였다. 호연은 동양인들과 잘 섞이기 위해 중국으로 오기 직전 머리를 펴고 염색을 했다고 말했다. "지금 나는 공산국가의 기자야." 그가 능글맞게 싱긋 웃으며 속삭였다. "그리고 안 그래도 눈에 띄는데, 더 이상 이목을 끌고 싶지는 않아."
그는 가까이에서 보면 사람들이 여전히 자신의 얼굴에서 이질
적인 특징을 알아보지만, 길에서 눈에 띄지 않고 군중들 사이
를 유유히 지나갈 수 있다고 말했다. "예전의 유대인식 곱슬머
리로는 불가능했을 일이지." 호연이 혀를 차고는 킬킬거렸다.

그의 바뀐 점은 민족적 정체성만이 아니었다.

대학교 1학년이 끝나갈 무렵, 나는 처음으로 마리화나를 피
웠다. 내가 한 번도 피워본 적 없다는 사실을 알고 난 뒤, 호연
이 금요일 밤에 내 기숙사실로 가져온 것이다. 주변 방들은 대
부분 비어 있었다. 학생들은 다들 1년 내내 캠퍼스 주변에서 열
리는 다양한 파티에 초대를 받아 나가 있었다. 덕분에 나는 모
처럼 기숙사의 고요함을 즐겼다. 나른하게 울리는 나 자신의 웃
음소리를 듣는 것이 기분 좋았다. 빅걸프 머그컵에 담긴 보드
카를 홀짝이며, 호연은 당시 내가 만났다 헤어졌다를 반복했
던 여자 친구 브렌다에 대한 질문을 또 꺼냈다. 그녀와 어디까
지 갔는지, 그녀가 침대에서 어떤지 따위를 물었다. "넌 네 외모
가 근사한 걸 모른 척하더라. 왜 그러는 거야?" 호연이 투덜거렸
다. "넌 꼭 그게 중요하지 않은 것처럼 행동하는데, 그게 겁나
짜증 나." 배가 고팠던 우리는 그가 보드카에 넣으려고 냉동실
에서 꺼낸 얼음 조각을 우걱우걱 씹고 있었다. 그러다 그의 팔
꿈치가 조금은 거칠게 내 갈비뼈를 찔렀고, 나는 웃음을 토해
냈다. 그 웃음이 기폭제가 되어 우리는 다시 배가 아플 정도로

한바탕 소리 없는 웃음을 터뜨렸다. 그 순간 나는 내 입술 사이, 내 치아 사이로 비집고 들어와 내 혀에 닿은 그의 얼음처럼 차가운 혀를 느꼈다. 한동안 아무것도 할 수 없었다. 나의 생각은 느리고 안개가 낀 듯 흐릿했다. 아마도 오래지 않아 그는 내가 응하지 않고 있다는 사실을 깨달은 것 같다. 그가 갑자기 멈추고 물러난 것이 기억난다. 나는 행여 그가 부끄럽고 민망해할까 봐 두려웠지만, 그는 괜찮아 보였다. 그는 화장실로 달려가야 할 것 같다고 말했고 그렇게 했다. 다시 돌아왔을 때 그는 내가 항상 알던 호연의 모습, 통통 튀고 빈정거리는 모습 그대로였고, 아무 일도 없었던 것처럼 행동했다. 나는 그냥 장단을 맞춰주고 다시는 그 일을 언급하지 않았다.

나는 아직도 호연이 하는 일의 성격과 의도를 모르고, 앞으로도 항상 모를 것이다.

한번은 내가 묻자 그는 혹시 마이클 풋을 아냐고 되물었다.

"안타깝지만 내가 할 수 있는 말은 이게 다야." 그가 말하고는 전화를 끊었다.

마이클 풋. 영국의 기자이자 노동당 당수를 지낸 정치가였던 그는 KGB 스파이로 추정되는 인물이었다. 전 KGB 런던지국장에 따르면, KGB 요원들은 풋을 여러 차례 만났으며, 풋은 그들에게 정보를 제공했고 그들은 그에게 가끔 돈을 지불했다고 한다. 1986년까지 KGB는 그를 **영향력 있는 요원**으로 간주했다.

그러나 똑같은 상황에 대한 마이클 풋의 인식은 매우 달랐다. 풋은 KGB가 한때 자신을 그들의 사람으로 분류했다는 사실을 몰랐다. 풋은 KGB 요원을 만나긴 했지만, 그런 만남을 숨길 의도가 없었기에 만남은 비밀리에 이루어진 적이 없었다. 그는 그들과 대화하고 그들의 기부를 받아줌으로써 진보 정치의 대의명분과 세계 평화에 이바지하고 있다고 생각했다. 풋은 법을 어기지 않았다. 어떤 **국가 기밀**도 넘기지 않았다. 그는 스파이가 아니었다.

스파이의 의미는 그 정의를 어디에 두느냐에 달려 있다.

분명한 경계선 같은 건 결코 존재한 적이 없다.

호연이 정보기관과 어느 정도 관련되어 있는지는 수수께끼다. 그는 처음부터 CIA에 의해 선택되고 훈련된 본격적인 요원이었고, 기자라는 직업은 그저 위장이었을까? 아니면 상호 이익을 위해 CIA에 협력하기로 선택하여 유용한 이야기나 정보를 교환한 기자였을까? 진짜 답은 결코 알 수 없을 테지만, 나의 추측은 후자에 가까울 것이다.

내가 그의 연루 사실을 알았느냐가 질문이라면, 대답은 '그렇다'이다. 나는 그가 연루되어 있음을 알았다.

하지만 내가 언제 사실을 알게 되었을까? 나도 모르겠다.

내가 알게 되었다는 사실은 알겠는데 정확한 발견의 시점을 꼭 꼬집어 말할 수가 없다. 어쩌면 애초부터 어느 정도는 알고 있었는지도 모른다. 어쩌면 마치 산타가 허구라는 사실을 알게 되는 과정처럼 너무나 서서히 알아채서 그 비극적인 통찰에 대한 기억이 없는 것일 수도 있다. 어쩌면 나는 진실을 그저 내 마음 한구석에 묻어두고 싶었는지도 모른다.

사실 여기서도 경계선이 분명한 적이 없다. 통상적인 믿음과 달리, 스파이 활동은 일상과 그렇게 동떨어져 있지 않다. 스파이 활동에서 주고받는 대부분의 정보는 잔인하고 은밀한 활동의 결과가 아니라 카페나 음식점에서 이루어지는 평범해 보이는 대화의 결과다. 대부분의 정보는 온종일 첩보 활동에만 매진하는 제임스 본드 같은 사람들이 아니라 따분하게 칸막이를 친 사무실에서 양다리를 걸치고 일하는 이름 없는 배불뚝이들에 의해 조달된다. 정보 자체가 항상 비밀스러운 성격을 지닌 것도 아니다. 그저 여기저기서 전해 들은 말들과 신문과 잡지 기사를 긁어모은 것에 가깝다. 요원들의 임무는 때로 그렇게 공개된 퍼즐 조각을 분류하고 편집하여 그 뒤에 숨은 은밀한 관계성을 읽어내는 것이다.

내가 분명하게 아는 거라고는 옛 친구를 다시 만나서 행복했다는 것뿐이다. 같은 부류의 사람들과 멀리 떨어져 중국 북동부의 외딴곳에서 미국인으로 사는 것은 매우 외로운 일일 수 있다. 나는 부지런한 교회 사람들과 함께하는 시간에 감사했지만 세속적인 대화에 목이 말랐다. 캠퍼스에서 산책을 하며 여자와 섹스와 인종과 그 밖에 우리 마음에 들어온 모든 것들에 대해 진지하게 대화를 나누던 사색적인 시간이 그리웠다. 날것 그대로의 내 생각과 감정을 내가 가장 편하게 느끼는 언어로 말할 수 있는 누군가, 나의 배경 이야기와 오랫동안 나를 괴롭혔던 것들을 이해하는 누군가가 있었을 때가 그리웠다. 내가 합리화도 사과도 할 필요가 없는 누군가.

그래서 호연이 중국에서 내게 연락했을 때 나는 흥분했다. 우리는 기회가 될 때마다 만나서 이야기를 나눴다.

흔히들 심리 치료사에게는 심리 치료사가 필요하다고들 말한다. 고해신부에게는 고해신부가 필요하다. 북한 난민의 삶과 트라우마에 대한 이야기를 듣는 것은 값지고 사람을 겸허하게 만드는 경험이지만 대가 없이 주어지는 것은 아니다. 그런데 호연이 기적처럼 나타났다. 마치 나를 구조하러 온 것처럼 중국 북동부의 황량한 단조로움 속에서 갑자기 짠 하고 나타난 것이다.

그는 나의 슬픔을 이해하고 이야기를 들어주었다. 내가 구해낼 수 있었거나 그럴 수 없었던 탈북자들에 관한 이야기, 나의 꿈속에 무작위로 난입하는 너무도 생생한 얼굴들에 관한 이야기를. 선양과 연변, 창바이에 있는 지저분한 호텔 방에서, 나는 그와 오래전에 가졌어야 할 시간을 가졌다. 부끄러움을 모르는 죄인인 나는 마치 사랑하는 사람의 죽음을 슬퍼하는 것처럼 그의 팔에 안겨 울었다. 그러나 특정한 죽음을 마음에 두고 있는 것은 아니었다. 그냥 너무 많았다. 호연은 옳고 그름을 판단하려 들지 않고 그저 모든 것을 보고 흡수했다. 어느 시점엔가 나는 내 이야기의 일부가 《더 타임스》에 기사화되었다는 사실을 알게 되었다. 그러나 나는 경각심을 느끼지 않았다. 나는 우리의 우정과 그의 분별력을 믿었다.

처음에는 그가 내게서 얻어 가는 정보의 중요성을 잘 인식하지 못했다. 그러나 시간이 나에게 깨우침을 주었다. 나는 전 세계를 통틀어 방금 탈북한 사람들의 증언을 직접 듣는 최초의 사람들 중 하나였다. 나는 세계에서 가장 폐쇄된 사회에 대한 가장 최신의 그림을 그릴 수 있는 정보를 쥐고 있었다. 그것은 많은 강대국들이 탐낼 만한 정보였다.

그러나 성미가 우리 교회의 문을 두드릴 무렵에 나는 기진맥진한 상태였다. 직무를 수행하기가 점점 까다로워지고 있었다. 중국 내 탈북자에 대한 북한 정부의 단속이 더욱 강경해졌고, 그 결과 이제 나와 함께 일하려는 괜찮은 중국인 브로커가 별로 없어졌다. 나는 우리에게 도움을 청하러 온 탈북자 몇 명을 돌려보냈다. 변화된 상황에서 우리가 그들에게 유용할지 확신할 수 없었고, 무엇보다 내가 보호하고 있는 누군가의 사망이나 실종을 더는 참을 수 없었다. 할 만큼 했다는 기분이 들었다. 휴식이 절실히 필요했다. 나는 미국으로 돌아가서 문학 교수가 되는 과정을 다시 시작할까도 생각해보았다.

그때 더없이 운 좋은 타이밍에 성미가 내 삶 속으로 훅 들어왔다. 그리고 우리는 사랑에 빠졌다. 그녀와 남한으로 이주하는 것은 내가 꿈꿔온 삶의 시작으로 보였다.

나는 그녀의 탈출 경로가 가장 짧고 가장 안전하기를 원했다. 성미는 대한항공을 타고 다롄에서 남한으로 날아갈 것이었다. 그녀는 다롄의 인기 있는 해변 휴양지에서 주말을 보내고 귀국하는 한국인 관광객 행세를 했다. 브로커 비용이 일반적인 경우보다 열 배나 비쌌다. 불안한 정치적 상황을 탓하라고 그들은 말했다. 더욱이 이 일에는 진짜 남한 여권을 훔치고 위조하는 과정이 필요했다. 중산층 남한 여자로 보이기 위해, 성미는 브로커의 조언에 따라 머리에 파마와 염색을 하고 손톱에 매니큐어를 칠했다. 그녀는 남한 억양을 흉내 내는 법을 배웠고 다행히 빠르게 익혔다. 의심을 최소화하기 위해, 남한 여권을 가진 또 다른 브로커가 성미의 남편 행세를 하면서 서울의 공항에 내릴 때까지 그녀와 동행했다. 서비스에 등급이 있다면, 성미는 왕족의 서비스를 받는 거라고 브로커들이 싱글거리며 말했다. 나의 사랑인 성미에게는 그 모든 것을 받을 자격이 있었다.

미희

미희는 자기 인생에 대한 중요한 결정이 그런 일상적인 것들—아이의 출생과 부모의 죽음—에 의해 정해질 거라고 결코 생각하지 않았다. 그녀도 그녀가 아는 대부분의 다른 여자들과 다를 게 없는 것 같았다.

아람은 예정보다 한 달 일찍 태어났다. 산부인과 의사는 아기가 괜찮을 거라고 말했다. "36주를 다 채우지는 못했지만 그만하면 충분히 오래 있었습니다." 그가 그녀의 어깨를 토닥이며 말했다. 그래서 고 박사와 소아과 의사가 농담과 호탕한 웃음을 나누며 병실에서 나가고 불과 10분 뒤에 간호사가 신생아를 안고 신생아 집중치료실로 뛰어 내려가야 했다는 사실을 나중에 알게 되었을 때 그녀는 배신감을 느꼈다. 미희는 처참한 기분이었다. 첫 번째 출산을 겪은 그녀는 경막외 주사 때문에 여전히 하반신이 무감각한 채로 무기력 상태에 빠져 맥없이 어둠 속에 누워 있었다. 무서운 사냥꾼이지만 이제 다시는 사냥을 못 하게 된, 해안가에 휩쓸려 온 범고래처럼.

에이드리언이 내내 아이와 함께 있었다. 그는 간호사와 함께 아기를 신생아실로 데려갔고, 간호사가 또 아기의 체중을 재고 발 도장을 찍는 동안 곁에 머물렀다. 아기의 손가락 끝과 발이 자줏빛으로 변하는 것을 처음 알아차린 사람도 에이드리언이었다. 그는 아기를 따라 신생아 집중치료실로 갔다. 그리고 간호사들이 아기의 얼굴에 산소마스크를 씌우고 겨우 그의 엄지손가락만 한 크기의 발에 심박수 측정기를 묶고 립스틱처럼 가느다란 팔에 주삿바늘을 꽂을 때 그 자리에 있었다. 그는 고 박사가 뛰어 들어와서 헐떡이며 그에게 나가달라고 부탁할 때까지 거기 있었다. 그런 뒤 에이드리언은 바짝 긴장하면서도 동시에 멍한 상태로 반투명 유리문 바로 앞에서 기다렸다. 치료실에서 터져 나오는 아기의 울음소리를 듣는 순간, 그는 기쁨으로 가슴이 벅차올랐다. 울음은 아기가 의식을 되찾았음을 뜻하기 때문이었다. 그러나 울음이 길어지고 찢어질 듯한 울부짖음으로 변함에 따라, 그 조그만 고사리 손이 보랏빛으로 변하는 것을 처음 보았던 그 어둠의 구렁텅이로 다시 심장이 쿵 하고 내려앉는 것을 느꼈다. 에이드리언은 전에 한 번도 기도한 적 없는 것처럼 기도했다.

미희는 한참이 지나서 아기가 안정을 되찾은 뒤에야 신생아 집중치료실에서 아기를 보았다. 미희는 울지 않았다. 그저 눈물이 그녀의 몸에서 탈출하듯 눈에서 흘러내린 것뿐이었다. 눈물은 그녀가 통제할 수 있는 것이 아니었다. 지금 그녀의 눈앞에 있는 무력한 존재―인큐베이터에서 잠을 자면서도 많이 아픈지 세상 근심을 다 짊어진 듯 눈썹을 찡그리고 있는, 모두가 그녀의 것이라고 말하는 그 작은 몸―도 마찬가지였다. **산모님의 아이예요**. 행여 그녀가 잊을까 봐 걱정이라도 하듯 그들은 계속 말했다. 하지만 그 아기가 정말 내 것이라면, 왜 나는 아기를 보호할 수 없을까? 눈물방울이 하염없이 모노륨 바닥 위로 뚝뚝 떨어졌다.

미희는 마치 납치범이 존재하지 않는데도 협상에 임하고 있는 것 같았다. **당신이 이 아이가 다른 평범한 아이들처럼 살아서 성장하게 해준다면, 무슨 짓이든 하겠어요. 내 몸에서 무엇이건 가져가도 좋고 내게 당신이 원하는 다른 어떤 비극을 줘도 좋아요. 내 다리를 앗아 가도 좋고, 내 눈을 앗아 가도 좋고, 심지어 내가 간 뒤에 이 아이가 정상적으로 살 거라고 보장만 해준다면 내**

목숨을 가져가도 좋아요. 깨어 있으면서 고통스러워하는 나의 작은 핏덩이를 위해 아무것도 해줄 수 없음을 아느니 차라리 영원히 잠들겠어요.

미희는 주먹을 꼭 쥐고 속으로 읊조렸다. **아니면 내가 자백하기를 원하세요? 혹시 내게 그것을 요구하는 건가요? 그건 아무것도 아니에요. 당장이라도 그럴 수 있어요. 내 아이가 건강하게 정상적으로 살 거라고 보장만 해준다면 내일 아침 눈뜨자마자 자수할 수 있어요.**

2주 뒤 아기가 신생아 집중치료실을 나와서 마침내 그들과 함께 집에 왔을 때, 미희는 그때까지 알지 못했던 자기 자신에 대한 한 가지 사실을 깨달았다. 그날 밤 신생아 집중치료실에서 그녀가 읊조렸던 것이 자신의 첫 번째 기도라는 사실이었다. 비록 일차원적이고 이기적인 성질의 것이었지만, 그럼에도 진심 어린 기도였다. 그리고 눈물과 마찬가지로 기도도 그 자체로 독립적인 의지를 가진 존재처럼 그녀의 몸에서 뛰쳐나왔다.

잠자는 아기를 침대에 눕히며 미희는 또 울었다. 전에는 마음의 여유가 없어서 한 번도 알아보지 못했던 그 작은 생명체의 아름다움에 큰 감동을 받았다. 그녀가 지금까지 알아온 인간 중에 가장 작고 가장 예쁘면서도 가장 무서운 존재. 아직 말을 하지 못하지만, 이미 그녀의 삶에서 가장 큰 결정권을 쥔 존재.

에이드리언은 그녀를 끌어당겨 품에 꼭 안았다.

"승호에게 일어난 일은 안됐어요." 에이드리언이 심각한 목소리로 속삭였다.

길고 고통스러운 한숨이 그의 입에서 새어 나왔다.

미희는 턱을 그의 어깨에 얹은 채 그의 등을 내려다보았다.

누구? 그녀가 손으로 그의 등을 쓰다듬으며 물어보려는 순간 에이드리언이 또다시 한숨을 쉬고 그녀를 더욱 꽉 안았다. 그 순간 미희는 그 이름이 떠올랐다.

승호. 성미의 아들 이름이었다. 미희는 승호에 대해 거의 잊고 있었다.

성미의 진짜 아들은 북한 어딘가에서 살고 있겠지만, 미희는 새생명교회에서 그들이 처음 만났을 때 자신이 편집해서 에이드리언에게 들려준 성미의 축약판 인생 이야기에서 승호를 죽은 존재로 만들었다. 미희는 승호가 태어나서 오래 살지 못했다고 말했었다. 문제를 단순하게 만들기 위해 지어낸 이야기에서 아기가 죽은 걸로 한 것이다. 미희에게, 아니 그 누구에게도, 아기를 키운 경험은 꾸며내기 어려웠다. 미희는 엄마로서 서툰 부분 때문에 자신의 거짓말이 들통나는 것을 원치 않았다.

에이드리언은 그들이 처음 만났을 때 그녀가 딱 한 번 말해준 그녀의 가짜 아들 이름을 기억했다.

에이드리언은 그녀의 눈물이 잃어버린 아이에 대한 기억 때문이라고 생각했다. 그녀의 새로운 아이가 첫째 아이의 죽음을 기억나게 한 거라고 말이다.

에이드리언은 그녀의 가짜 비극을 마음에 새겼다.

바로 그 순간 거기서, 그녀는 하마터면 진실을 말할 뻔했다.
나는 성미가 아니에요. 나는 미희예요.

그 말이 그녀의 입안에서 진실의 구역질처럼 느껴졌다. 그녀는 그것을 다시 꿀꺽 삼켜야 했고, 찰나의 순간 동안 그것이 목에 걸렸다. 눈과 입에 쉰내 나는 하수구 같은 물이 고였다.

그러나 당신에 대한 나의 사랑은 진짜예요. 그녀는 생각했고, 한번은 연습까지 했다. 혼자 있을 때 화장실 거울에 비친 자신을 보며 속삭였다. 이 말은 진실이었지만, 그것이 그녀의 입술을 떠나 허공으로 발사되자마자 결국 싸구려 가짜로 들렸다.

그녀는 전에 한 번도 해보지 않은 것을 할 필요가 있었다. 진실을 진실로 들리게 만들 필요가 있었다.

"하지만 당신에 대한 나의 사랑은 진짜예요." 그녀는 거울에 대고 다시 연습했다.

"이제 때가 됐다고 생각하지 않니?" 미희의 어머니가 미희를 보지 않고 말했다.

그들은 또 여기에 와 있다. 같은 벤치의 양쪽 끝에, 마치 사이에 아무것도 꽂혀 있지 않은 두 개의 북엔드처럼 서로에게 1미터 정도 떨어져서 나란히 앉아 있다. 이 낡은 벤치는 그들의 정례적인 만남 장소인 손기정 기념 공원의 방치된 테니스 코트 뒤에 있었다. 미희의 어머니가 이 질문을 처음 했을 때는 손자가 태어난 직후였다. **이제 때가 됐다고 생각하지 않니, 미희야?**

그녀가 물었지만 미희는 무시했다. 그렇다 아니다 답을 하고 싶지 않았다. 대답하는 것 자체가 배신행위처럼 느껴졌다. 설령 그 대답이 '**아니다**'라고 해도. **너와 아람이가 새출발할 자격이 있다고 생각하지 않니?** 그녀의 어머니는 조용하지만 집요하게 물었고, 미희는 일어나서 자리를 떴다. 그리고 지금 또다시 그녀의 어머니가 똑같은 질문을 했다. "이제 때가 됐다고 생각하지 않니?"

그들은 서로를 보는 대신 정면을 보았고, 흡사 한 쌍의 침울한 복화술사와 인형처럼 입술을 거의 움직이지 않고 조용히 말했다. 암호화된 편지 교환이 그들의 주된 소통 방식이었지만, 미희가 서울로 이주한 뒤부터 한 달에 두 번씩 대면 만남도 가졌다. 미희는 항상 서울의 후미진 동네 중림동에 있는 손기정 공원으로 반드시 혼자 산책을 나왔다. 그곳은 낮 동안 학교 수업을 빼먹은 몇 안 되는 청소년들에게만 인기 명소인 황량한 공원이었다. 공원의 울창한 플라타너스 숲과 웃자란 회양목 울타리는 곁눈질하는 눈들로부터 좋은 피신처를 제공했고, 혹시 비상사태가 발생하면 그들이 숨을 수 있는 수많은 작은 암녹색 구석들이 있었다.

한 시간 전에 어머니가 자신의 시야로 걸어 들어온 순간, 미희는 무슨 일이 일어났는지 직감했다. 평소에 늦는 법이 없던 어머니가 9분 늦었다. 어머니는 초췌해 보였다. 머리의 3분의 2가 백랍과 비슷한 은색으로 바뀌어 있었다. 한 달 새에 10년은 늙은 것 같았다. 그들은 평소처럼 1제곱미터의 공간을 사이에 두고 한동안 말없이 앉아 있었다. 두 사람 다 울지 않았지만, 나중에 그들이 각자의 욕실에서 소리를 죽이기 위해 샤워기를 틀어놓고 흐느껴 울 것임을 두 사람 다 알았다.

어머니는 평화로운 죽음이었다고 했다. **자다가 죽었어.** 사람들이 위로의 제스처로 하는 말. 지나가는 대부분의 사람들이 꿈꾸는 종류의 죽음, 고통도 비명도 없이, 밤에 잠을 자다가 고요한 죽음으로 넘어가는 것. 아버지는 그런 종류의 죽음을 누릴 자격이 있다고 미희는 생각했지만, 결코 그렇게 말하지 않았다. 그랬다가 바위처럼 단단한 어머니가 자신 앞에서 무너지게 될까 봐 두려웠다. 미희는 그런 일이 일어나는 것을 원치 않았다. 오늘은.

아버지가 어머니의 정체를 알았나요? 대신 미희는 어머니에게 묻고 싶었다. 그러나 그녀는 그 답을 이미 알고 있었다. 물론 아버지는 알았다. 그는 비둘기의 마음을 가지고 있지만, 그렇다고 비둘기의 뇌를 가진 것은 아니었다. 적절한 질문은 이거였다. 언제 알았나?

가장 큰 속임수는 속아주는 거란다.

미희가 어렸을 때 아버지는 안 그래도 사슴처럼 둥그런 눈을 보름달처럼 만들며 미희에게 그렇게 말했다.

미희는 그날 혼란스러운 기분으로 학교에서 집으로 돌아왔다. 그녀는 가지고 있던 작고 빨간 지우개를 보여주었다.

"연주가 자기 아버지가 쿠바에서 보낸 거라면서 나한테 이런 걸 **또** 줬어. 걔가 나를 바보로 아는 걸까?" 그녀가 물었다.

"아니다, 얘야." 아버지가 대답했다. "그 아이는 그냥 너와 친구가 되고 싶은 거야. 친구를 만들고 관심을 표현하는 그 아이만의 독특한 방식이지."

그 아이만의 독특한 방식. 미희는 아버지의 말을 곱씹었다. 연주가 독특한 아이인 건 사실이었다. 대부분의 아이들이 예의 바르면서도 무관심하게 무시하고 싶어 하는 부류의 여자아이였다. 하지만 미희는 연주가 멍청하지는 않다고 생각했다. 연주는 선생님의 질문에 정답을 말하지 못한 적이 없었고, 대부분의 같은 반 아이들보다 읽고 쓰기도 잘했다. 연주는 창밖을 내다보는 데 너무 많은 시간을 썼고 그 나이치고 너무 몽상적이고 키도 너무 큰 이상한 아이였다. 너무 마르기도 했다. 손목이 너무 가늘어서 세게 붙잡으면 토끼 뼈처럼 딱 부러질지도 모른다고 미희는 생각했다. 연주는 가난해서 팔꿈치와 무릎이 해져 헝겊을 덧댄 옷을 물려받아 입었다. 안색은 오줌처럼 노랬다. 몸에서 항상 시든 양배추 냄새가 났다.

"이건 스페인어도 아니야." 지우개에 인쇄된 작은 검은색 외국 문자를 뚫어지게 쳐다보며 미희가 말했다. "이건 쿠바에서 온 게 아니야. 분명해." 미희가 짜증 난다는 표현으로 눈썹을 찌푸리고 입을 삐죽 내밀었다.

"키릴문자구나." 아버지가 조용히 대답했다.

학교에서 가족 소개를 하는 날이었다. 각각의 아이에게 전체 학급 앞에서 가족 구성원에 대해 이야기할 5분간의 시간이 주어졌다. 자기 차례가 되었을 때, 연주는 교단에 올라 등을 꼿꼿이 펴고 서서는 자신의 아버지가 무척 자랑스럽다고 당당하게 말했다. "저의 아버지는 지적인 분, 교육받은 분입니다." 연주가 자신감에 넘쳐서 말했다. "현재 쿠바에서 일하시는 성공한 외교관이십니다."

처음에 미희는 충격을 받았고 나중에는 화가 났다. 미희는 담임교사인 봉 선생님을 보았다. 그녀는 친절한 마음씨를 가졌지만 법을 지키는 데 있어서는 엄격하기도 한 40대 중반 여성이었기 때문에, 미희는 그녀의 얼굴에서 자신과 똑같은 반응을 보게 될 거라고 기대했다. 그런데 봉 선생님은 충격을 받은 것 같지도 화가 난 것 같지도 않았다. 다만 슬퍼 보였다. 그녀는 잠자코 있다가 연주가 자신의 자리로 무사히 돌아가게 해주었다. 어떤 질문도 나무람도 없었다.

다른 사람은 몰라도 봉 선생님은 연주가 거짓말하고 있다는 것을 알았다. 연주의 아버지는 쿠바에 있지 않았다. 교화소에 있었다. 마을 사람들도 연주의 아버지가 경비원으로 일하던 병원에서 의료용품을 훔치다가 걸렸다는 사실을 대부분 알았다. 물론 미희를 포함해 마을에서 모든 지각 있는 사람들은 연주 가족의 출신 성분이 매우 낮으며, 따라서 외교관 같은 명망 있는 직업을 가질 자격이 안 된다는 것을 알았다. 입에 풀칠이라도 하기 위해, 연주가 학교에 가 있는 동안 연주의 어머니가 빨간 립스틱을 바르고 낯선 남자들을 집으로 데려온다는 소문이 돌았다. 남자들은 쌀이며 보리, 석탄, 옷 같은 식량이나 다양한 물건들을 지불했다. 먹을 수도 입을 수도 없는 어떤 물건들은 결국 연주의 손에 들어갔고, 연주는 가끔 그런 물건을 학교로 가져와서 마음에 드는 친구들에게 나눠주며 그것이 아버지가 쿠바에서 보낸 물건이라고 말했다. 보아하니 미희는 연주가 친구로 삼고 싶은 몇 안 되는 아이들 중 하나였다.

미희는 그런 뻔뻔스러운 거짓말쟁이와 친구가 되고 싶지 않다고 아버지에게 말했다. 연주의 뻔뻔함은 미희에게 충격적이었다. 그녀는 자기 또래의 아이가 전체 학급과 선생님 앞에서 양심의 가책도 보이지 않고 새빨간 거짓말을 하는 게 가능하다고 생각하지 않았었다.

"넌 똑똑한 아이다, 미희야." 아버지가 말했다.

미희는 평소보다 낮고 거친 아버지의 목소리에서 독특한 어조를 포착했다. **아버지가 꾸짖을 때의 목소리야.** 그녀는 알아차렸다. 아버지는 결코 소리 지르지 않았다. 느릿느릿한 말투로 마치 노을처럼 차분하면서도 강렬하게 훈육을 하는 그만의 방식이 있었다.

미희는 눈과 귀를 크게 열고 집중했다.

아버지는 자신이 하려는 말이 조금 혼란스럽게 들릴 수도 있겠지만 미희가 결국 이해할 거라고 말했다. "모든 거짓말이

나쁜 건 아니란다, 미희야. 가끔은 거짓말이 남들에게 피해를 주기 위한 도구가 아니라 그냥 살아남기 위한 노력일 때도 있단다. 미치지 않기 위한 노력 말이야."

미희는 혼란스러움에 눈살을 찌푸렸지만 계속 귀 기울였다.

"연주가 속이는 건 네 것을 훔치기 위해서가 아니야. 그건 자신의 고통스러운 과거를 감추기 위한 방식이란다. 상처를 보호해주는 붕대 같은 거지."

몇 초간 침묵한 뒤, 아버지는 미희 앞에서 무릎을 꿇고 두 손으로 그녀의 팔을 살며시 잡았다. 그는 너무 큰 동시에 너무 작아 보였다.

"미희야, 가끔은 말이다. 가장 큰 속임수, 그리고 가장 친절한 속임수는 속아주는 거란다. 그것이 상대에게 소중한 위안이 될 수 있단다, 아가야."

미희는 아버지의 눈에서 슬픔을 보았다. 눈가에 맺힌 반짝이는 눈물에 아버지는 입술을 살짝 깨물었다. 그러나 그는 곧 평소의 스카치캔디처럼 다정하고 부드러운 미소로 슬픔을 지워냈다. 그리고 미희의 이마에 부드럽게 입 맞추며 꼭 껴안았다. 아버지의 헤어토닉에서 나는 톡 쏘는 향이 미희의 콧구멍으로 훅 들어왔다. 미희는 입에서도 그 맛을 살짝 느낄 수 있었다. 날 생강과 아니스 씨 맛. 그것은 항상 그녀를 어지럽고 졸리게 만들었다. 그녀가 미소 지었다.

아이들만 가능한 방식으로, 미희는 자기도 모르게 아버지의 말을 이해했다. 다음 날 방과 후에 미희는 연주에게 기꺼이 다가가서 감사를 표했다. 의미 있는 가족 선물을 자신에게 나눠줘서 고맙다고 말했다. 미희는 연주에게 쿠바에 대해, 아버지에게서 들은 바깥세상의 온갖 환상적인 것들에 대해 좀 더 이야기해달라고 했다. 꺼림칙한 기분을 드러내주듯 이마에 땀방울이 맺혔지만, 그래도 미희는 진심처럼 보이려고 최선을 다했다.

미희는 그 순간 연주의 얼굴에 나타난 표정을 결코 잊지 못할 것이다.

내가 안다는 걸 연주도 알아. 미희는 즉시 감지했다.

연주는 입을 약간 벌린 채 이글이글한 눈으로 말없이 미희의 얼굴을 빤히 쳐다보았다. 미희는 연주가 아기처럼 눈물을 터뜨릴지, 아니면 덩치 큰 남자처럼 분노를 터뜨릴지 확신할 수 없었다.

그런데 연주의 얼굴이 동그래지며 미소를 지었다. 세상에서 가장 순수하고 슬픈 미소였다. 그것은 미희로 하여금 아버지가 속이는 것에 대해 이야기하고 난 뒤 지었던 미소를 떠오르게 했다. 눈꼬리가 조금 아래로 처진 연주의 눈에는 눈물이 그렁그렁했지만, 두 뺨에는 한 쌍의 보조개가 깊이 파였다. 기쁨에 넘쳐 크게 벌린 연주의 입 안쪽으로 거의 모든 치아가 드러났다.

집을 향해 나란히 걸으며, 두 소녀는 대화를 나눴다. 대부분 연주가 말했고 미희는 들었다. 연주는 아버지의 쿠바 비행에 대해, 비행기가 어떻게 흔들렸고 엔진이 어떻게 우루루 울리는 소리를 냈는지에 대해 말했다. 쿠바의 여자들이 얼마나 노출이 심한 것으로 악명 높은지, 그래서 종종 허벅지와 가슴골까지 드러내곤 하는지에 대해 말했다. 쿠바 사람들이 어떻게 고기를 먹는지에 대해 말하면서 그들은 고기에 갈릭버터를 듬뿍 바른 다음 숯불에 구워 먹는데 돼지고기 소시지며 송아지고기, 양고기 조각이 가득 담긴 무거운 접시 때문에 상다리가 휘어질 지경이라는 말도 했다. 연주의 이야기가 진짜가 아니라는 걸 뻔히 아는데도 미희의 입에 침이 고였다. 미희가 안다는 것을 연주가 안다고 해도 아무것도 바뀌는 건 없었다. 그들이 그날 집으로 걸어가면서 공유한 것들의 모든 의미와 즐거움은 줄어들지 않았다. 연주의 얼굴에 떠오른 눈물 어린 미소는 연주의 이야기가 계속되는 한, 그리고 미희가 마음을 다해 들어주는 한, 연주가 세상에서 가장 행복한 사람이라는 것을 미희에게 말해주었다.

그들은 서로의 허구를 공유하며 친밀해졌다.

연주와 미희는 단짝이 되었고, 고등학교에 가기 위해 헤어질 때까지 그 관계는 지속되었다.

아버지는 알았다.

아버지는 확고한 증거가 필요한 적이 없었다.

우리는 때로 이런 것들을 추측하거나 추론하지 않는다. 그냥 안다.

어머니는 자신이 항상 모두를 속였다고 생각할지도 모르지만, 결국 어머니가 속일 수 없었던 유일한 사람, 그리고 아주 쉽게 그녀를 속인 유일한 사람은 바로 그녀가 사랑하는 남편이었다.

그는 그녀에게 속아줌으로써 그녀를 속였다. 그가 알고 있다는 것을 그녀는 몰랐다.

그것이 상대에게 소중한 위안을 뜻할 수도 있단다. 아버지는 미희에게 말했었다.

"이제 때가 되었다고 생각하지 않니?" 어머니가 미희를 보지 않고 말했다.

때아닌 빗방울이 미희의 이마에 부딪쳐 핑 소리를 내며 떨어졌다.

"이제 우리를 그곳에 묶어둘 건 아무것도 없다."

어머니가 희끗희끗한 머리를 푹 숙였다. 그것은 자신이 방금 내뱉은 이야기의 무게를 안다는 의미였다. 미희는 어머니에게 버럭 성을 내야 했지만 그럴 수 없었다. 가슴이 조였다. 지금은 위선적으로 행동할 여력이 없었다. 오늘은.

어머니는 말을 계속했다. "내가 먼저 자수한 다음 나머지를 거래하마. 몇 개월쯤 걸릴 거야. 어쩌면 너도 한동안 종적을 감춰야 할 수 있어. 하지만 오래 걸리지는 않을 거야. 약속하마."

미희는 빗방울이 플라타너스 나뭇잎에 후두두 부딪치는 소리에 귀 기울였다. 두툼한 담요처럼 겹겹이 아치형으로 휘어진 나뭇가지들 사이로, 떠들썩하게 우는 첫 매미 소리가 들렸다.

여름이 나무에 이미 스며들었다. 이내 더욱 거세게 쏟아지는 비가 그 여름 생명체의 울음소리를 삼켜버렸다.

두 사람 다 움직이지 않았다. 주변의 공기가 마치 벨벳처럼 묵직하게 몸에 휘감기는 느낌이었다.

미희가 입을 열었다. "하지만 그들이 어머니를 쫓을 거예요. 정말 그런 걸 원하세요? 그건 남은 날들 동안 가짜 이름으로 위장하고 도망자로 숨어 사는 삶을 뜻해요."

떨어지는 비를 뚫고 이야기하는 동안, 미희는 자신의 말이 새된 외침처럼 나온다는 것을 깨달았다. 그녀는 어머니에게 고함을 친 것인지, 아니면 자신에게 친 것인지 확신할 수 없었다.

"얘야, 이미 준비되지 않았니?" 어머니가 조용히 말했다.

미희는 자기 인생에 대한 중요한 결정이 그런 일상적인 것들—아이의 출생과 부모의 죽음—에 의해 정해질 거라고 결코 생각하지 않았다. 그건 그녀가 아는 대부분의 다른 여자들과 다를 게 없는 것 같았다.

어쩌면 이제 자신이 평범한 인생을 누릴 때가 되었는지도 모른다고 생각했지만, 죄책감이 없지는 않았다.

억수같이 퍼붓던 비가 보슬비로 줄어들어 나른하게 쇼윈도를 톡톡 두드렸고, 쇼윈도의 조명만이 월요일의 텅 빈 도로를 외로이 비추었다. 비에 흠뻑 젖었는데도, 미희는 한기를 느끼지 못했다.

그녀는 충정로 지하철역까지 걸어갔다. 비가 올 때면 종종 하는 행동이었다. 열차를 탈 생각은 아니었다. 충정로는 그녀가 서울에서 가장 좋아하는 지하철역이었다. 서울의 중심부에 자리 잡고 있음에도, 충정로역은 러시아워에조차 붐비는 법이 없었다. 아침부터 밤까지 인파에 파묻힌 채 끊임없이 이어지는 분주한 발소리에 시달리는, 이웃한 시청역과는 극명한 대조를 이루었다. 충정로역은 또한 서울에서 가장 삭막하고 특색 없는 역이었다. 시청역 내부는 붉은 벽돌로 뒤덮여 있고 중앙 통로에는 고급스러운 흰색 대리석 기둥이 줄지어 늘어선 반면, 충정로역의 내부는 역의 중추를 이루는 대규모 콘크리트 블록에 단조로운 회색 타일이 연속적으로 조잡하고 얄팍하게 덮여 있었다.

그러나 그녀를 자꾸만 이곳에 오게 만드는 것은 바로 그런 브루털리즘 양식 콘크리트 덩이들이었다. 특히 비가 올 때는. **회색 냄새.** 어린 미희는 그것을 그렇게 표현했다. 혜산 비행장 입구의 냄새. 어린 미희는 그저 잿빛 아름다움을 간직한 냄새를 흡입하기 위해 하늘에 먹구름이 몰려들 때마다 비행장으로 달려가곤 했다. 비에 흠뻑 젖은 광활하고 매끈하고 뿌연 콘크리트 포장.

퀴퀴한 사향 냄새. 어쩐지 땀에 젖어 포옹할 때를 연상시키는 젖은 땅과 오래된 종이의 후각적 이종교배.

미희는 아버지의 오래된 책들과 불법 레코드판으로 가득했던 혜산의 작은 서재로 돌아가 있었다. 낡은 양장본 책 더미들이 흰곰팡이 냄새와 잉크 냄새를 짙게 풍기며 익숙한 한숨을 내쉬었다. 어린 시절의 냄새.

미희는 자신이 결코 고향으로 돌아가지 않을 것임을 알았다. 혜산 비행장의 냄새를 다시 맡을 일은 없을 것이다. 그럼에도 그녀가 아버지에 대한 추억에 사로잡힐 때마다, 어린 시절의 냄새를 갈망할 때마다 이곳에, 빗속의 충정로 지하철역에 다시 올 수 있다는 것이 슬프지만 위안이 되었다.

루소

"아람이는 어때요?"

그녀가 처음 한 말이다. 오랜 부재 후에 나타난 그녀의 목소리는 마치 만화 속 캐릭터 토끼의 입에 더빙된 성우의 그것처럼 내 귀에 기묘하게 울린다.

"아람이는 괜찮아요." 내가 눈물을 삼키며 그녀에게 말한다. "그냥 엄마를 그리워해요. 내가 아내를 그리워하는 것처럼."

내가 다시 어린아이가 된 기분이다. 상처받기 쉽고 버려질까 봐 늘 두려워하는 울보 아이가. 아람이가 태어났을 때 나는 그 아이가 그런 불안감을 모르고 자라게 하겠다고 나 자신과 아람이에게 약속했다.

아람이가 태어날 무렵, 나는 호연의 죽음에 대한 소식을 들었다.

아편유사제 과다 복용. 그의 시신은 사망한 뒤 나흘 만에 LA에 있는 복층 아파트에서 우크라이나인 여자 친구에 의해 발견되었다. 여자 친구는 마지막 몇 개월 동안 그의 약물, 특히 헤로인 복용량이 증가했었다고 증언했다. 그들은 그것이 사고인지 자살인지 확신할 수 없었다.

아람이의 출생이 없었다면 호연의 죽음에 대한 생각이 내 머리를 온통 점령했을 것이다.

갓 태어난 아람이는 하나의 블랙홀이었고 우리는 그 블랙홀에 기꺼이 빨려 들어갔다. 울음과 단속적인 짧은 잠과 수시로 폭발하는 식욕으로 우리의 잠을 앗아 가고 우리의 모든 일상을 거꾸로 뒤집어놓은 완벽한 폭풍이었다. 동시에 아람이는 우리가 깨어 있는 모든 시간을 경이로움으로 채웠다. 그 아이는 우리가 지금은 잊은 어린 시절의 놀라운 경험들―우리가 이 세상의 신참자로서 주변 세상을 어떻게 인식했으며, 어떻게 모든 평범한 물건이나 사람이 우리의 무한한 호기심에 불을 붙였는지―을 떠오르게 해주었다. 삶에 대한 사랑으로 가득한 누군가의 곁에 있는 것은 그토록 정신이 고양되는 경험이다.

내 아내는 장자크 루소를 좋아하지 않았다. 자식들이 태어나자마자 모두 고아원에 버렸기 때문이다. 18세기 파리 고아원의 끔찍한 위생 상태를 고려할 때, 이후 다섯 아이 중 누구라도 오래 살았을 가능성은 크지 않다. 그녀는 정의와 평등의 옹호자로 이름을 날리고 어린 시절과 어린아이 같은 마음에 대한 사랑을 설파한 사람이 다섯 아이 모두 태어나자마자 죽을 것이 분명한 상황으로 내몬 것은 끔찍한 아이러니라고 말했다.

내 아버지 자클랭 루소는 내가 아홉 살 때 어머니와 나를 버렸다. 나는 어머니와 외조부모 덕에 사랑 속에서 안정되게 성장했지만, 아버지의 부재는 내 삶에 채울 수 없는 작은 구멍을 남겼다. 하나의 물음표가 대답할 수 없는 것들의 구렁에 빠져 허우적거렸다. 그때 모든 답을 갖고 있는 철학자 에메 아델이 내 앞에 나타났다. 물론 나는 호연과 같은 이유로 아델을 좋아했다. 아델은 서양 세계의 모든 숨겨진 약자들에게 희망의 상징이자 롤모델이었다. 그러나 내게 아델의 말은 성공 스토리 이상을 뜻했다. 젊은 나, 대학생 에이드리언 루소를 그의 문학 세계 속에 뛰어들게 만든 것은 아델의 결혼관이었다. 에메 아델은 전통적인 결혼을 필멸의 관습으로 보았다. **특별함에서 평범함으로 가는 여정.** 서서히 환멸에 이르는 과정. 잔인하고 비관적이지만, 결혼에 대한 그의 운명론은 내 삶의 수수께끼에 대한 철학적인 답을 제공했다. 내가 어린 시절 내내 무의식적으로 추구했던 일종의 정당화였다. 왜 나의 아버지는 그래야 했는가, 왜 아버지는 갑자기 우리를 영원히 떠났는가. 결혼이 실패할 수밖에 없는 낡은 관습이라는 아델의 관념은 내가 아버지의 포기를 훨씬 더 참을 수 있게, 심지어 이해할 수 있게 만들어주었다. 그것은 내가 어렸을 때 도저히 하지 못했던 용서를 마법처럼 간접적인 방식으로 불러냈다. 그것은 내가 계속 뒤돌아보았던 흉터를 덜 역

겹게 보이게 만들었다. 나머지 삶 동안 아버지를 미워하며 살지
않도록 구원해주었다. 인간에게 기대하는 것이 적으면 세상의
슬픔을 삼키는 것이 덜 힘겨워졌다. 아델 같은 사람은 비록 결
함이 있고 이중적이기는 해도 여전히 세상에서 위대한 업적을
이룰 수 있었고 사람들을 위해 대단한 일을 해냈다. 어쩌면 나
는 아버지도 그런 식으로 상상하고 싶었는지도 모른다. 결함이
있지만 나름대로 대단했을지 모를 남자로.

어쩌면 그녀가 아델에 대해 한 말에 내가 그토록 화가 난 이
유도 바로 그 때문인지 모른다.

그녀는 손쉬운 정당화를 꿰뚫어 보았고 그것을 내게 지적할
만큼 용감했다. 혹은 둔감했다.

"먼저, 내가 당신을 사랑한다는 것, 아람이를 사랑한다는 것
을 알아주면 좋겠어요. 내가 정말로 원하는 것은 당신과 아람
이와 함께 있는 것뿐이에요. 당신이 그걸 알아줘야 해요."

성미는 화가 난 것처럼, 혹은 울지 않으려고 애쓰는 것처럼
턱을 꽉 깨물고 있다. 나만 초조한 게 아니라는 것을 알게 되니
안도감이 든다. 그녀의 목소리는 거칠고 끊어지기 직전의 고무
줄처럼 팽팽하게 긴장되어 있다. 그것이 선양의 새생명교회에서
우리가 처음 만난 순간, 그녀가 인생 이야기를 들려줬을 때를
떠올리게 한다. 그녀는 지금 달라 보인다. 더 어리고 더 취약해
보인다. 그녀는 기도할 때처럼 두 손을 모아 쥐고 손마디가 하
얘질 만큼 깍지를 꽉 끼고 있다. 속눈썹이 파르르 떨린다.

나는 배 속이 오그라드는 기분이다. 그녀가 무슨 말을 할까 조마조마하다.

내가 가장 좋아하는 작가에 따르면, 나 자신의 결혼, 그토록 특별한 상황에 처한 특별한 두 인간 사이의 사랑 이야기는 불행하게 끝날 것이 분명하다.

에메 아델은 극한의 상황에서 꽃피운 사랑은 가을처럼 단조로운 일상을 견뎌내지 못한다고 말했다.

그러나 이제 나는 사랑을 하고 부모가 된 경험이 없는 비관적인 10대 소년이 아니다. 아델은 달변의 작가이지만, 결혼과 헌신적인 관계에 관해서라면 아이 같은 남자였다. 그는 부모로서의 책임에 대한 직접적인 지식이 없었다. 자기 자신보다 다른 사람을 더 소중히 여긴다는 게 어떤 의미인지 결코 몰랐다. 그가 이해한 것들은 학자로서 그의 뇌에만 국한되었다. 그는 그런 경험이 어떻게 우리를 가슴으로 느끼게 만드는지 모른 채 죽었다.

게다가 평범함이 뭐가 그리 나쁜가?

그녀가 부재한 동안 우리의 결혼에서 가장 그리웠던 부분은 일상적인 것들이었다.

내 재킷 어깨에 붙은 그녀의 흑갈색 머리카락 한 올. 그녀가 주방에서 항상 보사노바풍으로 흥얼거리던 진부한 드라마의 주제곡. 쌀쌀한 밤에 그녀가 집에서 입던 베이지색 양모 조끼의 푹신한 느낌. 나는 그녀를 **털북숭이 인간 카펫**이라고, 또는 **안고 싶은 곰돌이**라고 부르며 놀렸다. 그녀가 세수할 때 쓰던 싸구려 비누 냄새, 그녀의 베개에서 나던 오이 향과 레몬 향. 내가 집으로 돌아갔을 때 아파트 문 안에서 들리던 아람이와 그녀의 숨죽인 킬킬거림. 가끔 나는 문을 열고 안으로 들어가기 전에 그 솔직한 행복의 소리를 조금 더 듣기 위해 한동안 그 자리에 가만히 서 있기도 했다. 나는 우리가 함께하는 일상의 작은 부분들이 그립다. 오직 나에게만, 우리에게만 중요한 사소하고 세부적인 것들이.

그녀는 땅을 응시하며 간신히 입을 뗀다. 나는 가슴이 조인다.

그러나 또다시 침묵이 뒤따른다. 고함보다도 크고 둔탁한 소리를 내는 침묵이.

그녀가 생각을 정리하는 동안, 나는 우리가 앉아 있는 손기정 공원의 벤치 주변을 둘러본다. 키 큰 플라타너스나무들이 어디에나 그늘을 드리워서 땅에는 살며시 흔들리는 빛의 조각들이 여기저기 조금씩 보일 뿐이다. 나는 고개를 들어 위를 올려다본다. 오렌지색 황혼이 하늘 전체에 번지고 있다. 한때 여름 매미의 시끄러운 울음소리로 가득했던 대기가 이제 귀뚜라미의 쓸쓸한 **찌르륵찌르륵** 소리에 점령당했다. 가을이 왔다.

여기가 당신이 혼자 산책을 나오는 곳이군요. 나는 생각한다.

"왜 여기서 만나자고 했어요?" 내가 묻는다.

"등잔 밑이 어두우니까요." 그녀가 여전히 시선을 땅에 고정시킨 채 마치 잠꼬대를 하듯 중얼거린다. "여긴 그들이 절대 우리를 찾을 거라고 예상하지 못할 곳이에요."

그녀의 이상한 답에 불현듯 기시감이 든다. 내 뇌리에서 뭔가, 금속성의 핑 소리가 울린다. 그것을 말로 옮기고 싶지만 그냥 삼킨다. 차라리 그녀의 속도에 맞추어 그녀의 말을 듣는 게 나을 것 같다. 게다가 이상한 일이지만 그 대답의 의미를 내가 이미 어느 정도는 알고 있는 것처럼 느껴진다. 희망과 불안. 서로 싸움을 벌이는 두 마리의 나비로 내 속이 마구 요동친다.

그녀가 마침내 눈을 들어 내 얼굴을 보고 입을 연다. "고백할 게 있어요, 루." 그녀가 오랫동안 연습한 대본 속의 대사를 읊듯 말한다. 그러나 그녀의 목소리는 여전히 떨린다.

"나도 고백할 게 있어요, 성미 씨." 내가 그녀의 눈을 보며 말한다.

나는 그녀의 눈에서 오래된 불안이 물러가는 것을 본다. 약간의 두려움과 함께 놀라움이 잠시 무대를 차지했다가 익숙한 호기심이 나타난다. 이제 그녀는 나의 기분을 이해한다. 우리는 서로의 비밀 속에서 새롭게 친숙해진 것을 느낀다.

그 순간 미희가 자기소개를 한다. 처음에는 적이었으나 지금은 친구라고.

여덟 번째 인생

이름 없는 여자의 여덟 가지 인생

/

죽음의 전망은 대부분의 사람들에게 진실성을 부여하지만, 소수의 다른 사람들은 반대 방향으로 몰고 갈 수 있다. 부고 프로젝트를 진행하는 내내, 나는 탁월한 노인 사기꾼을 몇 명 만났다. 짤막한 인생 이야기를 들려달라고 청하면, 그들은 대신 자신들이 겪은 일과 판타지를 섞어서 전설을 만들어냈다. 박명기 할아버지는 사망하기 석 달 전에 자신이 한때 고도로 훈련된 암살자였으며 북파되어 김일성을 죽이기 일보 직전까지 갔다고 주장했다. 그러나 박 할아버지가 준 정보로 대한민국 육군의 비밀 특수부대인 육군첩보부대(HID) 동지회에 전화를 걸었을 때, 그들은 그런 이름과 생김새의 대원은 없었다고 확인해주었다. 또 다른 90대 노인 감부용 할아버지는 대외적으로 알려지지 않았지만 자신이 한때 남한 역사상 최악의 군부 독재자전두환의 오른팔이었다고 고백했다. 그것도 자랑스럽게 그렇게 주장했다. 이번 경우는 곧바로 허풍이라고 느꼈기 때문에 나는 굳이 확인하지도 않았다. 감 할아버지는 모든 진보주의자를 빨갱이나 뜨내기 정치꾼이라고 부르며 전문가인 양 정치에 대해 지껄이는 부류의 노인이었다. 이 고백 후 4개월 만에 그가 죽었을 때, 전 씨 이름으로 장례식 화환 같은 것은 오지 않았다. 사실은 어떤 화환도 오지 않았고, 슬피 우는 조문객도 없었다.

내가 이런 노인들에 대해 품은 한 가지 질문은 이거였다. 스스로 만들어낸 전설로 과연 누구에게 잘 보이고 싶은 것일까? 별 볼 일 없는 부고 작성인 나에게? 아니면 그들 자신에게? 어쩌면 그들은 충분히 설득력 있게 말한다면 거짓말이 스스로 생명력을 갖게 되어 그 자체로 사적인 진실이 될 수 있다고 믿었는지도 모른다. 어쩌면 그들은 정신이 소멸하기 전에 스스로를 그런 식으로 기억하고 싶은 것인지도 모른다. 그리고 나는 내 개인적인 감상에 관계없이 그들의 서술을 온전히 집중해서 듣고 섣불리 재단하려 들지 않음으로써 그들의 마지막 결정을 존중하기 위해 최선을 다하려고 노력했다. 때로는 고통받는 사람들에게 줄 수 있는 최선의 것이자 유일한 것은 이야기를 들어주는 것뿐이다.

묵미란은 달랐다. 그녀는 그런 전형적인 절박한 인물이 아니었다. 무엇보다 그녀는 내가 황혼에서 만난 첫 번째 여성 허풍쟁이였다. 할머니들은 가끔 자랑을 늘어놓곤 하지만, 그들의 무해한 과장들은 주로 자식과 손주의 성취에 대한 것이었고, 자신에 대한 것인 경우는 드물었다.

내가 그녀에게 본인이 말한 인물들의 삶을 모두 사는 것이 어떻게 가능했는지 물었을 때, 그녀는 편안하고 자신감 있는 태도와 흔들림 없는 눈빛으로 그 시대에는 그것이 가능했다고 말했다. 노인들의 뻔한 대답이군. 나는 생각했다.

내가 본 중에 가장 당당한 거짓말이었다.

그녀는 자신이 그냥 살인범이 아니라 **연쇄**살인범이라고 주장했다. "세 번째부터는 앞에 '연쇄'가 붙더군. 3이라는 숫자를 좋아하는 습성이 여기에도 있군그래." 묵 할머니가 은근슬쩍 빈정대며 말했다. 내가 얼마나 많은 사람들을 죽였냐고 물었더니 네 명이라고 대답했다.

"그럼 어떻게 지금 교도소에 계시지 않은 건가요? 어르신 말씀대로라면 어르신은 연쇄살인범이자 스파이인데요." 나는 믿을 수 없었다.

"김현희가 지금 교도소에 있나?" 그녀가 물었다. 얼굴에 어떤 표정도 없이.

묵 할머니 말이 맞았다. 1987년 115명의 생명을 앗아 간 대한항공 858호기 폭파 사건의 주범, 북한 공작원 김현희는 교도소에 있지 않다. 노태우 전 대통령이 사면해준 이후 그녀의 사건을 담당한 전직 안기부 수사관과 결혼해서 슬하에 두 자녀를 두고 남한에서 잘 살고 있다.

"나는 임무 중에는 한 명도 죽이지 않았어." 묵 할머니가 말했다.

"그럼 그 사람들은 누구였나요? 네 명의 희생자요." 내가 한결 겸손하게 물었다.

"세 명은 군인이었지. 한 명은 가족이고." 그녀가 '가족'이라는 단어에서 조금 머뭇거렸다.

"남편인가요?" 내 입에서 그 말이 튀어나온 다음에야 나는 너무 빨리, 너무 크게 그 말을 해버린 것을 깨달았다.

나는 그녀의 눈이 호기심으로 반짝이는 것을 보았다.

"자네 남편에게 문제라도 있나?" 그녀가 나를 놀렸다. 그녀의 입술 뒤에서 오른쪽 송곳니가 반짝였다.

"**전**남편이죠."

그리고 거기서, 나는 그 말을 하고 말았다. 무서웠던 단어. 내가 **전남편**이라는 단어를 소리 내어 말하고 그 단어를 나 자신의 목소리로 듣는 것은 그때가 처음이었다. 그런데 일단 내뱉고 나니, 더 이상 그리 슬프게도, 그리 끔찍하게도 들리지 않았다. 나는 자신감이 조금 상승하여 그 단어를 다시 한번 말했다. 거기에 익숙해질 필요가 있었다.

"제 전남편과 저, 우리는 이제 친구가 아닙니다."

그녀가 가볍게 코웃음을 쳤다. "행복한 이별 같은 건 없는 법이지." 마치 비밀 청중을 위한 방백처럼 그녀가 나지막이 중얼거렸다.

"그리고 난 아버지를 죽였어. 남편이 아니라. 내 남편은 훌륭한 남자였지." **남편**이라는 단어 뒤로 그녀의 목소리가 점점 작아졌다.

"왜 아버지를 죽이셨나요?" 내가 물었다.

"정당방위." 그녀가 신호를 받은 듯 재빠르게 대답했다. "안 그랬으면 아버지가 어머니와 나를 죽였을 거야." 그리고 곧이어 로봇 대변인 같은 건조하고 사무적인 목소리로 말했다.

나는 세 건의 다른 살인도 정당방위였냐고 물었다. **"당연하잖아."** 그녀가 대답하더니 나를 매섭게 쏘아보았다. **어떻게 그렇지 않을 수가 있겠어?** 이렇게 말하는 듯한 표정이었다.

"모두 전쟁 중에 일어난 일이야." 그녀가 말했다. 그녀의 얼굴에서 정지 화면처럼 멈춰버린 텅 빈 눈빛. 침묵이 뒤따랐지만 나는 어떤 소리로도 그 침묵을 채울 엄두를 내지 못했다.

"태평양전쟁, 그다음에 한국전쟁." 그녀가 말을 이었다.

"그자들은 전범이었어. 그자들은 거짓말을 했어. 여자들을 납치해서 노예로 삼았지. 너무 많은 어린 여자들이 죽었어. 난 여자들과 나 자신을 구하기 위해 단 세 명의 군인을 죽였을 뿐이야."

위안부. 그녀는 자신이 전시 성 노예였다고 주장했다.

"송재순 할멈은 사실 초면이 아니었어."

그녀는 말을 멈추고 숨을 깊이 들이쉬었다. "우린 한국전쟁 때 만났지. 그땐 그 할멈 이름이 재순이 아니라 제니였어. 미군들이 지어준 별명이었지."

제니. 그 이름이 묵 할머니로부터 고뇌의 한숨을 끌어냈다.

"나는 제니가 황혼요양원에 있는 걸 보고 거의 까무러칠 뻔했어. 하지만 제니는 나를 전혀 알아보지 못하더군. 이미 기억이 너무 많이 사라진 상태였어. 하지만 난 여전히 제니가 내게 했던 모든 말을 기억했지. 어린 시절 얘기, 어린 여동생들 얘기. 난 제니와 이야기를 나누면서 그 시절을 버텨냈어."

그녀의 빨개진 눈이 거의 감기면서 얼굴에 부드러운 미소가 돌아왔다. 그 미소는 점차 다른 종류의 미소로 바뀌었다. 반짝이는 송곳니를 드러내는 짓궂은 미소.

"북으로 달아나기 전에, 난 그 불쌍한 여자들을 해방시켜줬지. 그런 다음 그들이 감금되어 있던 부산 근처의 그 집에 불을 질렀어. 나는 그 집이 불길에 휩싸여 무너지는 걸 지켜봤어. 그 행동 때문에 내가 남한에서 **무장 공비** 혐의로 현상 수배자가 될 줄은 몰랐지."

묵 할머니가 섬뜩한 환희를 분출하며 나지막이 웃었다. 그러나 그 웃음은 뭔가 다른 것으로, 어린아이의 까르륵 소리와 숨죽인 동물의 으르렁거림 사이에서 줄타기를 하는 어떤 소리로 바뀌었다. 그러더니 으르렁거림은 캑캑거림이 되고, 이어서 앙상한 가슴이 거칠게 위아래로 오르내릴 정도의 심한 기침으로 바뀌었다. 나는 그녀 곁으로 달려갔지만, 그녀는 그런 연약한 손목에서 나올 거라고 예상하기 힘든 강한 힘으로 나를 밀어냈다. "내버려둬." 그녀가 숨을 헐떡이며 속삭였다. "손대지 마."

내가 간호사를 부르려 했지만 그녀는 간호사가 자신을 돕기 위해 해줄 수 있는 일은 하나도 없다며 단호하게 거부했다. "진정하려면 시간이 필요해. 그뿐이야." 그녀가 휠체어의 바퀴 손잡이를 움켜쥐고 낮은 목소리로 말했다.

어쩌면 거기서 당장 대화를 멈추고 그녀를 병동으로 돌려보냈어야 했을 것이다.

그런데 그러지 않았다. 나는 묵 할머니 못지않게 우리의 대화가 계속 이어지기를 원했다. 그녀가 자신의 살인에 대해 하려는 말을 어서 듣고 싶어서 안달이 났다. 나는 예의상 화제를 바꾸고 싶으냐고 물었고, 그녀는 나를 보지 않고 내가 있는 방향을 향해 **아니**라고 거칠게 내뱉었다.

"어떻게 죽이셨나요?" 내가 물었다.

묵 할머니는 나이에 비해 작은 키는 아니었지만 주먹싸움을 할 정도의 체격으로 보이지는 않았다. 특히 훈련된 군인들을 상대로는.

그녀는 손바닥을 편 채 두 팔을 내게 뻗었다. 패딩 재킷의 두툼한 흰색 소매 밑으로 앙상한 손목이 보였다. 한 쌍의 떨리는 잔가지 같은 팔은 다 자란 성인의 것이 아니라 새끼 사슴의 것처럼 보였다.

"어떻게 생각하나? 육탄전으로 했을까?" 그녀가 말했다. 그녀가 웃었고 나도 웃음을 터뜨렸다.

"독살이야." 그녀가 날카롭게 말했다.

그 단어를 입에서 내뱉자마자 그녀의 얼굴 표정이 180도 바뀌었다. 장난기 어린 미소가 싹 가시면서, 뺨의 모든 부드러운 곡선들이 사라졌다. 그리고 마치 신호라도 받은 듯 일순간에 진지한 눈빛이 돌아왔다.

"독은 어디에나 있어. 뭐든지 독이 될 수 있으니까." 묵 할머니가 속삭였다. "어떤 물질이건 그 양에 따라, 얼마나 빨리 몸에 들어가느냐에 따라 사람을 죽일 수 있지."

그녀는 집에서도 독을 발견할 수 있다고 말했다. "교도소에서도, 학교에서도. 그리고 병원이나 요양원 같은 곳들은 **노다지야**. 심지어 여기에도 있어." 그녀가 중얼거리며 정원 둘레에 반원형을 이룬 길쭉한 빈 땅을 향해 고개를 돌렸다. 가을이면 코스모스가 만발한 곳이었다. 해가 내려가기 시작하고 날씨가 추워졌다. 나는 덕다운 재킷의 지퍼를 끝까지 올렸다. 그러다가 묵 할머니의 코끝이 분홍색으로 바뀌는 것을 알아차리고 그녀의 무릎 위에 놓인 모직 담요를 펼쳐서 몸에 둘러주었다.

묵 할머니는 나의 손길에 반응하지 않았다. 그녀의 시선은 텅 빈 꽃밭에 고정되어 있었다. 그녀는 천천히 팔을 들어 앙상한 손가락으로 꽃밭 뒤의 높은 철제 담장을 가리켰다. "저 뒤에 독이 있어." 그녀가 말했다. "저쪽에서 바람이 불어올 때마다 그 냄새를 맡을 수 있지."

그녀는 눈을 감고 북쪽에서 불어오는 찬 공기를 들이마신

다음 다시 천천히 내뱉었다.

"담장 뒤에 숲으로 이어지는 유휴지가 있어. 키 큰 잡초들이 빽빽한 야생의 들판이지. 거기 사낙이 있어. 그것도 아주 많이. 그 독초는 특이한 냄새가 나지. 견과류처럼 고소하면서도 동시에 썩는 듯한 냄새."

그녀는 내게 공기를 들이마셔보라고 몸짓으로 말했고 나는 눈을 감고 그렇게 했다. 그러나 나는 파주의 들판 어디에서나 마주칠 수 있는 흙과 풀 냄새를 제외하면 아무것도 알아차리지 못했다.

"그건 저 너머의 땅이 좋다는 의미지." 그녀는 말을 이었다.

"사낙은 쉽게 찾을 수 있는 약초가 아니야. 잘 자라려면 특정한 흙이 필요하지. 양토 반 모래 반에 약간의 점토가 섞여 있어야 해. 너무 건조하지도 너무 질지도 않은. 그 냄새는 저 너머의 땅이 양질이고 기름지다는 것을 뜻하지."

그녀가 또다시 차가운 산들바람을 깊이 들이마셨다. 그러더니 입을 크게 벌리고 바람을 삼켰다. 입을 쩝쩝거리는 그녀를 지켜보며 나는 등골이 오싹해지는 것을 느꼈다.

"사낙은 약초인 동시에 독초야. 이파리 세 장만 씹으면—냄새 때문에 그러기 힘들겠지만—꿈도 꾸지 않고 단잠을 잘 수 있지. 하지만 뿌리에서 처음 우러난 물을 한 컵 마시면, 그 잠에서 영원히 깨지 못해. 뿌리는 잎보다 냄새가 훨씬 적고 독성이 훨씬 강하지.

하지만 독살의 핵심은 독 자체가 아니야. 독을 **언제, 어떻게** 투여하느냐지. 바로 거기서 기지가 필요해."

그녀가 실눈을 떴다.

"군인들에게 통하는 가장 쉬운 방법은 술에 타는 거였어. 그들이 마시는 위스키나 럼주, 싸구려 사케와 소주." 그녀가 쭈글쭈글한 손가락을 구부려 주먹을 꽉 쥐고 속삭였다. "군인들은 정신이 멍해질 만큼 술을 마셨지. 특히 전쟁이 막바지를 향해가면서는. 어쩌면 알코올로 자신의 죄와 기억을 깨끗이 씻어내고 소독해서 면죄부를 받으려 했는지 몰라."

그녀의 벌어진 입술 사이로 숨죽인 웃음이 새어 나왔다.

"이미 취해서 술에 찌든 상태를 유지하기 위해 술을 더 찾고 있을 때. 그때가 공격할 기회야. 술병에서 나는 이상한 맛이나 냄새를 알아차리지 못할 만큼 취했을 때. 그게 바로 내가 그들을 죽인 방법이야."

어깨에 힘을 빼서 둥글게 만들며, 그녀는 휠체어 등받이에 기대앉았다. 그러고는 손바닥을 하늘로 향한 채 양손을 팔걸이에 얹었다. 마치 여왕처럼, 평온하고 만족스럽게.

나는 그녀에게서 어떤 죄책감도 읽을 수 없었다.

작가 양반. 다음에 우리가 만났을 때 묵 할머니는 장난스럽게 나를 그렇게 불렀다.

설 명절이 한참 지난 터라 코스모스밭이 인기를 되찾았다.

10여 명의 환자가 자갈로 포장된 산책로를 따라 산책을 하거나 정원 담장 근처에서 휠체어에 앉아 일광욕을 즐기고 있었다.

묵 할머니와 나는 좀 더 은밀하게 이야기하는 편을 선호했고, 그래서 나는 그녀를 상담실로 데려갔다. "여긴 처음 와보는군." 묵 할머니가 한쪽 눈썹을 치켜올리며 놀란 듯 말했다. 나는 주중 오후에는 이곳이 주로 비어 있다고 말했다. "그러니 오늘 저녁 식사 시간까지 우리가 얘기할 시간이 많아요." 내가 흥분해서 말했다.

"여기가 자네가 글을 쓰는 곳인가?" 그녀가 아담한 방을 둘러보며 내게 물었다. 벽은 연한 녹차라테색으로 칠해져 있었다. 보기에도 좋고 긴장을 푸는 데 도움을 준다는 색이다. 그러나 좁은 공간에서 묵 할머니와 얼굴을 맞대고 있으려니 다소 긴장된 기분이 들었다.

나는 이곳이 내 작업 공간이 아니며 나는 작가도 아니라고 말했다.

그녀는 무뚝뚝하게 어깨를 으쓱했다. "자넨 사람들의 인생에 대해 쓰고, 사람들은 그걸 읽고 자네를 좋아하잖나. 그럼 작가지 뭐."

나는 그녀의 말에 기분이 좋아졌고, 얼굴이 달아오르는 것을 느꼈다. 얼굴에 이와 잇몸이 다 드러나는 무방비 상태의 미소가 떠올랐다. 내가 좋아하지 않는 종류의 미소였다. 그 미소가 나를 바보처럼 보이게 만든다는 것을 알기 때문이다. 나는 최대한 빨리 미소를 거두었지만, 묵 할머니는 그 같은 허점을 놓치지 않았다. 나는 그녀가 놀리기를 기다렸다.

그러나 그녀는 그러지 않았다. 그녀의 눈빛에는 경멸의 흔적이 없었다.

"그게 자네 어릴 적 꿈이었나? 작가가 되는 거?" 그녀가 다소 진지하게 물었다.

나는 전에 묵 할머니와 이렇게 가까이 있었던 적이 없다는 것을 깨달았다. 책상 하나와 의자 두 개, 작은 스킨답서스 화분 하나. 이렇게 최소한의 물건만 비치된 한 평 남짓한 방에서 마주 보고 있으니, 전에 알아차리지 못한 몇 가지 신체적 특징이 드러났다. 뺨 위의 작은 반점 두 개. 전에는 그것을 보조개로 해석했었는데, 지금은 흉터로 보였다. 어쩌면 마맛자국 같기도 했다. 그녀의 긴 목과 쇄골 부근의 피부에는 다양한 크기의 비슷한 흉터가 간간이 있었다. 특히 눈길을 사로잡는 흉터는 오른쪽 쇄골 끝에서 시작되어 심장을 향해 대각선으로 내려가 있었다.

그녀는 나의 시선을 의식하고 조용히 한숨을 쉬었다. "흉터가 어떻게 해서 생겼는지 궁금한가?" 그녀가 물었다.

나는 대답하지 않았지만 그녀는 내가 궁금해한다는 것을 알았다.

"담뱃불과 군용 칼 따위야." 그녀가 웅얼거리며 더 깊은 한숨을 내쉬었다. "이봐, 미안하지만, 오늘은 무거운 얘기를 할 기분이 아니야."

밖에서 이슬비가 내리기 시작했다. 계절이 봄으로 넘어가고 있다는 신호였다. 날씨가 훨씬 따뜻해졌지만, 공기 중의 습도 증가로 많은 환자들이 허리와 관절 통증을 호소했다. 묵 할머니는 평소보다 더 조용하고 사색적이었다. 그녀의 축 처진 어깨에 피로가 내려앉아 있었다.

"예, 작가가 되는 게 제 어릴 적 꿈이었어요." 내가 수줍게 미소 지으며 그녀에게 말했다. "그리고…… 엄마가 되는 것도요."

나는 내 얼굴에서 미소가 사라지는 것을 느꼈고, 그 원인이 무엇인지 알았다. **엄마. 전남편** 다음으로 내가 연습할 필요가 있는 또 다른 단어. 나는 심호흡을 하고 애써 그 단어를 다시 말했다.

"엄마. 저는 항상 엄마가 되고 싶었어요. 요즘은 여자가 그런 말을 하는 게 유행이 아니라는 걸 알지만, 저는 항상 극성맞은 엄마가 되고 싶었어요." 나는 가볍게 킬킬거렸다.

"그렇게 못 된 이유가 뭔데?" 그녀가 물었다.

"제 전남편이요. 의사는 남편의 정자 수가 적다고 했어요. 저는 인공수정을 시도하려 했지만, 남편이 거부했죠."

나는 남편에 대해 말했다. 그는 결코 폭력적인 남자가 아니었고, 우리가 함께한 시간 동안 내게 소리친 적조차 없었지만 나름의 조용한 방식으로 믿을 수 없을 만큼 고집불통인 사람이었다. 나는 그의 견고하고 차가운 거부가 영원한 거부를 뜻한다고 생각했다. 나는 그를 잃을까 두려웠다. 결국 혼자서 늙어가

게 될까 봐 두려웠고, 그래서 남편이 원한 아이 없는 삶을 마지
못해 받아들였다. 그럼에도 결국은 내가 그토록 두려워했던 상
황에 처하고 말았다. 혼자 늙어가는 것. 그러나 긍정적인 면은
그런 두려움이 애초의 기운을 잃었다는 것이다. 내가 두려워했
던 악몽을 겪은 후에야 비로소 나는 그것이 그렇게 끔찍하지만
은 않다는 사실을 깨달을 수 있었다. 사실 혼자 산다는 것은 상
상했던 것처럼 나쁘지만은 않았다. 내 두려움이 지나치게 부풀
려진 것이었다. 물론 충격과 슬픔이 있었지만 그런 것들은 시간
이 지나면서 잦아들었다. 간간이 발작적인 외로움이 여전히 나
를 따라다녔지만 그것은 내가 처리할 수 없는 것이 아니었다.
혼자 사는 것은 제법 할 만한 일이었고 하루하루 지날 때마다
점점 더 그렇게 되어가고 있었다.

　"하지만 여전히 화가 나요." 내가 고백했다. "엄마가 될 기회
를 빼앗은 것 때문에 그 사람한테 화가 나요. 지금은 너무 늦어
버렸죠. 이미 폐경이니까. **지퍼가 잠긴 거죠.**" 나는 엄지로 목을
긋는 시늉을 했다. 마치 유머가 나의 슬픔을 감춰줄 것처럼. 나
는 횡경막 바로 아래에서 흐느낌이 꿈틀대는 것을 느끼고 애써
억눌렀다. 보통은 이것이 내가 분노에 대처하는 방식이었다. 분
노를 밖으로 분출하면 기분이 더욱더 엉망이 되기 때문에, 분노
를 슬픔으로 바꿔서 흐느끼곤 했다. 그러나 지금 묵 할머니가
있는 자리에서 울고 싶지는 않았다. 째깍거리며 흘러가는 그녀
의 소중한 시간에 말이다. 그래서 나는 눈물을 삼켰다.

그럼에도 나는 그가 자신의 조카보다 겨우 다섯 살 많은 새 연인과 불임 클리닉에 다닌다는 소식을 들었을 때 얼마나 화가 났는지 그녀에게 말했다. 나는 내 전남편에 대해 신랄한 욕설을 날리는 것이 그녀의 캐릭터에 맞을 거라고 생각하며 묵 할머니의 표정을 면밀히 관찰했다. 그러나 그녀는 침묵을 지켰다. 그저 눈을 내리깔고 고개를 천천히 끄덕일 뿐이었다.

"엄마가 되는 건 어떤 기분인가요?" 내가 물었다.

"경이로운 기분." 그녀가 속삭였다. "그리고 힘들지."

그녀가 먼 곳을 응시했다. 그러나 그녀의 앞에는 녹색 벽 말고는 아무것도 없었다. 그때 그녀가 어린 소녀처럼 얼굴을 붉히며 환하게 미소 지었다. 그녀가 마음의 눈으로 자신의 아이를 보고 있음을 나는 알았다. 그리고 그녀에게 깊은 부러움을 느꼈다.

"내 딸은 자라면서 너무 예뻐지고 너무 **어려워졌지**." 그녀는 달콤 쌉쌀한 기억에 얼굴을 찌푸리며 말했다. "뭐라고 해야 할까? 그 엄마에 그 딸이라고 해야 하나." 그녀가 바보같이 웃었다.

"똑똑한 애들을 키우기가 더 어렵다고들 하는데, 겪어보니 그 말이 사실이더군." 그녀가 계속 말을 이었다. "내 딸은 평양에서 김일성종합대학에 다녔어. 북한 최고의 대학이지."

자식 자랑을 하고 있으니 그녀의 어깨에서 짐이 내려진 것처럼 보였다. 등과 목이 꼿꼿해지며 은근하게 의기양양한 모습이 드러났다. 코스모스 정원에서 그녀가 자신을 학대한 사람들을 독살한 사실을 고백했을 때 느꼈던 것과 똑같은 기묘한 분위기였다.

그러나 이런 변화가 그녀를 좀 더 공감할 수 있는 인물, 인간적으로 좀 더 접근하기 쉬운 인물로 보이게 했다. 나는 전에 그런 표정을 많이 보았다. 할머니들이 자식과 손주들의 성공에 대해 이야기할 때의 자긍심과 기쁨의 표정. 묵 할머니에게서도 똑같은 것을 발견하니 놀랍고도 안심이 되었다. 결국 묵 할머니는 보통 여자들의 공통언어를 알았다. 자랑스러워하는 어머니가 되는 것 말이다. 나는 다시 한번 그녀에게 질투심을 느꼈고, 그러면서 그녀 때문에 크게 행복하기도 했다.

묵 할머니는 딸이 외교관이 되기를 원했지만 딸은 첩보 분야에 관심이 더 많았다고 했다.

"그리고 난 그 애를 막을 수 없었지." 그녀가 중얼거렸다. "걔는 제 엄마만큼이나 황소고집이었어." 그녀의 입에서 조그맣게 킁 소리가 새어 나오더니 곧이어 긴장된 웃음이 뒤따랐다.

나는 지금이 두 번째로 흥미로운 캐릭터인 스파이에 대해 질문하기에 나쁘지 않은 때라고 생각했다. 그러나 나의 질문은 그녀의 눈에 다시 차갑고 맥 빠진 시선을 불러왔다. 그러더니 자동응답기에 녹음된 메시지처럼 준비된 대답이 나왔다. "내가 이야기할 수 없는 국가 안보 문제들이 있어." 묵 할머니가 말했다. "그게 국정원과의 거래 일부야." 그녀가 목소리를 낮추어 덧붙였다.

"알면 다쳐, 뭐 이런 건가요?" 나는 그녀가 특유의 빈정거림으로 맞장구쳐주기를 기대하며 장난스럽게 물었다.

그러나 그녀의 대답은 자못 진지했고, 그것이 나를 무례한 사람처럼 느껴지게 만들었다. "나야 늙었으니 다칠 일도 없지만, 지금 미국에 사는 내 딸이나 사위, 손자에게는 치명적일 수 있어." 그녀의 얼굴이 마치 낯선 사람에게 말하고 있는 듯이 엄격하고 거리감 있는 표정으로 바뀌었다.

그러나 내가 손자가 있는 줄은 몰랐다고 말하자, 그녀의 얼굴에 함박웃음이 떠오르고 목소리 크기가 다시 정상으로 돌아왔다. "손자가 있지. 아주 예쁜 손자가. 내 딸은 미국인과 결혼해서 남편의 고향에 살고 있지. 둘 다 좋은 대학에서 교수로 일해." 그녀의 목과 등에 대리 자긍심이 돌아왔다. 내가 미워할 수 없는 그녀 안의 속물적 모습이었다.

자신의 스파이 활동에 대해 입을 조심하려는 묵 할머니의 태도는 설득력 있게 느껴졌다. 박명기 할아버지나 감부용 할아버지처럼 황혼요양원에서 만난 허풍쟁이들은 자신들이 각각 암살자와 독재자의 심복으로서 참여했던 위험한 임무들을 나열하는 데 열심이었다. 직계가족이 없다는 것이 더욱더 이야기를 만들어내도록 부추긴 것처럼 보였다. 그들의 이야기를 확인해줄 만한 아들과 딸이 요양원에 찾아온 적이 없었다. 묵 할머니가 전형적인 허언증이라면 그 할아버지들처럼 오히려 신이 나서 엉터리 스파이 이야기를 쏟아내며 거기에서 쾌감을 느낄 거라고 생각했다.

설마 그녀도 그런 걸까?

내 어깨 위에 앉은 의심 많은 앵무새가 꺽꺽거리며 불편한 진실을 말했다. 어쩌면 묵 할머니가 순전히 할 말이 없어서 입을 꼭 다물고 있는 것일 수도 있었다. 자신이 해본 적 없는 일을 어떻게 밝힐 수 있겠는가? 전문용어도 이해하지 못하면서 어떻게 업무 이야기를 할 수 있겠는가? 그녀의 거짓 정체성을 보호하기 위한 최선의 방법은 그냥 입을 닫아버리는 것일 수 있다. 경찰들이 종종 말하는 것처럼, 사람들은 말이 너무 많을 때 실수하는 법이니까.

그리고 그녀의 딸과 사위가 미국 대학에서 교수로 일한다는 말이 다시금 내 의심을 촉발했다.

자식들이 미국에 살아.

황혼요양원에서 익숙한 말이었다. 많은 노인 입소자들, 특히 직계가족이 없거나 방문객이 별로 없는 입소자들은 자식과 형제자매가 해외에 산다고 주장했고, 대개의 경우 그 외국은 미국이었다. 그들의 말에 따르면, 그 가족들은 대체로 의사이거나 변호사, 교수, 사업가였다. 그 주장 중 일부는 사실이었으나 나머지는 입증하기 어렵거나 새빨간 거짓말이었다. 어떤 환자들은 체면을 지키기 위해, 어떤 환자들은 가족들을 비난으로부터 보호하기 위해 거짓말을 했다. 자식들이 부모를 보러 오지 않는 배은망덕한 불효자로 여겨지는 것을 막기 위해서다.

이유가 무엇이건, 그들의 거짓말은 한 가지 기본적인 믿음을 공유하는 것 같았다. 미국이 기회의 땅, 가장 큰 부와 권력의 땅이라는 믿음이다. 오늘날 미국인과 남한 사람들의 평균적인 생활 여건은 크게 다르지 않지만, 노인들의 정신은 시대에 맞게 변화하지 않았다. 나이가 들면서 젊은 시절의 기억이 그들의 생각에서 더 큰 역할을 하는 것처럼 보였다. 한국전쟁을 목격하고 생존한 기억, 그 모든 것의 뒤에 있었던 미국의 강력한 손. 그녀 세대의 여성치고는 놀랍도록 독특한 면모를 가지고 있음에도 불구하고, 결국 묵 할머니도 인생의 목표가 궁핍하지 않고 짓밟히지 않는 것이었던 그 시대의 다른 많은 사람들과 마찬가지로 권력과 성공을 꿈꾸거나 적어도 권력을 가진 척, 성공한 척하고 싶었을 수 있다.

그 순간 나는 상대를 재단하지 않으려는 태도를 유지하는 것이 얼마나 어려운 일인지 깨달았다. 나는 묵 할머니의 이야기가 허구이건 진실이건 제대로 감상하는 청중이 되기로 마음먹었던 것을 떠올렸다. 나는 묵 할머니가 자신의 인생을 자신의 말로 소개할 때, 그 인생에 온전히 집중하는 것이 내가 삶의 마지막 단계에 줄 수 있는 가장 값진 선물이라고 믿었었다. 그런데 실제로는 그녀의 말들을 소화할 수 있는 작은 조각들로 끊임없이 해부하고 분석하며 진실 또는 거짓의 증거를 캐내려는 나 자신을 발견했다. 그녀에 대해 알면 알수록 그녀의 이야기가 사실이기를 바라는 마음이 커졌다.

나는 갑자기 현재로 돌아와서 눈앞에 있는 늙은 여인을 바라보았다. 그녀의 눈이 좁은 방 안을 이리저리 배회하고 있었다. 그녀는 한동안 낮은 천장을 응시하더니 곧이어 방 한구석에 놓인 붉은 벽돌색 화분의 스킨답서스를 관찰하기 시작했다. 서로 포개어진 반들반들한 하트 형태의 초록색 잎들이 더 많은 공간을 갈구하며 온몸으로 외치고 있었다.

"이 불쌍한 생명에게 더 큰 화분을 찾아줘야겠어." 묵 할머니가 나지막이 속삭이며 스킨답서스를 향해 상체를 기울였다. 나무의 잔가지 같은 손가락으로 무성한 잎들을 어루만지며 머리를 낮추고 코를 쿵쿵거렸다. "서양인들이 이걸 뭐라고 부르는지 아나?" 묵 할머니가 물었지만 내게 생각할 시간을 주지 않고 곧바로 자답했다. "데블스 아이비, 즉 악마의 아이비야." 그녀가 속삭였다.

"내가 어렸을 때 캐나다 선교사가 그렇게 부르는 걸 듣고는 이 식물에 틀림없이 독이 들어 있을 거라고 생각했지. 사낙처럼 말이야. 하지만 그렇지 않았어. 서양인들은 이게 어디서나 잘 자라고 어둠 속에서도 녹색을 유지하기 때문에 악마의 아이비라고 부르는 거였어."

나는 그 식물에게 그런 별칭을 안겨준 이유, 즉 왕성한 생명력과 유지 관리의 용이성 때문에 우리 집에도 스킨답서스를 키우고 있다고 말했다.

그녀의 시선이 파릇파릇한 이파리들을 떠나 낮은 천장으로 다시 옮겨 가면서 얼굴에서 미소가 소멸했다.

"여기 살면서 가장 아쉬운 점이 뭔지 아나?" 그녀가 나를 보지 않고 물었다. "이곳에 대해 불평하는 건 아니야. 공립 요양원 치고는 더할 나위 없이 좋은 곳이니까." 그녀가 재빨리 덧붙이며 나를 곁눈질했다.

나는 가장 아쉬운 게 뭐냐고 물었다. 한데서 잠을 자는 거라고 그녀는 대답했다. "정말 미친 소리지?" 그녀가 여전히 천장에 시선을 고정한 채 상황에 맞지 않게 웃었다. "예전엔 정말 싫었어. 한국전쟁 중에 어쩔 수 없이 한뎃잠을 잘 수밖에 없었을 때는 절대적으로 싫었지. 끝없는 폭격으로 거의 모든 집과 건물들이 파괴되었어. 얼마나 많은 밤 동안 머리 위에 지붕이 없이 잠을 자야 했는지 헤아릴 수도 없을 정도였지."

그녀의 목소리가 긴장한 듯 굳었다. 그녀는 말을 멈추고 숨을 골랐다.

"밤에는 바깥 날씨가 몹시 추워지지. 비라도 오면 감기에 걸릴 게 분명하고. 어떤 피난민들은 그렇게 죽었어. 폭격이나 사격이 아니라 밤의 축축한 냉기 때문에 저체온증과 폐렴으로 말이야. 하지만 가끔 그렇게 춥지 않고 하늘에 구름 한 점 없을 때면 아름다운 광경을 볼 수 있지. 살면서 보게 될 가장 숨 막히게 멋진 하늘을. 내 인생의 첫 유성을 그렇게 봤어. 한뎃잠을 자면서 말이야. 가끔 사람들이 내는 소리가 거의 없는 고요한 밤이면 달이 내쉬는 숨결마저 들을 수 있을 정도였어. 상쾌하고 박하 향이 풍기고 꽤 시끄러웠지." 그녀가 속삭이더니 마치 간지럼을 타는 아기처럼 작게 킬킬거렸다. "내 남편은 그냥 멀리서 들리는 귀뚜라미 울음소리일 뿐일지도 모른다고 했지만 말이야. 여하튼 달은 너무도 둥글게 차올라 있고 너무도 환하게 빛나서 거기 있는 망할 놈의 우묵한 자국들을 죄다 헤아릴 수 있을 정도였지."

그녀는 마치 따끔거리는 냉기가 사지를 관통한 듯 가볍게 몸을 떨었다. 그녀의 얼굴에 떠오른 희열의 표정이 섬뜩하게 매혹적이었다.

"가끔은 그 광경을 처음부터 끝까지 오롯이 흡수하기 위해 잠들지 않으려고 애썼어."

그녀는 어두운 하늘을 배경으로 부드러운 밤바람이 어떻게 한숨을 내쉬고 휘파람을 부는지에 대해, 엄청나게 밝아서 마치 시간 속에 얼어붙은 백만 개의 폭죽처럼 보였던 별들에 대해 묘사했다. 밤에서 새벽으로 넘어갈 때 하늘의 미묘한 변화와 아침의 희미한 담청색 빛이 지평선 전체에 느릿느릿 퍼져나가는 광경을 목격하는 것을 얼마나 좋아했는지에 대해서도.

"밤에 밖에 있을 수 있다면 좋을 텐데." 그녀가 천장을 올려다보며 말했다. "내 나이에는 낮은 짧게 느껴지지만 밤은 길지. 제대로 잠들기도 힘들고."

그녀는 높은 정원 담장 뒤편 숲 근처의 오래된 공터가 누워서 밤하늘을 관찰하기 가장 좋은 장소일 거라고 말했다.

"거기서 사낙잎도 몇 장 따서 불면증에 시달리는 밤을 위해 보관해둘 수 있을 거야. 나처럼 쪼그라든 늙은 몸에는 한 장이면 충분할 거야." 히죽거리는 웃음에 그녀의 입이 옆으로 벌어졌다. "아기처럼 깊이 자는 거지."

나는 불편한 기분이 들기 시작했다. 그녀가 여전히 향수에 젖어 하는 말인지, 아니면 나에게 그녀를 위해 규칙을 깨고 무모한 장난을 할 기회를 마련해달라고 은근히 압박하고 있는 것인지 확신할 수 없었다.

"어쩌면 사낙이 자네한테도 도움이 될지도 몰라." 그녀가 아무렇지 않게 말했다. 나는 무슨 뜻으로 하는 말이냐고 물었다.

"나이를 먹는 데는 예상하지 못한 긍정적인 면도 따르지. 나이가 들면서 한때 무서웠던 것들에 대한 두려움이 사라지거든." 묵 할머니는 내 질문을 무시하고 계속 말했다.

"그 약초가 어떻게 저에게 도움이 될 수 있나요? 저는 잠자는 데 문제가 없어요." 내가 물었다.

"내가 이 나이에 두려워하지 않게 된 게 뭔지 아나?" 그녀가 순진무구한 호기심을 가진 어린아이처럼 손으로 턱을 괴고 물었다.

"종신형. 사형." 그녀가 중얼거렸다.

나는 질문을 멈추고, 약간의 짜증과 궁금증이 뒤섞인 상태로 그녀를 노려보았다.

"그 무책임한 남자, 한때 자네의 것이었던 그 거짓말쟁이에게 무슨 일이 일어날까? 누군가 하루나 이틀 밤만 나를 풀어준다면 말이야."

나는 할 말을 잃었다.

"말해봐." 그녀가 텅 빈 표정으로 말했다. "그자가 사라질까?"

처음에는 귓속에서 고음으로 울리는 소리가 들렸다. 그 소리가 길게 이어지며 더 가늘고 날카로워졌다. 그러더니 갑자기 외부의 소음들이 들려왔다. 부르릉거리는 자동차들. 어떤 환자에게 소리치는 독고 여사의 탁한 목소리. 복도를 터덜터덜 걷는 노인들의 느긋한 발소리.

"**도대체 무슨……**"

묵 할머니가 밭은 웃음을 터뜨렸다. 딸꾹질을 하듯 그녀의 상체가 위아래로 흔들렸다. 그녀의 얼굴에 피가 몰려 붉어졌다. "자네 나한테 딱 걸렸어." 그녀가 가쁜 숨을 몰아쉬며 말했다. "정말 나한테 딱 걸렸어. 안 그런가?" 웃음이 마른기침으로 바뀔 때까지, 그녀가 계속 깔깔거렸다.

"정말 놀랐잖아요." 내가 약간의 짜증과 안도감이 섞인 한숨을 내쉬며 말했다. 나는 기침을 가라앉히기 위해 그녀의 등을 문질렀다.

그날 저녁 집으로 돌아가는 길에 때늦은 생각이 재채기처럼 문득 떠올랐다.

혹시 내가 냉정을 유지하고 흥미를 느끼는 것처럼 보였다면

어땠을까? 그랬어도 묵 할머니가 웃음을 터뜨렸을까?

나는 나름의 답을 갖고 있었고, 그 문제를 그냥 묻어두기로 했다.

다음 주에 나는 행정실에 갔다.

평소에도 함 원장의 심부름으로 서류를 가지러 그곳에 자주 들렀기 때문에 누구도 내게 의심의 눈길을 보내지 않았다.

나는 묵미란 할머니에 관한 자료를 찾기 위해 입소자 파일을 살펴보았다. 그리고 그녀의 파일을 찾자마자 세 페이지도 안 되는 내용을 재빨리 사진으로 찍었다. 나는 휴식 시간에 그것을 읽으며 파일에 내가 아직 모르는 정보가 많지 않다는 사실을 알고 실망했다.

그러나 두 번째로 좀 더 꼼꼼하게 살펴보면서, 뭔가 이상한 것을 발견했다. 그녀의 주민등록증 사본에 생년월일이 있었는데 암산을 해보니 98이라는 숫자가 나왔다. 나는 믿을 수 없어서 책상에 있던 계산기를 사용했지만 역시 같은 숫자가 나왔다.

공문서에 찍혀 있는 묵 할머니의 나이는 아흔여덟 살이었다. **내일모레면 백 살이야.** 그녀가 내게 말했었다. 물론 그때는 그 말을 믿지 않았다. 그러나 지금 내가 완전히 오해한 것들이 있음을 깨달았다. 무엇보다 나는 은유를 알아차리지 못했다. **내일모레.** 사람들, 특히 나이 든 사람들은 종종 그 비유적 표현을 다음다음 해를 의미하는 말로 썼다. 노인들에게 시간이 얼마나 빠르게 느껴지는지를 표현하는 재치 있는 방식이다. 예리한 정신과 재치, 80대로 보이는 외모에도 불구하고, 묵 할머니는 본인이 주장한 대로 2년만 있으면 백 살이 되는 거였다.

이상하게 힘이 솟구치는 것을 느끼며, 나는 원장실로 총총거리며 걸어갔다. 원장실은 어머니로서 함 원장의 삶이 담긴 작은 박물관이었다. 책꽂이는 자식들이 이룬 성과물들로 가득했다. 나는 세 자녀 이름이 찍힌 태권도 대회며 영어 말하기 대회, 피아노 콩쿠르 등의 트로피와 상장들을 찬찬히 보았다. 어디에나 사진이 있었다. 함 원장 자녀들의 미소 짓는 얼굴이 책상과 벽을 장식했다. 어떤 것들은 아이스크림 막대로 직접 만들어 밝은색으로 칠한 액자에 끼워져 있었다.

반면 원장실의 냄새는 유혹의 향이 짙게 배어 있었다. 함 원장이 코트에 뿌린 프랑스제 향수의 관능적인 향이 두드러졌다. 장미에 사향이 가미된 향. 그 향에 대한 선호도는 날씨와 기분에 따라 다른 경우가 많았다. 상쾌한 날씨의 느긋한 날에는 그 냄새가 활기를 북돋워주었다. 반면 덥고 습하고 피곤한 여름날 오후에는 역겹게 느껴질 수도 있었다.

그날은 날씨가 따뜻했지만 그 냄새는 내게 활기를 북돋워주었다. 함 원장은 깜짝 놀란 토끼 눈을 하고 나를 쳐다보며 의자에 꼼짝 않고 앉아서 묵 할머니에 대한 나의 야단스러운 이야기를 주의 깊게 들었다. 그녀의 나이에 대한 진실, 그녀가 얼마나 영리한지, 그녀를 A 구역에 옮긴 누군가의 끔찍한 실수 등등. 지껄임이 끝났을 때, 나는 살짝 숨이 찼다.

함 원장이 한숨을 쉬고 말했다. "안 그래도 이 얘기를 할 생각이었어. 좀 더 일찍 꺼냈어야 했는데."

그녀가 쭈그리고 앉아서 벽과 책상 사이에 끼어 있는, 내 위치에서는 대부분 가려져 잘 보이지 않는 회색 철제 캐비닛을 열었다. 그러더니 오렌지색 파일을 꺼내서 책상 위에 털썩 내려놓았다.

"관리팀장과 독고 여사가 자기가 묵 할머니와 너무 많은 시간을 보낸다고 그러더군. 두 사람이 걱정이 많아. 나도 그렇고."

나는 가슴이 조여오는 것을 느꼈다. 그것이 걱정인지 아니면 연민인지 궁금했다.

"두 차례의 이혼을 겪고 아버지가 다른 세 아이를 양육하면서 내가 배운 건 건강한 거리를 유지하는 것이 좋은 관계의 열쇠라는 거야. 남자하고든 여자하고든, 심지어 자식하고도. 기본적으로 누구와도 그래."

갑자기 그녀가 일어나서 벨벳 재질의 추리닝 상의 주머니에 손을 깊이 찔러 넣고는 원을 그리며 걸었다. 그녀의 복장이 내가 그녀의 말에 집중하는 데 방해가 되었다. 대체 벨벳으로 만든 몸에 꼭 끼는 진홍색 추리닝 상의를 어디서 사는 거지? 빈정거림이 아니라 진심 어린 호기심으로 그것이 궁금했다.

"이거 봐. 나는 자기가 멋진 여자고 최근에 많은 일을 겪었다는 걸 알아. 난 그저 자기가 엉뚱한 곳에서 위안을 찾고 있는 게 아닌지 걱정될 뿐이야, 이 아가씨야."

나를 아가씨라고 부르는 건 적절하지 않다는 생각이 들었다. 나는 마흔일곱 살이었다. 그러나 그 호칭은 다정하게 들렸다. 함 원장은 자기보다 나이가 조금이라도 어린 여자라면 누구에게나 강한 모성애적 감정을 보여주었고, 최대한 보살펴주었다.

"묵 할머니를 조심하는 게 좋을 거야. 자기가 생각하는 그런 사람이 아니니까." 그녀가 말했다.

나는 무슨 뜻이냐고 물었다.

"내가 이 일이 내 꿈의 일자리는 아니라고 말했지만, 그렇다고 이 일에 관심이 없다는 뜻은 아니야. 나는 항상 이곳을 깨끗하고 좋은 곳으로 유지해왔어. 이곳의 모든 환자들은 매일 제대로 된 식사를 제공받고 일주일에 두 번 제대로 된 목욕을 하고, 나는 결코, 단 한 번도, 공금으로 부정한 짓을 한 적이 없어. 그래서 항상 대기자 명단에 그렇게 사람들이 많은 거고. 황혼요양원에 자기 부모님 자리를 확보하기 위해 은밀하게 뇌물을 제안하는 사람들까지 있어. 하지만 나는 매번 단칼에 거절하지. 나는 규칙대로 일해. 묵 할머니는 탈북자라서 이곳에 자리를 얻었어. 탈북자들은 전쟁 영웅이나 독립투사 가족들처럼 공공 교육기관과 요양 시설에 들어갈 때 우선권이 있거든. 할머니가 주장하는 모든 것들 중에 유일하게 입증된 사실은 탈북자라는 것뿐이야."

또다시 함 원장은 한숨을 쉬었다. 그러고는 고개를 저으며 팔짱을 끼고 내게서 시선을 거두었다.

"탈북자들은 남한에서 종종 나이를 속이곤 해. 젊은 사람들은 무상으로 대학 교육을 받을 수 있는 자격 요건에 부합하기 위해 나이를 더 낮추고, 늙은 사람들은 노인을 위한 사회보장 혜택을 받기 위해 나이를 더 높이지. 이름도 수시로 바꿔. 우리가 국경 너머에서 그 사람들의 원래 기록을 확인할 수 없잖아. 안 그래? 그러니까 이곳 남한에서는 새로운 신분증으로 탈북자들이 꾸며낸 허구가 사실이 되는 거지." 그녀가 씁쓸한 미소를 지으며 말했다. "그 사람들을 비난하는 건 아니야. 그 사람들에겐 새출발을 할 권리가 있지." 그녀가 마지못해 덧붙였다.

그녀는 책상에 놓인 오렌지색 파일을 펼쳤다.

"묵미란. 좀 이상한 이름이지? 묵은 남한에서 흔한 성이 아니고 미란 또한 백 살에 가까운 할머니치고는 너무 현대적인 이름이야."

그녀가 펼쳐진 파일을 돌려서 내 앞으로 밀었다. "원래는 의료진 외에 누구에게도 이 자료를 공개하지 않게 되어 있는데, 이번 한 번만 자기를 위해 규정을 어기는 거야." 그녀가 잠시 머뭇거리다가 말했다.

펼쳐진 면은 알아보기 힘든 의사의 글씨체로 채워진 의료 차트였다. 나는 짜증과 피로를 느끼기 시작했다. 실내의 습도 증가와 함께 함 원장의 진한 향수 냄새가 내게 타격을 주고 있었다. 나는 이것이 다 무슨 의미인지 물었다.

함 원장은 말없이 페이지를 넘겼다. 두뇌 MRI 스캔으로 보이는 10여 개의 작은 흑백 이미지가 보였다.

"묵 할머니는 뇌종양이야. 수술이 불가능한 상태고. 크기가 테니스공만 한……." 함 원장의 목소리가 점점 작아졌다.

나는 입을 벌렸지만 할 말을 찾지 못했다.

"묵 할머니는 항상 **특별했지**. 이미 알겠지만 기분이 좋을 때는 말도 참 많아. 신랄한 농담도 잘하지. 어떤 사람들은 그런 농담이 신선하고 재미있다고 생각해. 다른 사람들은 오만하고 무례하다고 생각하고. 묵 할머니는 마음에 들지 않는 요양보호사들의 잘못된 문법과 어휘를 지적하곤 하지."

그녀는 말을 멈추고 웃었다. 그리고 이제 나는 독고 여사가 묵 할머니를 향해 대놓고 적대감을 보이는 이유를 이해했다. 함 원장은 다시 슬픈 얼굴을 하고 이야기를 계속했다.

"하지만 묵 할머니의 얼굴 표정. 가끔은 마치 얼굴에서 갑자기 가면을 벗겨내듯 표정이 금방금방 바뀌는 거 알지? 그리고 말하다 말고 허공을 멍하니 쳐다보는 거. 그런 것들은 새로 나타난 현상이야. 우리는 아마 종양 때문일 거라고 생각하고 있어."

내 손이 땀으로 축축해졌다.

"우리가 묵 할머니를 송 할머니와 같은 방에 배정한 건, 두 분이 잘 지내기 때문이기도 해. 송 할머니는 전에 함께 방을 쓴 다른 어떤 환자보다 묵 할머니와 훨씬 더 잘 지내는 것처럼 보였거든. 하지만 주된 이유는 두 분 모두 이식증이 있기 때문이었어."

이식증. 생소한 단어였음에도 그것이 무슨 의미인지 알 것 같았다.

"두 분 다 음식이 아닌 것들을 드셔. 대부분 영양가가 없고 유해한 것들이지. 송 할머니는 가끔 자신의 변을 먹으려 하는 것으로 악명 높고, 묵 할머니는, 음, **흙**을 드셔." 함 원장이 속삭였다.

흙. 함 원장은 그 단어를 발음할 때 몹시 민망해했다. 마치 묵 할머니의 성적인 문란함에 대해 말하기라도 하는 것처럼. 그녀의 얼굴이 붉은 벽돌색이 되었다.

"지난해 초에 독고 여사가 묵 할머니가 코스모스밭에서 흙을 게걸스럽게 먹는 모습을 발견했어. 그러고는 일주일 동안 정원 산책이 금지되었지. 그리고 그다음 주에 로비에 있는 스클룸베르게라 화분에서 흙을 훔치고 있는 묵 할머니를 우리가 또 발견했어."

나는 어리둥절했다. 흙은 예리하고 오만한 묵 할머니와 절대 어울리지 않는 존재였다. 그녀가 무릎을 꿇고 손으로 흙을 퍼서 입에 넣는 모습은 승복을 입은 함 원장의 모습만큼이나 상상하기 힘들었다.

함 원장은 오렌지색 파일을 자기 쪽으로 끌어당겨 몇 페이지를 휙휙 넘겼다. 그러고는 그것을 다시 내 쪽으로 밀었다. 손가락으로 관자놀이를 문지르며 그녀가 내게 사진을 보라고 했다.

무엇을 찍은 사진인지 알아보기까지 시간이 한참 걸렸다.

무질서하게 휘젓고 치대서 과도하게 발효된 반죽 같은 질감.

나는 더 가까이 보았다. 그러자 긴 곡선 형태의 흉터들과 그 위로 거칠고 탄력 없는 인간의 피부가 볼썽사나운 커튼처럼 늘어져 있는 모습이 보였다. 마치 배에 거대한 아가미를 달고 있는 것처럼.

나는 조금 어지러웠다.

"묵 할머니가 처음 여기서 초음파 검사를 받은 뒤에 구 박사님이 묵 할머니는 자궁이 없다고 했어." 함 원장이 말했다. 그녀의 손가락이 관자놀이 주변에서 필사적으로 움직였다. 그녀는 슬프고 화가 나 보였다.

"흉터는 오래된 거라고 하더군. 요즘은 정신이 멀쩡한 의사라면 그런 식으로 자궁 절제술을 실시하지 않는다고 했어. 아마도 할머니가 아주 젊었을 때 일어난 일이 분명하다고. 묵 할머니는 가엾게도 아기를 낳을 수 없었어. 본인이 서류에 자신에게 자식이 없다고 직접 쓰기도 했고."

나는 입이 바싹 말랐다. 아무 말 없이 입을 너무 오래 벌리고 있었던 탓이다.

"요즘은 할머니의 터무니없는 이야기들이 더 터무니없어지고 있다는 소리가 들려. 특히 자기랑 함께 있을 때는. 종양 때문인지 아니면 원래 그런 분인지 확신할 수 없지만, 그건 사실 중요하지 않아. 내가 관심 있는 건 자기와 자기의 안녕이니까."

나는 함 원장의 눈을 똑바로 볼 수 없었다. 내가 상습적인 허언증의 공모자가 된 기분이 들었다.

"묵 할머니의 황당한 생각들이 할머니의 인생 말년에 행복을 준다면, **좋아**. 할머니에겐 좋은 일이지. 그분은 곧 돌아가실 테고 누구도 그동안 한 말을 취소하라고 하지 않을 거야. 하지만 자기는……." 그녀는 다시 한숨을 쉬었다. 길고 거친 한숨이었다. "요즘 할머니의 말에 너무 몰입하는 것처럼 보여. 자기가 결혼 생활의 파국을 가져온 기만들로부터 회복하고 있다는 점을 잊지 말아. 난 자기가 또다시 거짓말에 상처받는 걸 지켜볼 수만은 없어. 특히 지금처럼 취약하고 이혼 때문에 휘청거리고 있을 때는."

내 심장이 시계가 된 것 같았다. 그것이 째깍거리는 소리가 크고 선명하게 들렸다.

나는 휴가를 얻었다. 거의 2주 동안. 함 원장은 충분히 이해했다. 그녀는 여행이 내게 어느 정도 도움이 될 수 있다고 말했다. 그러나 나는 거의 집에 머물렀다. 밤에는 케이블 채널에서 방영하는 옛날 영화를 보았다. 낮 동안은 소설책을 읽고 수시로 토막 잠을 잤다. 그리고 여전히 스스로를 다그쳐 일주일에 세 번씩 헬스클럽에 갔다. 그때가 내가 아파트 밖으로 나가는 유일한 시간이었다.

여덟 번째 인생

나는 내 상처를 핥고 있었다. 많은 것들에 대해 생각했다. 나의 결혼 생활, 전남편, 함 원장. 그러나 대부분 묵 할머니에 대해 생각했다. 그리고 그녀의 이야기에 대해. 그 이야기와 나의 관계에 대해. 나는 묵 할머니가 들려주는 이야기의 타당성에 대해 항상 반신반의했었고 그 진위 여부에 관계없이 충실한 팬으로 남겠노라고 스스로에게 맹세까지 했음에도, 다른 사람으로부터, 그것도 증거를 가지고 있는 권위 있는 사람으로부터 그런 이야기들의 경솔한 허위성을 듣게 되니 충격에 빠지고 말았다. 그것은 내가 전남편에 대한 진실을 알게 되었을 때 느꼈던 아이러니한 충격을 떠올리게 했다. 나는 대부분의 남자들이 외도를 한다는 것을 알면서도 내 남편이 외도를 한다는 사실을 알고는 경악했다. 묵 할머니에게 화가 났다.

하지만 한편으로는 안쓰럽기도 했다. 다른 허풍쟁이 할아버지들처럼 그녀가 구원을 위해 인생 이야기를 날조해야 했다는 것이 슬프게 느껴졌다. 그녀가 본인을 위해 계획한 마지막 행복이 망상에 불과하다는 것이. 그녀가 그보다 나은 사람처럼 보였기에, 그녀가 그보다 나은 것을 누릴 자격이 있다고 생각했기에, 나는 슬펐다. 그 비상한 지능을 훨씬 더 건설적인 목적으로 쓸 수 있었을 텐데.

그리고 뇌종양. 지금도 테니스공만 한 크기인데 점점 더 자라고 있다는. 그것이 적어도 마지막 한 번은 그녀를 다시 봐야겠다고 생각하게 만들었다. 여전히 배신감을 느꼈음에도, 나는 나 자신을 위해 그녀를 볼 필요가 있었다. 내가 시작한 일을 마무리하지 못한다면 극심한 죄의식을 느낄 테니까. 그리고 그녀에게 제대로 된 작별 인사를 해야 했다. 나는 수술이 불가능한 종양, 그녀의 뇌 속에 들어 있는 시한폭탄이 그녀와 마지막으로 이야기할 기회를 앗아 갈까 두려웠다.

나는 그녀를 코스모스밭에서 만났다. 소원대로 밤에 그녀를 내보내줄 수는 없었지만, 적어도 봄이 당도한 정원에서 완벽하게 화창한 오후 시간을 즐기게 해줄 수는 있었다. 나뭇가지마다 작은 연두색 새순이 돋아났고 메마른 연갈색 풀들이 파릇파릇한 새싹으로 바뀌었다. 공기는 얼음 조각처럼 서늘했지만, 뺨을 스치는 산들바람은 차갑기보다는 상쾌했다. 사방에서 새들이 크게 지저귀었다.

묵 할머니는 평소처럼 휠체어를 타고 나타났다. A 구역에서 가장 젊은 요양보호사인 황 여사와 함께였다. 가장 명랑 쾌활한 요양보호사이기도 했다. "즐겁게 말씀들 나누세요." 그녀가 메조소프라노 톤의 목소리로 말했다. 그녀가 미소 짓자 통통한 두 뺨이 봉긋하게 솟았다. 황 여사의 따스함이 묵 할머니에게도 물든 것처럼 보였다. 그녀는 평소보다 만족스럽고 편안해 보였다. 온화한 봄 날씨에도 그녀는 무릎에 두꺼운 겨울 담요를 덮고 있었다. 나는 혹시 추우냐고 물었고 그녀는 괜찮다고 했다.

나는 우선 그녀에게 한동안 날씨를 즐기게 해주자고 다짐했지만, 인내심이 쉽게 바닥났다.

"묵미란이 어르신의 진짜 이름인가요?" 짧은 침묵 뒤에 내가 물었다.

"아니." 그녀가 천천히, 그러나 한순간도 머뭇거리지 않고 대답했다. 그녀의 눈은 고요하고 흔들림이 없었다. 죄책감의 흔적도 없었다.

나는 놀랐다. 나는 그녀의 허를 찌르기 위해 인사조차 없이 질문부터 날렸었다.

"그럼 진짜 이름은 뭔가요?"

"어떤 이름을 말하는 거냐에 따라 다르지." 그녀가 어조의 변화 없이 말했다.

"어르신의 따님과 남편이 아는 이름이요." 내가 단호하게 말했다.

그녀가 얼굴을 찌푸린 채 내 얼굴을 빤히 쳐다보았다. 쯧. 그녀가 혀를 찼다.

"남한의 국정원이 내가 북한에서 쓰던 이름을 여기서 계속 쓰게 할 거라고 생각하나? 난 그들과 비밀 유지 계약을 맺었다고 말했지 않나. 내가 한 말 기억하나? 내게는 보호해야 할 사람들이 있어."

그녀의 목소리가 점점 팽팽하고 건조해졌다. 그녀가 날카롭게 투덜거렸다.

나는 갑자기 손톱을 물어뜯고 싶은 강한 충동을 느꼈지만, 그런 충동을 애써 물리쳤다.

"내 남편과 딸이 아는 이름을 알고 싶다고? 그건 용말이야. 하지만 그것도 내 진짜 이름은 아니야. 뭘 알고 싶은 겐가? 나는 여러 이름으로 살았어. 영어 이름 데버라. 일본 이름 간요. 대체 뭘 기대한 건가?"

그녀는 화가 나 있었다. 하지만 화를 내야 할 사람은 나였다.

"왜 제게 뇌종양에 대해 말씀하지 않으셨어요?"

"꼭 말해야 하나?" 그녀가 나를 노려보더니 고개를 절레절레 흔들었다.

그녀의 분노는 잦아들었지만 여전히 짜증은 남아 있었다.

"그 얘기를 한다고 뭐가 달라지지? 내가 말했다면, 자네는 처음부터 나를 동정 어린 눈으로 봤겠지. 여보게, 나에 대해 감상적이 되지 말게나. 난 이미 여자의 평균수명 이상을 살았으니까. 뇌종양으로 죽건, 협심증으로 죽건, 암으로 죽건, 뭐가 달라지나? 심장병이나 독감은 어때? 뭘로 죽건 죽는 건 다 똑같아. 뇌종양이 있건 없건, 어차피 나는 죽어가고 있고."

"자녀분은요? 미국에 계신다는 따님은요?" 내 목소리가 떨리는 것이 들렸다.

묵 할머니는 화가 난 것처럼 보이지 않았다. 모든 감정의 흔적이 그녀의 얼굴에서 빠져나간 것처럼 보였다. 텅 빈 눈과 굳게 다문 입술만 남았다. 어쩐지 인상을 쓰며 욕을 하는 모습보다도 나빴다.

"진실 게임을 하고 싶은 거라면, 난 빠지겠네." 그녀가 합성

된 음성 메시지처럼 중얼거렸다. 그녀가 천천히 휠체어를 돌릴 때 연약한 팔에 자주색, 푸른색 혈관이 튀어나왔다.

내가 손잡이를 잡았다. 그녀가 고개를 돌리고 여전히 냉랭한 눈으로 나를 응시했다. 나는 목소리를 낮추고 미안하다고 말했다. 진심이었다. 그녀가 내게서 고개를 돌려 정원 입구 쪽을 향할 때, 내가 다시 한번 미안하다고 했다. 그녀는 나를 보지 않고 뭐가 미안하냐고 물었다.

"캐물을 생각은 없었습니다. 가족에 대해서요."

그녀가 아무 소리 없이 휠체어에 가만히 앉아 있었다.

"가족 이야기를 하고 싶지 않다면, 좋습니다. 존중합니다. 하지만 저는 다른 부분들에 대해서는 설명을 좀 더 들을 자격이 있어요. 따지고 보면 **어르신**이 본인의 인생에 대해 쓸 사람으로 **저를** 선택하셨잖아요. **어르신**이 **저에게** 손을 내미셨어요."

그녀의 얼굴을 관찰할 수 없었지만, 그녀가 마음을 바꾸고 있다는 것을 느낄 수 있었다. 그녀의 손은 여전히 휠체어 바퀴 손잡이에 있었지만, 아직 앞으로 밀고 있지 않았다.

"왜 흙을 드시는지 말씀해주시겠어요? 따지려는 게 아닙니다. 그저 이해하고 싶어서 그래요."

그녀의 코웃음 소리가 들렸다. 그 짧고 경쾌한 소리. 그 소리가 그리웠다.

나는 토식증이 뇌종양 때문에 생긴 습관이냐고 물었다.

이 질문에 그녀가 다시 나를 바라보았다. 나는 깊은 안도감을 느꼈다.

"아니. 어렸을 때부터 흙을 먹었어. 꽤 자주. 그리고 많이. 한동안 끊었다가 다시 시작했지. 계속해서 나쁜 습관으로 되돌아가는 대책 없는 알코올중독자처럼. 하지만 30대 때 마법처럼 갑자기 충동이 싹 사라지더군."

딱. 그녀가 뼈만 남은 긴 손가락을 튕겨 소리를 냈다. 그리고 얼굴에 이상한 작은 미소가 나타났다.

"그리고 반백 년이 넘도록 재발하지 않았지. 그런데 어느 날 느닷없이 그 버릇이 다시 나타난 거야. 나를 떠날 수 없는 것처럼."

그녀의 얼굴에서 싱긋 웃음이 행복한 어린아이처럼 아무 거리낌 없는 함박웃음으로 활짝 피어났다.

그녀는 질병의 언어를 이용해 자신의 상태를 표현했다. **재발. 알코올중독자.** 그러나 그 생각을 하는 것만으로 마치 오랫동안 상실했던 미각을 방금 되찾은 사람처럼 얼굴이 행복감으로 환해졌다.

그녀는 사람들이 나이 들면서 과거로 돌아가는 것 같다고 말했다. 송 할머니는 10대 초반으로 돌아갔고, 황혼요양원의 많은 치매 환자들이 딸들의 얼굴을 잊고 아들을 남편 이름으로 부르기 시작했다. 그러나 치매가 없는 사람들도 나름의 방식으로 시간을 거슬러 여행한다고 그녀는 말했다. 그들은 거의 기억 밖으로 밀려난 옛날 버릇으로 회귀한다. 많은 노인들이 아기처럼 변한다. 몸이 줄어들고 혼자서 걷지 못하고 기저귀를 차고 치아도 잃는다. 잇몸을 드러내며 웃을 때 점점 더 신생아의 순진무구한 모습을 닮아간다. 그들은 무력해진다. 아기처럼 24시간 내내 다른 사람들의 눈과 손을 필요로 한다. 그러나 노인과 아기 사이의 결정적인 차이는 노인에게는 미래가 없는 거라고 그녀가 말했다. 그래서 노인들이 예전 습관으로 돌아가는 것이 정당화될 수 있다고. 그들에게는 파괴할 미래가 별로 남아 있지 않고, 내일 다시 오지 않을지도 모를 소소한 행복의 순간들만 남아 있다. 그러니 아흔 살의 지친 몸이 담배를 갈망한다면 그냥 피운다고 그녀가 말했다.

"내가 전에 갈망한 적 없던 흙을 갈망하게 되면 그냥 먹는 거지. 내 몸을 새것처럼 보존해서 110세까지 살려고 애쓸 생각은 없어." 묵 할머니가 킬킬거렸다. 그녀는 **카르페디엠**은 안 그래도 충분히 무모한 10대들에게 설파할 것이 아니라고, 그녀처럼 쪼그라든 늙은 몸들을 위한 경구라고 말했다. "오늘을 즐겨라. 그야말로 내일이 없을지도 모르잖나." 그녀가 속삭이고는 또다시 킬킬거렸다.

그녀는 노인들은 연어 같다고 했다. 정신이 계속해서 시간과 기억의 흐름을 거꾸로 거슬러 헤엄친다는 것이다. 왜 그러는지 이유는 모른다. 그냥 그렇게 프로그램이 짜여 있다. 노인들은 종종 어린 시절 기억의 뿌리인 고향에 대해 말한다. 중국과 남한에서 만난 탈북자들조차 목숨을 걸고 전체주의 조국에서 탈출했음에도 가끔 고향으로 돌아가는 꿈을 꾸곤 한다. 그들은 이런 꿈들이 대부분 북한 비밀경찰에게 쫓겨 필사적으로 도망치는 악몽으로 끝난다고 했다. 그들은 비명이 혀 밑에 갇힌 채 얼굴과 겨드랑이가 땀범벅이 되어 깨어난다. 그러나 가끔은 이런 악몽을 고대하고 있는 자신을 발견한다. 그것이 고향을 다시 볼 수 있는 유일한 방법이기 때문이다.

그녀는 내 얼굴에서 어리둥절한 표정을 읽고는, 아마도 이해를 돕기 위한 노력으로, 내 고향이 어디냐고 물었다. "경상도 울산이에요." 내가 대답했다. 하지만 나는 울산이 크게 그립지 않고 울산에 대해 잘 생각하지도 않는다고 덧붙였다. 나는 그곳으로 돌아가서 살고 싶은 마음이 없었다. 그런 면에서라면 서울이나 인천이 더 좋았다. "제가 너무 어리다는 뜻일까요?" 내가 농담을 했다.

그녀는 단호하게 아니라고 했다. 내가 고향을 그리워하지 않는 이유는 마음 내키면 언제든 갈 수 있다는 것을 알기 때문이라고 했다. 서울역에서 기차표를 사서 울산행 급행열차에 올라타기만 하면 되니까. 그러나 다시는 돌아갈 수 없다는 걸 알게 되면 모든 게 바뀐다고 그녀가 말했다. 내 고향이 영원히 나에게 금지되었다고 상상해보라고 했다. "가족과 우정에 대한 자네의 생각들이 형성된, 가장 어릴 적 기억들의 둥지가 말이야. 자네는 고향이 항상 있던 곳에 있다는 걸 알지만, 어떤 이유로 그곳이 자네에게 영원히 봉쇄된다고, 그렇게 상상해봐." 그녀가 중얼거렸다.

나는 고향에 대해 가장 그리운 게 뭐냐고 물었다. 그녀는 고향의 흙이 그립다고 대답했다.

"웃기지 않나? 참 구제 불능이지?" 그녀가 혐오스럽다는 듯 코에 주름을 만들었다.

"나는 이곳 파주에서 첫 첩보 임무를 수행했다네." 그녀가 흐릿한 눈으로 속삭였다. "파주는 북한과 가까워서 지금도 바람 없는 날이면 북한 라디오의 선전 방송을 들을 수 있지.

오래전 여기서 북쪽으로 조금만 올라가면 나오는 곳에 큰 미군 기지가 있었을 때, 나는 정보를 수집하는 임무를 맡았지. 머릿속에 기지의 상세한 배치도를 그려 암기하도록 훈련받았어. 지금도 눈을 감으면 그 지도가 똑똑히 보인다네."

그녀는 눈을 감고 오른손을 들어 올렸다. 보이지 않는 지휘봉을 휘두르는 눈먼 지휘자처럼. 또는 연속으로 턴을 하면서 허공에서 손가락으로 활기차게 춤을 추는 발레리나처럼.

"하지만 그 지도는 이제 소용없게 됐어. 기지는 텅 비어서 쓸모가 없어졌으니까."

그녀가 천천히 눈을 뜨는 동안 목소리가 낮아졌다. 그녀의 좁은 어깨가 앞으로 기울어졌다.

"하지만 흙은 여전히 똑같아. 파주의 흙은 내가 어렸을 때 북녘의 고향에서 먹었던 흙과 꽤 비슷하지."

그녀의 얼굴에 향수 어린 미소가 다시금 떠올랐다.

그녀는 고향에 가는 얘기가 나온 김에 나를 통해 황혼요양원에 공식적으로 제안할 것이 있다고 말했다. 나는 들어보고 싶다고 했다. 그녀는 목청을 가다듬고 본관 건물 앞에 버스 정거장을 만들어야 한다고 말했다. 큰 나무 벤치가 있는 제대로 된 정거장. 환자들이 날씨가 좋을 때는 햇볕을 즐길 수 있고 폭풍우가 치는 동안 비바람으로부터 보호받을 수 있도록 튼튼한 철제 기둥과 유리 지붕으로 만든 피난소여야 한다고 했다.

그녀는 내 놀란 얼굴을 보고는 말을 멈추고 조금 웃었다. 그녀는 그것은 가짜 정거장이라고, 환자들이 마음대로 도망칠 수 있는 진짜 정거장이 아니라고 나를 안심시켰다. 사실은 그 정거장이 오히려 정반대의 기능을 할 거라고 했다. 환자들을 황혼요양원에 안전하게 머물게 만드는 기능.

그녀는 열람실에서 신문을 넘겨보다가 독일에 있는 치매 노인 전문 요양원에 관한 기사를 발견했다. "여기서 신문과 잡지를 읽는 건 자네뿐이 아니라네." 그녀가 윙크하며 말했다. 환자들이 실종되는 사건을 여러 차례 겪은 뒤, 그 요양원은 주 출입문 근처에 작은 버스 정거장을 짓기로 결정했다고 기사는 전했다. 연어처럼 귀소본능에 이끌려 병원 밖으로 나가서 헤매고 다니던 환자들이 버스 정거장에서 집으로 가는 버스를 기다린다고 생각하며 거기 머물기 시작했다. 예전에 시설을 탈출해서 근처의 대로를 배회하던 남성 환자들로 인해 몇 건의 교통사고가 발생했고, 겨울에는 넓은 정원의 다양한 장소—대부분 관목 숲과 커다란 플라타너스나무 뒤—에서 환자들이 거의 저체온증

상태로 발견되기도 했다. 버스 정거장은 그런 위험한 모험을 끝냈다.

벤치에 앉아 버스를 기다리는 동안, 노인들은 서로 이야기를 나누고 그렇게 함께 있는 것에서 위안을 찾기 시작했다. 버스가 노인들을 태워 10분간 동네를 한 바퀴 돌고는 다시 시설로 데려다주며 그들에게 집에 도착했다고 말했다. 이런 방식으로 노인들은 자신이 있어야 할 곳으로 돌아왔다고 느꼈고, 누구도 자기 방으로 돌아가는 것을 거부하지 않았다. 그들은 자발적으로 기꺼이 방으로 돌아갔다.

"황혼에 버스 정거장이 있으면 송 할멈은 훨씬 더 안전하고 행복해질 걸세." 묵 할머니가 말했다. "더 이상 여기 사람들이 할돌*을 채운 주사기를 들고 한밤중에 추격전을 벌일 일도 없을 거야."

나는 훌륭한 묘안이라고 말했고 그녀의 얼굴이 환해졌다. 나는 그녀에게 고맙다고 말하며 그 제안을 현실화하기 위해 할 수 있는 모든 일을 하겠다고 약속했다. 나의 인정에 그녀의 뺨이 발갛게 달아올랐다. 눈가에 눈물을 그렁거리며 그녀가 조용히 "고맙네"라고 말했다. 그녀가 한층 부드러워지는 것을 보니 기분이 좋았다.

"오늘 운 좋은 날인 줄 알게." 그녀가 흰색 환자복 소매로 눈

---

*   항정신병약의 상품명.

가를 가볍게 훔치며 말했다.

그녀는 무릎을 덮은 두꺼운 담요의 한 귀퉁이를 젖혀 그 아래에 숨어 있던 것을 드러냈다. 발끝을 세운 두 발이 지탱하고 있는 뼈만 앙상한 허벅지 위에 공책 몇 권이 차곡차곡 쌓여 있었다. 그녀는 그것을 가져가라는 몸짓을 했다. "어서." 그녀가 초조하게 말했다.

총 일곱 권이었다. 모두 딱딱하지 않은 표지로 덮여 있고, 속지는 한지처럼 살짝 투명한 얇은 베이지색 종이로 만들어진 것들이었다. 각각의 낱장은 매끈하고 살짝 광택이 나서 손끝에 닿는 감촉이 좋았다.

각각의 공책 표지에 똑같은 제목이 표시되어 있었다. 《**여덟 가지 인생**》. 그러나 제목 밑에는 공책마다 2부터 8까지 다른 번호가 매겨져 있었다. 각각의 공책이 묵 할머니의 크고 고르지 않은 손 글씨로 채워져 있었다.

"모두 뭉뚝한 글씨로 되어 있어. 필기도구가 두꺼운 크레용밖에 없으니까." 그녀가 말했다. "내가 그랬지? 내 서랍에 금지된 건 아무것도 없다고." 마치 내기에서 이긴 사람처럼, 그녀가 의기양양한 눈으로 나를 보았다.

나는 그녀의 방에 있는 서랍장 제일 아래 칸에서 종이 더미와 뒤죽박죽 섞인 형형색색의 작은 물체들을 보았던 것을 떠올렸다. 그것이 무엇이었으며 그녀가 무슨 뜻으로 한 말이었는지 이제야 알 것 같았다. A 구역의 입원실에는 펜과 연필을 포함해 어떤 날카로운 물건도 금지되었고, 그래서 묵 할머니는 크레용에 의지해 글을 쓴 거였다.

그녀는 이 공책들에 자신의 인생이 담겨 있다고 말했다. "여기에는 진실만 있어." 그녀가 속삭였다. "그러나 물론 내가 해석하는 진실이지."

나는 왜 나를 선택했냐고 물었다.

"자네가 내 부고를 쓰기로 합의했으니까. 이걸 내 부고의 확장판쯤으로 생각하게." 그녀가 대답했다.

나는 제목이 왜 《여덟 가지 인생》이냐고 물었다. 그녀는 어깨를 으쓱하고 아랫입술을 쭉 내밀었다. **별다른 의미는 없어.** 그녀가 몸의 언어로 말했다.

"우리가 약속했지 않나? 여덟 단어. 그 이유면 족하지 않나?" 그녀가 말하고는 다시 어깨를 으쓱했다. "게다가 난 8이라는 숫자가 좋아. 자네가 3이라는 숫자를 좋아하는 것처럼." 그녀가 내게 장난스러운 미소를 날렸다.

그녀는 또한 중국에서는 8이 부와 재산의 상징이며 그래서 사람들이 가장 좋아하는 숫자이기도 하다고 설명했다. "하지만 무엇보다, 나는 그 형태가 좋아." 그녀가 말했다. "쭉 이어지는 한 획으로 아름다운 곡선의 고리를 그릴 수 있으니까. 완벽하게 그리면 어디서 시작하고 어디서 끝나는지 알 수 없지."

그녀의 손가락이 시의 운율을 맞추듯 리드미컬하게 허공에서 그 숫자를 그렸다. 위쪽과 아래쪽의 반원을 그릴 때는 손가락이 우아하게 속도를 낮추었다가 선들이 교차하는 잘록한 허리 부분에 가까워지면 속도가 올라갔다.

"1번 공책은 어디 있어요?" 내가 물었다. "2번에서 8번까지만 보이네요. 그러니까 총 **일곱** 가지 인생이에요. 여덟이 아니라."

마치 방금 내가 어처구니없는 말을 했다는 듯이, 그녀가 입술을 오므리고 나를 향해 양 손바닥을 들어 보였다. "글쎄, 어디 있을까? 아직 준비되지 않았나?" 그녀가 내게 되물었다.

그녀는 내가 그녀의 부고로 쓰고 있는 내용이 《여덟 가지 인생》의 제1장이 될 거라고 말했다. 그것이 자신의 인생이 어떻게 책으로 옮겨졌는지를 잘 보여줄 거라고 믿는다고 했다.

"난 이 책에 대한 모든 권한을 자네에게 위임하네." 그녀가 죄인의 죄를 사해주는 사제처럼 짐짓 경건한 목소리로 말했다. 그러고는 떨리는 손으로 나를 향해 성호를 그었다.

나는 일곱 권의 공책에 대해 아직 질문할 것이 많았지만, 앉아서 찬찬히 읽다 보면 대부분의 질문에 대한 답이 자연스럽게 나올 거라고 생각했다. 그러나 한 가지 질문은 남았다.

나는 그녀에게 어떻게 글을 쓸 시간을 냈냐고 물었다. 꽤 많은 시간이 걸렸을 것이다. 모르긴 몰라도 최소한 6개월 동안 하루에 꼬박 일곱 시간 이상씩 썼을 것이다. A 구역에서 환자들은 24시간 내내 감시를 받았다. 그리고 수월한 감시를 위해 환자들의 일정은 단체 활동 위주로 돌아갔다. 나는 묵 할머니가 열람실에서 신문을 보는 데 쓰던 자투리 자유 시간을 이용했을 거라고 생각했다.

"밤에 썼지." 그녀가 말했다. "제일 조용한 시간이야. 생각하기에 제일 좋고." 엷은 미소에 그녀의 입꼬리가 올라갔다. "내가 송 할멈과 한방을 쓰기로 선택한 게 순전히 그 할멈을 도와주고 싶기 때문만은 아니라네. 그 할멈이 내게 도움이 될 수 있기 때문이기도 하지.

거의 매일 밤 간호사가 불안증에 시달리는 송 할멈에게 수면제를 주거나 때로는 할돌 주사를 놓아주거든. 그러면 할멈은 지진이 나도 깨지 못할 만큼 깊이 잠을 자지. 환자들 방의 조명은 모두 끄지만, 나는 휴대폰 화면을 켜서 글을 쓰지."

"휴대폰을 가지고 계세요? 금지된 건 아무것도 갖고 있지 않다고 하셨잖아요!" 내가 언성을 높여 불평했다.

그녀는 그때 내가 목재 서랍장 제일 아래 칸에 대해서만 묻지 않았냐고 말했다. "억지소리라고? 그럴지도 모르지. 하지만 거짓말은 아니야."

"어떻게 휴대폰을 손에 넣으셨어요?" 내가 물었다.

그녀가 고개를 숙이고 작게 한숨을 내쉬었다. "자네가 여기서 내 유일한 팬은 아니라고만 해두지." 그녀가 천천히 고개를 들며 말했다. 가늘게 뜬 그녀의 눈이 내게 애원하는 것처럼 보였다. **질문하지 마. 제발 내가 거짓말을 하지 않게 해줘.**

나는 A 구역에서 가장 젊은 요양보호사인 황 여사를 떠올렸다. 그러나 아무 말도 하지 않았다. 누군가의 이름을 구체적으로 언급하고 싶지 않았다.

긴 침묵이 우리 사이에 놓였다.

서로 상충하는 생각들로 머릿속이 분주했다. 그러나 묵 할
머니는 자신만의 평온한 세계에 있는 것만 같았다. 회상에 잠긴
졸린 눈이 이미 반쯤 감겨 있었다. 꿈꾸는 듯한 만족감이 그녀
의 얼굴 전체에 서서히 퍼지며 눈가의 잔주름이 피부에 더 깊
게 파이는 것이 보였다.

나는 그녀를 좀 더 잘 보려고 웅크리고 앉았다. 백골처럼 하
얀 머리 가까이로 코를 가져가서 그녀 주위의 공기를 흡입했다.
비 오는 날의 강아지 냄새가 희미하게 났다. 내가 항상 노인들
을 연상하게 되는 냄새였다. 단내와 유황 냄새가 섞인 그 냄새
가 내 마음을 안정시켜주었다.

우리는 정원 담장 너머로 황혼요양원에서 10여 미터 떨어진
곳에 외롭고 무심하게 서 있는 커다란 느티나무를 보았다. 나뭇
가지에 벌써 이파리가 무성해져서 멀리서 보면 거대한 브로콜
리처럼 보였다. 하지만 자세히 보면 쏟아져 들어오는 시럽처럼
진득한 늦은 오후의 햇살을 받아 천 개의 작은 나뭇잎이 어른
거리고 있었다. 나뭇잎들은 가장자리를 집적거리는 바람에 애
처롭게 물결쳤다.

나는 또다시 얼굴에 북풍을 느끼며 묵 할머니를 보았다.

그녀가 흥분한 황소처럼 콧구멍을 크게 벌리고 숨을 깊이
들이쉬는 것이 보였다. 나는 그녀가 공기를 통해 무엇을 들이마

시고 있는지 알았다.

여우를 닮은 그녀의 눈을 들여다보며, 나는 마치 사형수를 마주한 사제처럼 그동안 거의 도덕적 의무로 느껴왔으나 감히 묻지 못했던 질문을 했다.

나는 그녀가 저지른 일을 조금이라도 후회하느냐고 물었다.

그녀는 코웃음을 쳤다. 그리고 말했다. "그러면 **자네** 기분이 좀 나아지나? 내가 후회한다고 말하면, 내가 약간의 죄책감을 느낄 테니까?"

그녀가 눈을 감고 입을 벌려 또 한차례 숨을 깊이 들이쉬었다. 곧이어 거리낌 없는 순진무구한 미소가 얼굴에 떠올랐다. "여보게, 나는 감히 동정하지도, 감히 용서하지도 않는다네."

다음 날 아침 일찍 함 원장의 전화가 나를 깨웠다. 그녀는 냉랭하고 침착한 목소리로 내게 혹시 알고 있었느냐고 물었다. 평소답지 않은 심각한 어조에 정상적인 상황에서라면 위협감을 느꼈겠지만, 때는 토요일 아침 6시였고 나는 아직 침대에 누워 새벽 4시까지 이루지 못했던 잠에 취해 있었다.

"도대체 뭘요? **뭘** 알고 있었냐는 거예요?" 내가 퉁명스럽게 중얼거렸다.

함 원장이 긴 한숨을 내쉬는 소리가 들렸다. "그래, **됐어**." 그녀가 말했다.

혐의가 무엇이건 진심으로 어리둥절해하는 나의 반응이 그녀에게 내가 결백하다는 증거가 된 것 같았다.

그녀가 계속 말했다. "자기가 이 일에 연루된 줄 알고 정말 아찔했다고. 혹시 그랬다면 난 **몹시** 실망했을 거야."

나는 그녀의 목소리에 아직 남아 있는, 가정에 근거한 분노를 감지했고 그것이 나를 더욱 짜증 나게 했다. "대체 무슨 말씀을 하시는 거예요?" 내가 내질렀다.

함 원장은 간밤에 무슨 일이 있었는지 짧게 설명했다.

나는 일어나서 옷을 입었다. 굳이 샤워는 하지 않았다. 커피는 필요 없었다. 방금 들은 얘기에 이미 전신에 시큼한 아드레날린이 솟구쳤기 때문이다. 황혼요양원으로 차를 몰고 가면서, 나는 전날 밤 묵 할머니의 애원하는 듯한 눈을 떠올렸다. 그 눈은 그녀가 숨기는 것에 대해 더 이상 묻지 말아달라고 간청하고 있었다. **질문하지 마. 제발 내가 거짓말을 하지 않게 해줘.** 나는 단순히 그녀가 비밀을 지킴으로써 스스로를 보호하기를 원한다고 생각했지만, 사실 보호하려는 대상은 그녀가 아닌 나였음을 깨달았다. 그녀는 내가 아무것도 모르는 게 나의 결백을 입증할 것임을 잘 알고 있었다. 그녀가 무슨 짓을 할지를 내가 조금이라도 알았다면, 나의 불안과 죄책감이 나의 얇은 피부를 통해 투명하게 드러나서 황혼요양원의 다른 사람들에게 엉뚱한 의심을 사게 되었을 것이다.

그날 아침에 송 할머니가 너무 일찍 일어나서 큰 소리로 옷더니 노래까지 했다. 요양원 직원들은 그 소리에 같은 층 환자가 모두 깨는 것을 원치 않았고 그래서 그녀의 방으로 가서 진정제를 주사해 진정시키려 했다. 그러나 그들은 방에 들어갔을 때, 묵 할머니의 침대가 비어 있는 것을 알게 되었다. 경비원을 부르고 층 전체를 샅샅이 수색했으나 허사였다. 그들은 재빠르게 건물 두 동과 큰 정원, 주차장을 포함하여 황혼요양원의 모든 방과 어두운 구석까지 수색을 확대했다. 그런데도 그녀를 찾을 수 없었다. 아무런 실마리도 없었다. 침입이나 탈출의 흔적도 없었다. 황혼요양원 구내의 모든 창문과 문들은 굳게 잠겨 있었다. 묵 할머니가 사라졌다고 그들은 말했다. 그들은 경찰에 전화하기로 결정했다. 그리고 함 원장이 내게도 전화했다.

몇 시간 뒤 경찰이 요양원을 벗어나 코스모스밭 뒤쪽의 방치된 땅을 지나쳐서 커다란 자작나무들이 빽빽하게 자란 어두운 숲으로 이어지는 좁은 통로를 걷기 시작했을 때, 그들은 그녀의 첫 번째 흔적을 발견했다. 흰색 나이트가운. 함 원장과 나를 포함한 황혼요양원의 임직원 네 명이 추적에 합류하여 숲속 더 깊은 곳으로 계속 걸었다. 우리는 숲의 북쪽 끝에 있는 작은 빈터에 이르렀고, 거기서 그녀를 발견했다. 그녀가 어떻게 아무에게도 들키지 않고 밤중에 황혼요양원을 탈출했는지는 여전히 모른다. 복도를 향해 설치된 보안 카메라 한 대는 제대로 작동하지 않았고, 나머지는 그녀를 포착하는 데 실패했다. 당직 경비원은 밤새 깨어 있었는데 아무것도 보지 못했다고 주장했다. 경찰은 그녀가 치매 병동의 노인 환자인 데다 뇌종양 때문에 이중으로 고통받고 있는 환자라는 점을 감안하여 따로 수사는 없을 거라고 말했다. 부검을 요구하는 가족도 없었다. 경찰은 그녀가 저체온증으로 사망했다고 추정했다. 야간에 실외 온도는 섭씨 2도까지 떨어지기도 했다. 그녀는 흰색 환자복에 양말도 없이 고무 슬리퍼만 신고 있었다. 그들은 불행한 사고라고 결론짓고 사건을 종결했다.

빈터에서 그녀의 시신을 발견했을 때, 나는 충격에 빠졌지만 평소라면 내가 이런 상황에서 보였음 직한 큰 충격을 보이지는 않았다. 놀랍게도 함 원장의 상태가 훨씬 더 안 좋아 보였기 때문이다. 그녀가 화장도 안 하고 직장에 나타난 것을 본 건 처음이었다. 빨간 매니큐어를 칠한 손톱 두어 개의 끝부분이 손상되어 있었다. 눈은 퉁퉁 부어 있었다. 전에 그녀가 우는 것을 본 적이 없었다. 그녀의 몸은 떨리고 목소리도 떨렸다. 나는 그녀에게 가서 귓속말로 죄책감을 느낄 필요 없다고 속삭였다. 불가피한 일이며, 우리에겐 달리 할 수 있는 게 없었다고. "묵 할머니 아시잖아요. 어떻게든 항상 본인 뜻대로 하시는 분이죠."

나는 함 원장을 부축한 채 황 여사를 찾으려고 돌아보았다.

그녀는 경찰들 뒤에서 독고 여사에게 기대어 울고 있었다. 그녀의 울음소리는 평소의 메조소프라노 톤보다 높았고, 독고 여사가 그녀를 진정시키기 위해 아기처럼 안고 달래줘야 했다. 황 여사의 충격은 가짜로 꾸며낸 게 아닌 것 같았고, 그래서 나는 어쩌면 그녀가 묵 할머니의 이 마지막 계획을 도왔을지도 모른다는 애초의 의심을 거두었다.

그날 오후 또 하나의 놀라운 일이 있었다.

오후 4시경에 웬 중년의 부부가 황혼에 나타났다. 한국인 여자와 외국인 남자였다. 남자는 모두의 관심을 끌었다. 한국의 시골에 있는 공립 요양원은 백인 남자를 흔히 볼 수 있는 장소가 아니다. 남자는 키가 매우 컸고 어두운 분위기의 미남이었다. 옷차림은 더없이 평범했지만—짙은 베이지색 면바지와 검은 가죽 구두, 몸에 꼭 맞는 검은 패딩 점퍼—그는 백조들 사이에 서 있는 흑조처럼 눈에 띄었다. 황혼요양원의 젊은 여성 접수 담당자 두 명이 목을 길게 빼고 그 외국인이 얼마나 훤칠하고 잘생겼는지 소곤거렸다.

옆에 서 있는 여자는 뒤늦게 시선을 끄는 정도였다. **여자 쪽은 외모가 평범하네.** 접수 담당자들의 실망한 속삭임에는 질투심이 어려 있었다. 그 여자는 자신의 남자 옆에 서 있으니 키가 작고 평범해 보였다. 그러나 그 부부가 천천히 나를 향해 걸어올 때, 나는 여자가 작지 않다는 것을 깨달았다. 그녀는 나보다 적어도 10여 센티미터는 컸다. 그녀는 진청바지에 검은색 트렌치코트를 입고 회색 스카프를 매고 있었다. 귀밑까지 내려오는 염색하지 않은 검은 단발머리에 화장은 하지 않았다. 그들은 이목을 끄는 것을 좋아하지 않지만 불가피하게 결국 이목을 끌게 되는 사람들임을 나는 알 수 있었다.

여자는 압도적으로 높은 광대뼈와 예쁘다고 하기에는 너무 작은 코를 가지고 있었다. 한국인의 기준으로 전형적인 미인은 아니었다. 그럼에도 나는 그녀에게 매료되었다. 아마도 마치 그레이하운드처럼 호리호리한 몸을 날렵하고 우아하게 움직이는 방식 때문인 것 같았다. 그녀는 영화에서 미국인들이 자기소개를 할 때 그러는 것처럼 활기차게 내게 손을 내밀며 자신의 이름이 미희라고 말했다. 그러나 목소리가 부드럽고 완벽한 서울 말씨여서, 나는 그녀를 한국계 미국인이라고 생각하지 않았다. 그런데 왜 그녀가 로비에 있는 여섯 명의 직원들 중에 내게 오기로 선택했는지 궁금했다. 마침 내가 서열이 가장 높은 직원이긴 했지만(다른 직원들은 젊은 접수 담당자와 중년의 요양보호사들이었다) 나는 결코 권위 있는 분위기를 풍기는 사람이 아니었다. 어리둥절한 내 모습에 아랑곳없이, 여자는 계속 말했다. "묵미란 씨를 찾아왔습니다. 저는 그분의 딸입니다."

순간 황혼요양원의 분위기가 얼어붙었다.

여자의 얼굴에 떠오른 쾌활한 미소는 그녀가 장례식을 맞이할 준비가 되지 않았음을 말해주었다.

부부는 함 원장의 사무실에서 기다리고 있었다.

나는 함 원장이 그렇게 지친 모습을 본 적이 없었다. 어깨가 넓은 덩치 큰 여성임에도, 함 원장은 그날따라 작아 보였다. 예기치 못한 일련의 전개가 그녀를 녹초로 만들었다. 거의 울음을 터트리기 직전의 얼굴로 함 원장은 이 상황—사무실에 앉아 있는 묵 할머니의 딸과 미국인 사위—에 대해 전혀 몰랐다고 말했고, 나는 그 말을 믿었다. 그녀는 나보다도 충격을 받은 것처럼 보였다.

함 원장은 내게 도와달라고 간청했다. 그녀는 내가 사무실에 들어가서 부부에게 말해주기를 바랐다. 나는 묵 할머니와 가장 가까웠고 할머니가 사망하기 직전까지 이야기를 나눈 사람이었으니까. 놀랍게도 나는 큰 망설임 없이 사무실로 걸어 들어가고 있는 나 자신을 발견했다. 대변인이 되기로 동의하는 것이 그들에게 슬픈 소식을 전해야 함을 뜻한다는 것을 알면서도 말이다. 나는 무서우면서도 묵 할머니의 딸을 알고 싶다는 마음이 불타올랐다.

섬세한 손가락. 뼈대가 가는 여자. 나는 처음에는 이 소식에 이 여자가 내 앞에서 무너져 내릴까 봐, 그래서 온종일 억눌러온 내 감정의 댐까지 터지게 될까 봐 두려웠다. 그러나 그녀는 황혼요양원에 있는 대부분의 사람들보다 현실을 잘 받아들였다. 처음 몇 초간은 망연자실한 것 같았다. 어떤 소리도 움직임도 없었다. 그녀가 손을 움직이기 시작했을 때 나는 격렬한 감정 폭발을 예상했지만, 그녀는 마치 기도를 하듯 눈을 꼭 감았다. 대신 그녀 남편의 크고 검은 눈이 촉촉해졌다. 그는 한 손을 그녀의 작은 등에 올리고 다른 한 손으로 그녀의 손을 잡았다. 그 모습에 나는 외로움을 느꼈다. 그리고 한편으로는 안도감이

들었다. 묵 할머니가 딸과 사위의 조용하지만 단란한 모습을 지켜본다면 똑같은 기분이었을 것이다.

미희가 작게 킬킬거리는 소리가 정적을 깼다. "정말 엄마답네요." 그녀가 고개를 살짝 저으며 혼잣말로 중얼거렸다. 그녀의 입술에 슬픈 미소가 떠올랐다. "이새리 선생님이시죠? 엄마의 전기를 써주시는." 미희가 눈을 가늘게 뜨고 나를 보았다. 그녀는 팔을 탁자에 올리고 마치 보이지 않는 담배를 쥐듯 잠시 검지와 중지를 들어 올렸다. 그녀는 어머니를 꼭 빼닮지는 않았지만 똑같은 특징들을 갖고 있었다. 빠른 손놀림과 조용한 목소리, 절제된 웃음과 한숨. 똑같은 색다른 매력.

나는 사실 전기 작가가 아니며 무명의 부고 작가라고 말하고 싶었지만, 지금은 그녀의 말을 부정하기에 적절한 때가 아니라고 느꼈고 그래서 잠자코 있었다.

"지금쯤이면 엄마에 대해 저만큼이나 많이 아시겠군요. 그렇죠, 이 선생님?" 미희가 말했다.

"그건 아닐 것 같습니다." 내가 솔직하게 말했다. 그러나 지금까지 내가 미희의 존재조차 온전히 믿지 않았다는 사실을 말할 엄두는 나지 않았다. 그래서 그냥 그녀가 올 줄은 몰랐다고 말했다.

"따님이 오신다는 걸 어르신이 아셨나요?" 내가 물었다.

미희가 코웃음을 쳤다. 제 어머니와 똑같이. "어떻게 생각하세요?" 그녀가 눈썹을 활 모양으로 치켜올리고 다시 손가락을 들었다. "물론 아셨죠."

나는 전날 묵 할머니가 준 일곱 권의 공책에 대해 말했다.

"혹시 엄마가 등장인물의 이름을 모두 바꿔달라고 했나요?"

내가 아니라고 대답했다.

"이해하시겠어요?" 미희가 눈을 감으며 말했다. "엄마가 그대로 있을 생각이었다면 먼저 이름부터 바꿔달라고 했을 거예요. 그러니까 엄마가 의도적으로 일을 벌인 거예요."

그녀의 목소리가 점점 가늘어졌다. 그녀는 두 손으로 얼굴을 덮었다. 그 상태로 심호흡을 두어 번 한 뒤 다시 손을 탁자 위에 내려놓았다. 눈물은 없었지만 눈이 빨개졌다. 그러더니 한국어로 남편에게 나와 단둘이 얘기하고 싶다고 속삭였다. "물론 그래야지." 놀랍게도 그녀의 남편은 완벽한 한국어로 대답했다. 그는 그녀를 가까이 끌어당겨 오랫동안 관자놀이에 입을 맞추고는 밖으로 나갔다.

"저는 오늘 엄마를 미국으로 모셔 갈 목적으로 여기 온 거였습니다." 미희가 작은 신음 소리를 내며 고백했다. "그리고 엄마도 알고 있었죠. 아시다시피 우리가 처한 특수한 상황 때문에 그동안 엄마를 보러 오지 못했지만, 우리는 주기적으로 연락을 하고 지냈거든요."

그 휴대전화로 했겠군. 나는 생각했다. 경찰은 그 전화를 찾지 못했다. 나도 조용히 묵 할머니의 몸과 빈터 전체를 수색했지만 찾는 데 실패했다.

"남한에 투항하기로 결정을 내린 뒤 우리는 숨어 지냈습니다. 투항 후에는 더 깊이 숨어 살았죠. 저는 미국인 남편과 함께 미국으로 건너갔습니다. 제 시민권이 나와서 합법적으로 엄마를 미국에 초청해 함께 살 수 있을 때까지 기다렸죠. 그게 바로 우리가 원한 거였습니다. **깨끗하고 합법적인** 것. 그렇게 오랫동안 은밀하게 살았던 것에 너무 지쳤으니까요. 엄마가 뇌종양에 대해 말했을 때, 저는 그건 중요하지 않다고 했습니다. 어쨌든 엄마가 숨을 쉬며 살아 있는 한 우리와 함께 살아야 한다고 했죠."

나를 보고 있던 미희가 갑자기 함 원장 자녀들의 그림으로 채워진 사무실 벽면을 향해 고개를 돌렸다.

"엄마는 손주인 아람이를 무척 사랑하셨어요." 미희는 목소리가 떨리는 것을 막을 수 없었지만 여전히 애써 눈물을 참고 있었다. "저는 엄마가 한국을 떠나는 것을 별로 달가워하지 않는다는 걸 알았습니다. 그 나이에 어디든 다른 나라로 옮겨 가기를 원치 않은 걸 알았죠. 엄마는 우리에게 짐이 될까 봐 두려워했어요. 하지만 일단 거기서 우리와 함께 지내게 되면 생각이 달라질 거라고, 저는 생각했습니다. 하지만 우리가 그 계획을 말했을 때 엄마가 할 수 있었던 유일하게 긍정적인 말은 '음, 아람이를 매일 보면 참 좋겠구나'가 전부였어요."

그녀가 머리를 가슴까지 떨구었다. 그리고 두 손을 모아 무릎 사이에 넣었다. 마치 사과하는 것처럼.

"엄마는 아셨어요." 그녀가 숨죽여 말했다. "아셨어요. 제가 지켜보는 곳에서는 당신이 결코 이런 일에 성공하지 못하리라는 것을."

미희는 한동안 아무 움직임도 없이 조용히 있었다. 그러더니 애써 얼굴에 미소를 지었다. 그렇게 안간힘을 쓰느라 충혈된 눈이 반짝였다. "제가 여기 와서 울고불고하는 건 엄마가 절대 원치 않았을 거예요." 그녀가 훌쩍이며 말했다. "엄마는 감상주의를 잘 감당하지 못했어요. 당신이 그런 모습을 보이는 걸 싫어했고, 남들이 그러는 걸 보는 것도 참아주지 못했죠. 심지어 저까지도."

향수 어린 웃음이 그녀에게서 새어 나왔다.

"유일한 예외는 아버지였어요. 두 사람 사이에는 감상주의에 한계란 없었죠. 북한에서 육체적, 감정적으로 서로에게 그렇게 친밀한 부부를 본 적이 없었어요. 오죽했으면 한번은 풍기문란죄로 체포되기까지 했으니까요. 1960년대 평양에서 공공연히 손을 잡고 있었기 때문이죠." 미희는 눈에 눈물이 차올랐지만 미소 짓고 있었다.

"엄마가 아버지의 죽음에 대해 언급한 건 딱 한 번, 그 소식을 내게 전할 때뿐이었어요. 그 이후로 다시는 그 얘기를 꺼낸 적이 없었죠. 우리가 가명으로 남한에 사는 동안 아버지가 북한에서 혼자 돌아가신 것 때문에 엄마는 죄책감을 느꼈어요."

"어머니가 스스로를 벌주기 위해 똑같이 혼자 죽기로 선택했다고 생각하시나요?" 내가 물었다.

미희는 침묵했다. 손바닥으로 두 뺨에 흐르는 눈물을 닦아내고 몇 초간 눈을 가린 채로.

"저는 그렇게 생각하지 않아요." 내가 자문자답했다.

그녀는 빨개진 눈으로 말없이 나를 응시했다.

"그게 이유가 될 수 있을지, 그건 잘 모르겠어요. 하지만 그게 **유일한** 이유일 수는 없어요." 나는 후자에 대해서만큼은 확신했다.

나는 그녀도 토식증이 있냐고 물었다. 혹시 그 증상이 집안 내력인지 알고 싶어서였다.

처음에는 그녀의 눈이 멍해지더니 난감함에 조금 찌푸려졌다. 나는 그 단어가 무슨 의미인지 그녀가 모른다는 것을 깨달았다. 그래서 그녀에게 설명해주었다.

그녀는 아니라고 대답한 뒤 자신은 입양되었으며 그러니 그것이 유전인지는 알 수 없다고 했다. 이어서 엄마에게 그런 습성이 있는지 몰랐다고, 엄마가 얘기한 적이 없다고 속삭였다.

사실은 미희가 한 가지에 대해서는 틀리지 않았다. 어쩌면 나는 묵 할머니를 제법 잘 알고 있을지도 몰랐다. 내가 생각한 것보다 훨씬 더. 나는 생각했다. 인간의 친밀함은 얼마나 이상한가. 어떻게 우리는 때로 남을 신뢰하여 가장 가까운 사람들에게도 공개할 수 없는 비밀을 밝힐 수 있는가. 나는 뼈에 사무치는 그리움이 밀려오는 것을 느꼈다. 묵 할머니가 많이 그리울 것 같았다.

나는 미희에게 어머니의 시신을 보러 갈 준비가 되었냐고 물었다.

'먹는 것이 곧 사람을 만든다'는 말이 있다. 묵 할머니는 그녀가 가본 다양한 장소의 흙을 맛보고 삼켰다. 그러니 그녀는 여러 인물이었을 뿐 아니라 여러 장소의 흙이 만든 인물이다.

그녀는 파주의 흙이 북녘의 고향을 떠올리게 한다고 말했다. 파주는 북한과 무척 가까워서 조용한 날에는 북한의 선전 스피커가 시대착오적인 약속과 지나간 영광을 요란하게 외쳐대는 소리를 여전히 들을 수 있다. 돌아갈 수 없는 과거의 장소.

내가 미희에게 어머니의 시신을 볼 준비가 되었냐고 물었을 때, 미희는 우리가 어머니를 발견했을 때 어떤 모습이었는지 먼저 말해달라고 했다. 그러면서 듣기 좋게 포장하지 말고 온전히 있는 그대로 표현해달라고 부탁했다. "엄마는 저를 강하게 키우셨어요. 저는 진실을 감당할 수 있습니다." 그녀가 말했다.

그래서 나는 사실대로, 내가 본 그대로 말했다.

우리는 키 큰 자작나무 숲에 있는 작은 빈터에서 그녀를 발견했다.

또다시 북쪽에서 바람이 불고 있었고, 나는 햇볕을 받은 쓰레기 냄새 같은 것이 어렴풋이 느껴진다고 생각했다. 그러나 내가 가까이 다가가는 동안, 그리고 그녀의 시신 옆에 무릎을 꿇는 동안 그것은 다른 냄새로 바뀌었다. 이상한 동시에 익숙한 냄새. 내가 그것을 묘사하기 위해 떠올릴 수 있는 가장 비슷한 향은 율무차 향이었다. 그 진하고 부드러운 불투명한 곡물차는 종종 목구멍으로 넘어갈 때 죽처럼 느껴졌다. 위안을 주는 크림과 견과류의 향. 그것이 사낙의 아이러니였다. **역하면서도 달콤한** 그 향은 그녀의 입과 두 손에서 흘러나오고 있었다. 손톱 밑에는 암녹색의 작은 낫 모양 풀이 끼어 있었다.

그녀의 팔다리는 초록색 땅 위에 큰대자로 펼쳐져 있었다. 잠을 자듯 누운 그녀의 머리 주위로 풍성하게 부풀어 오른 새하얀 머리칼이 마치 눈으로 만든 베개처럼 보였다. 눈 침대에 평온하게 아무렇게나 누워서 팔다리를 움직여 나비 모양을 만들다가 깊은 잠에 빠져든 아이처럼.

나는 더 낮게 쪼그리고 앉아 하늘을 올려다보았다.

사방이 완전히 뚫려 있고 구름 한 점 없는 프러시안블루색 하늘이었다. 지난 며칠 동안 날씨가 이랬었다. 그러니 그녀는 별이 총총 박힌 완벽한 밤하늘을 즐겼을 것이 틀림없었다. 나는 그녀의 살짝 벌어진 입술 사이로 부러진 앞니 끝을 보았다. 그녀의 양쪽 입꼬리가 마치 미소 짓는 것처럼 살짝 올라가 있었다. 그래서 뺨의 흉터들이 수직으로 생긴 주름―문신처럼 영구적으로 새겨진 한 쌍의 보조개―속에 영원히 갇혔다.

아무도 보지 않을 때 나는 최대한 부드럽게 그녀의 입을 조금 더 벌렸다.

거기에 그것이 있었다. 그녀의 혀.

그녀에게 연달아서 여러 인생을 겪게 만든, 수단과 방법을
가리지 않는 사기꾼.

예상했던 대로 그녀의 혀는 마치 사탕에 입힌 새콤달콤한
가루처럼 굵은 흙에 한 겹 덮여 있었다.

감사의 말

/

이 소설의 많은 사건들은 실화이며, 다만 연도와 세부 사항은 재량껏 변경했다. 〈이야기꾼〉은 위안부 생존자들의 이야기, 특히 정서운 할머니의 경험을 다룬 애니메이션 〈소녀 이야기〉와 정기영 작가의 《나비의 노래》, 조정래 감독의 《귀향》에서 영감을 받았다. 북한에서의 삶과 스파이 활동에 대한 특정한 내용들은 바버라 데믹의 《세상에 부럼 없어라(Nothing to Envy)》와 이현서의 《나의 일곱 번째 이름》, 벤 매킨타이어의 《스파이와 배신자》, 김영하의 《빛의 제국》을 참고했다. 〈나, 나 자신, 그리고 볼록한 점〉은 아르노 뒤 틸의 유명한 실화에서 영감을 받았다.

이 소설의 몇몇 장은 미국 문학 저널들에 단편으로 발표되었다. 〈북한 접경지대의 처녀 귀신〉은 《머리디안(Meridian)》 2018년 여름호에 실렸다. 〈내가 흙 먹는 것을 멈추었을 때〉는

《블랙 워리어 리뷰(Black Warrior Review)》2019년 가을/겨울호에 실렸다. 〈이야기꾼〉은 《플레이아데스(Pleiades)》 2020년 겨울호에 실렸다. 〈하우스를 뒤집어놓다〉는 《셰넌도어(Shenandoah)》 2020년 가을호에 실렸다. 〈나, 나 자신, 그리고 볼록한 점〉은 《매사추세츠 리뷰(Massachusetts Review)》 2021년 가을호에 실렸다.

나의 에이전트인 니키 리체신과 비라고 프레스의 편집자 애나 켈리와 조 캐럴과 헤이즐 옴을 포함한 놀라운 팀, 하퍼의 메리 골과 에마 쿠포, 에린 윅스와 제니 마이어, 그리고 칼리 디트릭과 하이디 갤, 페이지 리처즈, 브리타니 소넌버그를 포함한 웬디 셔먼 어소시에이츠의 멋진 팀, 그리고 서울 교회의 내 탈북자 친구들과 주명에게 감사한다.

나의 딸과 아들, 부모님과 조나페, 나의 삼촌 김진수 님, 숙모 이정순 님, 작고하신 할머니 김남순 님, 그리고 이 소설에 영감을 준 이야기의 주인공인 작고하신 이모할머니 김병녀 님에게 감사한다.

마지막으로 언제나처럼 내 남편에게 감사한다.

이름 없는 여자의
여덟 가지 인생

초판 1쇄 인쇄 2024년 7월 5일
초판 1쇄 발행 2024년 7월 17일

지은이 이미리내
옮긴이 정해영
펴낸이 최순영

출판2 본부장 박태근
스토리 독자 팀장 김소연
편집 김해지
디자인 박연미

펴낸곳 ㈜위즈덤하우스   출판등록 2000년 5월 23일 제13-1071호
주소 서울특별시 마포구 양화로 19 합정오피스빌딩 17층
전화 02) 2179-5600   홈페이지 www.wisdomhouse.co.kr

ISBN 979-11-7171-233-5 03840